Dieser Roman ist allen Marines und Mitgliedern der Armed Forces gewidmet, die im Irakkrieg gedient haben, die für uns Opfer brachten und im Dienst unseres Landes oft den höchsten Preis von allen zahlten. Egal wie sich die Welt verändert, euren Einsatz werden wir nie vergessen. Semper fi.

TEIL 1

ERSTKONTAKT

1

Annapolis, Maryland
29. Oktober 2008

Logan West öffnete die blutunterlaufenen grünen Augen und kam langsam zu sich. Lichtstrahlen bohrten sich in die Pupillen und der Schmerz fuhr ihm mit scharfer Klinge durch den Kopf. Die Stirn pochte hartnäckig, während er sich langsam an die Helligkeit gewöhnte.

Mit dem Gesicht nach unten lag er auf dem Teppichboden im Untergeschoss seiner Wohnung, den linken Arm über dem Kopf ausgestreckt. Er drehte das Handgelenk, um auf die Uhr zu sehen. 13:28.

Ich kann mich an den ersten Whisky gegen sechs erinnern, aber das kann unmöglich alles von letzter Nacht kommen. Gott …

Mit zunehmendem Entsetzen erkannte er, dass ihm mindestens 40 Stunden fehlten. *Fast zwei Tage? So lang war ich noch nie weggetreten. Es wird immer schlimmer.*

Er ging vorsichtig in die Hocke, den rechten Arm ausgestreckt in Erwartung des Sturzes, der nicht kam. Eine Welle der Übelkeit spülte über ihn hinweg. *Das wird böse,* dachte er. Er spürte, wie ihm die Magensäure in der Kehle hochstieg, als er eine Stimme vom anderen Ende des Zimmers hörte: »Ich hab mich schon gefragt, wann Sie aufwachen. Ich hab die ganze Nacht gewartet.«

Die Stimme besaß dieselbe Wirkung, als hätte man

Logan eiskaltes Wasser ins Gesicht geschüttet. Die Übelkeit verschwand schlagartig und er konnte fast wieder klar denken. Er drehte den Kopf, um den Eindringling anzusehen. Das Hirn arbeitete hart daran, zurück in die richtige Spur zu kommen.

Der Mann lächelte und lehnte sich etwa fünf Meter von Logan entfernt gegen die Marmorplatte des langen Bartresens. Er schien Lateinamerikaner zu sein, Ende 20 oder Anfang 30. Schwarze Haare, kurz geschnitten, fast militärisch, aber ohne ausrasierte Seiten. Ein weißes langärmliges T-Shirt unter einem schwarzen Polohemd, als wolle er seine muskulöse Figur kaschieren. Dunkelbraune Augen musterten Logan neugierig. Obwohl er auf den ersten Blick entspannt wirkte, vermittelte seine Körperhaltung etwas vollkommen anderes. Irgendwo in den dunklen Windungen von Logans Hirn leuchtete ein Warnhinweis auf. *Der Typ ist ein Profi.* Und dann ... *Außerdem ist er eine Bedrohung.*

Eine Unmenge von Fragen schoss Logan durch den Kopf. Doch die brachten ihn jetzt nicht weiter. Logan wusste, dass der Eindringling nicht gekommen war, um ihm auf die Beine zu helfen. »Wer sind Sie, verdammt noch mal?« Er schwankte – immer noch auf allen vieren.

»Das ist unwichtig«, antwortete der Mann. Das Lächeln verschwand und offenbarte die Härte hinter der coolen Fassade. »Wichtig – und zwar *extrem* wichtig – ist nur, dass Sie etwas haben, das wir wollen. Oder lassen Sie es mich anders ausdrücken: etwas, das wir *brauchen.*« Logans Nervosität wuchs angesichts des Tonfalls seines Gegenübers. »Und sobald Sie Ihren Arsch hochgekriegt haben, werden Sie mir sagen, wo es ist.« Die Zuversicht in der Stimme des Mannes ließ sämtliche Alarmglocken in Logans Kopf schrillen.

Logan West, rückfälliger Alkoholiker, hielt nach wie vor eisern an allem fest, was er sich in den Kopf gesetzt hatte – an Plänen, Versprechen, Idealen. Er konnte eine Situation so rasch einschätzen, dass sein ehemaliger Platoon Sergeant ihm wiederholt vorgeworfen hatte, überstürzt zu handeln; allerdings hatte sich seine Einschätzung in jeder dieser Situationen als zutreffend und über jeden Zweifel erhaben erwiesen. Er registrierte und durchschaute vieles früher als andere Menschen.

Leider war das, bevor der Alkohol schleichend begonnen hatte, jeden Aspekt seines Lebens zu beeinflussen, inklusive seines Urteilsvermögens. Wäre er völlig nüchtern gewesen, hätte ihn der rationale Teil seines Hirns vielleicht davon abgehalten, aber Logan West war seit Monaten nicht mehr er selbst. Dieser Nachmittag bildete keine Ausnahme. Diesmal hätte er seinem Platoon Sergeant zugestimmt: Er handelte, ohne vorher nachzudenken.

Logan katapultierte sich über den Kellerboden wie ein Sprinter, der aus dem Startblock schießt. Mit seinem Tempo erwischte er den Eindringling unvorbereitet – aber nur fast. Während er die Distanz zwischen sich und dem Gegner mit vier großen Schritten überwand, tauchte eine lange Klinge in der rechten Hand des Mannes auf.

Logan war schon fast an ihm dran, die linke Schulter erhoben und den rechten Arm an der Hüfte, beide Hände zu Fäusten geballt. Indem er an Schwung zulegte, drehte er seinen Kopf in einer kurzen Finte nach links und hoffte, der andere gäbe sich eine Blöße, die er ausnutzen könnte. Plan B lautete, ihn schlicht so schnell und hart wie möglich zu rammen.

Stattdessen schwang der Mann den rechten Arm kraftvoll in einer bogenartigen Bewegung nach oben, als wollte er einen Kinnhaken anbringen. Logan, von seiner Fehleinschätzung überrascht – *nicht die erste an diesem Tag* –, sah die Klinge am eigenen Gesicht vorbeischnellen. Er versuchte noch, den Kopf wegzureißen, da spürte er bereits einen scharfen Schmerz über die Wange rasen. Sein Verstand registrierte das leise *Tropf … tropf … tropf …* von Blut, das auf den Teppichboden fiel.

Er bekam es nur am Rande mit, weil er seine 95 Kilo direkt gegen die Brust des Angreifers schmetterte und dessen Rücken mit Wucht gegen die Marmorplatte des Tresens rammte. Logan hörte den Mann keuchen, als ihm die Luft schlagartig aus der Lunge gepresst wurde, und nutzte seine Chance.

Er landete einen kräftigen kurzen Schlag auf die Innenseite des Handgelenks seines Gegners, wodurch dieser reflexartig den Griff lockerte. Das Messer knallte auf den Teppich, prallte ab und landete unter der Hantelbank der Trainingsstation.

Der Mann, dadurch entwaffnet, senkte die Arme und wollte sich davor schützen, dass eine wilde Salve wuchtiger Schläge auf seine Rippen prasselte.

Logan spürte, dass sich der Kampf für ihn vorteilhaft entwickelte. Er langte nach oben und packte den anderen am Hinterkopf, um die Konfrontation mit einem Kniestoß ins Gesicht des Mannes rasch zu beenden.

Der Angreifer merkte, was er vorhatte, und konterte. Statt zu probieren, Logans Arme vom Kopf wegzubekommen, schob er schnell den rechten Arm über Logans linken und unter dessen rechten. Dann schlug er mit der Linken auf seine Rechte, indem er einen Schwinger nach oben ausführte. Er übte damit genug Kraft aus, um Logans Griff zu lösen. Logans Arme wurden nach oben und vom

Gegner weggeschleudert. *Der kluge, defensive Konter eines ausgebildeten Profis,* dachte Logan.

Der verletzte Eindringling machte einen Schritt vorwärts und brachte einen kurzen Sidekick in Logans Magen an. Logan stolperte rückwärts, wobei die Beine gegen die Bank des Seilzugturms der Trainingsstation stießen. Er spürte, wie er nach hinten fiel, und bekam den Griff des Seilzugs zu fassen. Das stoppte seinen Sturz und er schwang unkontrolliert in der Luft hin und her.

Logan betrachtete den Feind – wie er den Eindringling inzwischen für sich bezeichnete –, während er am Griff des Seilzugs baumelte. Ihm entging dieser Umschwung im eigenen Denken nicht, aber ihm fehlte die Zeit, um über die psychologischen Folgen nachzudenken. Dummerweise hatte sich der Gegner während Logans Sturzes dem Messer genähert. Gleich würde er danach greifen und sich so einen taktischen Vorteil verschaffen.

Logan tat das Einzige, was ihm noch blieb. Während der Mann versuchte, das Messer zu erreichen, erlangte Logan das Gleichgewicht zurück, tastete nach oben und löste die Griffstange des Seilzugs vom Karabiner. Er umklammerte die Griffstange mit beiden Händen und schwang sie über dem Kopf wie ein seltsam geformtes Schwert – eine schwere Waffe, geschmiedet aus der oberen Hälfte eines breiten Parallelogramms. Er trat einen Schritt nach vorn und schlug mit aller Kraft zu.

Der Angreifer kroch auf dem Bauch mit ausgestreckter Hand auf das Messer zu, als ein Ende der Metallstange wuchtig sein Genick traf. Ihm blieb nicht mal genug Zeit, um zu bemerken, dass sein Ende gekommen war.

Logan hörte ein Übelkeit erregendes *Kracks!,* als ob jemand mit schweren Sohlen auf Popcorn trat. Der

Eindringling kippte mit gebrochenem Genick nach vorn. Die Beine des Mannes zuckten unkontrolliert, dann versagte die Lunge und er erstickte langsam.

Logan musterte den sterbenden Mann teilnahmslos. *Das hast du dir selber eingebrockt.* Nach kurzer Zeit rührte sich der Mann nicht mehr. Die Konfrontation war beendet. Stille kehrte ein.

Der Adrenalinrausch, der ihm den Kater weggespült hatte, ließ abrupt nach und Logan spürte, wie die allzu bekannten Auswirkungen seines selbstzerstörerischen Verhaltens zurückkehrten. Er atmete schwer und zwang sich, langsam und tief Luft zu holen. Der Verstand konnte weiterhin nur einen Gedanken auf einmal verarbeiten. Jetzt, da der Kampf vorbei war, musste er den Kopf freibekommen und die Identität des Toten herausfinden.

Langsam beugte er sich nach unten, um das Schwindelgefühl zu vermeiden, das ihn nach einer durchzechten Nacht oft beschlich. Er fasste den linken Arm des Mannes und wälzte ihn auf den Rücken. Die Augen des Toten blickten ihn anklagend an. Logan kümmerte es nicht. Etwas anderes beanspruchte seine Aufmerksamkeit.

Der linke Ärmel des Mannes war während des Kampfes nach oben gerutscht und offenbarte ein Tattoo mit zwei überkreuzten Kaliber-50-Maschinengewehrpatronen vor einem Totenkopf. *Ich glaub, ich spinne. Wer zum Teufel war dieser Kerl?*

Er hatte ein solches Tattoo mal bei einem seiner Marines in Falludscha gesehen. Die Lieblingswaffe des jungen Snipers war sein Barrett-Scharfschützengewehr gewesen und der Sergeant hatte gegenüber seinem Team nicht gerade ein Geheimnis daraus gemacht.

Am Anfang hatten sie ihn aufgrund des Tattoos mit

reichlich Hohn und Spott überzogen. Zu ihrer aller Glück hatte sich der Sergeant aber als tödlicher und präziser Schütze erwiesen. Nach einem dreitägigen heftigen Feuergefecht in Falludscha entschieden sie, er habe sich das Tattoo redlich verdient. Danach verlor niemand mehr ein Wort darüber.

Logan richtete seine Gedanken zurück auf die Gegenwart. Der Tote im Kellergeschoss trug Kampfstiefel, besaß ein militärisches Auftreten und trug das Tattoo eines Killers. Das Messer neben der Hand des Toten verriet Logan, dass sein Angreifer ein ausgebildeter Profi sein musste. *Jemand, der gegen Bezahlung arbeitet.* Eine mattschwarze Klinge mit geripptem Griff für besseren Halt während des Kampfes.

Er geriet ins Wanken. Eine weitere Welle der Übelkeit schwappte über ihn hinweg. Er setzte sich auf den Kellerboden. Die klassischen Entzugssymptome setzten ein. Diesmal verschwanden sie bestimmt nicht von selbst. Er brauchte einen Drink, um sie abzuschwächen. Aber vorher galt es, etwas Wichtiges zu erledigen.

Ich muss Mike anrufen.

Washington, D. C.

Mit knapp 1,90 Metern und rund 100 Kilogramm kauerte Special Agent Mike Benson am Schreibtisch. Er scrollte durch den jüngsten Geheimdienstbericht zur Terrorabwehr auf einem Laptop, der sich in seinen riesigen Pranken winzig anfühlte. Plötzlich klingelte das Telefon und unterbrach die Stille im Büro.

Er empfand das Geräusch als willkommene Ablenkung.

Schließlich konnte er nur eine begrenzte Zahl von Bedrohungen für die Sicherheit seines Landes auf einmal verarbeiten. Die meisten waren *zum Glück* nur das Ergebnis fehlerhafter oder mangelhafter Aufklärungsdaten. Leider sah es danach aus, als ob jede Extremistengruppe, die mit Al-Qaida in Verbindung gebracht wurde, eine große Operation gegen die USA, gegen US-Botschaften weltweit oder Verbündete der USA plante – keine gute Zeit, um sich als Mitglied der westlichen Welt im Ausland aufzuhalten.

Er ließ die Maus los und nahm den Hörer ab. »FBI, Washington, D. C., Einsatzbüro, Special Agent Benson.«

»Mike, hier ist Logan. Ich weiß nicht, was du gerade machst, aber ich brauch deine Hilfe und ich brauch sie *jetzt.*«

Beim Wort *jetzt* und dem Tonfall, den Logan dabei anschlug, schrillten in Mikes Kopf sämtliche Alarmglocken. Er wusste sofort, dass es um etwas Ernstes ging. *So viel zum Thema Terrorabwehr.*

Es war keine Übertreibung, wenn man sagte, dass Logan ihm während der gemeinsamen Zeit in Irak, bevor die Truppenstärke dort massiv erhöht wurde, den Arsch gerettet hatte. »Ich les nur so einen dämlichen Bericht. Wo bist du?«

»In meinem Haus … dem in Annapolis. Wie schnell kannst du herkommen?«

Die Dringlichkeit in der Stimme erhöhte Mikes Anspannung. Er schielte auf die Zeitanzeige seines PCs. 13:35 Uhr. Der Verkehr stadtauswärts dürfte nicht so wild sein, erst recht nicht in Richtung Hauptstadt auf der Westseite der Chesapeake Bay.

»Gib mir 'ne Dreiviertelstunde oder so. Sollte ich was wissen, bevor ich losfahre?«

»Ja. Komm allein und erzähl niemandem davon … zumindest jetzt noch nicht.«

Logan machte eine Pause. »Ich stecke ein bisschen in der Klemme, aber wenigstens bin ich besser dran als der tote Typ in meinem Keller.« Es klang so sachlich, als ob er eine Speisekarte vorlas.

Er ließ dem anderen keine Zeit für eine Antwort. »Bis dann«, sagte er und legte auf.

Mike starrte auf den Hörer in seiner rechten Hand, dankbar, dass Logan das Gespräch so abrupt beendet hatte. Er hatte keine Gelegenheit gehabt, sich eine Antwort zurechtzulegen – geschweige denn, überhaupt einen zusammenhängenden Gedanken zu fassen –, bevor die Verbindung getrennt wurde.

Einst hatte er geschworen, für Logan da zu sein, koste es, was es wolle. Während er auf das Telefon starrte, wurde ihm klar, dass dieses Versprechen nun auf die Probe gestellt wurde. Er stand vom Schreibtisch auf, ging zur Tür und verdrängte den Gedanken an die zahlreichen Gesetze, die er zu brechen im Begriff stand.

Verdammt, was soll das, Logan? Ich dachte, wir hätten die Toten alle in der Wüste gelassen.

2

Logan legte auf und steckte sein Handy weg. Im selben Moment klingelte ein anderes Telefon. Das Klingeln kam von dem Toten. Abgesehen vom kurzen Umdrehen hatte er die Finger von der Leiche gelassen. Er kannte die Regeln.

Er beschloss zu warten, bis Mike eintraf, um den Toten zu durchsuchen, und zwar aus zwei Gründen. Erstens wollte er einen Zeugen haben, bevor er etwas im Untergeschoss, das jetzt ein Tatort war, veränderte. Zweitens – und das hielt er für fast noch wichtiger – fielen Mike wahrscheinlich Beweisstücke auf, die Logans ungeübten Augen entgingen. *Und im Moment brauchst du alle Hilfe, die du kriegen kannst, Logan.*

Genauso schnell zweifelte eine weitere innere Stimme diesen Entschluss an. *Was kann's schon schaden? Du hast ihn bereits getötet. Bestimmt findest du mehr raus, wenn du rangehst.*

Er hielt es für falsch, das Handy des Toten anzufassen, aber ihm blieben nur wenige Sekunden, um eine Entscheidung zu treffen. Abnehmen und hören, wer dran ist, oder das Klingeln ignorieren und beten, dass es für das forensische Team des FBI ein wertvolles Beweismittel ist?

Wie viel schlimmer kann es denn noch werden? Er war niemand, der gern untätig am Spielfeldrand versauerte. Also beugte er sich vor, griff unter die Leiche und friemelte das Handy aus der linken hinteren Hosentasche. Mike dürfte deswegen noch angepisster sein, als er es wahrscheinlich sowieso schon war.

»*Hola*«, sagte er mit gedämpfter Stimme und hoffte, dass der Tote Spanisch sprach. Er war einigermaßen überrascht, als eine männliche Stimme mit spanischem Akzent fragte: »Roberto, hast du ihn?«

Das beantwortete zumindest eine Frage. Wer immer das auch gewesen ist, er wollte mich lebend. Aber warum? Der Tote – ein gewisser Roberto – war geschickt worden, um ihn zu entführen. Offenbar hatte er Logan für ein leichtes Opfer gehalten. Vermutlich aufgrund einer früheren Überwachung, bei der er ihn im Vollrausch erlebt hatte.

Logan lächelte grimmig. Auch wenn er in ernsten Schwierigkeiten steckte und vermutlich bald einige unangenehme Fragen der örtlichen Gesetzeshüter beantworten musste, war er doch einigermaßen mit sich zufrieden. *Jemand hat dieses Arschloch zu mir geschickt und obwohl ich gerade erst nach einem Blackout zu mir gekommen bin, hab ich ihn zuerst erwischt. Gar nicht schlecht für einen rückfälligen Alkoholiker.*

Logan ahnte, dass er den Mann am Telefon nicht lange hinters Licht führen konnte. Er entschied sich für den direkten Weg – er war ein begeisterter Anhänger des direkten Wegs, oft zum eigenen Nachteil.

»Sorry, hier ist nicht Roberto. Ich bin mir nicht sicher, wo er gerade ist – im spirituellen Sinne, meine ich –, aber ich weiß, dass er nicht mehr ans Telefon gehen kann.« Er wartete auf eine Antwort.

Sein Gesprächspartner machte eine Pause, bevor er weitersprach, aber als er es tat, klang es beunruhigend gelassen. »Mr. West, ich nehme an, Sie sind es. Roberto hätte niemals sein Handy jemand anders gegeben. Ich kann also davon ausgehen, dass er nicht mehr unter den Lebenden weilt. Eine echte Schande. Roberto war einer meiner besseren Männer. Wohlgemerkt nicht der beste, aber schon ziemlich gut.«

»Nun, offensichtlich nicht gut genug, Arschloch.« Logan wollte eine Reaktion provozieren, aber der andere schluckte den Köder nicht. Er fuhr mit derselben ruhigen Stimme fort, als unterhielte er sich mit einem alten Freund.

»Wohl wahr, Mr. West. Wohl wahr. Wissen Sie, ich hatte ihn gewarnt, Sie nicht zu unterschätzen. Unglücklicherweise hat er das getan. Er glaubte wohl, weil er mal bei den Special Forces gewesen ist, könnte er mit Ihnen fertigwerden. Na ja, wie heißt es so schön? Hochmut kommt vor dem Fall.«

Der Kerl ist ein abgebrühter Hund. Okay, ich kann ihn also nicht aus der Reserve locken. Logan atmete langsam aus. »Wir sollten mal zur Sache kommen. Was wollen Sie von mir? Anscheinend etwas, von dem Sie glauben, dass ich es Ihnen nicht freiwillig gebe, sonst hätten Sie nicht Ihren mittlerweile verschiedenen Angestellten zu mir geschickt. Also, was ist es?«

Sein Gegenüber wollte antworten, aber Logan schnitt ihm das Wort ab. »Sorry, eins noch, bevor Sie mir Ihre rührselige Geschichte auftischen. Wie soll ich Sie nennen, Arschloch? Meine Frau meint nämlich, ich fluche zu viel, und es sei in den letzten Jahren immer schlimmer geworden. Wenn Sie mir also nichts anderes sagen, werd ich einfach weiter meine eigenen Spitznamen für Sie verwenden – ›Arschgesicht‹ oder noch was Hübscheres. Das gefiele meiner Frau sicher gar nicht.«

Der Anrufer lachte leise. »Sehr blumige Ausdrucksweise, Mr. West. Ich kann natürlich nicht zulassen, dass Sie sich den ausdrücklichen Wünschen Ihrer Frau widersetzen. Nennen Sie mich bitte Juan.«

»Gut, Juan. Was wollen Sie?«

Eine Pause entstand. Logan unterbrach die Stille nicht. Er wartete geduldig.

»Ich will ein Artefakt, das Ihr Team während Ihrer Tour in Falludscha an sich genommen hat«, hörte er wenig später. »Es ist eine Flagge, um genau zu sein. Eine von Saddam Husseins irakischen Flaggen, die Sie oder eines Ihrer Teammitglieder jetzt in Ihrem Besitz haben. Wissen Sie, wovon ich rede?«

Logan wusste es. Er wusste auch, wer die gesuchte Flagge hatte, doch das wollte er diesem Typen ums Verrecken nicht auf die Nase binden. Zumindest nicht, ohne ihm vorher weitere Informationen zu entlocken. Er musste klug vorgehen, sonst durchschaute ihn Juan womöglich. Er sah auf seine Uhr. *Mir bleibt noch genügend Zeit, bevor Mike hier ist.*

»Was ist so wichtig an einer Flagge? Sie wissen, dass man die online bestellen kann? Scheint mir um einiges billiger und einfacher, als sie von mir zu bekommen. Das kommt Sie sonst teuer zu stehen. Roberto kann Ihnen das bestätigen.« Logan wartete auf eine Antwort. Er hatte den Eindruck, dass Juan langsam ungehalten wurde. Und er behielt recht.

»Okay, Schluss mit den Witzchen und dem Small Talk, Mr. West. Haben Sie die Flagge oder nicht? Wenn nicht, hören Sie auf meine Zeit zu verschwenden … oder die Ihrer *Frau,* wo wir schon dabei sind.«

Logan lief es kalt den Rücken runter.

»Was soll das heißen, Dreckschwein? Sie bewegen sich gerade auf ganz dünnem Eis. Und wo ich so drüber nachdenke, habe ich beschlossen, Sie weiterhin ›Arschloch‹ zu nennen, Arschloch.«

»Ich hab mich eventuell undeutlich ausgedrückt, Mr. West. Entweder Sie geben mir, was ich will, oder Sie finden es für mich. Ansonsten werden Sie Sarah nie wiedersehen. Es täte mir leid, wenn ich einen meiner Männer anweisen müsste, ihr wehzutun und sie hinterher zu töten. Stellen Sie meine Entschlossenheit besser nicht auf die Probe.« Juan machte eine Pause. Die Worte trafen Logan wie Schüsse in die Brust. Juan klang, als ob er es ernst meinte. Logan zweifelte keine Sekunde, dass er seinen Worten auch Taten folgen ließ.

Logan schloss die Augen, weil der Zorn ihn fast überwältigte. Die Wut, gepaart mit seiner aktuellen körperlichen Verfassung, löste derart stechende Schmerzen in seinem Kopf aus, dass er befürchtete, sein Schädel zerspringe in Tausende kleine Stücke.

Reiß dich zusammen, Logan. Wenn du nicht klar denken kannst, machst du Fehler – Fehler, die Sarah verletzen oder töten.

Er hatte schon früher erlebt, wie Fehler vorsichtigere Männer als ihn das Leben gekostet hatten. In Irak hatte ein Marine ›Selbstzufriedenheit tötet‹ an eine Betonbarrikade in der Nähe von Al-Qa'im gesprüht, einer Stadt an der syrischen Grenze. Dieser Spruch war nur allzu wahr und erinnerte sie immer daran, stets wachsam zu bleiben.

Als er endlich sprach, war seine Stimme mehr ein Raunen. Ein zufälliger Beobachter hätte meinen können, dass dieser gut aussehende Mann mit der Figur eines Athleten und Gesichtszügen wie gemeißelt sich abrupt in den Teufel persönlich verwandelt hatte. Grüne Augen funkelten zornig in einer Maske aus purem gewalttätigem Hass.

»Hören Sie genau zu, Juan. Ich werde Sie finden, ich werde Sie aufhalten und dann werde ich Sie töten, nachdem ich Ihnen Ihr mieses Spielchen versaut habe. Bis bald.«

Logan eilte bereits die Treppe zum Erdgeschoss hoch, während er die Verbindung trennte. Er stopfte das Handy in die Tasche der Cargo-Pants und rief parallel mit der anderen Hand auf seinem eigenen Gerät Mikes Nummer im Telefonbuch auf.

Mike ging sofort ran. *Er hat schon mit mir gerechnet.* »Mike, triff dich mit mir bei Sarahs Haus, genauer gesagt am Tor zu ihrer Wohnanlage. Ich glaube … nein, streich das … ich *weiß*, dass sie in Schwierigkeiten steckt. In ernsthaften Schwierigkeiten, Diese Leute haben gerade den Einsatz erhöht. Ich ruf dich noch mal vom Auto aus an. Ich pack meine taktische Notfallausrüstung ein. Hoffentlich hast du deine auch mit. Wir sprechen uns in drei Minuten, wenn ich im Auto sitze«, sagte er und legte auf.

Er betete, dass Juans Drohung nur ein Bluff war, ein Versuch, ihn dazu zu bringen, die Flagge rauszurücken. Juan musste klar sein: Wenn Sarah etwas zustieß, tat Logan niemals, was er von ihm verlangte. Leider half diese Logik nicht, ihn zu beruhigen.

Der Tag war in Rekordgeschwindigkeit außer Kontrolle geraten. Falls er überhaupt eine Chance hatte, aus dieser Misere rauszukommen, musste er sie nutzen, bevor Juan den nächsten Zug machte. *Ich bin dran, Arschloch.* Er musste dem aufziehenden Sturm zuvorkommen, bevor dieser ihm die einzige Frau wegriss, die er liebte.

Ich komme, Baby. Halt durch.

3

Sarah West ärgerte sich tierisch über ihren künftigen Exmann. Logan hatte Daly ohne Vorwarnung bei ihr abgeliefert und etwas von einem spontanen Ausflug geschwafelt. Als sie fragte, ob alles in Ordnung war, log er sie kurzerhand an. Sie wusste es, obwohl er steif und fest behauptete, dass es ihm gut ging.

Er wollte angeblich zum Skifahren auf den Whiteface Mountain im Norden von New York fahren. »Den Kopf frei kriegen« müsse er und »kalte Luft und Schnee« halte er da für das Richtige.

Etwas stimmte nicht, kein Zweifel. Mehrmals hatte sie versucht, ihn seit seinem überraschenden Besuch anzurufen, jedoch ohne Erfolg. Er ging nicht ran. An sich war das nicht ungewöhnlich, aber seit seiner Abreise beschlich sie das Gefühl, dass mehr dahintersteckte. Er verhielt sich noch distanzierter als zu der Zeit, in der ihre Ehe noch intakt gewesen war – wenn das überhaupt ging.

Sarah hatte sich die letzten drei Tage in die Arbeit gestürzt und fieberhaft an ihrem Artikel über die Immobilienkrise für *The Economist* gearbeitet. Trotz ihrer Arbeit, dem täglichen Joggen und den Spaziergängen mit Daly, ihrem drei Jahre alten Golden Retriever, ebbte ihr Frust wegen Logan nicht ab.

Sie hoffte, sich mit einem gründlichen Hausputz von ihren Sorgen ablenken zu können. Das scheiterte … kläglich. Selbst jetzt, wo sie kurz davorstand, die

Scheidungspapiere einzureichen, ging er ihr ständig im Kopf herum. Das brachte sie auf die Palme. Es war einfach lächerlich.

Als Nächstes versuchte sie es mit Kochen. Als sie ein Hähnchen Parmigiana in den Ofen schob, spürte sie, wie Daly mit der Pfote ihren Fuß anstupste, als wollte er fragen: *Wo ist mein Stück?* Sie schaute zu ihm runter, lächelte und kraulte ihn hinter den Ohren. Er verzog die Lefzen und legte den Kopf auf die Seite.

»Was ist los, mein Großer? Du hattest doch schon Mittagessen. Sorry, aber das ist für mich. Für später.«

Daly winselte, legte beide Pfoten auf ihre Oberschenkel und blickte sie treuherzig mit einem schiefen Grinsen an.

»Okay, okay. Wie wär's damit? Ich seh mal oben nach der Wäsche und dann gehen wir ein bisschen raus, bis das Hähnchen fertig ist. Hört sich das gut an?«

Daly bellte einmal, nahm seine Pfoten von Sarahs Beinen und flitzte zur Terrassentür. Seine Pfoten klickklackten auf dem Holzboden. Er stoppte an der Tür, setzte sich auf die Hinterbeine und sah erwartungsvoll zwischen Sarah und dem riesigen Hinterhof hin und her.

»Ich bin gleich wieder da. Dauert nur 'ne Minute.«

Daly bellte zustimmend. *Okay, ich warte.*

Während Sarah durch die Küche ging, genoss sie den Ausblick auf die sanften Hügel und Wälder, die sich in alle Richtungen erstreckten. Von dieser Aussicht bekam sie nie genug. Sie musste sich zwingen, nicht stehen zu bleiben und verträumt aus dem Fenster zu starren, wie sie es oft zu dieser Tageszeit tat.

Die Landschaft wirkte beruhigend, ganz im Gegensatz zu dem Chaos und dem emotionalen Wirbelsturm, in den sich ihr gemeinsames Leben verwandelt hatte. Im März

2006 stellte sie Logan schließlich ein Ultimatum: »Hör mit dem Saufen auf oder es ist vorbei. Ich halt das nicht mehr aus.«

Leider hatte Logan es vorgezogen, das Problem zu ignorieren, bis sie ihn schließlich aus dem gemeinsamen Haus geworfen hatte. Sarah war – um seinetwillen – unglaublich erleichtert, dass Logan dann doch endlich mit Saufen aufgehört hatte, aber bis dahin war schon so viel zu Bruch gegangen, dass ihre Beziehung nicht mehr zu retten gewesen war.

Ihr 460 Quadratmeter großes Eigenheim auf dem riesigen Acht-Hektar-Grundstück, das sie gern als ›geeignet für das Landleben in der Vorstadt‹ bezeichnete, hatte ihnen beiden ursprünglich als Rückzugsmöglichkeit vom Stress gedient. Manchmal fühlte es sich an wie mitten im Nirgendwo, befand sich aber in Wahrheit nur wenige Meilen abseits der Route 40, etwas nördlich von West Friendship, Maryland. In einer Stunde war man mit dem Auto in Baltimore, Annapolis oder Washington.

Als sie nach Logans Ausscheiden aus dem Marine Corps hergezogen waren, hatten sie sich trotzdem immer vorgestellt, völlig abgeschieden und geschützt vor all dem Grauen der Welt da draußen zu sein, das Logan nur zu gut kannte. Doch leider lauerte das Grauen in seinem Kopf und er konnte ihm nicht entfliehen, egal wohin sie gingen.

Kaum zu glauben, dass der Umzug schon vier Jahre zurücklag. Seit Logans ehrenvoller Entlassung war eine Menge passiert. Er weigerte sich immer noch, darüber zu reden, was ihn in Falludscha so grundlegend verändert hatte. Eine steile Karriere bei der Force Recon, der Spezialeinheit für Aufklärung, und, soweit es die Marines anging, den Besten der Besten, hatte er ausgeschlagen.

Sie war mit ihm zu Beerdigungen gegangen und das wenige, was er ihr erzählte, hielt sie davon ab, weitere Fragen zu stellen.

Aus irgendeinem Grund gab Logan sich selbst und seinen Vorgesetzten die Schuld am Tod seiner Männer. Was immer auch passiert war, es hatte ihren Mann ironischerweise zum Helden gemacht. Ihm sollte das Navy Cross verliehen werden, doch er lehnte es ab. Er sagte ihr, er habe es nach dem Tod seiner Marines nicht verdient. Man habe ihn dazu verleitet, etwas zu tun, dessen katastrophale Folgen absehbar gewesen wären.

Sarah glaubte nicht, dass es tatsächlich eine Alternative gegeben hätte, zumindest nicht nach dem, was John Quick ihr im Nachhinein schilderte. Aber das änderte nichts. Logan schleppte die Schuld mit sich herum wie eine schwere Last, die drohte, ihm das Genick zu brechen. Psychologisch betrachtet stimmte das auch.

Er hatte seiner Frau versprochen, ihr eines Tages die ganze Geschichte zu erzählen, aber das war vor vier Jahren gewesen. Danach war es mit seiner Sauferei zunehmend eskaliert, was dafür sorgte, dass er dieses Versprechen nie einhielt – nur eines von vielen, wenn sie es sich recht überlegte.

Um das Ganze noch mysteriöser zu machen, wurde Logan ein voller Ruhestandssold gezahlt, obwohl er nur zehn Jahre im Dienst gewesen war. Niemand erhielt diese Vergütung nach so kurzer Zeit, schon gar nicht vom Marine Corps oder einer anderen Einheit, die dem Verteidigungsministerium unterstellt war.

Logan wollte die Zahlungen ablehnen, aber das Marine Corps bestand darauf. Lieutenant General Jack Longstreet – inzwischen Kommandeur des Marine Corps –

hatte sie eines Abends zu Hause besucht, einige Monate nach Logans Rückkehr vom Einsatz. Sie wusste, dass General Longstreet mit Logan in Falludscha gewesen war. Ihre Unterhaltung hatte weniger als eine halbe Stunde gedauert. Nach der Verabschiedung des Generals wollte Logan nicht darüber reden, aber er hatte sich zumindest nicht länger gegen die Überweisungen gesträubt.

Nur wenige Monate nach diesem Besuch fand Sarah heraus, dass Logan die Pensionsschecks direkt an eine Stiftung für Kinder in Irak gefallener Marines spendete. Es überraschte sie nicht im Geringsten.

Logan war ohnehin wohlhabend genug, da er ein kleines Vermögen geerbt hatte, womit er aber nie hausieren ging. Er lebte sehr bescheiden, obwohl er mehr als einen Grund gehabt hätte, stolz auf sich zu sein. Das gehörte zu den Eigenschaften, die sie an ihm liebte … bevor das Trinken angefangen hatte, ihn zu zerstören.

Sie lief durch den Flur zur Treppe im Eingangsbereich des Hauses, ohne dabei auf die Fenster zu achten, die die schwere Vordertür aus Eichenholz umrahmten. Daher bekam sie auch nicht mit, wie sich vier Männer auf dem von Bäumen gesäumten Pfad dem Haus näherten.

4

Logan kämpfte, um die aufkeimende Panik in Schach zu halten. Er hatte alle paar Minuten probiert, Sarah vom Auto aus anzurufen. Vor ihm lagen noch 20 Minuten Fahrt.

Logan rief erneut bei Mike an. »Sie antwortet nicht. Wann bist du dort? Ich brauche noch mindestens eine Viertelstunde. Wenn mich nicht einer von Juans angeheuerten Schlägern tötet, wird es dieser verfluchte Kater tun.«

»Verdammt, Logan. Bist du dir sicher, dass du das durchziehen willst? Das HRT kann in einer Stunde vor Ort und einsatzbereit sein. Du musst es nur sagen.« Mike machte eine Pause, bevor er fortfuhr. »Scheiße, wahrscheinlich sollte ich es tun. Das weißt du. Aber es geht um Sarah, also ist es deine Entscheidung.«

Logan wusste, dass das Hostage Rescue Team, eine Spezialeinheit des FBI zur Geiselbefreiung, zu den besten Elitetruppen des Landes gehörte. Wie geschaffen für eine solche Situation. Sie bestand überwiegend aus früheren Einsatzkräften und Scharfschützen der Special Forces – unter anderem Deltas, Navy SEALs und Green Berets. Trotzdem war es sein Problem und er weigerte sich zuzulassen, dass das FBI das Leben seiner Frau – *seiner künftigen Ex-Frau* – aufs Spiel setzte, bevor er wusste, was Sache war. *Wahrscheinlich geht es ihr gut. Es gibt alle möglichen Erklärungen, wieso sie grad nicht ans Telefon geht.*

»Auf keinen Fall, Mike. Hoffen wir, dass bei Sarah alles okay ist, aber wenn nicht, dann regeln wir das allein.«

Mike wusste, dass Logan in solchen Fällen nicht lockerließ. Ganz egal, welche Gesetze er dafür brechen musste, er ließ seinen Freund nicht im Stich.

»Alles klar, Mann. Ich hoffe nur, wir kommen rechtzeitig. Wir treffen uns gleich dort.«

Im ländlichen Maryland

Sarah war oben im Wäscheraum. Sie fand es sehr praktisch, dass er sich im ersten Stock und nicht im Keller befand. Gerade als sie eine Ladung Sportklamotten aus der Maschine geholt hatte, hörte sie das *Piep-piep-piep* der Alarmanlage. Jemand musste eine Tür oder ein Fenster geöffnet haben.

Will Logan Daly etwa abholen, ohne vorher anzurufen? Was glaubt er, wer er ist? Ein Vergehen mehr, das sie der ständig wachsenden Liste hinzufügen konnte.

Sie wollte gerade nach Logan rufen, als sie Daly knurrend und bellend durch die Küche zur Garage rennen hörte.

Das ist nicht Logan.

Als sie sich der Empore über dem Eingangsbereich näherte, hörte sie zwei laute Schüsse durchs Haus hallen. *Neeeeeeiiiiiin!* Sie unterdrückte einen Aufschrei, als ihr klar wurde, dass der Eindringling gerade ihren geliebten Hund erschossen hatte.

Abrupt blieb sie stehen. Eine Mischung aus Angst und Trauer traf sie wie ein Schlag in die Magengrube. Panik packte sie und ihr Herz raste. Wie angewurzelt stand sie auf dem Teppich, gelähmt vor Schreck.

Sie hörte, wie Daly vor Schmerzen und Überraschung

kläffte, gefolgt von einem dumpfen Aufprall, als er mit seinen fast 28 Kilo auf den Küchenboden stürzte. Für einen Moment überwältigt von einer lähmenden Wehmut sank sie zu Boden.

Es lief ihr kalt den Rücken hinunter, als ihr klar wurde: *Wer immer da im Haus ist, er ist gefährlich. Wenn er unseren Hund erschießt, erschießt er mich wahrscheinlich auch.* Sie musste ihre Schockstarre abschütteln. Und zwar schnell.

Jetzt war nicht die Zeit, um Daly zu trauern. Das konnte warten. Kampflos wollte sie sich nicht ergeben. Verdammt noch mal kein leichtes Opfer sein. Immerhin hatte sie einen Marine geheiratet, noch dazu einen, der bei der Force Recon war. Ihre Trauer wurde von einer intensiven Wut verdrängt, die mit jedem Augenblick stärker wurde.

Sarah holte zweimal tief Luft, um das Zittern zu stoppen, das der anfängliche Schock ausgelöst hatte. Schnell und lautlos schlich sie ins Schlafzimmer.

Der großzügige Raum verfügte über eine Doppeltür. Sie zog vorsichtig die rechte Hälfte hinter sich zu, ließ sie aber einen Spaltbreit offen, um das Klicken beim Einrasten zu verhindern. Der linke Flügel stand noch halb offen, wodurch man das Schlafzimmer vom Flur aus teilweise sehen konnte.

Als sie zum Schrank ging, hörte sie Stimmen von unten. Sie redeten Spanisch – eine Sprache, die sie weder sprach noch verstand.

Das ist nicht real. Das kann doch nicht wirklich gerade passieren. Dann dachte sie an Logan. Wie auch immer es gerade um ihre Ehe bestellt war, sie hörte seine Stimme in ihrem Kopf, die ihr mit Nachdruck Anweisungen einflüsterte: *Bleib immer in Bewegung oder du stirbst!*

Sie huschte in einen der überdimensionalen begehbaren

Kleiderschränke, den früher ihr Mann benutzt hatte. In der hinteren Ecke fand sie im mittleren Schubfach das, was sie suchte – die Benelli-M2-Schrotflinte von Logan.

Er hatte sie ihr dagelassen. Vorher hatte er ihr erklärt, wie man sie benutzte, und gemeint, er brauche sie nicht, weil er ja seine Pistolen habe. »Heb sie dir für einen schlechten Tag auf«, meinte er mit einem Grinsen. Das Grinsen wäre ihm wohl vergangen, wenn er gewusst hätte, dass sie kurz davorstand, die Waffe tatsächlich zu benutzen, weil sie um ihr Leben kämpfen musste.

Sie umklammerte den Griff der schwarzen bedrohlich aussehenden Schrotflinte mit der linken Hand und zog den Verschluss langsam zurück – wie er ihr es gezeigt hatte –, um sicherzugehen, dass sie geladen war. Als sie die Patrone in der Kammer sah, atmete sie erleichtert aus. *Das passiert gerade wirklich.*

Womit Logan sie geladen hatte, wusste sie nicht mehr, aber er hatte gesagt: »Liebling, wenn jemals jemand hier eindringt und du schießt damit auf ihn, kommt er nicht heil raus.« Er hatte dabei gelächelt, wie die meisten Waffenbesitzer, die stolz darauf waren, was ihre Waffen anrichten konnten, aber niemals damit rechneten, sie tatsächlich einzusetzen. Hoffentlich überlebte sie lang genug, um Logan zu berichten, wie wirkungsvoll die Waffe tatsächlich war.

Obwohl sie bezweifelte, dass ihr Zeit zum Nachladen blieb, schnappte sie sich die Schachtel mit Ersatzmunition aus dem Fach. Es kam auf jeden Schuss an.

Zurück im Schlafzimmer legte sie sich links vom Bett auf den Boden und richtete die Schrotflinte auf den offenen Spalt der Zimmertür. Sie löste die Sicherung und wartete.

5

Juan hatte Cesar nicht gewarnt, dass es im Haus einen Hund gab. Er wusste, dass Cesar seit seiner Kindheit, verbracht in den Randbezirken von Ciudad Juárez, eine panische Angst vor Vierbeinern plagte. Streunende Hunde hatten in seinem Viertel abends die Straßen durchstreift. Mehr als einmal wurden Cesar und seine Freunde von wilden Rudeln gejagt. Das war nur eine der vielen Gefahren, wenn man in der Nähe von Juárez lebte.

Als Cesar durch den Seiteneingang ins Haus kam und der hellbraune Hund ihn ansprang, um sein Heim zu verteidigen, war Cesar in Panik geraten und hatte mit seiner 9-Millimeter-Glock zwei Schüsse abgefeuert. Der erste ging vorbei und schlug in die gegenüberliegende Küchenwand ein, aber die zweite Kugel erwischte den Hund an der linken Schulter und warf ihn zu Boden.

Cesar ging an dem sterbenden Tier vorbei und bemerkte, dass dieses ihn mit Blicken verfolgte. Blut lief aus der Schusswunde über das Fell und tropfte auf den Boden. Der Hund schien noch in seinen letzten Momenten Widerstand zu leisten und sagen zu wollen: *Das ist mein Haus. Du hast hier nichts zu suchen.*

Die Augen des Hundes schlossen sich und ein letztes Zittern ging durch den erschlaffenden Körper.

Cesar wusste, dass die Frau von Mr. West im Haus war, aber zumindest in der Küche hielt sie sich nicht auf. Es gab eine Menge Zimmer – deutlich mehr, als er erwartet hatte – und er wusste, dass sie alles gründlich durchsuchen mussten.

Die Anweisung lautete, sie gefangen zu nehmen, was auch immer passierte. Das hatte Juan ausdrücklich betont.

»Egal wie, Cesar. Es ist entscheidend, dass sie am Leben bleibt.« Wenn der Boss sie lebend wollte, war es eben so. Sie hatten ihre Befehle und hielten sich strikt daran.

Juan Black entlohnte sie fürstlich für die spezielle Arbeit, die sie erledigten, aber Mr. Black sorgte auch auf skrupellose Weise für Ordnung, falls seine Anweisungen nicht exakt ausgeführt wurden.

Er dachte an Marcos Rivera. Sein Kopf in einer Schachtel mit der abgezogenen Gesichtshaut auf den schwarzen Haaren war kein schöner Anblick gewesen. Cesar hielt sich für tough, aber Juan Black jagte ihm trotzdem Angst ein.

Cesar drehte sich zu den drei Männern um, die ihn begleiteten. Auf Spanisch mit mexikanischem Akzent sagte er: »Angel« – er sprach es *AHNhell* aus – »du kommst mit mir. Wir gehen nach oben. Antonio, du checkst mit Tomas das Erdgeschoss und den Keller. Ich wiederhole: Niemand tötet die Frau. Ihr Ehemann ist zu wichtig. Wenn sie tot ist, wird er nicht kooperieren. Verstanden?«

Antonio und Tomas nickten und liefen ins Esszimmer neben der Küche. Cesar wusste, dass beide sich an die Instruktionen halten würden. Genau wie Juan hatte auch Cesar Ahnung davon, wie man seinen Untergebenen Disziplin beibrachte.

Cesar ging in die Eingangshalle. Angel folgte ihm und behielt den Bereich hinter ihnen im Auge. *Die Schlampe versteckt sich garantiert. Ihr Hund war mutiger als sie. Eine feige Hure, wie alle Frauen …*

Seine Mutter hatte Cesar verlassen, als er sieben war,

und er musste sich allein um seinen Vater kümmern, einen Alkoholiker. Sein Urteil über Frauen stand damit fest. Einer der vielen Gründe, weshalb er lieber allein lebte und sich weigerte, Verbindungen mit einem Mitglied des schwachen Geschlechts einzugehen.

Sie bewegten sich so lautlos wie möglich die Treppe hinauf, die einen Bogen machte. Oben angekommen wandte sich Cesar nach rechts in Richtung Schlafzimmer. Die Tür stand offen. *Bestimmt kauert sie in der Ecke wie ein ängstliches kleines Mädchen.* »Durchsuch die anderen Zimmer. Ich nehm das hier.« Angel ging nach links und schlich den Flur entlang.

Cesar hob die Pistole und hielt sie vor sich, während er sich der Tür näherte. Er dachte an den Spaß, der auf ihn wartete, wenn die Frau erst einmal in ihrer Gewalt war, und lächelte bei dem Gedanken.

Ich finde dich. Du kannst dich verstecken, aber ich finde dich. Das wird ein Spaß.

Sarah hörte, wie der Mann den Flur entlangkam. Er bewegte sich zwar leise, aber das sanfte Rascheln der Schuhe auf dem flauschigen Teppich verriet ihn. Die Schritte stoppten vor dem Schlafzimmer.

Mühsam versuchte sie, Atmung und Herzschlag zu kontrollieren. Es fühlte sich an, als drehte sich ihre gesamte Welt jeden Moment auf den Kopf und zog sie in eine Ohnmacht, ehe sie die Chance bekam, sich zu verteidigen. Sie blinzelte, kniff die Augen zusammen, behielt die Tür im Blick … und wartete.

Sobald sie ein gleichmäßiges Atmen auf der anderen Seite der Tür hörte, wusste sie, dass der Moment gekommen war. Sie hätte fast geschrien, nur um die Stille zu durchbrechen, die sie schier wahnsinnig machte. Stattdessen konzentrierte sie sich auf den schmalen Spalt, richtete das Visier der Schrotflinte auf den Bereich, in dem sie die Brust des Mannes vermutete. Sie wollte sichergehen, dass derjenige auf der anderen Seite keine zweite Chance erhielt, ihr wehzutun. Jetzt kam es drauf an.

Cesar zögerte auf der anderen Seite der Schlafzimmertür. Durch den Spalt bemerkte er eine weitere Tür, die in ein angrenzendes Bad führte. Durch ein Dachfenster fiel Licht in den Raum und wurde von der Glastür der Dusche reflektiert. Er hörte keine Bewegung. *Sie musste hier sein.* Das spürte er.

Er wollte ihr wehtun, aber die Mission war wichtiger als seine egoistischen Begierden. Er konnte sie wenigstens ein bisschen terrorisieren, während sie sich in seiner Gewalt befand, vielleicht auch nur, um sie daran zu erinnern, dass sie in einer von Männern dominierten Welt lebte. Zuerst musste er sie jedoch finden. Er betrat das Schlafzimmer, die Glock mit beiden Händen im Anschlag, und suchte nach dem Ziel.

Als er über die Schwelle trat, fiel sein Blick nach rechts auf etwas, das wohl ein gigantischer Schrank war. *Amerikaner sind dermaßen verwöhnt.* Endlose Fächer voller Pullover und Garderobenstangen mit Kleiderbügeln, auf denen Blusen, Oberteile und Kleider hingen. Nachdem er das gesehen hatte, verabscheute er sie noch mehr.

Cesar machte einen Schritt nach vorn, drehte sich nach links und erkannte sofort, dass er einen tödlichen Fehler gemacht hatte. Er blieb wie angewurzelt stehen. *Sie hat geduldig wie ein Raubtier auf ihre Beute gewartet. Ich hab sie unterschätzt … Miststück.*

Sein Verstand rotierte, als ihm klar wurde, dass er von einer Frau in eine Falle gelockt worden war. Er öffnete den Mund, um zu schreien, da zog die Frau auch schon den Abzug der Schrotflinte durch, die auf ihn zielte. Er hoffte nur, dass der Schmerz schnell endete.

Sarah sah als Erstes den Lauf der Glock. *Dieses Monster hat meinen Hund getötet.* Der Gedanke verhallte in ihrem Kopf. Mit einem Mal wurde sie ganz ruhig. Mit dickem schwarzem Schnäuzer und gegeltem tiefschwarzem Haar, zum Seitenscheitel gekämmt, kam er herein.

Mit sichtbarer Abscheu spähte er zum Kleiderschrank, was dazu beitrug, sein Schicksal zu besiegeln. Er ging weiter ins Zimmer hinein und wandte sich in ihre Richtung. Sie wartete auf den richtigen Moment. Schließlich sah er sie neben dem Bett auf dem Boden liegen.

In dem Moment, als der Blick ihrer blauen Augen seine dunkelbraunen traf und er überrascht die Brauen hochzog, lief kurz ein zufriedener Schauder über sie hinweg. Sie erkannte, dass sie schlauer gewesen war, als er erwartet hatte. Ohne zu zögern, betätigte sie den Abzug der Benelli. *Das ist für meinen Hund, du Schwein. Du bist erledigt.*

Das Donnern des Schusses aus der Schrotflinte wurde durch den Widerhall im Schlafzimmer zusätzlich verstärkt. Sie hatte ein Klingeln in den Ohren, sonst nichts. *Oh Gott. Ich kann nichts mehr hören.*

Aber was wichtiger war – sie hatte gut gezielt. Sie sah, wie der Bewaffnete die volle Ladung der großkalibrigen Schrotkugeln in die Brust bekam – Logan hatte aus taktischen

Gründen eine Munition gewählt, die auf kurze Distanz den meisten Schaden anrichtete. Acht 9-Millimeter-Kugeln zerfetzten die Kleidung des Mannes und verwandelten seine Brust in blutigen Matsch. Aus einem Abstand von weniger als drei Metern drangen drei der Projektile in sein Herz, brachten es zum Stillstand, kappten damit die Versorgung des Gehirns mit Blut und töteten ihn sofort.

Die leere Schrotpatrone wurde ausgeworfen und Sarah wurde Zeugin, wie der Bewaffnete von der geschlossenen Tür zurückprallte und mit dem Gesicht voraus auf dem Teppich zusammenbrach. Blut tränkte langsam den Stoff, als ob man versuchte, Tinte mit Küchenpapier aufzuwischen. Wie eine Blüte, die sich im Zeitraffer öffnete.

Zum Glück blieb ihr keine Gelegenheit, die Tatsache zu verarbeiten, dass sie gerade ein Leben beendet hatte. Durch das Klingeln in ihren Ohren bekam sie gedämpft mit, wie ein zweiter Eindringling etwas auf Spanisch brüllte und den Flur entlang auf sie zurannte.

Sie bemühte sich, die Ruhe zu bewahren und konzentriert zu bleiben. Wenn sie sich bewegte, verriet sie ihre Position und verschaffte dem zweiten Eindringling einen Vorteil.

Logan hatte oft davon gesprochen, dass Menschen in Filmen oder im Fernsehen instinktiv falsch reagierten, wenn sie in einem Haus angegriffen oder eingeschlossen wurden. Diese Vorträge waren ihr auf die Nerven gegangen, aber im Moment profitierte sie von dem vermittelten Wissen. »Wenn du jemals aus einem Zimmer nicht entkommen kannst, schieß einfach, wenn sie reinkommen. Solange sie nicht mit Blendgranaten und Sturmgewehren bewaffnet sind, bist du im Vorteil. Wenn es mehr als einer ist, werden sie zwar wissen, dass du da bist, aber du bleibst im Vorteil. Nicht sehr angenehm, aber es ist die einzige Möglichkeit.« Sie beabsichtigte, Logans Theorie auf die Probe zu stellen.

Ein zweiter Eindringling blieb vor der Schlafzimmertür stehen. Die Leiche seines Partners musste vom Flur aus zu sehen sein. Bestimmt hatte er deshalb aufgehört zu schreien.

Während er überlegte, was er tun sollte, blieb Sarah ganz ruhig. Ihr Finger lag am Abzug. Sie bereitete sich auf den nächsten Schuss vor.

Der zweite Bewaffnete sprach plötzlich, was sie überraschte und dafür sorgte, dass sie kurzzeitig die Konzentration verlor. »Mrs. West, ich will Ihnen etwas sagen. Wir sind nicht hier, um Sie zu töten. Wir brauchen Sie als Druckmittel, um Ihren Mann zu überzeugen, uns zu helfen. Cesar – der Mann, den Sie gerade erschossen haben – hat Sie offensichtlich unterschätzt. Ich werde das nicht tun. Wir können die ganze Nacht warten, falls es nötig ist. Es kommt aufs Gleiche raus. Sie hocken in der Falle. Sobald Sie sich bewegen, sehe ich Sie und nehme Sie ins Visier.« Sie wusste, dass er recht hatte.

»Wenn Sie jetzt rauskommen, wird es viel glatter ablaufen. Das Ergebnis ist dasselbe, ganz gleich, was Sie tun. Ich habe den Befehl, Sie nicht zu töten, aber wenn Sie mir keine andere Wahl lassen, werde ich Sie erschießen. Wenn Sie bleiben wollen, wo Sie sind, ist mir das egal. Sie können nirgends hin und von dort drinnen aus können Sie keinen Schaden anrichten. Wie ich schon gesagt habe, Mrs. West, wir haben die ganze Nacht Zeit. Weitere Männer sind auf dem Weg hierher. Sie können nichts tun. Sie werden aus diesem Zimmer kommen, so oder so. Verlassen Sie sich drauf.«

Mehr Männer? Mein Mann? Sie hatte den Komplizen dieses Mannes getötet, aber das schien ihn überhaupt nicht aus der Ruhe zu bringen. *Wer sind diese Leute?* Sie wusste, dass das keine Rolle spielte. Ihr blieb nur eine Möglichkeit, und sie musste schnell handeln. Sie atmete aus, zielte auf die Tür, die einen Spalt offen stand, und zog den Abzug zum zweiten Mal durch, während sie lautlos um Hilfe betete.

BUM!

Das Glück war auf ihrer Seite – oder zumindest nicht auf der des Angreifers –, der zweite Schuss aus der Schrotflinte zerfetzte die Tür in kleine Holzsplitter. Diese vermischten sich mit der Schrotladung zu einer tödlichen Wolke aus Blei und Holz, die den zweiten Eindringling in den Oberkörper traf. Mehrere große Splitter bohrten sich in seinen Hals und trafen die Halsschlagader. Blut spritzte wie ein purpurroter Wasserfall auf den Teppich.

Sarah hörte, wie der Mann zu Boden ging. *Logan wäre stolz auf mich!* Sie wartete, bis das Klingeln in ihren Ohren nachließ. Geräusche hörte sie keine mehr im Haus, aber sie konnte nicht sicher sein, dass sie allein war. Nun, das Risiko musste sie eingehen. Sie wusste, dass es Zeit wurde, von hier zu verschwinden. Falls wirklich Verstärkung auf dem Weg war, wollte sie so weit weg wie möglich sein, wenn diese eintraf.

Eilig stand sie auf und behielt die Schrotflinte im Anschlag. Sie lief auf die Tür zu, an der Leiche des ersten Angreifers vorbei und in den Flur.

Dort sah sie den zweiten Toten, der mit dunklen leeren Augen im eigenen Blut lag, das immer noch seitlich aus dem Hals strömte. *Wieso sind diese Männer hinter Logan her?*

Sie hatte keine Zeit, darüber nachzudenken. Sie musste hier raus. Sofort. *Und zwar schnell.*

Sie sprintete den Gang entlang und über die Wendeltreppe zur Eingangshalle hinunter, ohne dass es ihr in den Sinn gekommen wäre, dass noch zwei weitere Männer im Haus lauern könnten. Profis, die geduldig darauf warteten, dass sie zu ihnen kam.

6

Antonio und Tomas hielten sich im Untergeschoss am anderen Ende des Hauses auf, als sie den ersten Schuss hörten. Sie hatten gerade das erste der beiden Gästezimmer untersucht, die neben einem großen Bereich lagen, der als Hobbyraum und Fitnesscenter diente.

Der Lärm der Schrotflinte drang durch Wände und Decken. Die zwei tauschten einen alarmierten Blick. Sie wussten sofort, dass etwas Unvorhergesehenes passiert sein musste, denn weder Cesar noch Angel hatten eine Schrotflinte mitgenommen.

Antonio glaubte, Geschrei aus dem oberen Stockwerk gehört zu haben, aber nur sehr leise. Die Decken und die Isolierschicht dämpften alle Geräusche.

»Los«, sagte Antonio.

Die zwei Männer verließen das Gästezimmer und rannten zielstrebig durch den angrenzenden offenen Hobbyraum, erklommen die Kellertreppe und betraten den Flur neben der Küche.

Ein zweiter Schuss aus der Schrotflinte alarmierte sie noch mehr. Beide Männer erstarrten und sagten kein Wort. Sie waren zu gut ausgebildet, um ihre Position zu verraten.

Antonio flüsterte: »Wir warten einen Moment, bis wir was anderes hören.« Sie positionierten sich auf beiden Seiten des Durchgangs vom Flur zur Küche und warteten ab, ob sich etwas rührte.

Antonio entdeckte den toten Hund auf den Holzdielen. Als Söldner wurde er für seine Dienste großzügig entlohnt. Deshalb spielten persönliche Gefühle bei einem Job wie diesem für ihn keine Rolle. Er hätte eigentlich nichts über die Details der Mission wissen sollen, aber er hatte das Gespräch zwischen Juan und Roberto mitbekommen.

Er wusste, dass das, was sie taten, das politische Gleichgewicht im Nahen Osten beeinflusste. Das war ihm egal. Die Bezahlung machte alles andere unwichtig – Politik, Ideale. Nichts davon besaß eine Bedeutung für ihn. Umso ironischer, dass er beim Anblick des toten Tieres einen Anflug von Bedauern empfand.

Als Kind hatte Antonio einen hellbraunen Labrador gehabt. Sein bester Freund, bis es dem Viech kurz nach seinem zwölften Geburtstag gelang, aus dem eingezäunten Hinterhof der Familie abzuhauen. Der Hund kam nie zurück.

Er hatte sich verzweifelt eingeredet, dass er von einer anderen Familie gefunden worden war und zufrieden bis ans Ende seiner Tage gelebt hatte. Leider wusste Antonio, dass es solche Märchen im wahren Leben nicht gab. So etwas passierte nicht in Mexiko. Wahrscheinlich war der Hund überfahren worden oder ihn hatte ein noch schlimmeres Schicksal ereilt.

Schnelle Schritte aus dem vorderen Treppenhaus lenkten Antonios Aufmerksamkeit von den unangenehmen Erinnerungen zurück ins Hier und Jetzt.

Keiner der Männer bewegte sich. Ihre dunklen Augen richteten sich auf den Eingang zur Küche. *Warte auf sie … noch ein paar Sekunden.*

Antonio hörte weiche Sohlen auf dem Parkettboden der Eingangshalle. Es quietschte, als die Frau eine knappe

Drehung vollzog und sich in Richtung Küchenzeile bewegte. Aus irgendeinem Grund blieb sie im Flur stehen.

Antonio fragte sich, was passiert sein mochte. *Hat sie uns gehört?* Dann wurde ihm der Grund klar. Einen Moment lang empfand er Mitleid mit dieser Frau, die er gar nicht kannte. Sie hatte ihren leblosen Hund in einer Blutlache auf dem Küchenboden gesehen und der Anblick sorgte dafür, dass sie wie angewurzelt verharrte.

Er hörte ein ersticktes Schluchzen, aber dann fasste sie sich. Ohne mit den beiden Männern zu rechnen, eilte sie in die Küche zu ihrem toten vierbeinigen Gefährten.

Antonio wartete, bis sie ihn fast erreicht hatte, bevor er handelte. Mit der Schrotflinte im Anschlag sprang er aus der Deckung und war mit einem Satz bei ihr.

Sie hörte das Rascheln seiner Kleidung, konnte aber nicht mehr reagieren.

Antonio schlang den rechten Arm um ihre Kehle. Die linke Hand platzierte er auf ihrem Hinterkopf und drückte zu.

Der unerwartete Angriff brachte sie dazu, die Waffe fallen zu lassen, die laut auf dem Holzboden aufschlug. Im Gegensatz zu ihnen war sie kein ausgebildeter Soldat.

Als Antonio sie sicher im Würgegriff hatte, hörte er ein Klappern, als etwas anderes auf den Küchenboden prallte. Er sah, dass es sich um ihr Handy handelte. Es stellte gerade eine Verbindung her.

»Schalt es aus, Tomas«, zischte er seinem Partner zu, während er den Druck auf ihren Hinterkopf verstärkte. »Sie wollte jemanden anrufen.«

Tomas beugte sich schnell hinunter und hob das Handy auf. Vom Display lächelte ihm eine Miniaturversion ihres Ehemanns entgegen, Logan West. *Selbst im Kleinformat wirkt der Mann Furcht einflößend. Es liegt an seinen Augen.* Tomas unterbrach den Verbindungsaufbau.

»Der Anruf ging nicht durch. Ich glaube, wir sind im grünen Bereich.«

Antonio knurrte zustimmend und drückte fester zu. Sie hatte keine Chance. Ein Keuchen löste sich aus ihrer Kehle. Bevor sie schreien konnte, hatten Antonios stählerner Unterarm und sein Bizeps die Blutzufuhr zu ihrem Kopf unterbrochen. Selbst ohne Sauerstoff wehrte sie sich noch, was ihn überraschte. *Sie ist stärker, als ich gedacht habe.*

Anstatt sie zu unterschätzen, was offenbar tödlich für das zweite Team gewesen war, erhöhte er den Druck. Er dosierte seine Kraft so sorgfältig wie ein Arzt, der ein besonders riskantes Präparat verabreicht. *Noch ein bisschen mehr* … und nach weiteren zehn Sekunden Gegenwehr erschlaffte die Frau in seinen Armen.

7

Logan hatte geparkt und wartete. Sein Auto war das einzige in Sichtweite. Er hatte an der Abzweigung zu einer kleinen Straße kurz vor der Einfahrt zum Wohnviertel angehalten. Es gab ein Wärterhäuschen, aber das war tagsüber nicht besetzt. Alle Einwohner verfügten über elektronische Schlüsselkarten, die ihnen rund um die Uhr Zugang gewährten.

Er stieg aus und zwang sich, ruhig stehen zu bleiben und auf Mike zu warten. Jetzt, wo sein Kater endlich nachließ, fingen die Entzugserscheinungen an. Er hatte vor etwa 20 Minuten zu zittern angefangen.

Aus purer Verzweiflung und schierer Notwendigkeit hatte er sich eine Flasche Maker's Mark Bourbon geschnappt, bevor er aus dem Haus gerannt war. Er trank ein paar Schlucke von der öligen braunen Flüssigkeit.

Sofort breitete sich ein warmes Gefühl in ihm aus, als der Alkohol seinen Magen erreichte. Nach einem kurzen Moment der Übelkeit gewann das vertraute Gefühl die Oberhand, von dem er körperlich abhängig geworden war. Nachdem sein Durst fürs Erste gestillt war, konzentrierte er sich auf die Atmung, während der Alkohol durch seinen Körper strömte.

Innerhalb weniger Minuten ließ das Zittern nach. Er schämte sich, dass es so weit gekommen war und er Alkohol brauchte, um die schweren Entzugssymptome zu vermeiden. Leider konnte er sich nicht den Luxus oder die

Zeit gönnen, die verschiedenen Stadien des Nüchternwerdens zu durchlaufen. Für das, was auf ihn zukam, musste er so klar wie möglich denken können, eine ruhige Hand besitzen und ohne zu zögern tun, was nötig war.

Wenn jemand Sarah in seiner Gewalt hatte, dann musste sie sich auf ihn verlassen können, das wusste Logan. Egal was er ihr in der Vergangenheit angetan hatte, er ließ sie nicht noch mal hängen. Falls er, um ihr Leben zu retten, genau das tun musste, was letzten Endes auch seine Ehe ruiniert hatte, dann war es eben so. *Manchmal muss man einen Pakt mit dem Teufel schließen.*

Die Abgeschiedenheit der abgeschlossenen Wohnanlage erwies sich für Logan und Mike als Vorteil. Um diese Tageszeit herrschte kaum Verkehr. Bis zur abendlichen Rushhour dauerte es noch ein paar Stunden.

Ein weiterer Vorteil bestand darin, dass es in der weitläufigen Siedlung nur zwölf Wohnhäuser gab. Die Häuser lagen jeweils knapp eine halbe Meile voneinander entfernt, also war die Chance gering, dass die Nachbarn etwas mitbekamen.

Von der anderen Seite einer Wiese hinter ihm kam Hundegebell. *Muss von einem der anderen Häuser kommen. Hier gibt's keine Streuner.* Er wusste nicht, welche der Nachbarn Hunde besaßen, da weder Sarah noch Logan sich je bemüht hatten, Kontakte mit ihnen zu schließen. Gerade die Abgeschiedenheit hatte auf sie beide sehr anziehend gewirkt.

Er dachte an Daly. Hoffentlich ging es seinem treuen Golden Retriever gut. Abgesehen von seiner Frau war der Hund das Einzige, was er in den letzten Jahren wirklich geliebt hatte. Daly hatte ihm geholfen, geistig in der Spur zu bleiben, selbst wenn er sich in Rage gesoffen hatte und mal wieder probierte, sich selbst zu zerstören. Was er auch sagte oder tat, wenn er besoffen war, er hätte dem Kleinen nie auch nur ein Haar gekrümmt. Mehr als einmal hatte Daly ihn vom Rande eines sehr tiefen Abgrunds zurückgeholt.

Er blickte auf und sah Mikes dunkelgrünen Toyota Land Cruiser zum Tor rollen. Logan hatte bei Mike eine Schlüsselkarte für Notfälle deponiert. Notfälle wie diesen.

Logan lief zu Mikes Toyota, als dieser hinter seinem eigenen Land Cruiser zum Stillstand kam. Mike stellte den Motor ab, stieg aus und kam zum Heck des Wagens, wo Logan bereits die Kofferraumklappe geöffnet hatte, um die mitgebrachte Kampfausrüstung auszuladen.

Mike blickte Logan ernst an, Ärger und Besorgnis standen ihm ins Gesicht geschrieben. Er bemerkte die frische Wunde auf Logans linker Wange.

»Verdammt, Logan, bist du okay? Das sieht schlimm aus. Brauchst du was zum Verarzten? Ich hab meine Erste-Hilfe-Ausrüstung dabei.«

Logan schüttelte den Kopf, deutete auf den Kofferraum von Mikes SUV und sagte: »Mir geht's gut, Mike. Das Einzige, was mir hilft, ist, was du hier drin hast und was ich damit anstellen kann.«

Der Freund nickte. Er wusste, dass es sinnlos war, ihm zu widersprechen oder Fragen zu stellen, zumindest für den Moment.

»Wie du meinst. Was Sarah betrifft, müssen wir erst mal die Lage checken. Dann können wir uns überlegen, wie wir vorgehen. Solange wir nicht wissen, wer bei ihr ist – wenn da jemand ist –, können wir nicht aus allen Rohren feuernd reinmarschieren. Wir müssen rausfinden, wer diese Typen sind und was sie eigentlich wollen.« Er packte Logan an der Schulter, damit dieser ihm zuhörte. Logan drehte ruckartig den Kopf zu ihm um und starrte ihn mit ungeduldiger Anspannung im Gesicht an. Seine grünen Augen funkelten.

»Kommt drauf an, wie viele da sind, Logan, aber wir sollten mindestens einen davon lebend erwischen. Wir brauchen Informationen, besonders über diesen Juan oder wie der Dreckskerl heißt. Je mehr Informationen wir bekommen, desto besser. Ich kann meinen Onkel bitten, einen ruhigen Ort für uns zu organisieren, wo wir das mit den entsprechenden Sicherheitsvorkehrungen und Methoden regeln können.« Seine Worte hingen in der kühlen Luft. Er betete, dass Logan die Logik seiner Überlegungen akzeptierte. Als sein Freund endlich antwortete, war er erleichtert.

»Wir erledigen das so professionell wie möglich, Mike. Wenn es geht, sollten wir uns mindestens einen – oder mehr – von den Kerlen lebend schnappen, aber wenn ich auch nur eine Sekunde glauben sollte, dass Sarah in Gefahr schwebt, nehm ich sie ins Visier. Und du weißt, dass ich nicht danebenschieße – nicht mal, wenn ich einen höllischen Kater habe.« Der Whisky wirkte Wunder. Er fühlte sich schon fast wieder fit. *Fit für einen komasaufenden Alkoholiker, der gerade nach einem zweitägigen Blackout aufgewacht ist,* dachte er.

»Eine Sache noch«, fuhr Logan fort. »Wir nähern uns dem Haus von der Rückseite und betreiben erst mal solide Aufklärung aus der Ferne. Und dann warten wir bis kurz nach Einbruch der Dämmerung, bevor wir zuschlagen. Das verschafft uns die beste Deckung und die höchsten Erfolgschancen.«

»Guter Plan.« Mike holte die eigene Tasche aus dem

SUV. »Weißt du, Logan, du solltest wirklich ein für alle Mal trocken bleiben. Wie lange hast du es damals geschafft? Sieben, acht Monate? Keine Ahnung, woran es dann gescheitert ist.« Er machte eine Pause und dachte nach. »Du kannst es mir später erzählen. Zuerst sollten wir deine Frau in Sicherheit bringen.«

Da sie einen Plan gefasst hatten, entspannte sich Logan etwas und musterte die Umgebung. Obwohl niemand zu sehen und das einzige Geräusch das Bellen des einsamen Hundes war, fühlte er sich in der ländlichen Nachbarschaft wie auf einem Präsentierteller.

»Deal … wenn das hier vorbei ist.« Seine Stimme wurde ernst. »Aber lass uns zur Sache kommen. Was für Spielzeug hast du mitgebracht?«

Mike lächelte. Witze waren ein gutes Zeichen. Es bedeutete, dass Logan sich in dem hoch konzentrierten Zustand befand, den alle ausgebildeten Killer für diese Art Arbeit abrufen konnten.

»Zuerst die Waffen«, sagte er und öffnete die erste von zwei schwarzen Taschen. »Eine Heckler & Koch MP7 mit Schalldämpfer – ein Upgrade gegenüber der MP5, die wir früher benutzt haben –, das Zielfernrohr hab ich selbst montiert. Es ist auf knapp 300 Meter eingestellt, aber auf kurze Distanz kann jemand mit deiner Ausbildung damit bis auf 45 Meter wahrscheinlich einen Vierteldollar durchlöchern. Und eine Kimber Tactical II, Kaliber 45, ebenfalls mit Schalldämpfer.« Er gab Logan die Waffen.

»Kein Schalldämpfer. Brauchen wir nicht. Die Nachbarn könnten zwar was hören, aber die denken nur, da geht jemand auf die Jagd.« Logan schraubte die dünne Röhre vom Ende der Pistole ab. »Wenn ich schießen muss, will ich, dass es laut ist. Der Lärm könnte mir auf so engem

Raum einen kleinen taktischen Vorteil verschaffen, obwohl ich es bezweifle. Wenn die Kerle genauso ausgebildet sind wie das Arschloch in meinem Haus, macht es keinen Unterschied. Aber man weiß ja nie.«

Mike zeigte ihm die übrige Ausrüstung. »Ich hab auch zwei Blendgranaten. Ich wusste ja nicht, wie dein Plan aussieht, also hab ich sie mal mitgebracht – für den Fall, dass du *nicht* alle umbringen willst.« Logan musste bei der Bemerkung schmunzeln.

»Wo bleibt da der Spaß?«

Mike ignorierte ihn. »Und für den Feinschliff ein Force-Recon-Mark-II-Kampfmesser. Ich hab mich erinnert, dass du eins in Falludscha hattest.« Er machte eine Pause und musste an den grausigen Anblick eines getöteten Aufständischen mit durchtrennter Kehle denken, der auf einer Treppe verblutete. Er blinzelte, als wollte er das Bild aus seinem Kopf verdrängen.

»Aber zieh erst mal das an, damit du den ganzen Scheiß auch schleppen kannst.« Mike reichte Logan eine Kampfweste mit mehreren Taschen und Schlaufen für die verschiedenen Waffen. Logan schlüpfte hinein und schloss den Reißverschluss. Darunter trug er das kurzärmelige schwarze Unterhemd aus Neopren, das er zu Hause angezogen hatte.

»Perfekt. Passt zu meinem T-Shirt. Und Sarah behauptet, ich hätte keinen Sinn für Mode. Glaubt man das?«, fragte er trocken, während er die Granaten und das Messer an der Weste befestigte.

Auf der linken Seite der Weste befand sich ein Nylon-Holster für die Pistole, tief sitzend und im richtigen Winkel, um schnell ziehen zu können. Logan steckte die Kimber hinein.

»Ich lach mich tot, du bringst mich noch um, Logan.«

»Nicht dich, Mike. Die Typen in meinem Haus«, erwiderte er ernst. Um den Punkt noch etwas zu unterstreichen, sah er Mike an und fügte im Tonfall eines Kindes hinzu, das man gerade ausgeschimpft hat: »Nur wenn ich keine andere Wahl habe, ich weiß.«

Mike schaute Logan an und reichte ihm das letzte Utensil aus der Tasche – ein abhörsicheres Funkgerät für den Kampfeinsatz. »Hier sind das Kehlkopfmikrofon und der Kopfhörer. Das Funkgerät verfügt über eine 128-Bit-Verschlüsselung. Niemand kann uns hören, selbst wenn sie es versuchen sollten.«

Logan befestigte das Kehlkopfmikro am Hals. »Trägt sich genau wie die, die wir im Einsatz hatten.«

»Ich weiß. Deswegen benutzen wir es.«

»Du weißt, wie man das Herz eines Mannes erobert, Mike. Und was hast du für dich mitgebracht?«

Mike lächelte und griff nach einer großen schwarzen Gewehrtasche. »Meine persönliche Lieblingswaffe, wenn's um Präzision geht – die israelische Tavor STAR-21 mit Stativ und einem Trijicon-ACOG-Zielfernrohr mit vierfacher Vergrößerung. Kurz gesagt, wenn du mich brauchst, um einen gezielten Schuss abzugeben, erledige ich das mit diesem Baby. Ich bin vielleicht ein Fed, aber immer noch der beste Schütze beim FBI. Zufrieden?«

Logan wandte den Blick von der Waffe ab und stellte fest, dass Mike eine ruhige Zuversicht ausstrahlte. »Vollkommen. Lass uns gehen. Wie ich gesagt habe, wir nähern uns dem Haus von der Rückseite, wo uns der Wald etwas Deckung gibt. Wenn wir in Position sind, warten wir. Solange sie keine Nachtsichtgeräte haben, merken sie nicht, dass wir kommen. Wir sind in etwa 15 Minuten dort und uns bleiben noch ungefähr weitere zwei Stunden bis Sonnenuntergang.«

Mike knallte die Heckklappe des Land Cruisers zu und schloss den Wagen ab. Logan drehte sich zu ihm um. »Eins noch. Ich kann dir im Moment gar nicht sagen, wie dankbar ich dir bin. Ich weiß, was du riskierst. Ich bin dir definitiv dankbarer, als es gerade den Anschein hat.« Er lächelte grimmig. »Sorgen wir dafür, dass es sich lohnt.«

Beide überprüften Waffen und Ausrüstung und eilten dann im Laufschritt über die Straße und in das dahinterliegende Waldstück.

8

Antonio und Tomas waren nervös. Schon fast 17 Uhr. Roberto hätte längst anrufen sollen, um zu bestätigen, dass er Logan West geschnappt hatte. Antonio war zwar nach der Zeit in Irak und Somalia an gewisse Unwägbarkeiten im Job gewöhnt, aber wenn er nicht innerhalb der nächsten Viertelstunde etwas von Roberto hörte, blieb ihm keine andere Wahl, als ihn anzurufen.

Wenn das nicht klappt, muss ich wohl Mr. Black verständigen. Er zuckte bei dem Gedanken zusammen.

Tomas hatte im ganzen Haus nach der Flagge Ausschau gehalten. Nachdem eine erste Durchsuchung nichts ergeben hatte, befahl Antonio ihm, noch einmal genauer nachzusehen, mit dem gleichen Ergebnis. Sie befand sich nicht im Haus. Antonio wusste, dass sie deshalb die Frau lebend brauchten – um Druck auf ihren Ehemann auszuüben. Entweder gab er ihnen, was sie wollten, oder er musste der hübschen Brünetten beim Sterben zusehen. Die Entscheidung lag bei ihm.

Tomas hatte die Leichen von Cesar und Angel nicht angerührt. Er ließ sie an Ort und Stelle liegen, nachdem er sichergestellt hatte, dass sie nichts bei sich trugen, womit man sie identifizieren konnte. Antonio hatte vor, die Leichen ins Auto zu laden, bevor sie verschwanden. Falls noch etwas schiefging, blieben sie eben hier. Das war die Standardprozedur ihres Teams. Bei dieser Art von Auftrag konnte schon mal was aus dem Ruder laufen.

So eine Scheiße! Cesar und Angel sind tot. Dieser Auftrag ist definitiv *aus dem Ruder gelaufen.*

Sarah West stellte kein Problem dar, denn als sie zu sich kam, stellte sie fest, dass sie mit Gewebeband an einen Küchenstuhl gefesselt war, die Hände mit Kabelbindern auf dem Rücken zusammengebunden.

Ihre erste Reaktion fiel genau so aus wie erwartet. Sie weinte kurz beim Anblick des großen Blutflecks auf dem Küchenboden, den ihr Hund hinterlassen hatte. Sie wusste, dass er tot war, aber sie hatten seinen Kadaver entfernt, um den Schock zu mildern.

Tomas hatte den Hund durch die Glasschiebetür in den Hinterhof getragen und in den Schatten der Hauswand gelegt.

Auf ihre zweite Reaktion war Antonio nicht vorbereitet. Anstatt zu schreien oder sie anzuflehen, freigelassen zu werden, herrschte sie ihn mit leiser, trotziger Stimme an: »Ich weiß nicht, wer ihr seid oder was ihr wollt, aber wenn das etwas mit meinem Mann zu tun hat und er euch findet, dann gnade euch Gott. Der wird euch umbringen.«

Antonio fand es amüsant, dass sie so viel Mut aufbrachte, aber er schüttelte nur den Kopf und sagte: »Mrs. West, Ihr Mann ist wahrscheinlich schon in unserer Gewalt. Und was Gott angeht – ich mach das lang genug, um zu wissen, dass Gott darauf keinen Einfluss hat.«

Sarah reagierte nicht. Sie wollte das nicht mit einer Antwort würdigen.

»Mit einem haben Sie allerdings recht. Sie *haben* keine Ahnung, worum es hier geht, und ich werde es Ihnen leider nicht sagen. Hoffentlich läuft für uns alles nach Plan. Das kommt ganz auf Ihren Ehemann an.«

Die Ruhe in seiner Stimme empfand sie als irritierend.

»Fick dich!«, spuckte sie ihm ins Gesicht. Dann schloss sie die Augen und schob das Kinn auf die Brust. Alle drei warteten. Sarah auf ihren Ehemann und Antonio und Tomas auf Roberto.

In der nächsten Stunde passierte nichts Nennenswertes. Ein bisschen Aufregung entstand lediglich, als die Flutlichter im Hinterhof aufflammten, ausgelöst vom Einbruch der Dunkelheit auf dem riesigen Grundstück der Wests.

Sarah erklärte ihnen, dass sie jede Nacht angingen und ein Timer sie um 23 Uhr wieder abschaltete. Die Beleuchtung hielt Wildtiere ab, von denen es in der Gegend nur so wimmelte; insbesondere die neugierigen Waschbären, die sich schon mal durch einen Abfalleimerdeckel oder ein Fliegengitter bissen, in der Hoffnung, an einen versteckten Schatz aus Müll zu gelangen.

Tomas trat alle paar Minuten an das Fenster des Erkerzimmers und spähte in den Hinterhof, als rechnete er damit, dass ein großes wildes Tier aus der Dunkelheit kam und sich auf die Fensterscheibe stürzte.

Antonio schaute nervös auf die Uhr. Noch ein paar Minuten, dann wollte er erneut versuchen, Mr. Black zu erreichen. Weder er noch Roberto gingen ans Telefon, was ihn beunruhigte.

Er blickte auf und sah, dass Sarah ihn anstarrte. Triumphierend, als wisse sie etwas, das er nicht wusste. Das gefiel ihm ganz und gar nicht. Er wandte sich ab und wartete.

9

»Ich bin in Position, etwa zwölf Meter vom Erkerfenster weg, außerhalb ihrer Sichtlinie im Schatten. Ich kann Sarah sehen. Sie ist an einen Stuhl gefesselt, in der Mitte der Küche.« Seine Frau wirkte mitgenommen, aber nicht so, als habe sie sich aufgegeben. *Das ist ein gutes Zeichen.* »Dreckschweine …« Er schimpfte in stiller Wut vor sich hin.

Sie sollte besser hellwach sein. Wenn er dieses Haus angriff, das er mehrere Jahre lang als sein Zuhause betrachtet hatte, durfte sie nicht in Panik geraten oder etwas Unüberlegtes tun. Das war die größte Gefahr bei dem, was bevorstand, aber Logan wusste, dass er sich nicht auf jede Eventualität vorbereiten konnte.

Angst und Panik waren die Hauptursache für tragische Todesfälle bei Geiselnahmen. Sarah schien zwar erschöpft zu sein, aber sie hatte noch alle Sinne beisammen.

Von Daly war nichts zu sehen. Logan betete, dass sie den Hund in der Garage oder im Keller eingesperrt hatten, aber alles war still. Daly bellte nicht, was vielleicht bedeutete … Aber das wollte er sich gar nicht so genau ausmalen.

Er atmete tief durch und unterdrückte die brodelnde Wut im Bauch. Er *musste* seine Gefühle im Zaum halten, sonst machte er noch einen Fehler. Genau wie Panik und Angst mündeten auch Fehler oft in tödliche Konsequenzen.

»Kein Zeichen von Daly. Du weißt, was das bedeutet, Mike.« Mike gab keine Antwort. »Ich schnapp mir einen lebendig, aber wenn Daly tot ist, wird er sich wünschen, nicht überlebt zu haben, wenn ich mit ihm fertig bin.«

Mike wusste, dass es seinem Freund damit todernst war. »Okay, Logan. Wir holen uns Sarah und dann kümmern wir uns um Daly. Ich weiß, was er dir bedeutet. Was die bösen Jungs angeht – ich seh zwei Bewaffnete in der Küche. Das ist so weit alles. Hast du die im Blick?«

Mike lauerte etwa 90 Meter entfernt in liegender Stellung neben einem umgefallenen Baum außerhalb der Reichweite der Flutlichter. Der Baum war den Herbststürmen in der Gegend zum Opfer gefallen. Zum Glück für Mike hatte Logan zu viel zu tun gehabt, um sich mit umgestürzten Bäumen abzugeben. Jetzt diente ihm der Stamm als ideale Deckung.

»Ich seh einen neben dem Fenster stehen, aber den anderen seh ich nicht. Wo ist er?«

»Neben der Kochinsel.« Mike starrte durchs Zielfernrohr. Der Mann füllte das Blickfeld aus. »Macht den Eindruck, als überlegte er, ob er jemanden anrufen soll. Ich wette 50 Mäuse, dass er seinen Kumpel Roberto anruft. Zu schade, dass Roberto nicht drangehen kann.« Er hörte, wie Logan ein leises zufriedenes Knurren ausstieß.

»Nun … ich weiß ja nicht, was uns im Jenseits erwartet, aber in ein paar Minuten kann er sich persönlich mit ihm unterhalten. Wir gehen folgendermaßen vor.« Logan West skizzierte kurz den Plan zur Rettung seiner Frau aus den Händen zweier Killer, die sich in der Küche im ländlichen Maryland breitgemacht hatten.

Danach schlich er zu derjenigen Seite des Hauses, wo die Dreifachgarage stand. Das mittlere Tor war offen. Nur der Audi seiner Frau parkte darin.

Um 18:15 Uhr war Antonios Unruhe echter Besorgnis gewichen. »Tomas, ich ruf noch mal Mr. Black an. Roberto sollte West schon seit Stunden in seiner Gewalt haben. Da stimmt was nicht. Wenn weder Roberto noch Mr. Black ans Telefon gehen, hauen wir hier sofort ab und nehmen die Frau mit. Wir fahren zum Unterschlupf und warten. Mr. Black oder jemand anderes von der Firma wird uns kontaktieren, aber wir können nicht länger bleiben.«

Antonio drückte die Kurzwahl-Taste am Handy. Er sah Tomas an, um sicherzugehen, dass der andere ihn verstanden hatte. Tomas machte den Mund auf, um zu antworten, aber bevor er etwas erwidern konnte, wurde die Ruhe in der Küche empfindlich gestört. Mehrere Sachen passierten gleichzeitig. Nichts davon war gut für die beiden Söldner. Das Geschoss aus Mike Bensons STAR-21 zerbrach das Erkerfenster. Die Glassplitter hatten noch nicht den Boden berührt, da traf die Kugel bereits links in die Stirn. Die entsprechende Seite seines Hinterkopfs explodierte, Hirnmasse und Schädelsplitter klatschten auf die Dielen und bespritzten Sarahs Beine und den Stuhl mit rotem Nebel. Tomas' Körper knallte auf das Holz und die Pistole fiel ihm aus der Hand, schlitterte über den Küchenboden und blieb an der Fußleiste unter dem zerschossenen Fenster liegen.

Antonio registrierte, dass Tomas tot war. Sein erster Gedanke war, sich die Frau zu schnappen. *Ich muss sie vor mich bringen und als Schutzschild verwenden, sonst bin ich ebenfalls erledigt.* Rein aufs Überleben fixiert, griff er nach seiner 9-Millimeter-Glock auf dem Küchentresen.

Logan hatte lautlos in der Garage direkt hinter der Küchentür gewartet. Licht drang durch den Spalt und er konnte erkennen, dass nicht abgeschlossen war. Ganz vorsichtig drehte er den Türknauf, um sich zu vergewissern.

Mike hatte danach einen Countdown gestartet. »Okay, Logan. Auf mein Zeichen … drei … zwei … eins.«

Als Mike Benson ausatmete und den Abzug der israelischen Waffe durchzog, stieß Logan West gleichzeitig die Tür auf und stürzte in sein ehemaliges Zuhause.

Was Logan zu Gesicht bekam, als er die Küche erreichte, hätte einen normalen Menschen kurz zögern lassen, aber Logan West war alles andere als normal, selbst mit Restalkohol im Blut.

Seine fast übernatürliche Fähigkeit, mental und physisch unter größtem Stress zu funktionieren, hatte dem Marine Corps unglaublich gute Dienste geleistet. Man hatte ihm mal den Spitznamen ›Wild West‹ verpasst, weil er oft hoch pokerte und alles dafür tat, eine Mission zu Ende zu bringen. Jetzt setzte er diese Fähigkeiten ein, um seine Frau aus den Händen des unbekannten Feindes zu befreien, der in ihr Leben eingedrungen war.

Verschiedene Eindrücke schossen ihm im Bruchteil einer Sekunde durch den Kopf. *Sarah lebt … viel Blut auf dem Boden … nicht ihres … muss von Daly stammen … ein toter Killer … der zweite greift nach der Waffe … unschädlich machen, nicht töten … Schuss unmöglich … Sarah im Schussfeld.*

Logan verarbeitete diese Informationen und traf die einzig mögliche Entscheidung. Die Augen des Killers weiteten sich vor Überraschung und Wut, als Logan unerwartet in die Küche kam. Die Hand des Eindringlings schloss sich um die schwarze Pistole.

Im Bruchteil eines Augenblicks ließ Logan die eigene Waffe aus der rechten Hand fallen und machte einen Schritt mit dem rechten Fuß nach vorn. Er zog das für diesen Zweck wie gemachte Kampfmesser aus der Weste und schleuderte die präzise ausbalancierte Klinge auf den Fremden, wobei er den Körper über der Hüfte kraftvoll drehte und das rechte Handgelenk mit Wucht vorschnellen ließ.

Er hatte gut gezielt. Das Messer drang in den Arm des Mannes ein. Er schrie vor Schmerz.

Logan überbrückte die Distanz zwischen ihnen und landete einen Schlag auf die rechte Körperhälfte des Gegners. Er wurde mit einem vernehmlichen Knacken belohnt, als eine Rippe brach. Der Killer krümmte sich.

Logan ging davon aus, dass der andere aufgrund dieser Verletzung zusammenbrach und der Kampf damit endete. Doch er irrte sich.

Statt wehrlos zu Boden zu gehen, führte der Söldner einen Fußfeger mit dem rechten Bein aus und erwischte Logan eiskalt.

Normalerweise wäre Logan dem Tritt mit Leichtigkeit ausgewichen, aber der Bourbon bremste seine Reflexe und ließ ihn die Ausdauer und Zielstrebigkeit seines Angreifers unterschätzen.

Die Ferse des Mannes traf Logans Fuß. Logan verlor das Gleichgewicht, fiel auf den Holzboden und rollte sich nach hinten ab. Nach diesem Ausweichmanöver brachte er sich mit einer fließenden Bewegung auf den Fußballen in eine Hockstellung.

Er fixierte das Gegenüber und schätzte ihn neu ein. Kurzfristig fühlte er sich geschockt. *Was ist das für ein Typ?*

Der Mann stand ihm aufrecht und herausfordernd gegenüber und grinste. Logans eigene Waffe hielt er kampfbereit in der linken Hand, die Klinge zum Boden gerichtet. Sein Blut tropfte daran herunter, denn er hatte sich das Messer blitzschnell aus dem rechten Arm gezogen, nachdem er Logan zu Fall gebracht hatte.

»Sie müssen Logan West sein«, quetschte er zwischen zusammengebissenen Zähnen hervor. »Ich hab mich schon gefragt, ob Sie hier auftauchen. Sie hätten schon vor Stunden in unserer Gewalt sein sollen. Ich wusste, dass da was nicht stimmt. Wir wollten uns gerade auf den Weg machen.«

Der Mann atmete schwer, aber Logan hatte ihn schon einmal unterschätzt. Dieser Fehler unterlief ihm nicht erneut. Logan wusste, dass sein Gegenüber ein Profi war, genau wie Roberto, im Zweikampf ausgebildet und weiterhin eine Bedrohung.

Logan streifte Sarah mit einem kurzen Blick. Ungläubig starrte sie ihn an. Seit seinem dramatischen Auftritt hatte sie nicht ein Wort von sich gegeben.

»Keine Sorge, Mr. West. Ihre Frau ist unverletzt. Meine Männer haben sie gewaltig unterschätzt. Sie hat zwei von ihnen getötet«, verkündete er in sachlichem Tonfall.

Logan war beeindruckt und stolz, dass Sarah offenbar den Mut gefunden hatte, sich zu verteidigen.

»Wo ist mein Hund?«, fragte er.

»Der hatte leider weniger Glück. Einer meiner Männer – einer der Toten – geriet in Panik und hat ihn beim Betreten des Hauses erschossen. Der Hund ist tot. Das tut mir leid.« Er klang aufrichtig, was Logan nur noch zorniger machte.

»Ihnen hat gar nichts leidzutun«, knurrte Logan und seine Empörung drang aus jeder Silbe. »Sie hätten gar nicht hier sein sollen. Ich weiß, was Sie wollen, und es ist nicht hier. Dieser Überfall war völlig umsonst.«

Antonio bewegte sich langsam auf Logan zu. »Kann sein, aber eins steht fest: Wenn Sie mich töten wollten, hätten Sie mich eben erschossen. Da ich noch am Leben bin, heißt das, Sie wollen wissen, was ich weiß.« Der Mann lächelte. »Ein guter Plan, aber der nützt Ihnen nichts. Wenn die Flagge nicht hier ist, halte ich mich an Plan B.«

»Was ist Plan B?«, wollte Logan wissen.

»Sie töten«, sagte er betont sachlich. »Und wenn das erledigt ist, nehme ich Ihre Frau mit zu meinen Vorgesetzten. Sie kann uns trotzdem nützlich sein.«

Logan hatte teilnahmslos zugehört und die Worte des Mannes hingen noch in der Luft. Schließlich zeigte Logan seine teuflische Seite und lächelte.

»Was stimmt eigentlich nicht mit euch und eurem Team? Glaubt ihr wirklich, dass ich einfach beide Augen zudrücke und euch ziehen lasse? Ich weiß nicht, wofür ihr mich haltet, aber ihr habt euch mit dem Falschen angelegt. Genau wie euer Boss, das Arschloch.«

Bei der Erwähnung von Mr. Black zog Antonio die Augenbrauen hoch.

»Du hast richtig gehört, Wichser. Ich sprach mit Juan, nachdem ich deinen Freund getötet hatte. Und jetzt denk mal nach. Er wusste also schon vor Stunden, dass euer Team mich nicht geschnappt hat. Du weißt, was das bedeutet, oder?«

Logan sah, wie sich die Erkenntnis auf dem Gesicht des Mannes auszubreiten begann, aber er sprach es trotzdem aus, nur um Salz in die Wunde zu reiben. »Er hat dich und dein Team hängen lassen. Er *wusste,* dass ich herkomme. Er hätte euch warnen können, aber aus irgendeinem kranken Grund hat er es nicht getan. Und weißt du was? Ich bin *froh* darüber, denn jetzt kann ich mich selber um dich kümmern.«

Das Lächeln verschwand aus Logans Gesicht und offenbarte das Raubtier dahinter.

»Der Deal sieht folgendermaßen aus. Das ist deine letzte Chance, mein Messer fallen zu lassen. Wenn du's nicht tust, wird dir der Schmerz der Stichwunde wie eine Massage vorkommen, wenn ich mit dir fertig bin. Das garantier ich dir.«

Antonio nahm die Kälte in Logans Stimme wahr. Er spürte, dass der andere es ernst meinte. Diese Unterhaltung fortzuführen hatte keinen Sinn. Jetzt, wo die Entscheidung gefallen war, bewegte sich Antonio langsam vorwärts, sein rechter Ärmel dunkel vom Blut. Das Messer funkelte bedrohlich im Schein der Küchenlampe. Es war klar, was er vorhatte.

Antonio bewegte sich auf ihn zu. Logan nickte und sagte: »Okay, aber heul später nicht rum. Und sag nicht, dass ich dich nicht gewarnt hätte. Dann lass uns mal zum Ende kommen, damit ich meine Frau losbinden kann.«

Ohne zu zögern, riss Antonio den Arm nach oben und zur Seite, um das Messer quer über Logans Kehle zu ziehen. Antonio bewegte sich schnell, aber die Klinge verfehlte Logans Hals trotzdem um mehrere Zentimeter und sauste harmlos am Gesicht vorbei.

Antonio hatte absichtlich das Ziel verfehlt – das war Teil seiner Finte –, aber bevor er die Klinge wie geplant zurückbewegen konnte, um Logan damit den Todesstoß zu versetzen und sie ihm seitlich in den Hals zu bohren, hatte Logan West *diesen* noch nicht ausgeführten Hieb bereits gekontert. *Wie kann er nur so gut sein?* Antonio blieb keine Zeit, darüber länger nachzudenken.

Logan überraschte die Aktion nicht sonderlich. Da der rechte Arm des Söldners außer Gefecht gesetzt war, wusste er, dass Antonio ihn nur mit einer Finte überrumpeln konnte. Der andere spekulierte darauf, dass Logan den Schlag blockte.

Stattdessen lehnte Logan sich zurück, weg von der Attacke. Er wartete, bis die Klinge auf seine Kehle zuschnellte, trat einen Schritt auf den Angreifer zu und brachte den rechten Fuß in Stellung, während die Klinge eine Handbreit an ihm vorbeizischte. Er hakte den rechten Arm in den Halbkreis, den das Messer beschrieb, stoppte dessen tödlichen Schwung, packte das Handgelenk des Mannes und drehte sich von ihm weg. Dabei zog er dessen Arm über seine rechte Schulter und riss schnell und hart mit beiden Händen das Handgelenk des Gegners nach unten. Durch die Hebelwirkung brach er dem Mann alle drei Knochen im Ellbogen und zerfetzte die Bänder und Sehnen.

Der Killer stürzte auf den Küchenboden und krümmte sich unter wahnsinnigen Schmerzen.

Logan stand über ihm und sagte: »Ich hab ja gesagt, dass die Messerwunde nicht das Einzige sein wird, was dir heute wehtut. Und ich fang gerade erst an.«

Logan verpasste ihm einen Schlag ins Genick auf den Schädelansatz, schlug ihn bewusstlos und brachte damit den Schmerz fürs Erste zum Verstummen.

10

Logan kniete neben Dalys Kadaver. Tränen stiegen ihm in die Augen. *Dieser Hund hat mich so oft gerettet, wenn ich schon geglaubt habe, es sei aus mit mir.*

Er war kein besonders emotionaler Mensch, aber als Logan neben seinem treuen Begleiter kniete, erfüllte ihn eine tiefe Trauer, eine Form von Qual, die den harten Panzer seiner Seele durchdrang. Er konnte sich ein Leben ohne Daly nicht vorstellen, aber jetzt war der Gefährte nicht mehr da. Zum Schweigen gebracht von einem der fiesen Killer, die sein Haus überfallen und seine Frau als Geisel genommen hatten.

Er hörte auf zu weinen, seine Trauer ebbte ab und wich kalter Wut, die er sinnvoll einzusetzen gedachte. Sarah hatte Dalys Tod bereits gerächt. Wer weiß, was Logan dem Mann angetan hätte, wenn er vor ihm gestanden hätte. *Wenigstens ist noch einer von ihnen am Leben …*

»Logan?«

»Ja, ich bin okay. Du weißt, Daly hat mir mehr bedeutet als viele Menschen, die ich gekannt habe. Er war ein Teil der Familie. Und jetzt ist er tot. Und dieses Arschloch da drin wird mir den Grund dafür verraten. Ich hoffe, du lässt mich tun, was ich tun muss. Sie haben den Krieg zu mir gebracht und ich hab kein Problem damit, mich mit ihnen im Dreck des Schlachtfelds zu wälzen. Egal worum es hier geht, für diese Leute scheint es extrem wichtig zu sein und wir müssen herausfinden, was es ist.« Er sah zu Mike auf:

»Meine Verhörtechniken sind nicht gerade von der Regierung abgesegnet. Macht dir das was aus?«

Mike zuckte die Achseln und sagte: »Ich hab keine Ahnung, wovon du redest. Soweit ich weiß, hat er sich die Verletzungen selbst zugezogen, als du ihn überwältigt hast.«

»Gut. Dann los. Mein Brummschädel bringt mich noch um.«

Als Antonio zu sich kam, war er in der Küche an einen Stuhl gebunden, seine Hände vor dem Körper mit Tape gefesselt. Sein Brustkorb war mit einer Art Kabel umwickelt, das seinen Oberkörper fest an den Stuhl zurrte.

Langsam wurde sein Kopf klar. Sein Hirn registrierte den Schmerz, der seine ganze linke Seite durchzog. Er holte zischend Luft und stöhnte unwillkürlich.

In der Haltung, in der Logan ihn gefesselt hatte, wurde konstant Druck auf seinen kaputten linken Arm ausgeübt, was genauso schmerzhaft war wie jede Foltermethode, die Antonio bisher erlebt hatte. Der Schmerz rotierte im Schädel. Er verlor erneut das Bewusstsein.

Klatsch!

Jemand schlug ihn mit der flachen Hand ins Gesicht. »Hey! Nicht wieder einschlafen! Wir haben so lange drauf gewartet, dass du aufwachst.«

Antonio versuchte, sich auf die Stimme zu konzentrieren, aber seine Sicht verschwamm wegen der Tränen, die ihm aufgrund des Schlags in die Augen gestiegen waren. Er blinzelte. Das Licht blendete ihn. Er kniff die Lider zusammen.

»Deine Augen reagieren im Moment besonders empfindlich auf Helligkeit. Das liegt an der Gehirnerschütterung, die ich dir beim K.-o.-Schlag verpasst habe. Geht vorbei. Mach sie einfach langsam auf. Das hilft. Glaub mir. Ich hab mal zwei Wochen gebraucht, um mich zu erholen, nachdem ein improvisierter Sprengsatz in Irak unseren Jeep erwischt hat und er aufs Dach gekippt ist. Musste die ganze Zeit eine Sonnenbrille tragen. Mann, hat das genervt.«

Antonio schlug langsam die Augen auf. Das Licht in der Küche wurde dunkler. Er blinzelte und sah einen großen schwarzen Mann, der einen Dimmer an der Wand betätigte. Der Mann musterte ihn aufmerksam. Die Frau saß am Küchentisch und bedachte ihn mit einem deutlichen Ausdruck von Abscheu. Schließlich blickte er direkt nach vorn, in das Gesicht von Logan West.

Logan betrachtete ihn mit kalten, gefühllosen Augen. Kühlen, smaragdgrünen Abgründen, die nichts offenbarten. Antonio fühlte sich, als werde er von einem Reptil befragt. Die frische Narbe auf der linken Seite von Wests Gesicht trug zu seinem bedrohlichen Aussehen bei. *Auf was hab ich mich da eingelassen?* So langsam begann er an der Mission zu zweifeln und fragte sich, was als Nächstes kam.

»Gut. Schon besser. Ich red jetzt mal Klartext, ich werd dich nicht verarschen und dir erzählen, dass alles gut endet. Das wär nämlich gelogen.« Logan machte eine Pause, um seine Worte wirken zu lassen.

»Der Deal sieht folgendermaßen aus. Ich fass mich kurz, da du ja medizinische Betreuung brauchst. Deine Antworten werden darüber entscheiden, welche Art von Betreuung das sein wird. Du hast zwei Möglichkeiten«, fuhr Logan fort und der Ausdruck in seinen Augen verunsicherte Antonio. »Nummer eins: Du sagst mir, was ihr mit der Fahne wollt und für wen du arbeitest. Als Alternative gibt's Nummer zwei: Du verrätst mir nicht, was ich wissen will – dann werde ich dir größere Schmerzen zufügen, als du dir vorstellen kannst, selbst angesichts der Verletzungen, die du jetzt schon hast. Das versprech ich dir. Ich weiß, du bist gut ausgebildet und denkst wahrscheinlich, du könntest dich widersetzen oder mich in die Irre führen. Das kannst du vergessen. Ich werde dich früher oder später brechen.« Er war sich seiner Sache sicher und teilte es ihm ganz sachlich mit.

Antonio funkelte Logan an und verachtete die ruhige Zuversicht in der Stimme des anderen. *Ich muss durchhalten. Bestimmt hat Mr. Black schon ein zweites Team verständigt.* Wahrscheinlich war er deswegen nicht ans Telefon gegangen. Möglicherweise war die Verstärkung bereits auf dem Weg. Er musste nur die nächsten paar Minuten überstehen.

Antonio hustete und sagte genau ein Wort: »Nein.« Er starrte West an, der still vor ihm stand, als habe er Antonios Antwort gar nicht registriert. Um sie zu wiederholen, wollte er den Mund öffnen, aber er kam gar nicht so weit.

Logan West landete einen kräftigen Handkantenschlag auf Antonios zertrümmertem rechtem Arm. Es geschah so schnell, dass Antonio es erst registrierte, als es schon vorbei war. Die Überlastung des Nervensystems war zu viel für seinen ohnehin erschöpften Körper. Er schrie, als jede seiner Nervenzellen vor Schmerz aufzuheulen schien. Sein Publikum nahm es teilnahmslos zur Kenntnis. Er wurde ohnmächtig.

Antonio befreite sich langsam aus der Dunkelheit seiner Bewusstlosigkeit. Eine neuerliche Welle von Panik ergriff ihn. *Ich krieg keine Luft! Wo bin ich? Was passiert da?*

Er öffnete den Mund, um zu schreien, aber stattdessen schluckte er eine kalte Flüssigkeit. Hilflos hustete und röchelte er, seine Lunge kämpfte um Sauerstoff.

Sein Kopf befand sich unter Wasser. *Nein! Er wird mich umbringen!* Die Panik verstärkte sich. Irgendwie musste er sich befreien. Seine Lunge brannte, sie hatte den letzten Sauerstoff verbraucht. Die Panik verdrängte alle Gedanken außer einem: dem Drang zu überleben. *Ich muss atmen!*

Er spürte, wie jemand Druck auf seinen Nacken ausübte. Eine Hand hielt ihn eisern fest. Er konnte nichts sehen, was die Verzweiflung noch steigerte. Seine Todesangst wuchs, alle Sinne waren aufs Äußerste angespannt. Das musste aufhören.

Erinnerungen an seinen Vater schossen ihm durch den Kopf. Er hatte ihn in den Fluten ertrinken sehen, als sie die Grenze nach Texas überquert hatten. Damals war er zwölf Jahre alt gewesen. Seine Mutter und er konnten nichts tun, um ihn zu retten. Dad wurde vom Wasser mitgerissen. Die Vorstellung, dasselbe Schicksal zu erleiden, empfand er als unerträglich. Er verlor jeglichen Kontakt zur Wirklichkeit. Sein Körper erschlaffte. Er gierte nach Luft. *Wenn ich Luft kriege, wenn ich wieder atmen kann, werde ich ihm sagen, was er wissen will.* Ihm wurde klar, dass er unter Umständen keine Gelegenheit mehr dazu bekam. Antonio fühlte, wie er wegdriftete. Ein Brummen füllte seinen Schädel aus. *Ich werde sterben.* Sein Geist fand sich mit der Endgültigkeit dieses Gedankens ab und er bereitete sich auf den unweigerlichen Tod vor.

Das schwache Licht am Rand der Augenbinde wich der Finsternis. Im Inneren weinte er wie der kleine Junge, der mit angesehen hatte, wie sein Vater ertrank und seine ganze Welt zusammenbrach. Dann kam das Nichts.

Geräusche drangen plärrend in seine Wahrnehmung. Antonio erbrach Wasser und Magensäure. Er weinte, als ihm klar wurde, dass er noch lebte. Alles andere war ihm egal.

Mit dem Gesicht nach unten lag er im Bad. Er zitterte vor Erschöpfung, aber das kümmerte ihn nicht. Er atmete frische Luft.

Dann hörte er Logan fragen: »Sind wir fertig? Oder soll ich weitermachen? Ich dachte für einen Moment, du seist tot. Wenn wir weitermachen, wirst du es wahrscheinlich sein.« Antonio hatte in seinem Leben noch nie eine derart mitleidslose Stimme gehört. Dieser Mann wollte ihn töten, daran bestand kein Zweifel.

Antonio sah nicht nach oben. Er konnte den Anblick dieser erbarmungslosen grünen Augen nicht ertragen. »Aufhören. Ich werde Ihnen sagen, was ich weiß.«

Hände packten ihn grob und neuer Schmerz schoss durch seinen Körper. Logan lehnte ihn gegen die Badewanne. Nun blieb ihm keine andere Wahl, als diesem Logan West noch einmal ins Gesicht zu sehen.

Dessen Blick hatte sich nicht verändert. Die raubtierhaften Augen scannten Antonio durchdringend ab und er sagte: »Siehst du. War doch gar nicht so schwer, oder?« Ein weiteres Lächeln.

Antonio verdrehte das Gesicht hin zum nassen Boden. Er spürte, wie Logans Blick sich in seinen Schädel bohrte. *Ich war verrückt, mir einzubilden, ich könnte diesen Mann aufhalten.*

»Na dann. Ich denke, wir verstehen uns endlich. Du weißt, es fängt noch mal von vorn an, wenn mich auch nur die leiseste Vermutung beschleicht, dass du mich anlügst.«

Logan beugte sich nach unten und sprach direkt vor

Antonios Gesicht, um ihn den heißen Atem spüren zu lassen: »Ich hätte größte Lust, dich zu töten, aber ich weiß, dass ich dich lebend brauche. Wenn du mich verarschst – auch nur für einen Moment –, wird mich mein Freund hier nicht aufhalten. *Comprende?*«

Antonio nickte heftig. Er würde alles tun, um von diesem Mann wegzukommen.

Abrupt veränderte sich Logans Tonfall, als sei das gerade eben nur eine kleine Unstimmigkeit gewesen. »Jetzt, wo das geklärt ist, kommen wir mal zur Sache. Wie heißt du?«

Logan sah Mike auffordernd an, der einen Notizblock und einen Stift aus der Innentasche der Jacke gezogen hatte.

»Antonio Morales.« Er machte eine kurze Pause. »Ich arbeite für einen Mann namens Juan Black. Er ist freier Mitarbeiter und Vollstrecker für das Los-Toros-Kartell. Er hat ein Büro in San Antonio, aber ich weiß wirklich nicht, wo genau. Ich dürfte nicht mal davon wissen.«

Logan und Mike tauschten einen kurzen Blick. Das Los-Toros-Kartell war vor ein paar Jahren auf dem mexikanischen Drogenmarkt aufgetaucht. Was ihnen an langjähriger Erfahrung fehlte, machten sie durch extreme Gewalttätigkeit wett. In den Zeitungen erschienen jeden Tag beispiellose Horrorgeschichten.

Antonio fuhr fort. »Mein Team erledigt – erledigte – eine bestimmte Sorte von Aufträgen für ihn. Wir attackierten andere Kartelle, die von Los Toros als ›Problem‹ betrachtet wurden. Der Auftrag hier wich vom üblichen Muster ab. Es war unser erster innerhalb der USA.«

Logan unterbrach ihn. »Ich glaube, du hast da irgendwann mal die falsche Wahl für deine berufliche Laufbahn getroffen, Antonio. Du hast Glück, dass ich dich nicht getötet habe. Wie ich das sehe, hast du auf jeden Fall verdient zu sterben.« Er wischte mit der Hand durch die Luft. »Egal, als Nächstes kommt eine Doppelfrage. Schaffst du das? Es gibt aber keinen Telefon-Joker«, meinte Logan sarkastisch.

Antonio hatte langsam den Eindruck, dass Logan West nicht nur außergewöhnlich gefährlich, sondern auch ein bisschen verrückt war. Er hustete und wartete auf die erste Frage.

»Bei welcher Einheit warst du? Ich weiß, dass du beim Militär gewesen bist. Roberto hatte ein paar Kaliber-50-Patronen auf den linken Unterarm tätowiert. Du hast diesen putzigen roten Totenschädel mit dem Barett.« Logan zeigte auf den rechten Unterarm des Mannes. »Das verrät mir, dass du bei den Green Berets gewesen bist. Entweder das, oder dir hat nur das Tattoo gefallen. Sag mal, Antonio« – er lehnte sich zu ihm, um Interesse zu signalisieren – »wieso arbeitet jemand, der bei den Green Berets gekämpft hat, für ein Drogenkartell? Aber bevor du antwortest, noch die zweite Frage: Was solltest du mit meiner Frau machen, nachdem ihr sie gefangen hattet, mal angenommen, ich wäre nicht aufgetaucht und hätte euch die Party versaut?«

Leugnen war zwecklos, das wusste Antonio. »Jeder in meinem Team, auch ich, wurde unehrenhaft aus dem Militär entlassen. Ich war ein Green Beret bei der Fifth Special Forces Group in Fort Bragg. Bei einer Feier meiner Einheit betrank ich mich und hab meinen vorgesetzten Offizier geschlagen. Das Arschloch hatte es verdient – er hat einen Witz über illegale Einwanderer und Mexikaner gerissen. Dafür hab ich ihm den Kiefer gebrochen. Das brachte mir zwei Monate Arrest ein, bevor ich rausgeschmissen wurde.

Und von Tomas – dem Toten in der Küche – weiß ich, dass er beim 75. Regiment der Rangers gewesen ist und zweimal mit Alkohol am Steuer erwischt wurde. Er behauptete, die Militärpolizei hätte es auf ihn abgesehen, weil er einen von ihnen mal bei einer Schlägerei in einer Bar krankenhausreif geprügelt hat. Bestimmt hat er das, aber es hörte sich trotzdem nach Bullshit an. In Wahrheit ist er wohl einfach einmal zu oft besoffen Auto gefahren.

Ich hab keine Ahnung, in welcher Einheit Roberto gewesen ist oder wo Juan Cesar und Angel gefunden hat. Sie sind erst vor drei Tagen in San Antonio meinem Team zugeteilt worden. Juan meinte, ich soll sie zu dem Einsatz mitnehmen. Also hab ich es getan.«

Logan schüttelte den Kopf, als könne er nicht glauben, was er da hörte, obwohl er wusste, dass Antonio die Wahrheit sagte. Das klang nach schierem Wahnsinn. »Okay, ich hab's kapiert. Ihr seid alle große böse Jungs und Ex-Special-Forces. Aber wie, verdammt noch mal, hat dieser Juan Black euch gefunden? Das ist es, was mich wirklich interessiert.«

»Keine Ahnung. Er hat uns nie gesagt, wie er auf uns gestoßen ist, aber ich nehm an, jemand hat ihm unsere Militärakten zugespielt. Jedenfalls wusste er Sachen über mich, die nur jemand aus der Truppe wissen konnte. Als ich den Job erst mal in der Tasche hatte, hab ich keine Fragen mehr gestellt. Mir gefiel mein Leben.«

Antonio wartete auf eine Reaktion. Es kam keine. Also fuhr er fort: »Aus heiterem Himmel bekam ich einige Monate nach meiner Entlassung einen Anruf. Ich brauchte dringend Geld und dieser Mann – Juan Black – bot mir 100.000 Dollar für eine Woche Arbeit. Ich wusste, dass er für ein Kartell tätig war, aber er versicherte mir, wenn

Blut fließe, seien niemals unschuldige Zivilisten betroffen, sondern nur andere Kartelle. Ich brauchte das Geld dringend, also ließ ich mich drauf ein. Ganz einfach.« Es hatte wenig Sinn, die hässliche Wahrheit zu beschönigen. Er war schlicht und ergreifend ein bezahlter Söldner.

»Wieso zur Hölle sucht ihr dann hier nach einer irakischen Flagge?«, knurrte Logan.

»Juan hat uns aus einem einzigen Grund hergeschickt: um die irakische Flagge zu finden, die Sie während einer Mission in Falludscha 2004 beschlagnahmt haben. Wenn sie nicht da ist, sollten wir stattdessen Ihre Frau als Geisel nehmen und als Druckmittel einsetzen, um Sie dazu zu bringen, uns die Flagge auszuhändigen. Tomas hat das Haus durchsucht, bevor Sie kamen. Er hat nichts gefunden. Wir hatten Ihre Frau schon in unsere Gewalt gebracht und warteten auf weitere Befehle von Roberto. Weil es Stunden her war, seit ich das letzte Mal von ihm gehört hatte, bereiteten wir uns gerade darauf vor, mit Ihrer Frau das Haus zu verlassen. Und da sind Sie aufgetaucht.«

Logan starrte ihn einen Moment an, bevor er sagte: »Dann ist es wohl gut, dass ich rechtzeitig hier gewesen bin.«

Antonio gab keine Antwort.

»Was ist so wichtig an einer gammeligen irakischen Flagge? Und sag mir nicht, du weißt es nicht. Du musst irgendwas wissen.«

»Sie haben es uns nicht gesagt. Ich weiß nur, was ich zufällig aufgeschnappt habe. Roberto hat telefoniert und zu laut geredet. Er faselte was von ›Tausenden von Unschuldigen‹, und dass ›es das wert ist, für das, was sie uns angetan haben‹. Das waren seine Worte. Ich hab nicht nachgefragt. Das schwör ich.«

Logan bedachte Mike mit einem weiteren Blick und wirkte mit einem Mal besorgt. Diesmal war es Mike, der eine Frage stellte: »Weißt du, ob diese Unschuldigen hier oder woanders geopfert werden sollen?«

»Ich hab keine Ahnung. Das schwör ich bei Gott. Hätt ich gefragt, wär ich jetzt tot.«

Mike sah Logan an. »Wir müssen reden. Lass uns dieses Stück Scheiße aus deinem Bad schaffen und in die Küche bringen, bevor die Kavallerie anrückt.«

»Was hat dein Onkel gesagt, wie lange sie brauchen?«, erkundigte sich Logan.

Mike schaute auf die Uhr. »Müssten jede Minute hier sein.«

Logan nickte. »Okay. Wenn uns jemand helfen kann, das alles auseinanderzusortieren, dann ist es dein Onkel.«

Antonio starrte die beiden Männer verwirrt an. Seine Verwirrung wurde vom Schmerz verdrängt, als Logan und der andere Mann ihn grob auf die Füße zerrten. Er schrie die ganze Zeit über, während er ins Erdgeschoss geschleift wurde.

11

»Logan, du siehst übel aus und stinkst nach Whiskey. Verdammt, was ist passiert? Ich dachte, du seist die letzten sechs oder sieben Monate trocken gewesen.« Sarah ließ ihn nicht von der Leine und wartete auf eine Antwort, die der Wahrheit zumindest nahekam. Logan zu vertrauen, war in den letzten Jahren ihrer Beziehung nicht ganz einfach gewesen.

Logan sah Sarah an. Er versuchte Worte zu finden, die halbwegs akkurat zum Ausdruck brachten, was er gerade empfand. Er trauerte um Daly, war wütend auf die Männer, die in sein Haus eingedrungen waren, und ekelte sich vor sich selbst. *Wie soll ich das erklären?*

Es gehörte nicht gerade zu seinen Spezialitäten, Gefühle in Worte zu fassen. Solche Gespräche fielen ihm schwer. Lieber wurde er angeschossen, als über seine Empfindungen zu reden.

Er legte sich eine Antwort zurecht und erinnerte sich daran, dass einer der zwölf Schritte der Anonymen Alkoholiker etwas mit ›Ehrlichkeit‹ zu tun hatte. Nach allem, was passiert war, hielt er es für sinnlos, die Wahrheit zu leugnen.

»Ich hab zwei Tage durchgesoffen. Es hat vor zwei Tagen angefangen, am vierjährigen Jahrestag meiner letzten Mission in Falludscha. Ich dachte, ich werd damit fertig, aber dann durchlebte ich alles wieder in meinem Kopf. Ich wollte nicht drüber sprechen. Also hab ich den leichten

Weg gewählt wie ein Feigling. Ich hab mich bis zur Besinnungslosigkeit betrunken.« Er machte eine Pause und schaute sich in der Küche um. »War wohl keine so gute Idee.«

Sarah und Mike wussten, was auf seiner letzten Mission vorgefallen war – zumindest kannten sie die zentralen Fakten. Die Gesichter der gefallenen Marines hatten sich allerdings nur in *sein* Gedächtnis eingebrannt.

Der Schmerz stand ihm ins Gesicht geschrieben, als er fortfuhr: »Ich will gar nichts beschönigen. Ich hab probiert, alles im Alkohol zu ertränken, zumindest ein paar Tage lang. Nachdem ich Daly bei dir abgeliefert hatte« – seine Stimme brach, als er an seinen toten Hund dachte, und Tränen stiegen ihm in die Augen – »wusste ich, ich geh jetzt nach Hause zurück, um mich zu betrinken.«

Sarah stützte ihren Kopf zwischen die Hände.

»Nur weil ich nicht mit meinen Dämonen fertigwurde, ist Daly jetzt tot. Und ich kann nichts dran ändern. Diese Schuld muss ich mit mir rumtragen.« Er legte eine kurze Pause ein, um sich zu sammeln. Von Sarah erwartete er kein Mitgefühl. Das hatte er ohnehin nicht verdient.

Er war überrascht, als sie sagte: »Logan, du hast ja nicht gewollt, dass diese Schweine in unser Haus eindringen. Wenn Daly bei dir gewesen wäre, hätte er auch bei dir getötet werden können. Ich geb dir zwar die Schuld an vielem, was zwischen uns falsch gelaufen ist, aber Dalys Tod musst du nicht auf deine Kappe nehmen. Dafür kannst du wirklich nichts.«

Die Scham, die er aufgrund seiner Entscheidung empfand, wieder zur Flasche zu greifen, wurde schier unerträglich. Dass Sarah ihm vergab, verschlimmerte nur die Erniedrigung, die er empfand. *Nie mehr werde ich sie oder jemanden, der mir wichtig ist, in eine solche Lage bringen. Nie mehr …*

Er riss sich zusammen und atmete tief durch. »Ich kann dir wirklich nicht sagen, wie leid mir das tut, was passiert ist. Mir fehlen die Worte dafür.« Sarah akzeptierte das, er konnte es in ihrem Gesicht lesen, also sprudelte der Rest wie von selbst aus ihm heraus.

»Was die letzten zwei Tage angeht. Ich hatte einen totalen Blackout. Ich kann mich wirklich an nichts erinnern. Ich bin heute Nachmittag in meinem Keller auf dem Boden aufgewacht. Ein Mann war bei mir, einer dieser Söldner. Ich hab ihn getötet. Dann rief ich Mike an und bat ihn um Hilfe. Nachdem ich aufgelegt hatte, fing das Telefon des Toten an zu klingeln. Ich beschloss ranzugehen, um rauszufinden, was eigentlich los ist.« Er sah Mike an und rechnete mit einem Tadel. Stattdessen sagte Mike: »In Anbetracht der Situation völlig nachvollziehbar.«

»Es war ein Mann, der sich selbst Juan nannte – offenbar dieser Juan Black, der Anführer dieser Arschlöcher. Er stellte mir Fragen zu einer irakischen Flagge. Als ich sagte, dass ich sie nicht habe, meinte er, ich solle sie dir zuliebe besser schleunigst finden, worauf ich noch mal Mike anrief. Wir kamen her, parkten in der Nähe des Tors und … na ja, den Rest kennst du.«

Sarah sah ihn an und verarbeitete, was er ihr gerade mitgeteilt hatte. Er registrierte ihren Zorn aufgrund der Gewalt, die er in ihrer beider Leben gebracht hatte.

»Ich bin nur froh, dass ich zwei von ihnen ins Jenseits befördert habe, besonders den, der Daly getötet hat.«

»Sarah, ich bin schwer beeindruckt. Die meisten wären unter dem Druck und der Angst zusammengebrochen. Was du getan hast, ist quasi der Inbegriff von Mut im

Angesicht des Feindes, Liebling. Und das ist in dem Fall nicht nur so dahergesagt.«

»Nun, es hilft sicher, mit einem Marine verheiratet zu sein.« Es entging Logan nicht, dass sie in der Gegenwartsform darüber sprach. »Du magst ein arroganter Alkoholiker mit schwerwiegenden persönlichen Problemen sein, aber wenn's um Selbstverteidigung geht, hab ich dir immer aufmerksam zugehört. Ich hab ihnen im Schlafzimmer aufgelauert. Das war sicher die beste Entscheidung, da sie mich ja ohnehin finden mussten. Wenn ich geahnt hätte, dass es mehr als zwei sind, wäre ich vermutlich noch da oben. Auch damit hattest du recht.«

Zum ersten Mal an diesem Tag musste Logan aufrichtig lächeln. »Ich hab's dir doch gesagt.«

Die drei saßen am Küchentisch, der wie durch ein Wunder bei dem Angriff heil geblieben war. Es war kurz nach 19 Uhr.

Antonio wartete im Hinterhof, gefesselt, geknebelt und mit einer Augenbinde versehen. Logan hatte ihn an einen Baum gebunden. Als er damit beschäftigt war, hatte er geflüstert: »Wir warten drinnen auf die Kavallerie. Dir passiert nichts hier draußen, außer du fällst der lokalen Bärenpopulation zum Opfer. Wieso, glaubst du, hab ich Flutlichter mit Bewegungsmelder installiert? Viel Spaß, du Saftsack.« Er hatte Antonio einen Schlag auf den verletzten Arm verpasst und war gegangen.

»Was jetzt, Mike? Die Nummer, die Antonio gewählt hat, um Juan Black anzurufen, ist nicht mehr erreichbar. Antonio hatte sicher keine andere Möglichkeit, ihn zu kontaktieren. Ich wette, nur Roberto hatte noch einen Backup-Plan, um sich mit ihm in Verbindung zu setzen, aber der kann uns leider nichts mehr erzählen. Außerdem weiß Juan, dass er tot ist.«

Mike unterbrach ihn. »Unsere Forensiker leisten ausgezeichnete Arbeit, Logan. Die werden so viel wie möglich – mehr, als du denkst – über die Nummer rauskriegen, die Roberto gewählt hat. Glaub mir.«

Logan nickte. »Okay. Was den zweiten Punkt betrifft: Ich weiß, wo die Flagge ist und wer sie hat. Erinnerst du dich an John Quick, meinen Platoon Sergeant in Irak?«

»Er war fast so gefährlich wie du.« Mike nickte.

»In mancher Hinsicht sogar noch gefährlicher. Auf jeden Fall bin ich ziemlich sicher, dass er sie bei unserer letzten Mission mitgenommen hat, nachdem wir das Ganze überlebt hatten. Alle von uns hatten die Schnauze voll davon, diese verdammten Flaggen in ihren Hinrichtungsvideos zu sehen. Er hat sie als Trophäe mitgenommen – und als Erinnerung. Ich möchte zu gern wissen, was an einer dämlichen irakischen Flagge so verdammt wichtig ist.«

Mike wollte gerade etwas entgegnen, da klingelte sein Handy. Er ging ran und gab Logan ein ›Dauert-nur-eine-Minute‹-Zeichen mit der linken Hand. Konzentriert lauschte er dem Gesprächspartner am anderen Ende.

»Okay. Alles klar.« Längeres Zuhören. »Und Logans Haus in Annapolis wurde gesichert? Keine Polizei?« Wieder Schweigen. »Ausgezeichnet. Das Forensik-Team soll keinen Stein auf dem anderen lassen.« Er formte mit dem Mund die Worte *Sorry, Mann* in Logans Richtung und sprach weiter.

»Logan hat außerdem das Handy des Toten hier. Sobald das zweite FBI-Team eintrifft, bring ich die beiden hier raus und runter nach Quantico. Wir können die Jungs von der digitalen Forensik ranlassen und sehen, was die aus dem

Handy rauskitzeln. Wir haben einen Namen, Juan Black, vermutlich ein Deckname. Der Kerl hat die Antworten, die uns fehlen. Er arbeitet von San Antonio aus als Söldner für das Los-Toros-Kartell. Wir werden noch ein weiteres Team aktivieren müssen. Ich muss dich noch mal zurückrufen. Gib mir fünf Minuten.«

Mike sah Logan und Sarah an. »Das war mein Onkel.« Jake Benson war stellvertretender Direktor der Anti-Terror-Abteilung des FBI, die schon seit Jahrzehnten existierte, infolge der Anschläge von 9/11 aber deutlich großzügigere Mittel und Ressourcen zugeteilt bekam.

Jake Benson hatte als Special Agent das Einsatzbüro in New York geleitet, während in unmittelbarer Nachbarschaft das World Trade Center einstürzte. Die Reaktion seiner Mannschaft und das enorme Tempo, das sie dabei an den Tag gelegt hatten, sorgten dafür, dass er und seine Männer zu Legenden innerhalb des FBI wurden. Als der vorhergehende stellvertretende Direktor 2006 in den Ruhestand ging, trat der Direktor des Federal Bureau of Investigation direkt mit Jake in Kontakt und beförderte ihn in seine neue Position. Jake hatte tatsächlich keinerlei Einfluss auf die Entscheidung nehmen können. Wenn in den oberen FBI-Etagen etwas beschlossen wurde, gab es keine Möglichkeit, sich dagegen zu sperren.

»Wo lebt John denn jetzt? Falls es noch ein weiteres Söldner-Team gibt, das auf dem Weg zu ihm ist, müssen wir ihn warnen.«

Logan machte ein finsteres Gesicht. »Wenn der pensionierte Gunnery Sergeant John Quick auch nur zu 50 Prozent derjenige ist, der er mal war, bevor er letztes Jahr in Pension ging, ist er nicht derjenige, der in einem solchen Fall Hilfe bräuchte.«

»Gut und schön, Logan, aber trotzdem: Wo steckt er?«

»In der Nähe von Helena, Montana. Er ist dorthin gezogen, um sich die Rente mit Jagen und Angeln zu versüßen. Ich hab seitdem nicht mehr mit ihm gesprochen. Das Gute ist, dass er ziemlich abgeschieden lebt. Er wird sie schon kommen sehen, wenn sie noch meilenweit weg sind. Das Schlechte daran ist, dass er nicht sofort Hilfe bekommt, wenn er welche braucht. Wie ich sagte, da ist weit und breit keiner in der Nähe. Ich hab seine Adresse irgendwo in meinen E-Mails. Ich kann mich mit Sarahs Laptop einloggen und sie für dich raussuchen, nachdem wir unseren Freund draußen für seinen Ausflug nach Quantico vorbereitet haben.«

Mike nickte. »Ich kümmere mich um Antonio. Du organisierst mir die Adresse. Bei ihm ist es zwei Stunden früher. Also ist es dort noch hell ... Scheiße! Denver ist für Montana zuständig, aber das Einsatzbüro, das am nächsten liegt, ist das in Salt Lake City. Selbst wenn die einen Hubschrauber schicken – und das werden sie, wenn mein Onkel dort anruft –, dauert es ein paar Stunden. Er ist auf sich allein gestellt, Logan, zumindest fürs Erste. Hast du seine Nummer, damit wir ihn wenigstens anrufen und warnen können?«

»Die steht auch in der E-Mail, aber falls John nicht angefangen hat, Crystal zu schnupfen und sich mit Süßigkeiten vollzustopfen, dürfte er keine Probleme kriegen. Er ist ein abgebrühter Hund. Seine Nahkampfkünste sind unglaublich. Dagegen seh ich wie ein Schulmädchen aus, ehrlich.«

»Klingt ziemlich gefährlich, Kumpel.«

»Du hast ja keine Ahnung.«

Eine Viertelstunde später telefonierte Mike erneut mit seinem Onkel. »Ich ruf dich von unterwegs an wegen der Einzelheiten. Noch was: Wir werden den FBI-Jet brauchen – vollgetankt und abflugbereit vom Reagan aus. Wir müssen womöglich nach Texas, um der Spur von Juan Black zu folgen. Ich ruf dich an, wenn wir auf dem Weg zurück nach Quantico sind. Danke.«

Zu Logan und Sarah sagte Mike: »Er wird in ein paar Stunden das Weiße Haus und die Direktoren des FBI und der Homeland Security unterrichten. Ich muss ihn noch mal anrufen, bevor wir hier verschwinden. Was wir tun werden, sobald unser Team auftaucht. Ein weiteres ist bereits bei deinem Haus. Die lokalen Behörden lassen wir erst mal außen vor. Offiziell unterliegt das Ganze der Geheimhaltung, bis wir wissen, was genau vorgeht.«

»Kluger Schachzug«, lobte Logan.

»Und unser bisher einziger. Wir tappen im Dunkeln. Außerdem kommt ein Transportteam, das Antonio zur weiteren Befragung nach Quantico kutschiert. Scheiße, nach allem, was du ihm angetan hast, ist er wahrscheinlich so erleichtert, dass er uns alles verraten wird, was wir wissen wollen.«

Sarah mischte sich ein. »Was passiert, wenn das Team hier anrückt? Ich habe gehört, was du zu deinem Onkel gesagt hast, aber was ist mit mir? Ich geh hier nicht weg.« Sie hatte gerade erst einen schweren Angriff auf ihr Haus überlebt und wollte auf keinen Fall ihr Heim verlassen, für dessen Schutz sie sogar getötet hatte.

»Denk mal drüber nach. Wer auch immer diese Männer sind, sie werden nicht noch mal herkommen. Dieser Juan Black denkt sicher, dass die Flagge entweder nicht hier ist oder sich bald im Gewahrsam der Bundesbehörden befindet. Wenn er alles über Logan in Erfahrung gebracht hat, kennt er sicher auch seine Verbindung zu dir, Mike. Und er weiß mit Sicherheit von John.«

Mike lächelte. »Ich wusste immer, dass es einen Grund gibt, wieso ich dich mehr mag als Logan. Und du hast völlig recht, aber ich würd mich trotzdem besser fühlen, wenn du nicht hierbleibst. Aber egal, was ich sage, es ist deine Entscheidung. Wenn du bleibst, werde ich zusätzlich zu dem forensischen Team, das den Tatort untersuchen muss, noch vier Männer vom HRT zu deinem Schutz abstellen. Nach allem, was los war, überlass ich das keinem normalen Agenten. Aber wie gesagt, es ist deine Entscheidung.«

Sarah blickte von Logan zu Mike. »Ich bleibe. Wenn deine Männer den Tatort untersucht und die Leichen weggeschafft haben, will ich hier sauber machen. Ich *muss* sauber machen.« Sie blickte Logan flehend an. »Ich weiß, du bist am Boden zerstört wegen Dalys Tod, Logan, und ich weiß, du wirst damit auf deine Weise fertig, aber ich *muss* das tun. Es ist meine Art, damit umzugehen. Ich werd meine Meinung nicht ändern.«

Einen Moment lang sprach niemand ein Wort. Mike räusperte sich. »Okay, Sarah. Ich hab nur eine kleine Bitte, wenn das okay ist. Das wird für Logan und mich eine lange Nacht werden und dein Mann kämpft mit einem schweren Kater, wenn nicht sogar mit einer Alkoholvergiftung. Ich werd ihn an den Tropf hängen, wenn das Team da ist, aber hast du in der Zwischenzeit einen Kaffee? Ich würde ihn ja selber kochen, aber wir müssen unseren Gast nach vorn bringen, solange wir auf die anderen Agenten warten.«

»Natürlich. Ich koch einen extra starken.« Sie schob

ihren Stuhl zurück und stand auf. Dabei schob sie ihre rechte Hand auf Logans Unterarm. Sie drückte ihn sanft, wie um ihm zu versichern, dass alles gut werden würde. Ihre Zärtlichkeit wirkte einerseits erleichternd, trug andererseits aber auch zu seinem schlechten Gewissen bei. Wie konnte ich ihnen das nur antun? *Sie sollte mich verabscheuen, nicht trösten. Das hab ich gar nicht verdient.*

Mike unterbrach seine Gedanken. »Logan … Logan? Lass uns das Stück Scheiße vors Haus schaffen, damit wir ihn los sind, sobald das Transportteam eintrifft.«

Eine Dreiviertelstunde später trafen das forensische Team und das Transportteam ein, gefolgt von Logans und Mikes Wagen, die von FBI-Agenten gefahren wurden. Sie hatten die SUVs unterwegs eingesammelt und dem Nachtwächter mit ihren Dienstmarken und Waffen einen gehörigen Schrecken eingejagt.

Der befehlshabende Agent – ein großer blonder Mann Ende 30, der aussah wie ein Footballspieler von Oklahoma State – hatte seine Anweisungen direkt vom Direktor des FBI erhalten. Sie fielen sehr präzise aus und er beabsichtigte, sich daran zu halten.

Mike und Logan saßen auf der Vordertreppe und begrüßten ihn, als er aus dem Auto ohne offizielle Kennzeichnung ausstieg. Mike sagte: »Ich vermute, Sie sind Special Agent Turner?«

»Das bin ich, aber bitte nennen Sie mich Charlie. Ich habe bereits meine Anweisungen erhalten, Agent Benson. Die Befehle des Direktors waren eindeutig. Sie bekommen alles, was Sie brauchen. Ich habe ein vierköpfiges forensisches Team mitgebracht« – er deutete auf eine Gruppe jung aussehender Agenten, zwei Männer und zwei Frauen, die Ausrüstung aus einem dunklen SUV luden – »das nur darauf wartet, das Haus nach jedem erdenklichen Beweis zu durchsuchen. Außerdem hat einer meiner Agenten einen Mietwagen entdeckt, der etwa eine halbe Meile entfernt auf der anderen Seite des Wohngebiets parkt. Ich gab ihm die Anweisung, das Fahrzeug zu untersuchen, nachdem wir durch das Tor gefahren waren, um sicherzugehen, dass diese Arschlöcher nicht noch eine versteckte Nachhut in der Gegend haben. Ein forensisches Team wird sich bald darum kümmern.«

»Gute Arbeit«, sagte Mike.

»Danke. Ich sehe, Sie haben den Verdächtigen.« Er wusste nicht, wie er ihn sonst nennen sollte.

Er betrachtete den Söldner, der mit verbundenen Augen gefesselt und geknebelt dasaß. Die Füße waren mithilfe eines dünnen Nylonseils hinter dem Rücken mit den Händen zusammengebunden.

»Sieht aus, als ob er sich nicht besonders wohlfühlt. Gut. Hört sich an, als hätte er das verdient.« Trotz eines ironischen Grinsens schwang kein Humor in der Stimme mit.

»Wenn es nach Logan gegangen wäre, hätten wir das Dreckschwein schon aus dem Verkehr gezogen. Der kann sich glücklich schätzen, und das weiß er auch. Wenn er schon sonst keinen Grund zum Kooperieren hat, wird er es aus reiner Dankbarkeit tun.«

Special Agent Turner verzog das Gesicht. »Unsere Verhörspezialisten in Quantico werden ihn bearbeiten. Die werden alles aus ihm rausholen, sogar Details, an die er sich nicht mal bewusst erinnert.« Er drehte sich um und wandte sich an Mike. »Sie wissen, wie gut die Jungs sind.

Es könnte sogar sein, dass Sie einige davon selbst ausgebildet haben – zumindest soweit ich informiert bin.«

Mike gab keine Antwort. Einige seiner frühen Jahre hatte er bei der Spionageabwehreinheit des FBI verbracht. Er war auf Verhörtechniken spezialisiert, die einige politisch korrekte Bürokraten als ›fragwürdig‹ und ›übertrieben hart‹ bezeichneten. Nach Mikes Erfahrung waren diese Methoden extrem effiziente Werkzeuge.

»Wie auch immer, weiter zum nächsten Punkt – ein Geiselbefreiungsteam des FBI aus dem Büro in Salt Lake City ist mit einer Gulfstream unterwegs zum Helena Regional Airport. Nach der Landung treffen sie innerhalb einer Stunde beim Haus von Mr. Quick ein, also etwa um 19:30 Uhr Ortszeit. Die Nummer, die Sie uns gegeben haben, Mr. West, war nicht zu erreichen«, sagte er und sah Logan an. »Entweder ist das Handy abgeschaltet oder er geht aus einem konkreten Grund nicht ran. Ich gebe Ihnen Bescheid, wenn das Team gelandet ist. Danach informiere ich Sie, sobald sie bei seinem Haus angekommen sind.«

»Hört sich gut an, Charlie. Logan meinte, wenn dieser Juan Black ein Team hingeschickt hat, dann sind die möglicherweise eher diejenigen, die Hilfe brauchen.« Special Agent Turner hob die Augenbrauen und wirkte skeptisch.

»Glauben Sie mir, Charlie. Wenn Logan sagt, dass er so gut ist, dann ist er das. Unabhängig davon – Sie können mich auf meinem Handy erreichen. Das wird eine lange Nacht. Hoffentlich kann das HRT rechtzeitig Mr. Quick erreichen und die Flagge sicherstellen. Sonst verfügen die anderen über einen Vorsprung. Das ist gar nicht gut, wenn man es mit Söldnern und mexikanischen Kartellen zu tun hat.«

Mike musterte die Agenten, die damit beschäftigt waren, sich auf ihre Arbeit vorzubereiten. Er bemerkte, dass nur das forensische Team zusammen mit Turner eingetroffen war. »Was ist mit dem Personenschutz-Team? Ich habe es angefordert, nachdem ich mit meinem Onkel telefoniert hatte. Mrs. West hat beschlossen, im Haus zu bleiben. Es sollte zwar keine weitere Bedrohung geben, aber nach dem, was sie durchgemacht hat, hab ich ihr die Entscheidung überlassen. Sie hat zwei von ihnen selbst getötet.«

»Das hab ich gehört«, sagte der Agent und nickte anerkennend. »Quantico schickt ein vierköpfiges Team. Ich weiß nicht, wer es ist, aber ich bin sicher, dass es die Richtigen für den Job sind. Washington weiß, wie wichtig das ist, und niemand wird zulassen, dass Mrs. West etwas zustößt. Sie sollten ungefähr in einer Stunde hier sein.«

Special Agent Turner zog einen Notizblock aus der Tasche und überprüfte, ob er jeden Punkt angesprochen hatte. Er blickte auf und sagte: »Hab ich was vergessen?«

»Nein, Charlie. Das war alles. Danke für die Unterstützung. Wir sind gleich weg. Logan muss sich nur noch kurz um eine persönliche Angelegenheit kümmern.« Mike sah Logan auffordernd an, der sich sofort umdrehte und zu Sarah ging, die auf der Vordertreppe saß.

Sie hatten gerade genug Zeit, sich um Daly zu kümmern, bevor sie aufbrachen. Logan und Sarah gingen zur Seite des Hauses, der ganze Groll und die Wut waren vergessen, als sie sich innerlich auf diese letzte Aufgabe vorbereiteten. Sie hatten vor, Daly im Garten zu begraben, den er so geliebt hatte und in dem sie die meiste Zeit als Familie verbracht hatten.

Mike sah Turner an. »Charlie, ich warte drinnen, bis wir gehen. Sagen Sie bitte Bescheid, sobald Sie etwas hören.«

Special Agent Turner sagte: »Alles klar. Meine Agenten sollen sich schon mal den Tatort ansehen, solange wir warten.« Ohne weiteres Zögern drehte er sich zu seinen jungen Begleitern um und erteilte Anweisungen. Special Agent Benson lag mit seiner Einschätzung ganz richtig. Ihnen stand eine lange Nacht bevor.

12

San Antonio, Texas
19:00 Uhr Ortszeit

Der Mann, der als Juan Black bekannt war, schaute aus seinem Bürofenster. Seine athletische Silhouette zeichnete sich dunkel gegen das Licht ab, das von der Stadt aus in den Raum fiel. Die gebräunten Gesichtszüge verrieten eine gewisse Unruhe. Je mehr Zeit verstrich, desto unruhiger wurde er.

Robertos Tod hatte alles verkompliziert. Da er der Anführer des Teams war, hatte er als Einziger die Anweisung erhalten, Juan direkt zu kontaktieren. Juan besaß natürlich die Nummern aller Mitglieder des Teams und konnte jeden kontaktieren, falls nötig, aber er hatte sich dagegen entschieden, wegen des Fingerspitzengefühls, mit dem diese Operation angegangen werden musste.

Das Team war seit Robertos Tod auf sich gestellt. Er hatte die früheren Anrufe bewusst ignoriert. Das fehlte noch, dass zwischen ihm und dem Debakel in Maryland mehr Verbindungen hergestellt werden konnten als unbedingt nötig.

Direkt mit Logan West zu telefonieren, hatte sie alle in Gefahr gebracht. Die Fähigkeit der Regierung, Menschen per Handy aufzuspüren, war ihm schmerzlich bewusst. Auch wenn seine Männer digitale Verschlüsselung nutzten, wollte er nichts riskieren. Also übte er sich in Geduld.

Diese Hilflosigkeit ist das, was die Offiziersarschlöcher hinter der Front empfunden haben müssen, während ihre Teams Operationen durchgeführt haben, dachte er. Sein früheres Leben ging ihm durch den Kopf. *Kein Wunder, dass die ständig total genervt waren.*

Er starrte auf die Skyline von San Antonio. Ein Schatten erschien im Türrahmen. Sein Besitzer blieb reglos stehen, bis Juan sich umdrehte und seine Anwesenheit bewusst zur Kenntnis nahm.

Der Mann – hilfreicher Vertrauter und ausgebildeter Killer – sagte: »Sir, Robertos Team hat sich nicht mehr gemeldet.« Er war einer der wenigen Männer innerhalb der Organisation, denen Juan zutraute, tatsächlich nützliche Ratschläge zu geben.

»Es ist kurz nach 20 Uhr an der Ostküste. Offenbar ist etwas schiefgegangen. Zum Glück kennt keins der Teammitglieder die Bedeutung der Flagge. Nur Roberto hatte eine Ahnung davon und Mr. West hat ihn getötet – zum Glück.«

Keiner der Männer ahnte, dass Antonio, der inzwischen gefangen und in Gewahrsam genommen war, Details der Operation kannte, die ihnen gefährlich werden konnten.

Juan unterbrach ihn. »Wenn etwas schiefgegangen ist, bete ich, dass Robertos komplettes Team tot ist. Wer weiß schon, was er seinen Männern wirklich erzählt hat oder was sie gewusst haben.« Es war eine Feststellung, keine Frage.

Sein Adjutant fuhr fort: »Wenigstens sind sie nicht unsere einzige Chance auf Erfolg. Carlos hat gerade ein Update geschickt. Sie sind in Position, aber sie warten auf die Dunkelheit, bevor sie sich dem Haus nähern. Er sagte, es gebe ›zu wenig Deckung‹, um sich bei Tag zu nähern. Die Zielperson könne sie zu leicht kommen sehen.«

Der Mann schielte auf die Uhr. »Sie sollten in ungefähr 30 Minuten zum Haus vorrücken. Carlos kennt Ihre Befehle und weiß, dass er Mr. Quick lebend fassen soll.«

Sein Adjutant kannte die taktischen Einzelheiten, aber war sich bewusst, dass es Juan Black im Moment nur noch um den Ausgang der Operation ging. »Ich gebe Ihnen Bescheid, sobald ich etwas höre, Sir.« So schnell, wie er gekommen war, drehte er sich um, verschwand durch die Tür und ließ Juan mit seinen Gedanken allein.

Es gab einen Wetterumschwung in San Antonio. Juan hoffte, dass sich auch sein Glück zum Besseren wendete. Wenn diese Operation erfolgreich verlief, wäre er für den Rest seines Lebens finanziell abgesichert und könnte sich überall auf der Welt zur Ruhe setzen ... oder zumindest in einem Land, das kein Auslieferungsabkommen mit den USA hatte.

Alles hängt jetzt von Carlos' Team ab. Maryland war eine Pleite. Es bestand keine Hoffnung, dass die Männer doch noch erfolgreich gewesen waren, das wusste er. Er hätte sonst mittlerweile etwas von der Firma gehört. Cains Quelle in Washington wäre vom FBI in Kenntnis gesetzt worden, das man bestimmt längst hinzugezogen hatte.

Juan wusste von Mr. Wests persönlicher Beziehung zu Special Agent Mike Benson. Das hatte bei der Entscheidung eine Rolle gespielt, ob sie zuschlagen sollten. Letztlich hatte Juan entschieden, dass sich das Risiko im akzeptablen Rahmen bewegte. *Möglicherweise eine Fehleinschätzung.*

Wenn Carlos versagte, würde Juan um Mitternacht Cain kontaktieren. Ein Anruf, den er lieber vermieden hätte.

Egal wie das Ergebnis ausfiel, Juan war sich darüber im Klaren, dass spätestens morgen früh sämtliche Strafverfolgungsbehörden und Geheimdienste der USA alle verfügbaren Mittel einsetzten, um ihn zu finden. Obwohl er diese Operation sorgfältig in isolierte Abschnitte eingeteilt hatte, indem er sicherstellte, dass die Teams nichts voneinander wussten, war ihm klar, dass er trotzdem sein Büro innerhalb weniger Stunden räumen musste.

Er hatte geplant, sein Hauptquartier hinter die Grenze im Süden zu verlegen, wo bereits eine Einrichtung mit entsprechenden Sicherheitsvorkehrungen bereitstand. Diesen Ort hatte er sorgfältig ausgewählt. Nur er selbst und Cain kannten ihn.

Das Los-Toros-Kartell schätzte seine Dienste. Daher hatte der Boss des Kartells keine Fragen gestellt. Das Kartell wusste nicht einmal, dass Juans eigentlicher Arbeitgeber ›Cains Firma‹ war – keine offizielle Bezeichnung, so nannten sie ihre kleine Interessensgemeinschaft intern – und seine Arbeit für das Kartell nur als Mittel zum Zweck diente. Eine ebenso legitime wie tödliche Tarnung.

Hätte das Kartell die Wahrheit erfahren, wäre seine Lebenserwartung dramatisch verkürzt worden. Juan glaubte aber nicht, dass der Kopf des Kartells es herausfand. Aber um auf der sicheren Seite zu sein, hatte er vor, sich auf der anderen Hälfte der Erdkugel aufzuhalten, bevor der Erfolg der Operation mit einem großen Knall weltweit in den Schlagzeilen landete.

Er sah zum dritten Mal seit dem Rückzug seines Adjutanten auf die Uhr. *Ich hasse Warten.*

Während die Minuten verstrichen, dachte Juan über die politische Weltlage nach. Nur Stärke und Ziel der Reaktion stellten Variablen dar. Ansonsten war der Untergang des Landes so oder so besiegelt.

Versagen war keine Option. Nie hatte es eine vielversprechendere Gelegenheit für ihre Rache gegeben. Für

Cain war die Mission eine sehr persönliche Angelegenheit, aber auch Juan lebte mit dem rechtschaffenen Zorn und der Empörung, die er als persönliches Andenken aus Irak mitgebracht hatte. Er wusste, dass der Tod Unschuldiger einem höheren Zweck diente. Unangenehm und moralisch abstoßend, keine Frage, aber leider notwendig. Dies war ihre einzige Chance. Jetzt oder nie. Die USA waren zu lange untätig geblieben.

Aber wir werden diesen Fehler nicht machen. Nicht mehr.

13

Der 42 Jahre alte pensionierte Gunnery Sergeant John Quick hatte sein großes Haus, das fast wie ein Zelt aussah, an einem kleinen abgelegenen See in der Mitte eines ebenso abgelegenen Waldes errichtet. Das steile Dach reichte bis zum Boden. Außerdem gab es einen 14 Meter langen Pier, den er selber gebaut hatte und der vom hinteren Sonnendeck, das die gesamte Breite des Gebäudes einnahm, bis zum Ufer führte.

Der See selbst besaß an der breitesten Stelle kaum mehr als drei Kilometer Durchmesser und wurde von dicht wachsenden Bäumen umgeben, die ein paar Meter vom Ufer entfernt aufragten. Bei mildem Wetter konnte er leicht von einer Seite zur anderen schwimmen, ohne sich über Unterströmungen oder Strudel Sorgen zu machen – zwei Gefahren, an die er sich aus seinen Force-Recon-Tagen erinnerte, bei denen es ihm immer noch kalt den Rücken runterlief.

Obwohl die Gegend zu den Außenbezirken von Helena gezählt wurde, gab es im Umkreis meilenweit keine lebende Seele. Die Gegend hatte er gründlich erkundet, als er sich entschlossen hatte, nach Montana zu ziehen. Er wollte so wenig Ablenkung wie möglich. Er hatte sich oft genug dem Chaos und Bösen ausgesetzt gefühlt, das die sogenannte zivilisierte Welt durchdrang, und wollte nicht länger ein Teil davon sein.

Die Kampfhandlungen, an denen er beteiligt gewesen

war, und die Schrecken, die er bezeugt hatte, forderten einen hohen psychischen Tribut von ihm, der letztlich zur Scheidung von seiner ersten Frau führte, nach gerade mal der Hälfte seiner Dienstzeit. Jetzt wollte er nur noch allein sein. Irgendwann suchte er vielleicht wieder den Kontakt zur Gesellschaft, aber zuerst musste er den Kontakt zu sich selbst wiederherstellen.

Der See lag genau westlich vom Haus. Man hatte jeden Abend einen wunderbaren Blick auf den Sonnenuntergang. Der See trug keinen Namen, wahrscheinlich weil hier nie jemand herkam.

Obwohl der dichte Wald, der ihn umgab, einen hervorragenden Schutz darstellte, gab es genug Platz zwischen den Bäumen, um in jeder Richtung, in die er wollte, jagen und spazieren zu gehen. Absolut perfekt für seine Ansprüche.

Die Umstände, wie er an diesen speziellen Ort gelangt war, versetzten ihn nach wie vor in Erstaunen. Er glaubte, dass alle wichtigen Ereignisse im Leben eines Menschen aus einem bestimmten Grund geschahen, dass hinter all dem Chaos ein tieferer Sinn steckte. Leider war ihm sein eigener Daseinszweck bislang verborgen geblieben.

Er wusste lediglich, dass er nach 23 Jahren im United States Marine Corps sowie mehreren Kampfeinsätzen in Afghanistan, Irak und einigen weiteren Staaten ohne offiziell sanktionierte US-Truppen die Einsamkeit und völlige Unabhängigkeit seines neuen Heims vorzog. Sie übte eine beruhigende Wirkung auf sein inneres Selbst aus, welches länger, als er zurückdenken konnte, die unerschöpfliche Quelle eines äußerst ungesunden Zorns darstellte. Er war ganz sicher, mit dem Umzug nach Montana die richtige Entscheidung getroffen zu haben.

Den Tag hatte er – wie so viele andere – auf dem See in seinem kleinen Boot verbracht und zwei schöne Großmaulkarpfen gefangen. Einer der beiden hatte gerade den Weg auf seinen Esstisch gefunden, gegrillt und mit einer leckeren Zitronenbutter als Abendessen zubereitet.

Als die Sonne um kurz nach sechs unterging, hatte er in dem offenen runden Kamin im Wohnzimmer ein Feuer entfacht. Hier verbrachte er den Großteil seiner Zeit, entspannte und dachte über sein Leben nach. Dabei genoss er den Ausblick durch das große Panoramafenster auf die wunderschöne Landschaft.

Das Kaminfeuer diente ihm zur Entspannung nach dem Abendessen. Er platzierte die sechs Scheite, die er gespalten hatte, sodass sie eine kleine Pyramide formten. Dann drückte er den Schalter, der das Feuer automatisch entzündete – man musste es sich ja nicht unnötig schwer machen –, und ein Gasstrom traf die Zündflamme und entzündete die Scheite. Er lächelte, als er beobachtete, wie das Holz innerhalb von Sekunden Feuer fing.

Er drehte das Gas ab, sobald die Flammen hoch genug loderten, um nicht wieder auszugehen, und schob den Lesesessel neben die große Scheibe, welche fast die gesamte Seite des Wohnzimmers einnahm.

Der Sessel war eines der wenigen Möbelstücke in dem riesigen Raum, der sich über zwei Stockwerke erstreckte. Der Rest der Einrichtung bestand aus einem Esstisch aus dunklem Mahagoni und einem breiten Ledersofa. Er ließ seine athletischen 80 Kilo auf den Sessel sinken und nahm einen Schluck von dem Single Malt Scotch, der auf einem kleinen Tisch neben dem Sessel wartete.

Sein festes Ritual beim Einbruch der Nacht. Alle Gedanken und Sorgen wurden vom Versprechen eines neuen

Morgens verdrängt. Dieser Moment der Ruhe bewegte sich so nah an einem Zustand des völligen inneren Friedens, wie es ihm möglich schien. Keine Granaten, Mörserladungen oder improvisierte Sprengsätze, die ganz in der Nähe explodierten. Kein Geräusch von Kugeln, die einem über den Kopf hinwegzischten.

Und vor allem keine Schreie verwundeter oder sterbender Marines …

Er klappte die Lider zu, kam zur Ruhe und genoss die Stille, während die Sonne unterging. Abrupt öffnete er die Augen wieder und richtete sie auf das Zwielicht vor seinem Fenster. *Die Ruhe … es ist zu still. Keine Grillen, Frösche oder andere Tiere.* Die Geräusche, die normalerweise den Sieg der Nacht über das schwindende Tageslicht dokumentierten, fehlten.

Seiner Erfahrung nach folgte auf unnatürliche Stille oft Gewalt. Bevor der Gedanke in seinem Kopf verhallt war, hatte er sich schon auf den Weg zum Arbeitszimmer gemacht.

Könnte ein Bär sein. Das Letzte, was ich brauche, ist ein hungriger Grizzly auf der Suche nach Fressen. Er hatte oft genug Geschichten über wilde Bären gehört, die in Häuser eindrangen. Die Nachrichtensender fanden solche Vorfälle offenbar amüsant. Hier draußen war man da verdammt noch mal anderer Meinung.

Im Büro angekommen öffnete er eine dunkelbraune Vitrine und holte eine Pistole vom Typ M1911 der Firma Colt heraus, mit einem speziellen Nachtsicht-Visier und rutschfestem Kunststoffgriff ausgestattet. Er nahm das Holster und schnallte es sich um, befestigte den Beingurt, indem er zwei Plastikschnallen ineinanderklipste. Anschließend griff er nach der Schrotflinte, zögerte dann, während er dachte: *Wenn es ein Raubtier ist, kann ich es vielleicht erlegen und als Trophäe an die Wand hängen.* Er hatte bisher nur Elche gejagt, aber keinen der Köpfe behalten.

Da er lautlos töten wollte, holte er noch zwei seiner aktuell bevorzugten Werkzeuge aus dem unteren Fach: ein großes KA-BAR-Jagdmesser und die Excalibur-Vortex-Armbrust mit grün beleuchteter Zieleinrichtung.

Die Armbrust war extrem durchschlagsstark mit einer Geschossgeschwindigkeit von zehn Metern pro Sekunde. Bestückt mit Horton-Carbon-Strike-Pfeilen war normalerweise ein Schuss bereits tödlich.

Für den unbeteiligten Beobachter wirkte es, als habe er sich für einen Kampfeinsatz ausgerüstet, aber es war lediglich Johns Art, für alle Eventualitäten gewappnet zu sein. ›Schweiß spart Blut‹ lautete einer seiner Lieblingssprüche, ebenso wie ›Semper paratus‹ – *allzeit bereit.* Und das wollte er definitiv sein, wenn er sich in die wilde Dunkelheit von Montana hinauswagte.

Er befestigte die Scheide des Jagdmessers an der linken Seite des Pistolengurts, schlang den Köcher über die Schulter und ging ins Wohnzimmer, wo er das Licht ausschaltete und den Raum dadurch in ein glühendes Orange tauchte, das aus dem offenen Kamin auf die Einrichtung fiel. Er stand rechts neben dem Fenster, außer Sichtweite jeder Kreatur, die möglicherweise zwischen seinem Haus und dem See lauerte. Dort wartete er, bis sich seine Augen an die Dunkelheit gewöhnten. Um sicherzustellen, dass das Umgebungslicht nicht die Nachtsicht beeinflusste, ging er zum Kamin, zog die Scheite auseinander und reduzierte das Feuer auf eine sanfte Glut.

Das verglühende Holz warf tanzende Schatten in den Raum, während er reglos dastand und die Minuten zählte, bis sich seine Augen an die Verhältnisse im Freien angepasst hatten. *Besser, ich erhöhe meine Chancen so weit wie möglich, bevor ich da rausgehe.*

Carlos Quintana galt als geduldiger Mann. Er hatte deshalb so lange in der Welt der Kartelle überlebt, weil er genau wusste, wann die Zeit zum Handeln kam. Sein Timing war makellos und hatte ihm öfter das Leben gerettet, als er zählen konnte. Auch beim aktuellen Auftrag zählte der richtige Moment.

Der Jüngste im Team – Erik – hatte vorgeschlagen, ins Haus der Zielperson einzubrechen und zu warten, bis diese von ihrem Ausflug auf den See zurückkehrte. Carlos hatte diese Möglichkeit kurz in Erwägung gezogen, dann aber verworfen.

»Wenn dieser Mann so gut ist, wie seine Militärakte vermuten lässt, wird er alle Abweichungen von der Norm sofort bemerken und wir verlieren das Überraschungsmoment. Es hat keinen Sinn, die Konfrontation eskalieren zu lassen und unnötige Risiken einzugehen. Wir warten lieber, bis er den abendlichen Drink genommen hat und schlagen zu, wenn er ins Bett geht … lautlos.« Die anderen hatten zugestimmt und das war das Ende der Diskussion gewesen.

Als nun plötzlich alle Lichter in dem riesigen Wohnzimmer erloschen, überraschte es Carlos. Er sah auf die Uhr. Viel zu früh.

Einer seiner Männer mit dem besten Überblick auf der Westseite des Sees – ein erfahrener Scharfschütze namens Edward – hatte per Funk durchgegeben, dass er gerade den Sichtkontakt zur Zielperson im Haus verloren hatte.

Er hatte Quick schemenhaft zum Kamin gehen sehen und dann … nichts als Dunkelheit.

Edward sagte durch das Funkgerät: »Ich kann das Glimmen vom Kamin erkennen, aber sonst nichts im Raum.«

»Roger. Sag mir, wenn du was siehst.« *Hat er uns gesehen oder gehört?* Carlos glaubte es nicht. Er und seine Männer lauerten ihm schon seit fast 36 Stunden auf.

Das vierköpfige Team hatte den SUV ohne Kennzeichen auf der anderen Seite des Sees geparkt. Die Zufahrt zur Straße verfügte über ein Tor mit Vorhängeschloss. Nachdem sie die Kette des Schlosses durchtrennt hatten, ersetzten sie es durch ein mitgebrachtes Exemplar, absichtlich verschrammt, um es alt und benutzt aussehen zu lassen und keinen Verdacht bei einem unbeteiligten Beobachter zu wecken. Der SUV stand versteckt hinter einer Baumgruppe, mit Zweigen abgedeckt. Auf diese Weise bemerkte ihn niemand, es sei denn, er lief buchstäblich dagegen.

Neben Edward auf der Westseite des Sees gab es noch Carlos' übrige Teammitglieder, Erik und Hector, die auf der Ostseite in Stellung gegangen waren. Hector galt als Spezialist für das unbemerkte Eindringen in jede Art von Gebäude. Der kleine, schlanke Mann mit den kurz geschorenen schwarzen Haaren war ehemaliger Kommandant der mexikanischen Armee, von Mexiko nach Texas geflohen, nachdem ein Lokalpolitiker ihn verraten hatte und er in den Hinterhalt einer korrupten Armeeeinheit geriet, die für ein Drogenkartell arbeitete. Nur Hector und ein weiteres Mitglied seiner Einheit überlebten damals. Daher verabscheute Hector sowohl die mexikanische Regierung als auch die Kartelle.

Hector war Juan Black empfohlen worden und vor drei Jahren zu Carlos' Team gestoßen. Seitdem hatte er sich als unschätzbar wichtig erwiesen. Hector stellte keine Fragen über die Geldgeber. Es war ihm egal. Für ihn zählte allein die Möglichkeit, sich persönlich an den Kartellen für all ihre Untaten zu rächen.

Hector war der wichtigste Mann bei dieser Operation. Erik diente ihm als persönliche Absicherung und leistete den nötigen Feuerschutz, falls etwas nicht nach Plan lief – was viel zu oft passierte.

Als die Lichter im Wohnzimmer plötzlich ausgingen, hatte Carlos Hector und Erik den Befehl gegeben, noch eine halbe Stunde zu warten, bevor sie sich dem Haus näherten. Die Zeitspanne war in diesem Moment abgelaufen, wie ihm ein Blick auf die Uhr verriet.

Carlos spähte durch das Nachtsichtgerät und hoffte, beobachten zu können, wie Hector und Erik in 500 Metern Entfernung ihr Versteck verließen. Da sein eigener Aussichtspunkt genau 300 Meter nordöstlich des Hauses lag, wusste er genau, wohin er schauen musste. Er wurde nicht enttäuscht, als er die verschwommenen Umrisse zweier Männer in Tarnkleidung wahrnahm, die sich langsam aufs Ziel zubewegten.

Sobald sie den Punkt erreicht hatten, von dem aus sie zuschlagen konnten, sollten sie dort noch einmal eine halbe Stunde warten und dann durchs Fenster des Arbeitszimmers einsteigen, das er früher an diesem Tag ausgekundschaftet hatte. Er hielt es für die einfachste – und sicherste – Stelle, um ins Haus einzudringen, denn es befand sich im ersten Stock und am weitesten vom Schlafzimmer der Zielperson entfernt.

Carlos hatte ursprünglich mitten in der Nacht zuschlagen wollen, aber Juan bestand darauf, dass es kurz nach Einbruch der Dunkelheit geschah. Es gab noch andere

Faktoren, die Juan berücksichtigen musste, und je länger Carlos und sein Team brauchten, um ihre Mission zu erfüllen, desto mehr wuchs die Gefahr, dass die ganze Operation aufflog.

Juan hatte ihm gegenüber betont, dass Versagen keine Option darstellte. Diesen Hinweis behielt er stets im Hinterkopf. Er hatte gesehen, was mit Leuten passierte, die gegenüber Juan Black versagten. Er hatte nicht vor, einer von ihnen zu werden – jemand, an dem man ein Exempel statuierte.

Nach einer halben Stunde hatten sich John Quicks Augen vollständig an die Dunkelheit gewöhnt. Er streckte die Hand nach dem Türgriff aus gebürstetem Metall aus, der zur großen Schiebetür auf der Rückseite des Hauses gehörte, als eine Bewegung auf der Nordseite des Sees, keine 100 Meter entfernt, dafür sorgte, dass er wie angewurzelt stehen blieb.

Was zum …? Er hätte schwören können, dass sich dort etwas bewegte und abrupt verharrte. Dank der jahrelangen Nachtpatrouillen in den Wäldern, Bergen und Dschungeln fremder Länder genügte ein kurzer Blick aus dem Augenwinkel, um ihn über drohende Gefahren zu informieren; eine Fertigkeit, die ihn und seine Marines mehr als einmal gerettet hatte. Instinktiv nahm er die Hand vom Türgriff, positionierte sich links neben Panoramafenster und Schiebetür und wartete.

Zwei Minuten später huschten zwei schemenhaft erkennbare Gestalten in Tarnkleidung, die anscheinend Sturmgewehre trugen, ein paar Meter weit zwischen den Bäumen hindurch und stoppten erneut. Die zwei legten sich in der Nähe eines umgestürzten Baumes, den er als

Feuerholz verwenden wollte, auf die Lauer – die Gewehre im Anschlag.

Er geriet nicht in Panik. Oft genug hatte er in großer Gefahr geschwebt und fiel deshalb nicht länger irrationalen Ängsten zum Opfer, aber er erfasste die potenzielle Bedrohung sofort.

John war ausgebildeter Scharfschütze und hatte einmal einem südamerikanischen Präsidenten auf einem Feld mit minimaler Deckung und fast ohne Rückzugsmöglichkeiten aufgelauert. Er wartete mit seinem Späher zwei Tage lang im Versteck, einmal befanden sich die Wachen des Präsidenten nur knapp 200 Meter entfernt. Die CIA hatte letztlich einen Deal mit dem Diktator ausgehandelt und der Befehl, das Ziel zu eliminieren, erreichte sie nie. Also mussten er und sein Begleiter für weitere quälende 24 Stunden den Rückzug antreten, bevor sie zu der Stelle gelangten, von der sie gefahrlos abgeholt und ausgeflogen werden konnten. Der Diktator erfuhr nie, wie kurz er davorgestanden hatte, ein 7,62-Millimeter-Geschoss in den Schädel zu kassieren.

Ich sitze in der Falle. Die Typen vor seinem Haus waren eindeutig Profis. Ihm war während der letzten paar Tage nichts Ungewöhnliches aufgefallen. Vielleicht war er ein wenig bequem geworden, aufgrund seiner selbst verordneten Einsamkeit, aber seine Sinne hatten nichts von ihrer Schärfe eingebüßt. *Wenn die Typen so gut sind, haben sie garantiert auch jemanden auf der anderen Seite des Hauses und auf der Vorderseite in Stellung. Mist. Ich muss mir schnell was einfallen lassen.* Er lächelte, als er an die berühmten Worte von Chesty Puller dachte, einem der bekanntesten und legendärsten Offiziere des Marine Corps: »Wir sind umzingelt. Das vereinfacht die Sache.«

Ihm kam eine Idee, die er unter den gegebenen Umständen für die beste Option hielt. Er gestattete sich sogar ein kleines Grinsen bei dem Gedanken daran. Es gab nämlich einen Ausgang, den die Gegner *nicht* überwachten.

Hector war unruhig. Sein Tarnanzug nervte ihn. Seit der Mission in Kolumbien hatte er ihn nicht mehr getragen, und die hatte einst deutlich weniger Zeit in Anspruch genommen. Er zwang sich, das Unbehagen zu ignorieren, obwohl er ziemlich sicher war, dass sich mindestens eine oder zwei Zecken in seinen Oberschenkel verbissen hatten.

Er wollte das Ganze einfach schnell hinter sich bringen und aus diesem elenden Montana verschwinden. Die Hitze in Texas zog er dem kühlen Herbstwetter in dieser Ecke deutlich vor.

Die Sonne war vor mehr als 30 Minuten untergegangen. Erik und er schlichen sich so dicht, wie es die Situation zuließ, an das Haus heran. Sie hatten beste Sicht ins Wohnzimmer und durch die Seitentür. Die Zielperson musste früh ins Bett gegangen sein. Weder Carlos noch Edward hatten von ihrem Beobachtungspunkt aus Bewegungen registriert, seit die schwache Glut des Feuers erloschen war.

Hector inspizierte das Haus methodisch durch sein Nachtsichtgerät und arbeitete sich dabei von oben nach unten und von links nach rechts vor. *Nichts.* »Carlos, können wir?«

Am anderen Ende des Funkgeräts wägte Carlos gerade die Möglichkeiten und das Risiko für den Fall ab, dass die Zielperson sie bemerkt hatte. *Was hatte es zu bedeuten, dass die Zielperson von ihrer abendlichen Routine abwich?*

Er konnte nur spekulieren. *Bestand irgendwie die Möglichkeit, dass der Mann von ihrer Anwesenheit wusste?* Er glaubte nicht daran, aber in Situationen wie dieser ging man besser auf Nummer sicher.

»Wartet lieber noch mal zehn Minuten. Dann weiter nach Plan. Ich gehe in Position, um die Vorderseite zu decken. Funkstille, bis ihr ihn oder die Flagge habt. Ende.«

»Roger.« Hector sah zu Erik, der auf Anweisungen wartete. »In zehn Minuten sind wir ›Go‹. Zeit läuft ab jetzt.«

Erik rückte den Boonie mit Flecktarnmuster zurecht, drehte sich um und behielt weiter das Haus im Auge. Der Countdown hatte begonnen.

John Quick watete behutsam durchs Wasser, ohne ein Geräusch oder Wellen zu verursachen. Er hätte nie gedacht, dass die jahrelange Einsatzerfahrung an exotischen Orten wie Lagos, Nigeria, oder der Küste von Somalia sich mal ausgerechnet in Helena, Montana, bezahlt machte. Das Leben steckte eben doch voller Überraschungen.

Er hatte keine Ahnung, wer diese Männer waren, aber er unterstellte ihnen feindliche Absichten. Daher hielt er sich an seine eigenen Einsatzregeln. *Ich hab auch ein paar Waffen.*

Sobald er feststellte, dass der Gegner alle drei Seiten seines Heims unter Beschuss nehmen konnte, war er unterhalb des Panoramafensters auf allen vieren zur Kellertreppe in der Nähe des Küchenflurs gekrochen.

Unten angekommen hatte er seine M1911 in einem Ziploc-Beutel von der Werkbank im Keller verstaut und sie hinten in den Hosenbund gestopft. Seine Waffe für absolute Notfälle.

Wenn er den Vorteil seiner Gegner minimieren und sich zumindest eine faire Chance erhalten wollte, musste er so leise wie möglich vorgehen, was hieß, keinen Schuss abzugeben, außer es ließ sich absolut nicht vermeiden.

Danach verließ er den Keller durch eine kleine Luke, die ihn am hinteren Sonnendeck ins Freie brachte. Zwischen der Unterseite des Decks und dem Untergrund befand sich eine Lücke von knapp 60 Zentimetern. Mehr brauchte er nicht.

Er schlüpfte unter die Bohlen, kroch bis zur kalten Wasseroberfläche des Sees und tauchte dort langsam unter – sorgsam darauf bedacht, keine unnötigen Bewegungen zu machen.

Keinesfalls konnte einer der Angreifer – was sie vermutlich waren – seine Flucht zum See mitbekommen haben. Anschließend war er zu der Stelle getaucht, wo er wieder an Land gehen wollte. Etwas mehr als 100 Meter nördlich seines Hauses und knapp 50 Meter im Rücken der beiden Männer, die er vorhin bemerkt hatte.

Alles wieder wie früher. Unglaublich …

Er verließ das Wasser so leise, wie er hineingetaucht war. Auf dem trockenen Untergrund zog er die Armbrust vom Rücken und pirschte sich von hinten an seine Beute heran. Er benutzte das Nachtsichtzielfernrohr der Armbrust, um sich zu orientieren.

Er bewegte sich so schnell und leise wie möglich. Seine Augen hielt er auf die Stelle gerichtet, an der die zwei Unbekannten eine liegende Position eingenommen hatten.

Da.

Er sah den Lauf eines Karabiners – *eines M4?* – etwa sechs Meter vor sich. Die Gestalt, die ihn hielt, zeichnete sich vor der Dunkelheit ab.

John hielt die Luft an, jeden Muskel angespannt. Er hoffte, dass ihn niemand bemerkt hatte. *Keine Reaktion.* Leise atmete er aus, das Wasser trocknete langsam auf seiner Haut.

Er musste noch mindestens drei Meter näher ran, bevor er zuschlagen konnte. Sachte setzte er einen Fuß vor den anderen und stellte sicher, keine verräterischen Geräusche zu machen.

Sein rechtes Auge war durch das Zielfernrohr auf die Gestalt zur Linken gerichtet, während das linke auf jedes Zeichen von Bewegung achtete.

Er war nun fast nah genug. Ein paar Zentimeter wollte er sich noch nähern und dann seine Pistole – er hatte sie aus dem Plastikbeutel genommen und griffbereit im Holster verstaut, als er aus dem See stieg – mit der linken Hand ziehen und beide Männer ins Visier nehmen, den rechts mit der Armbrust und dessen Partner auf der linken Seite mit der M1911.

Doch dazu kam er nicht. Als er den linken Fuß auf setzte, trat er auf einen Zweig auf dem Waldboden. *Knacks!*

John erstarrte mitten im Schritt, die Armbrust erhoben und genau auf das Genick seines Ziels gerichtet.

Der liegende Mann zur Linken wirbelte sofort in Richtung des Geräuschs herum, aber bevor er die Bewegung vollendet hatte, raunte John leise: »Wenn du den Kopf noch weiter drehst, bleibt er nicht mehr lange dran.«

Der Mann zögerte. John entging nicht, dass sein Partner im Dunkeln jeden Muskel angespannt hatte. Das schwache Licht der Mondsichel leuchtete auf dessen Hand, als er nach einem Objekt vor sich griff, das John nicht sehen konnte.

»Arschloch, wenn du dich noch einen Zentimeter

bewegst, werde ich ...« John sprach die Drohung nicht fertig aus.

Der Angreifer auf der rechten Seite hatte gehofft, John zu überraschen, indem er sofort handelte, statt abzuwarten, wie die Situation sich entwickelte.

Bei einem Amateur hätte das bestimmt funktioniert, aber John Quick war ein ausgebildeter Killer, den man nicht so leicht austricksen konnte. Er hatte andere Männer ähnliche Fehler machen sehen, in der Regel nur Sekunden vor ihrem Tod.

Sie bilden sich alle ein, schneller zu sein, als sie es in Wirklichkeit sind.

Er betätigte den Abzug der Excalibur-Armbrust und gab den Carbon-Pfeil frei, der mit unglaublichen 100 Metern pro Sekunde und einem Zischen durch die Nacht sauste.

Das Geschoss überwand die Distanz im Bruchteil einer Sekunde und drang mit einem lauten, feuchten *Twack!* auf der linken Seite in den Hals des Gegners ein. Der Pfeil verfehlte die Halsschlagader, perforierte aber die Luftröhre, bevor er wieder austrat. Das quietschende Röcheln des Erstickenden schallte durch den Wald wie der Schrei eines verletzten Tieres.

Im Moment des Abdrückens wusste John bereits, dass er gut gezielt hatte. Außerdem erkannte er, dass ihm keine Zeit blieb, um die Pistole zu ziehen. Also tat er das einzig Mögliche. Er ließ die Armbrust fallen und sprang dem anderen Mann entgegen, der gerade Anstalten machte, sich in seine Richtung zu drehen. John zog das KA-BAR-Kampfmesser.

Der Mann rollte weg, um etwas Distanz zwischen sich und seinen Angreifer zu bringen. John bewegte sich seinerseits auf ihn zu und verringerte den Abstand.

Er machte noch einen Schritt und vollführte einen Satz in der Luft, die linke Hand zur Faust geballt, während seine rechte das Messer in Kampfstellung hielt, die Klinge nach unten und parallel zum Handgelenk.

Er landete auf der dunklen Gestalt, sein linker Unterarm traf den Mann wuchtig am Brustkorb. Der Schlag holte den Gegner von den Beinen. John landete auf ihm. Er führte einen Hieb von der Seite nach oben in Richtung des linken Arms des Mannes aus und hoffte, die Arterie in der Achsel zu durchtrennen.

Der andere sah die Klinge kommen, ließ den linken Arm von oben auf Johns Handgelenk sausen und lenkte damit den Messerhieb zur Seite ab. Er erwischte John mit der rechten Faust an dessen linker Schläfe und versuchte so, ihn von sich hinunterzustoßen. *Verdammt, der Kerl ist gut.*

Der Schlag traf ins Ziel, aber mit wenig Schwung. John rollte sich nach rechts ab und sprang auf die Beine.

Er taxierte sein Gegenüber, das jetzt auch aufrecht stand und eine Klinge in der Hand hielt, die im Mondlicht schimmerte. *Toll. So viel zu meinem strategischen Vorteil …*

Keiner sagte ein Wort. Es hätte auch nichts gebracht. Beide Männer wussten, was auf dem Spiel stand. Es ging um Leben und Tod. Kein Spielraum für Verhandlungen.

John erfasste, dass der Mann sehr gut ausgebildet und vermutlich Berufssoldat war. Letztlich zählte aber nur, dass ihn das Schicksal aus niederen Beweggründen zu Johns Heim geführt hatte. *Töten oder getötet werden.*

Obwohl er wusste, dass es wenig Sinn hatte, sagte John: »Nur eins, bevor wir anfangen. Wie heißt du?« Der Mann zögerte, kurz irritiert von dieser Frage. Er lächelte im Dunkeln und seine weißen Zähne blitzten auf.

»Hector.« Nach einem Moment des Zögerns schob er mit breitem spanischem Akzent hinterher: »Sie sind gut, Mr. Quick, aber ich bin besser.«

»Okay, Hector. Das wird sich gleich zeigen.«

Hector umkreiste ihn. John bewegte sich auf ihn zu. Sie lauerten jeweils darauf, dass der andere einen Fehler bei der Deckung machte, und klopften den Gegner auf Schwächen ab. Hector reagierte als Erster.

John war noch ein paar Schritte entfernt, da deutete Hector eine Finte mit dem Messer in Richtung von Johns Gesicht an. Sofort ließ er den richtigen Angriff folgen, einen Sidekick aus einer Rückwärtsdrehung heraus, der John in die Brust traf und ihn umstieß.

John rollte sich im Fallen nach hinten ab, landete auf den Füßen, wurde jedoch vom eigenen Schwung nach hinten geworfen. Er rappelte sich gerade rechtzeitig auf, um mitzubekommen, wie Hector mit dem in die linke Hand gewechselten Messer auf ihn zukam.

In die Defensive gedrängt wartete John, bis Hector die Distanz überbrückt hatte und einen Stoß in Richtung von Johns Brust ausführen wollte. John drehte sich nach rechts und bekam Hectors Unterarm zu fassen. Er holte Schwung und schleuderte Hector mit dem Gesicht voran in einen Baum. Hectors Gesicht schlug gegen die Rinde. Die Nase brach und fing heftig an zu bluten. Im fahlen Mondlicht glich das Blut einer schwarzen Maske.

John zog sich in sichere Entfernung zurück, während sich Hector mit schmerzverzerrtem Gesicht rückwärts vom Stamm abstieß. Er führte mit dem rechten Arm einen kreisförmigen Hieb nach hinten aus, um John mit der Klinge zu erwischen.

Damit hatte John jedoch gerechnet, sodass Hectors

Hieb ins Leere ging. Als das Messer die kühle Nachtluft zerteilte, bewegte sich John unter den Schlag geduckt auf Hector zu. Er positionierte den linken Fuß neben Hectors und landete einen heftigen Schwinger auf dessen Rippen. Er spürte, wie mindestens zwei Rippen brachen, und der Schlag holte Hector von den Beinen. Er landete rücklings auf dem dunklen Waldboden.

John holte weit mit dem rechten Arm aus, als wolle er einen Baseball werfen. Er beugte das linke Knie und verlagerte sein Gewicht nach vorn, bis der rechte Arm am Scheitelpunkt der Kreisbewegung anlangte. Er brachte den Körperschwerpunkt noch weiter nach unten, um an Schwung zu gewinnen. Das Messer in der rechten Hand blitzte durch die Nacht, Lichtreflexe streiften über die tödliche Klinge. Er traf Hector mitten in die Brust, durchbohrte ihm das Herz und tötete ihn auf der Stelle.

John wartete, bis Hectors Körper ruhig dalag und die Zuckungen nach Eintritt des Todes aufhörten, bevor er die Waffe aus Hectors Brust zog und das Blut an der Hose des Toten abwischte. Er schlich zu einem Baum, kauerte sich in Blickrichtung auf sein Haus dahinter und wartete.

Er wusste, dass er nicht allein war. Hoffentlich hatte er wenigstens seine Chancen etwas verbessert. Der Kampflärm musste durch die Bäume gedrungen sein und allen, die dort draußen lauerten, verraten haben, dass ihr Plan grandios gescheitert war. Sicher zögerten sie nicht lange, um die genauen Gründe in Erfahrung zu bringen.

Sobald Carlos den Tumult hörte, wusste er, dass die Zielperson ihnen irgendwie entkommen und unerkannt aus ihrem Netz entschlüpft war.

Er suchte die Stelle ab, an der er Hector und Erik zuletzt gesehen hatte, etwa 100 Meter nördlich des Hauses. Sein Nachtsichtgerät erfasste zwei Gestalten, die sich im lichten Baumbestand umkreisten. Er erkannte Hectors Silhouette, aber er wartete nicht, um zu sehen, wie der Kampf sich entwickelte.

Er wusste, dass Hector exzellent ausgebildet war, aber John Quick war ein genauso tödlicher Kämpfer. *Das ist die perfekte Ablenkung.* Er dachte in diesem Moment nur an die Flagge, nicht an Hectors Wohlergehen.

Ohne zu zögern sprintete er durch den Wald auf das Haus zu. Er betete, dass Hector John Quick wenigstens für ein paar Minuten aufhalten konnte.

Beim Rennen hörte er einen Aufschlag und ein gedämpftes Stöhnen. Entweder Hector oder Quick war gerade hart auf dem Boden aufgeschlagen, wie es klang. Der Kampf hatte ihm vielleicht trotzdem genug Zeit verschafft, um die Flagge ausfindig zu machen und sich mit Edward auf der anderen Seite des Sees zu treffen.

Er erreichte den Weg, der zur Vorderseite des Hauses führte. Auf der Veranda angekommen verlangsamte er seine Schritte, um keinen unnötigen Lärm zu machen. Er schlich die drei Stufen zur Veranda hinauf und rüttelte am Türknauf. *Abgeschlossen.*

Damit hatte er gerechnet, obwohl er es angesichts der isolierten Lage des Hauses erheiternd fand. Er zog die Dietriche aus der Tasche und öffnete das Schloss, indem er 30 Sekunden gekonnt mit den fragilen Werkzeugen hantierte. Ein Lächeln huschte über sein Gesicht. *Auch ein Sicherheitsschloss ist für einen erfahrenen Profi letztlich ein Kinderspiel.*

Nachdem er das Haus betreten hatte, hielt er kurz inne,

um sich zu orientieren. Er fand sich in einem kleinen Flur wieder. Ein schwaches Glühen von den Resten des Kaminfeuers wies ihm den Weg. Hinter dem Flur befanden sich die Küche und das riesige Wohnzimmer mit dem Panoramafenster, das den herrlichen Blick auf den See bot.

Er huschte den Flur entlang, kam durch die Küche und betrat leise den Wohnraum, wo er direkt die Wände absuchte. *Nichts …* wie erwartet. Er wandte sich nach rechts in Richtung Arbeitszimmer.

Bei der Auskundschaftung des Geländes hatten sie nichts über diesen Raum in Erfahrung bringen können, da die Jalousie des Arbeitszimmers ständig heruntergelassen war. Es war sehr dunkel. Carlos knipste die mitgebrachte Taschenlampe an und leuchtete die Umgebung ab. *Jackpot!*

An der rechten Wand über einem Schreibtisch mit einer Platte aus Hartholz hing eine 1,20 Meter mal 1,80 Meter große irakische Flagge. Drei horizontale Streifen – rot, weiß und schwarz von oben nach unten. Drei grüne Sterne prangten in der Mitte des weißen Streifens. Es war die 1991 von Saddam Hussein eingeführte Variante mit dem Schriftzug ›*Allahu akbar!*‹ zwischen den Sternen, angeblich in Husseins eigener Handschrift.

Carlos riss die Flagge von der Wand, legte sie flach auf den Boden und überprüfte die linke untere Ecke der Rückseite. Eine Welle der Erleichterung erfasste ihn, als er zu Gesicht bekam, was letztlich das Ziel dieser ganzen Mission darstellte. Es war wirklich da. *Gott sei Dank.*

Er funkte Edward an. »Ich hab das Teil. Ich komm jetzt zu dir. Hast du Hector, Erik oder die Zielperson im Blick?«

»Negativ. Ich kann von hier aus nicht sehen, was passiert ist. Den Kampf hat nur einer überlebt, aber ich weiß nicht, wer es ist.«

»Roger. Weder Erik noch Hector haben sich gemeldet, also dürfte es Quick sein. Ich komm so schnell wie möglich zu dir. Du musst mir Deckung geben. Wenn du eine Bewegung aus Richtung der anderen siehst, schieß! Uns läuft die Zeit davon. Bin in ein paar Minuten da. Ende.«

Carlos spurtete zur Vorderseite des Hauses. Für einen Moment blieb er zögernd stehen – er hatte etwas vergessen. Beiläufig schaute er nach unten und lief zurück zur Küche. Er erledigte noch eine letzte Aufgabe, öffnete die Tür und spurtete die Treppen hinunter in den Wald zum Treffpunkt mit Edward.

Er sah sich nicht um, aber als er etwa 200 Meter vom Haus entfernt war, hörte er eine Folge kurzer Schüsse aus Edwards Richtung. Hoffentlich hatte der professionell ausgebildete Scharfschütze sein Ziel getroffen.

John beobachtete sein Haus und überlegte sich die nächsten Schritte. Er kauerte hinter einem Baum, der einem Schützen, der ihn womöglich von der anderen Seite des Sees beobachtete, die Sicht versperrte. Vermutlich hielten sich noch weitere Männer in der Umgebung auf. Extreme Vorsicht war geboten, sonst riskierte er, doch noch erschossen zu werden.

Nach ein paar Minuten ohne erkennbares Geräusch oder Bewegung hörte er, wie die Vordertür aufschwang. Der ferne Klang von Schritten auf der Veranda und dann auf der geschotterten Zufahrt drang an seine Ohren. Sie entfernten sich zügig. Jemand war gerade in seinem Haus gewesen. *Was zur Hölle wollen diese Leute von mir?*

Er beschloss, sich dem Haus zu nähern. Auf dieser Seite des Sees befand sich niemand mehr. Das hätte er bemerkt.

Vorerst hielt er es für das Wichtigste, jede weitere Bedrohung zu identifizieren und auszuschalten.

Langsam schlich er auf den Eingang zu. *Peng!*

Den Schuss von der anderen Seite des Sees hörte er eine ganze Sekunde, bevor die Kugel etwa auf Höhe seines Kopfes vom Baum direkt zu seiner Linken abgelenkt wurde. Durch den Einschlag splitterte Rinde in alle Richtungen, während er bereits zu Boden hechtete.

John schielte nach rechts, registrierte erneut Mündungsfeuer und hörte einen weiteren Schuss. Diesmal schlug die Kugel in den Baum vor ihm ein, jedoch tiefer als die erste. *Das Schwein hat die Höhe angepasst. Er vermutet mich wohl in Bodennähe.*

Er blieb so flach wie möglich. Ein dritter Schuss wirbelte Dreck vom Waldboden einen halben Meter hinter ihm auf. Anscheinend konnte ihn der Schütze nicht sehen, was ihn unter den gebotenen Umständen erleichterte.

Obwohl er auf dem Boden kauerte, schwebte er in tödlicher Gefahr. Der Scharfschütze hoffte, ihn mit einem Glückstreffer zu erwischen. John wusste: Das passierte wahrscheinlich auch, wenn er an Ort und Stelle blieb. Also tat er das einzig Sinnvolle und robbte so schnell, wie er konnte, ohne sich nach links oder rechts umzuschauen, in Richtung vordere Veranda, um dort Deckung zu finden.

Nach 20 qualvollen Metern bemerkte er, dass die Schüsse unverändert hinter ihm einschlugen. *Er denkt, ich bin immer noch dort.*

Er wartete nicht, um zu überprüfen, ob der Schütze bemerkte, dass er sich weiterbewegt hatte. *Ich muss die vordere linke Ecke des Hauses erreichen. Dann bin ich außerhalb seiner Sichtlinie.*

Das einzige Problem stellten die letzten zehn Meter

zwischen Waldrand und Gebäude dar. In diesem Bereich wuchsen keine Bäume, weil er ihn als Parkplatz für den Land Rover gerodet hatte. Außer dem Auto gab es weder Deckung noch Schutz in diesem schmalen Streifen Niemandsland.

Er erreichte den Waldrand und machte eine Pause, um sich zu sammeln. Das Adrenalin strömte durch die Adern, nachdem es gerade mal sieben, acht Minuten zurücklag, dass er auf Hector und dessen Partner gestoßen war. Er zwang sich, ruhig zu atmen.

Ein Blick über den See offenbarte weiteres Mündungsfeuer. Kugeln schlugen an der Stelle ein, wo er eben noch gelegen hatte. Der Schütze musste sich einige Hundert Meter entfernt befinden, aber ihm war, als bewegten sich die Treffer näher ans Haus heran. Allerdings ging er nicht davon aus, sich in unmittelbarer Gefahr zu befinden – zumindest nicht für die nächsten 30 Sekunden.

Wenn er sein Arbeitszimmer mit dem Waffenschrank erreichte, konnte er dem Schützen auf der anderen Seite des Sees zeigen, was eine Harke war. Die modifizierte Remington 700 war geladen und schussbereit. Sein Plan bestand darin, unbemerkt ins Schlafzimmer in der oberen Etage zu kommen, ein Fenster gerade weit genug zu öffnen, dass er freie Sicht auf den Scharfschützen hatte, und dieses Katz-und-Maus-Spiel zu beenden.

Zuerst brauchte er aber das Handy aus der Küche, um die Polizei zu rufen. Daran hatte er nicht mehr gedacht, als er durchs Kellerfenster nach draußen gekrochen war.

Er nahm einen letzten tiefen, betont langsamen Atemzug, ging hinter dem Baum in eine Hockstellung wie ein Sprinter im Startblock und spurtete aus der Deckung. *Nicht mein bester Einfall,* dachte er, als er über die kiesbedeckte Auffahrt hastete.

Er wartete darauf, dass ihn eine Kugel zu Boden streckte und ins Jenseits beförderte. Doch alles blieb ruhig.

Er erreichte die Front des Gebäudes, sammelte sich kurz und schlich an der Hauswand entlang, bis er Veranda und Vordertür vor sich hatte. Die Tür stand offen.

Ihm wurde sofort klar, dass es sich um eine Falle handeln könnte. Zwei Männer im Haus, nur einer davon war anschließend weggerannt, um ihn zurück zum Haus zu locken, direkt in den Hinterhalt des dort lauernden Partners hinein. *Oder das Haus ist leer, die Arschlöcher haben, was sie wollten, und ich weiß nicht mal, was es ist.*

John ging davon aus, dass die Chancen fifty-fifty standen, aber um es rauszubekommen, musste er zwangsläufig das Haus betreten. Er zog die M1911 aus dem Holster und eilte die Treppe zum Eingang hinauf. Vor der Tür blieb er kurz stehen, weil ihm auffiel, dass der Schütze auf der anderen Seite des Sees aufgehört hatte zu feuern.

Sind sie auf dem Weg hierher? Er musste Gewehr und Handy erreichen. Bisher hatte er Glück gehabt, aber er wollte es nicht überstrapazieren.

Beim Öffnen der Tür empfing ihn ein Spektrum verschiedener Schwarztöne. Der Kamin glühte nicht länger, da das Feuer fast komplett erloschen war. Im Flur herrschte durchdringende Finsternis. Etwas Licht fiel vom Nachthimmel durch das Panoramafenster im angrenzenden Raum. Er machte einen Schritt in den Flur hinein und bewegte sich in Richtung Wohnbereich.

Sein Fehler wurde ihm in derselben Sekunde bewusst. Er hatte sich zu schnell bewegt. Etwas langsamer, und er hätte nicht mit dem linken Bein den Stolperdraht ausgelöst, der in zwölf Zentimetern Höhe über dem Boden quer durch den Flur verlief.

Oh nein.

Er hörte ein metallisches *Ping*, gefolgt von einem lauteren *Klack*. Der Klang eines herausgezogenen Sicherungsstifts und eines Handgranatenbügels, der auf den Boden prallte. *Verdammt!*

John Quick rotierte auf dem Absatz um 180 Grad – wie ein Wirbelwind aus dunklen Schatten. Er hechtete auf den Ausgang zu und betete, dass der Zünder der Granate ihm eine Sekunde ließ, um von der Veranda zu verschwinden.

Er spurtete durch die Tür und hatte schon die Hälfte der Strecke zurückgelegt, da ging ihm auf: *Ich werde es nicht schaffen.*

Das Ende der Veranda klar vor Augen wusste John, dass er auf der Fläche dahinter wahrscheinlich vor fliegenden Granatsplittern und Trümmern geschützt war.

Ein weiterer Schritt und er sprang. Hoffentlich hatte er die Entfernung richtig eingeschätzt. Im selben Moment, wo er über das Geländer segelte, löste der Zeitzünder der Granate aus und die knapp 200 Gramm der Composit-B-Sprengladung explodierten.

Aufgrund der beengten Platzverhältnisse im Flur fiel die Explosion besonders heftig aus. Die Druckwelle wurde durch die Wände und den schmalen Türdurchgang verstärkt. Infolge des Drucks wurde die Vordertür in zwei Teile gespalten, beide Hälften aus den Angeln gerissen und die hölzernen Trümmerstücke über die Veranda katapultiert.

Einen Augenblick bildete John sich ein, auf dem Weg darunter zu landen. *Mir bleibt genug Zeit, um mich in Sicherheit zu bringen.*

Beim Segeln durch die Luft bemerkte er für einen Sekundenbruchteil seinen Schatten, der vom Blitz der Explosion erhellt wurde; eine dunkle Silhouette, über den Rand der Holzterrasse hinaus bis auf die Treppe verlängert.

In diesem Moment kam ihm das Bild wie das alte Negativ eines Schwarz-Weiß-Films vor, belichtet in einer abstrakten, surrealen Welt. Da traf ihn die obere Hälfte der Tür am Hinterkopf und schleuderte ihn über den Rand des Sonnendecks hinaus. Den Aufprall spürte er nicht, nachdem er einen Salto über die Kante vollführt hatte, die Treppen hinabgeschossen und auf dem Kiesweg darunter gelandet war.

Er lag auf dem Rücken und schaute in den Nachthimmel. *Doch nicht genug Zeit!* Da empfing ihn bereits Dunkelheit und der Gedanke verebbte.

14

Carlos und Edward joggten durch den Wald zu ihrem versteckten SUV, als die Sprengfalle hochging. Beide Männer blieben ruckartig stehen. Edward drehte sich zur Seite und bemerkte, dass Carlos lächelte.

»Eine Sprengfalle? Hübscher Schachzug.«

»Ich hoffe nur, sie hat ihn getötet. Der Kerl ist ein verdammt zäher Hund. Lass uns von hier verschwinden, bevor wir Gesellschaft kriegen. Wir sind erst in Sicherheit, wenn wir den Highway erreicht haben und nach Süden unterwegs zum Flughafen sind. Hoffentlich hat uns die Explosion ein wenig Zeit verschafft und alle Spuren verwischt.«

Sie rannten weiter, schlängelten sich zwischen den Bäumen hindurch und sprangen über am Boden liegende Äste. Carlos konzentrierte sich aufs Atmen und kämpfte sich durch das dichte Unterholz.

Wir haben es fast geschafft.

John Quick öffnete die Augen und fand sich auf einer Trage im Innenraum eines Krankenwagens wieder. *Wenigstens bin ich nicht tot … noch nicht.*

Außerhalb des Fahrzeugs hörte er Stimmen. Er drehte sich nach ihnen um, aber die Helligkeit bescherte ihm Kopfschmerzen. Er kniff die Augen zu.

»Verdammt … tut das weh«, sagte er mehr oder weniger zu sich selbst.

Überraschenderweise antwortete ihm eine Stimme. »Entspannen Sie sich, Mr. Quick. Sie haben eine schwere Gehirnerschütterung. Ihre Augen reagieren bis auf Weiteres sehr empfindlich. Sie hatten Glück ...«

»... am Leben zu sein, ich weiß«, unterbrach John. »Nicht das erste Mal – noch dazu *mit* einer Gehirnerschütterung. Nicht mein erster Sturz vom Pferd sozusagen ... leider.«

Er blinzelte, öffnete langsam die Augen und hatte einen Sanitäter mit Babyface vor sich, wohl so um die 20, der ihn aufmerksam musterte, um seinen körperlichen Zustand einzuschätzen.

»Drei Fragen. Erstens: Wie lange war ich weg? Zweitens: Was zur Hölle ist passiert? Und drittens: Wie heißen Sie?«

»Mein Name ist David, Mr. Quick. Ich schätze mal, Sie waren mindestens eine Stunde ohnmächtig. Wir trafen hier ein, nachdem das FBI den Vorfall gemeldet hatte. Es ist kurz nach 20 Uhr. Ich hab allerdings keine Ahnung, was passiert ist, Mr. Quick. Ich bin nur ein Sanitäter, aber es sah ganz so aus, als wäre in dem Haus ein Krieg ausgebrochen. Ich hole Ihnen einen FBI-Agenten, bin gleich wieder da.«

Bevor John weitere Fragen stellen konnte, war David schon aus dem Krankenwagen gesprungen.

Seine Augen gewöhnten sich zögerlich an das Licht. Was er als Erstes aus der hinteren Tür des Krankenwagens zu Gesicht bekam, war die Vorderseite seines Hauses – zumindest das, was davon übrig war. Das zerfetzte Verandageländer. Die wenigen verbliebenen Pfosten hingen höchstens noch an Splittern. Teile des Verandabodens hatte es zerlegt: Einige Bretter ragten senkrecht in die Höhe, als hätte sie jemand mit einem unsichtbaren Brecheisen aufgestemmt. Am beeindruckendsten fand er jedoch das gewaltige Loch, das dort klaffte, wo sich früher die Vordertür befunden hatte.

Nicht nur die Tür war aus den Angeln gerissen worden, sondern der Rahmen war ebenfalls komplett zerstört. Die obere Hälfte der Tür lag ein paar Meter von den Stufen entfernt im Gras. Er begriff, wie nahe er dem Jenseits gekommen war … mal wieder.

Ich habe Glück, noch am Leben zu sein. Das Teil hätte mich enthaupten oder in der Mitte zerteilen können. Meine Güte …

Seine Gedanken wurden jäh unterbrochen, als ein ernst dreinblickender Mann mit dunkelblauer FBI-Jacke an der Rückseite des Krankenwagens erschien. Darunter trug er eine kugelsichere Weste. Die schwarzen Haare waren streng zurückgekämmt. Er erinnerte ihn an einen Trainer der L. A. Lakers aus den 80ern, der mehrere Meisterschaftstitel geholt hatte. Der Name wollte ihm gerade nicht einfallen.

»Mr. Quick, ich bin Special Agent Jack Thornton. Sie hatten Glück …«

»Ich weiß, ich weiß«, fiel ihm John ins Wort. »Mal wieder eine Gehirnerschütterung. Nervig. Der Junge hat's mir schon erzählt.«

»Wie auch immer, zumindest kommen Sie wieder in Ordnung.«

Er machte eine Pause, als ein anderer Agent außerhalb des Blickfelds etwas zu ihm sagte, das John nicht mitbekam.

»Hören Sie, Mr. Quick. Wir müssen uns über einiges unterhalten, denn die Männer, die Ihnen das angetan haben, sind geflohen. Natürlich mit Ausnahme der beiden, die Sie getötet haben. Aber vorher muss ich Sie etwas Wichtiges fragen: Besitzen Sie eine irakische Nationalflagge aus Ihrer Zeit in Falludscha? Und wenn ja, wo ist sie?«

John musterte das Gesicht des Agenten. Er war sicher, sich verhört zu haben. *Mein Kopf hat wohl mehr abgekriegt, als ich dachte. Eine irakische Flagge?*

»Können Sie das noch mal wiederholen, Agent Thornton? Eine Flagge? Sie verarschen mich, oder?«

»Ich wünschte, es wäre so, Mr. Quick. Aber das hier ist eine todernste Angelegenheit. Also, haben Sie eine solche Flagge?«

Die ganze Situation kam ihm absurd und unwirklich vor, aber er antwortete trotzdem. »Ja. Sie hängt in meinem Arbeitszimmer an der Wand.«

Agent Thornton nickte und sprach wieder mit dem Agenten, den John nicht sehen konnte.

»Überprüfen Sie das Arbeitszimmer. Sie sollte dort an der Wand hängen, wenn sie noch da ist.«

Er drehte sich zu John um, während der zweite Agent in den Überresten des Gebäudes verschwand.

»Okay. Folgendes ist passiert. Sie sind nicht der Erste, der heute angegriffen wurde. Dieselbe Organisation, die offenbar Kontakte zum Los-Toros-Kartell unterhält, versuchte außerdem, Ihren ehemaligen kommandierenden Offizier, Logan West, zu entführen.«

John zog die Augenbrauen hoch. »Und das hat geklappt?«

»Nicht so gut. Er tötete einen von ihnen in seinem Haus in Annapolis.«

»Überrascht mich nicht.«

»Als Nächstes wollten sie seine Frau als Geisel nehmen. Sie haben sie erwischt, aber erst nachdem sie zwei der Männer eigenhändig tötete.«

»Umso besser für Sarah.«

»Mr. West hat – nachdem er den Angriff auf seine eigene

Person überlebt hatte – Special Agent Mike Benson informiert. Sie kennen ihn, soweit ich weiß?«

»Ja. Klingt nach einem ziemlichen Fiasko.«

»Allerdings. Special Agent Bensons Onkel ist zufällig der stellvertretende Leiter der Terrorabwehr. Mr. West und Special Agent Benson kümmerten sich im Anschluss darum, Mr. Wests Frau zu befreien. Sie haben einen der Täter am Leben gelassen.«

John setzte sich auf und lächelte. »Da hat das Arschloch aber Glück gehabt. Wo sind Logan und Mike jetzt?«

»Auf dem Weg nach Quantico. Alles, was wir wissen, ist, dass diese Männer nach der Flagge gesucht haben, die in Ihrem Arbeitszimmer hing. Ich sage ›hing‹, weil ich vermute, dass sie nicht mehr dort ist. Kurz und gut: Irgendjemand oder irgendeine Organisation hat alles darangesetzt, diese Flagge zu bekommen. Der Grund ist uns nach wie vor ein Rätsel. Der überlebende Söldner behauptet, dass der Flagge eine entscheidende Rolle bei einer geplanten Attacke zukommt. Er sprach vom Verlust von – ich zitiere – ›Tausenden unschuldigen Leben‹, aber weitere Details konnte er uns nicht nennen.« Er schwieg, um John Zeit zu geben, die Tragweite der Situation zu erfassen.

»Verflucht. Ich wusste, die meinen es ernst. Der eine, den ich mit meinem KA-BAR getötet habe – er hieß Hector, das verriet er mir, bevor ich ihn umbrachte –, war ein Profi und ausgebildet im Zweikampf. Er schlug sich gut. Wirklich gut.« *Nur nicht so gut wie ich,* dachte er und stellte damit ohne jede Arroganz eine Tatsache fest.

Der zweite Agent kam aus dem Haus und schüttelte den Kopf, womit er Thorntons Vermutung bestätigte.

»Wie ich's mir gedacht habe. Jetzt, wo wir wissen, dass

die Flagge weg ist, können Sie mir schildern, was genau passiert ist?«

John erinnerte sich an alles, inklusive der Tatsache, dass es noch mindestens zwei weitere Männer gab, den Scharfschützen und den Mann, den John beim Verlassen des Hauses beobachtet hatte. *Er hatte die Flagge dabei, während ich nur zugesehen habe. Verdammt.*

Am Ende seiner Schilderungen zog Special Agent Thornton ein BlackBerry aus der Gürteltasche, wählte eine Nummer und wartete.

»Sir, er ist wach. Die Flagge ist weg. Mr. Quick hat zwei der Angreifer getötet. Es gab noch mindestens zwei weitere, aber sie konnten mit der Flagge entkommen.«

Er starrte John an, während er lauschte. »Okay, Sir. Werde ich machen. Ich bleibe dran.«

Nach einer kleinen Weile sagte er »Roger. Hier ist er.« und reichte John das Telefon. »Ist für Sie.«

John nahm das Handy entgegen und hielt es ans Ohr. Sein Kopf pochte wegen der Gehirnerschütterung.

»John Quick hier.«

»Noch am Leben, wie's aussieht? So viel zum Thema Ruhestand … Da sind Ruhe und Frieden wohl gerade flöten gegangen wegen der Arschlöcher, die dich töten wollten und dein Haus in die Luft gejagt haben.«

John lächelte, als er die Stimme seines Freundes erkannte.

»Logan, deine Besorgnis ist überwältigend. Ich bin tief gerührt. Aber ich hab gehört, du hattest heute auch einen aufregenden Tag.« Sein Sarkasmus verwandelte sich in aufrichtige Sorge. »Ihr beide, du und Sarah. Im Ernst, Bruder, ich bin froh, dass es dir gut geht. Ziemlich krasse Scheiße, sogar nach unseren Maßstäben. Irgendeine Idee, was da verdammt noch mal im Busch ist, abgesehen von ein paar Dreckschweinen, die uns die Rente versauen wollen?«

»Lustig, dass du fragst. Das FBI verhört gerade den Mann, den ich gefangen genommen habe. Ich bin unten in Quantico mit Mike Benson. Er war mit uns in Irak, du erinnerst dich?«

»Klar. Wie geht's ihm? Schätze, er hat dir heute den Rücken freigehalten. Schön, zu sehen, dass auch ein Fed sich mal die Finger schmutzig macht.«

»Das hat er auf jeden Fall getan, John. Er hat einen von Sarahs Geiselnehmern durch unser Küchenfenster erschossen. War ein guter Schuss. Hätte dir gefallen«, sagte er und machte damit auch John ein Kompliment, der selbst als hervorragender Schütze galt.

»Hört sich so an.«

»Wie auch immer, wir wissen mehr, wenn die Untersuchung abgeschlossen ist. In der Zwischenzeit hab ich einen Vorschlag für dich. Sitzt du gerade?«

John stöhnte. *Jetzt kommt's.* »Ich liege in einem Krankenwagen, Mann. Eine Handgranate mit Stolperdraht in meinem Flur hat mich umgehauen. Also ja, ich sitze. Wieso bist du eigentlich jedes Mal beteiligt, wenn ich in die Luft gesprengt werde?«

Logan lachte, erleichtert, dass wenigstens Johns Sinn für Humor unversehrt geblieben war. »Muss wohl mein spezielles Karma sein.«

»So was in der Art.«

»Also Folgendes: Was hältst du davon, bei diesem Fall als Berater fürs FBI zu arbeiten? Die haben mich offiziell um Hilfe gebeten, quasi als Subunternehmer.«

John schwieg. Er wartete auf weitere Informationen.

»Das ist kein Scherz. Du erinnerst dich ja offensichtlich an Mike. Agent Thornton hat sicher auch seinen Onkel erwähnt. Nun, dieser Onkel hat mich persönlich angerufen und um unsere Unterstützung gebeten. Vermutlich denkt er: je mehr Männer, desto besser. Dürfte auch damit zu tun haben, dass einige der Leute, hinter denen wir her sind, mal bei den Special Forces waren.«

John unterbrach ihn. »Die Typen hier auf jeden Fall. Ich hab einen von ihnen bei einem Messerkampf getötet. Glaub mir, das war kein Amateur.«

»Deswegen will er uns im Team haben. Wir wissen, wie man mit diesen Leuten umspringt. Er weiß auch, dass wir mit seinem Neffen in Falludscha zusammengearbeitet haben. Er kennt die Details der damaligen Geheimoperation. Offenbar glaubt er, dass wir behilflich sein könnten. Ich hab gesagt, dass ich dich erst frage. Die Entscheidung liegt bei dir, Kumpel. Ich für meinen Teil hab schon zugesagt.«

Logan gab John Zeit, sich die Sache durch den Kopf gehen zu lassen, obwohl er längst wusste, wie die Antwort ausfiel.

»Krieg ich einen Dienstwagen? Sieht so aus, als hätte mein SUV bei der Explosion was abgekriegt. Ich werd einen neuen brauchen.«

Logan lachte. »Ein Dienstwagen ist noch das Mindeste. Wir können über sämtliche Ressourcen des FBI verfügen. Und du wärst offiziell dabei – ein beängstigender Gedanke.«

»Solange ich keinen Anzug tragen muss … nichts für ungut, Agent Thornton.«

Thornton schüttelte nur den Kopf und zog die Augenbrauen hoch. »Schon okay.«

»Du kannst tragen, was du willst, aber du musst jetzt die Koffer packen. Am besten Sachen für warmes und kaltes Wetter. Agent Thornton bringt dich zum Flughafen. Ich seh dich morgen in San Antonio.«

»San Antonio? Was zur Hölle ist in San Antonio?«

»Ein Vollstrecker für die Drogenkartelle. Der Typ, den wir gefangen haben, hat uns diese Information gegeben. Das FBI arbeitet außerdem an den Handys, die wir sichergestellt haben«, sagte Logan.

»Drogenkartelle? Söldner, die mal bei den Special Forces waren? Hast du noch mehr so gute Nachrichten?«

Logan antwortete in ernstem Tonfall: »Ja, John. Wenn wir Glück haben, können wir es den Arschlöchern heimzahlen. Die hatten es auf mich abgesehen, haben meinen Hund getötet und meine Frau als Geisel genommen. Das lass ich denen nicht durchgehen – nicht wenn ich's verhindern kann.«

John schloss die Augen. »Das mit Daly tut mir leid. Ich weiß, wie viel er dir bedeutet hat.« Nach einem Moment fuhr er fort: »Du hast recht. Was immer hier vorgeht, wir werden der Sache ein Ende setzen. Ich geh gleich packen.«

»Gute Reise und bis dann.«

John bemerkte die kontrollierte Wut in Logans Stimme – er hatte allen Grund, wütend zu sein. Das beunruhigte John, aber nicht wegen Logan, sondern wegen der Männer, die sie jagten. Er hatte Logan schon mal so reden hören, in einem verlassenen Lager in Falludscha, nachdem sie in den Hinterhalt von Aufständischen geraten waren. Wenige Wochen vor dem Startschuss für Operation Phantom Fury.

Als Logan mit ihnen fertig war, waren sämtliche Aufständischen tot. Diese Operation hatte den letzten Rest Mitleid ausgelöscht, den Logan West noch besessen haben mochte. An diesem Tag hatten sie erlebt, zu welchen Untaten Menschen fähig waren. Logan hatte die Tatsache akzeptieren müssen, dass die einzige erfolgreiche Strategie, diese Aufständischen zu besiegen, darin bestand, sie komplett zu vernichten.

John hatte damit kein Problem, aber ihn beeindruckte, wie schnell Logan sich darauf eingestellt hatte. Der Feind hatte den wahren Krieger in Logan geweckt, als sei er der griechische Kriegsgott Ares persönlich. Offenbar war Logan nur aus einem einzigen tödlichen Grund auf der Welt. *Wer auch immer hinter der Sache steckt, sollte besser anfangen zu beten. Logan wird sie alle töten.*

John ging zurück ins Haus, um Kleidung und Waffen einzupacken. Wieder musste er an diese letzte Mission in Falludscha denken. Genau vier Jahre war es her, dass sie sein und Logans Schicksal dauerhaft geprägt hatte.

Die Mission hatte letztlich zu seiner vorzeitigen Pensionierung und Logans ›Ausscheiden aus medizinischen Gründen‹ geführt, was nur die Tatsache verschleierte, dass das Marine Corps daran gescheitert war, Logans moralische Empörung über die Geschehnisse zu besänftigen.

Er schüttelte den Kopf, als er durch das klaffende Loch trat, wo sich früher mal seine Haustür befunden hatte. Er und Logan waren zurück im Geschäft. *Manches ändert sich eben nie.*

15

Grüne Zone
Bagdad, Irak
29. Oktober 2008

Cain Frost lief in seinem Büro tief in der Grünen Zone auf und ab. Er wartete auf die Bestätigung, dass sein Team die Flagge sichergestellt hatte.

Der Versuch, seine Emotionen unter Kontrolle zu bringen, war gescheitert und die Anspannung machte ihn fast verrückt. Er fühlte sich wie ein Tiger im Käfig und Sorgenfalten verzerrten seine harten Gesichtszüge. Mit seinen knapp 1,80 Metern bot er nicht unbedingt einen imposanten Anblick, aber genaueres Hinsehen offenbarte die geschmeidige Fitness eines fähigen Mannes, der sich mit der Wendigkeit eines trainierten Kämpfers bewegte. Jede Bewegung wurde mit maximaler Effizienz ausgeführt.

Die kurzen schwarzen Haare wirkten wie vom Wind zerzaust. Ein sorgfältig gestutzter Bart verlieh ihm im Zusammenspiel mit dem Prestige seiner Position die nötige Glaubwürdigkeit bei den irakischen Generälen und Politikern, mit denen er tagtäglich verhandelte.

Er trug ein blendend weißes Hemd mit Button-Down-Kragen und eine makellos gebügelte beige Hose. Das Outfit wurde durch ein Paar Oakley-Kampfstiefel komplettiert, die eher wie Turnschuhe fürs Geländetraining als wie Stiefel aussahen. Sie waren auf Schnelligkeit in rauen

Umgebungen optimiert – eine perfekte Umschreibung für Irak.

Er sah sich im Büro um. Die eisblauen Augen analysierten zum gefühlt tausendsten Mal die Umgebung. Nur wenige Gegenstände verliehen seinem Büro eine persönliche Note – es gab nur ein Foto von ihm und seinem Bruder beim Football aus ihrer gemeinsamen Zeit an der USC, bevor die Welt und die Schrecken darin sie in einen gefährlichen Strudel gerissen hatten.

Die beiden Brüder waren lebende Gegensätze gewesen, zwei Kräfte, die in unterschiedliche Richtungen strebten und doch untrennbar miteinander verbunden waren. Steven war der Idealist gewesen, der glaubte, ein Einzelner könne die Welt verändern, Cain der nüchterne Realist. Er hatte früh erkannt, wie es auf der Welt zuging. Ironischerweise hatte ihm ausgerechnet Steven diese Wirklichkeit vor Augen geführt.

Als Cain 15 und Steven 17 gewesen war, hatten sie ihren alljährlichen Familienurlaub in Wisconsin verbracht. Ihrem Vater gehörte eine erfolgreiche Stahlproduktion in Akron, Ohio. Jeden Sommer setzte sich die Familie in ihren Minivan und verbrachte zwei Wochen mit Bootfahren, Wasserski und Angeln auf der Door-Halbinsel. Auf dem Heimweg passierte etwas, das ihr Leben für immer veränderte.

Zwei Jäger, die den ganzen Tag getrunken und gejagt hatten, waren auf die Gegenfahrbahn geraten und rammten den Minivan der Frosts frontal. Cain und Steven saßen auf der Rückbank und spielten ›Vier gewinnt‹ mit einem Reiseset. Der Aufprall schleuderte den Van aufs Dach. Cain wurde eingeklemmt. Steven war unverletzt geblieben und konnte Cain befreien, als der Wagen Feuer fing. Er brachte sie beide in Sicherheit.

Als Steven zum Minivan zurückkehrte, um die bewusstlosen Eltern zu befreien, kam der überlebende Beifahrer aus dem zerstörten Pick-up gestolpert und gaffte den Van stupide an. *Der Feigling hat nicht mal versucht, meinen Eltern zu helfen.* Bevor Steven ihn erreichen konnte, explodierte der Van in einem Feuerball.

Das Bild des überlebenden Jägers, der wie ein betrunkener Boxer schwankte, während seine Eltern verbrannten, hatte sich wie ein Sinnbild menschlicher Selbstsucht und Grausamkeit in Cains Seele eingeätzt. Cains Welt hatte sich in diesem Moment auf eine einzige Wahrheit konzentriert – Steven war nun seine gesamte Familie, der einzige Halt. Zwischen all dem Tod und dem Geruch von brennendem Benzin schwor er sich, dass ihm das niemand je nehmen könnte.

Die zwei Brüder hatten aus demselben traumatischen Ereignis entgegengesetzte Schlüsse gezogen. Ursache dafür waren grundlegende Unterschiede in ihrem Charakter, die zutage traten, als die beiden zu jungen Männern heranreiften.

Steven hatte die Überzeugung gewonnen, dass ein Mensch tatsächlich die Welt verändern konnte. Indem er seinen Bruder gerettet hatte, wurde in ihm jener Teil seines Wesens wachgekitzelt, der anderen helfen wollte und tatsächlich *überzeugt war,* es zu können. Und auch Cains Wertesystem verfestigte sich. Es gibt keinen Gott, schlussfolgerte er. Sie lebten in einer grausamen Welt, in der guten – nicht nur guten, sondern wundervollen, liebenden, mitten im Leben stehenden – Menschen schlimme Dinge zustießen. Eine Welt, in der aus Unachtsamkeit unschuldige Menschen getötet wurden; eine Welt, in der man seine Überlebenschancen durch Vorbereitung, Disziplin und Training erhöhen musste.

Cain konzentrierte sich darauf, seinen Bruder zu unterstützen, und brachte dafür große Opfer. Steven glaubte, das geschehe aus Liebe. Cain redete sich lange ein, dass es tatsächlich so war. Aber letzten Endes konnte nicht einmal er das Unausweichliche verhindern. Ihn umgab eine Welt voller Schrecken, in der schwache Menschen nichts dagegen taten, dass böse Menschen frei herumliefen und ungehindert teuflische Taten verübten.

Nun ja, das wird sich bald ändern, dachte Cain, als das Iridium-Satellitentelefon klingelte und ihn im rastlosen Auf-und-ab-Gehen unterbrach. Er nahm den Anruf entgegen.

»Ja?« Angespannt wartete er.

Sobald die positive Bestätigung kam, durchströmte ihn eine Welle der Erleichterung. Er sank in das teure Leder seines Schreibtischstuhls. Alle Puzzleteile hatten sich endlich zusammengefügt. Die Operation konnte beginnen.

Gott sei Dank. Wir sind fast am Ziel, Steven. Morgen um diese Zeit werde ich sie haben und Rache für uns nehmen.

Die Jahre der endlosen Suche und Planung machten sich endlich bezahlt. Er konnte nicht glauben, dass sie kurz vor dem Triumph standen.

Die Beteiligung von Logan West und John Quick empfand er als nahezu unfassbar ironisch. Er nahm sich vor, das Beste daraus zu machen. Ihr Versagen vor einigen Jahren hatte seinen Hass auf sie nur verstärkt. Auf intellektueller Ebene begriff er zwar, dass sie nicht verantwortlich waren, aber die Wut überschattete sein rationales Denken, sobald es um seinen Bruder ging.

Sie waren dort. Sie hätten etwas dagegen tun können. Sie hätten früher aufbrechen müssen.

Wäre ihm früher bekannt gewesen, dass sich die Flagge

in ihrem Besitz befand, hätte er so manches anders entschieden. Er war aber nicht der Typ, der seine Handlungen nachträglich infrage stellte. Selbstzweifel führten zu nichts.

Wenn es schon sonst nichts gebracht hatte, so hatte die jahrelange Suche zumindest den Zweck erfüllt, dass er nebenbei das größte private Security-Unternehmen weltweit aufgebaut hatte. Es erwirtschaftete Profite in Millionenhöhe durch globale Einsätze, nicht nur in Irak und in Afghanistan.

HRI – Hard Resolutions Incorporated – war eine international renommierte Firma, die Mitarbeitern der US-Regierung, die sich mit Außenpolitik und militärischen Angelegenheiten in aller Welt befassten, Sicherheit und einen gewissen ›inneren Frieden‹ bescherte.

Selbst der jetzige Präsident hatte ihm persönlich für seinen Beitrag zur Stabilität in Irak im Nachgang der massiven Aufstockung der Truppenstärke gedankt. Er war kürzlich sogar zu einem Essen im Weißen Haus eingeladen worden, hatte den Termin aber nicht bestätigt. In den USA hieß man ihn sicherlich nicht mehr willkommen, sobald die bevorstehende Operation abgeschlossen war, schon gar nicht in der Pennsylvania Avenue Nummer 1600.

Wenigstens wird der Gerechtigkeit Genüge getan. Das ist alles, was für mich zählt.

Er schloss die Augen und richtete ein Gebet an seinen Bruder in der Hoffnung, dass Steven zu schätzen wusste – sofern es ein Leben nach dem Tod gab –, was Cain vorhatte, um den Verlauf der Geschichte im Nahen Osten maßgeblich zu beeinflussen.

TEIL 2

IM NAHEN OSTEN

I

16

Tactical Fusion Center
Camp Falludscha, Irak
27. Oktober 2004

Captain Logan West saß in dem kleinen Konferenzraum, umgeben von Wänden aus Sperrholz und Tarnnetzen, die von der Decke hingen.

Seine Ungeduld verwandelte sich langsam in bohrenden Zorn, den er nur mühsam unterdrückte. Vier Stunden waren nicht genug Zeit, um eine erfolgreiche Rettungsaktion in einem Gebiet zu planen, das möglicherweise von Aufständischen kontrolliert wurde, schon gar nicht, wenn man dafür auf die fragwürdigen Aufklärungsdaten zurückgreifen musste, die der CIA-Verbindungsoffizier ihnen gerade zur Verfügung gestellt hatte.

Captain West war zum Tactical Fusion Center - kurz TFC - beordert worden, um von einem CIA-Offizier gebrieft zu werden, den man mit einem Black-Hawk-Helikopter vor nur einer Stunde aus der Grünen Zone eingeflogen hatte. Er war gerade im Fitnessbereich des Stützpunktes gewesen und sowieso schon genervt, weil er sein tägliches Workout unterbrechen musste.

»Sie verarschen mich, oder? Bei allem nötigen Respekt – selbst wenn sich Saddam Hussein persönlich in diesem Haus versteckt, wäre mir das egal. Ich brauche mehr als ein paar Stunden, um meine Marines vorzubereiten, besonders wenn Sie sagen, dass Sie nicht genau wissen, wie viele Aufständische sich in dem Gebiet aufhalten, über welche Verteidigung sie verfügen und vor allem, wer das Zielobjekt ist. Und noch dazu liegt das Haus mitten im Nirgendwo und bietet keinerlei Möglichkeiten, unbemerkt ranzukommen.«

Nachdem Captain West seine Einwände vorgebracht hatte, blickte er ›James‹ finster an. Er ging fest davon aus, dass der Agent in Wahrheit ganz anders hieß. Die CIA besaß die lächerliche Angewohnheit, ständig Decknamen zu verwenden, selbst wenn es gar nicht nötig war. Obwohl jeder, der mit dieser ›speziellen‹ Regierungsbehörde zu tun hatte, sich über deren Starrsinn lustig machte, behielt die Führung in Langley diese Praxis bei und ignorierte wie so oft, dass irgendetwas, was sie tat, dumm oder – Gott bewahre – völlig sinnlos sein könnte. *Der Deckname ist jedes Mal sehr gewöhnlich oder albern. James, Bob …*

»Captain West, ich kann Ihnen lediglich sagen, dass eine verlässliche Quelle uns informiert hat, dieses Haus werde von einem Ziel mit hoher Priorität – angeblich einem von Saddams Vollstreckern – während seiner Operationen in der Provinz Al-Anbar als Schlafstätte genutzt. Wenn wir nicht heute Nacht dort zuschlagen, verpassen wir ihn.«

Captain West schüttelte den Kopf. *Ich glaub's einfach nicht.*

»Ich verstehe, dass Sie frustriert sind«, fuhr James fort, »aber General Longstreet hat jede erdenkliche Ressource für diese Mission freigegeben, und das schließt *Sie* und Ihr Force-Recon-Platoon ein. Wir wissen auch nicht mehr als Sie.«

Sein kalter Blick verriet Captain West alles, was er über diesen Mann wissen musste. Den Namen des kommandierenden Generals der Second Marine Expeditionary Force fallen zu lassen, sollte ihn einschüchtern. Dummerweise kannte James Captain West nicht besonders gut.

»Keine Sorge, James. Ich werde mit General Longstreet reden, sobald diese kleine Unterredung beendet ist. Zunächst will ich mir anhören, was er von der Sache hält, bevor ich eine Entscheidung treffe. Sie verstehen?«

James zuckte mit den Achseln. »Tun Sie, was Sie nicht lassen können, Captain West, aber die Entscheidung ist bereits gefallen.«

»Wenn er mir den direkten Befehl erteilt, werden wir es natürlich tun, aber ich sage Ihnen, James, wenn das in die Hose geht, ziehe ich Sie persönlich zur Verantwortung, haben Sie verstanden? Ich werde meine Marines nicht für die halbherzige Jagd nach einem Phantom in Gefahr bringen, erst recht nicht, wenn es nur noch eine Frage von wenigen Wochen ist, bis wir diese gottverlassene Stadt eingenommen haben.«

Die Drohung in seinen Worten war nicht zu überhören. Logans Loyalität gegenüber seinen Marines und die unumstößliche Entscheidung, sie zu schützen, waren für ihn von entscheidender Bedeutung. Seinen Offizierseid nahm er äußerst ernst.

»Wir brechen um 21 Uhr auf. Hier ist eine Kopie der Aufklärungsdaten.« James überreichte Captain West einen roten Aktenordner, auf dem in Großbuchstaben das Wort GEHEIM stand.

»Ich schlage vor, dass Sie das lesen und Ihre Männer auf den Einsatz vorbereiten.« Bevor Captain West etwas erwidern konnte, hatte sich James bereits abgewandt und verließ den Raum schnellen Schrittes.

Captain West drehte sich um und sah den anderen Anwesenden an, Gunnery Sergeant John Quick. Der Sergeant war während der gesamten Unterhaltung ruhig sitzen geblieben und ergriff erst jetzt das Wort, wo sie allein waren.

»Was für ein Riesenarschloch, Sir. Diese CIA-Typen sind alle total arrogant. Denken, sie wüssten, wie man eine Operation leitet, obwohl sich die meisten nie die Hände schmutzig machen.«

Er schüttelte den Kopf und strich sich mit der Hand über den Bürstenhaarschnitt, als wollte er die Unterhaltung damit aus der Welt schaffen. Schließlich stand er auf und blickte seinen vorgesetzten Offizier abwartend an. »Was wollen Sie tun?«

Captain West skizzierte ihm die nächsten Schritte, während er mit Gunnery Sergeant Quick den Besprechungsraum verließ.

»Gunny, Sie bereiten die Männer vor. Wenn unser guter Freund James den Namen General Longstreet fallen lässt, bin ich sicher, dass wir in den sauren Apfel beißen müssen, sowenig mir das auch passt.«

Vor dem Eingang zum TFC blieb Captain West abrupt stehen. Das überraschte sowohl Gunny Quick als auch den jungen Corporal, der den Eingang bewachte.

»Stellen Sie sicher, dass alle genug Wasser und Munition haben. Leihen Sie zwei M79-Granatwerfer von den SEALs. Packen Sie ein paar Minen und Sprengstoff ein. Dieser Teil von Falludscha ist als Rückzugsgebiet der Aufständischen bekannt. Grundsätzlich halte ich nichts von solchen Sprüchen, aber in diesem Fall hab ich wirklich ein ganz schlechtes Gefühl bei der Sache. Wir sollten so schwer bewaffnet wie möglich sein. Ich komme in die Bar, sobald ich mit dem General gesprochen habe. Nehmen Sie das mit.« Er gab Quick den Aktenordner, den er von James bekommen hatte. »Irgendwelche Fragen?«

Captain West forschte bei Gunny Quick nach Anzeichen von Zweifel oder Zögern. Er fand nichts dergleichen. Beide waren ausgebildete und engagierte Profis, bereit, jederzeit vollen Einsatz zu bringen. Die Mission mochte ihnen nicht gefallen und sie misstrauten der CIA, aber Befehl blieb Befehl.

»Negativ, Sir. Alles verstanden. Wir sehen uns, wenn Sie so weit sind.«

Im Zentrum von Camp Falludscha stand ein Bunker, der früher dem Anführer einer iranischen Gruppe von Dissidenten als Wohnquartier gedient hatte. Captain West klopfte mit Nachdruck an die Stahltür, die dem jetzigen Bewohner als Eingang zu seiner Unterkunft diente.

Nach viermaligem Klopfen öffnete der Adjutant des Generals – ein ernst dreinblickender Major, kleiner als Captain West, aber ebenso durchtrainiert – und fragte: »Was kann ich für Sie tun, Captain West? Der General wollte sich gerade für den nachmittäglichen Lagebericht auf den Weg zur Kommandozentrale machen.« Im sogenannten COC, dem Combat Operations Center, wurden sämtliche Entscheidungen zu Taktik, Logistik und notwendigen Luftschlägen koordiniert.

»Major Carter, entschuldigen Sie die Störung, aber ich muss wirklich sofort mit ihm sprechen. Sagen Sie ihm, es geht um die Mission heute Nacht.«

Major Carter guckte verwirrt und runzelte die Stirn.

»Ich dachte, es seien keine Missionen für heute Nacht geplant. Sämtliche Operationen sind doch …« Eine Stimme aus einem weiter entfernten Teil des Quartiers unterbrach ihn.

»Lassen Sie den Captain rein, Jack. Und dann gehen Sie bitte rüber ins Center und sagen denen, dass ich mich ein paar Minuten verspäte.« Er lachte und fügte hinzu: »Das gibt Ihnen noch ein paar Minuten Zeit, sich einen neuen Chuck-Norris-Spruch einfallen zu lassen.«

Dabei handelte es sich um eine Tradition, die schon eine ganze Weile existierte und in den letzten Monaten ein gewisses Eigenleben entwickelt hatte. Am Ende jeder Lagebesprechung gab der Einsatzoffizier einen kurzen Spruch zum Besten, der die tödliche Durchschlagskraft des Actionhelden herausstellte. Es gab sogar Gerüchte, der stellvertretende kommandierende General versuche, einen Besuch von Chuck Norris höchstpersönlich auf dem Stützpunkt zu organisieren.

Als Captain West das für irakische Maßstäbe großzügige Quartier betrat, meinte General Longstreet: »Kennen Sie den schon? Chuck Norris ist der Grund, wieso Walter sich immer in den Wimmelbüchern versteckt. Lassen Sie mich mit dem Captain unter vier Augen sprechen. Wir sehen uns gleich. Danke, Jack.«

»Roger, Sir.« Major Carter wandte sich ohne erkennbares Zögern zum Gehen, nickte Captain West zu und schloss die Tür hinter sich.

Captain West betrachtete den General, der mit seinen 52 Jahren äußerst Respekt einflößend wirkte. Sein gewaltiger Brustkorb zeichnete sich unter dem grünen T-Shirt ab. Er trug kein Uniform-Hemd und hielt ein Handtuch in der muskulösen Linken. Die grau melierten Haare glänzten feucht. Captain West vermutete, dass der General gerade von einem nachmittäglichen Fitnesstraining kam. Seine Körperkraft galt schon fast als legendär, ein Überbleibsel aus seiner Zeit bei der First Force Reconnaissance, als er an einigen extrem gefährlichen Missionen hinter feindlichen Linien beteiligt gewesen war, kurz bevor die Operation Desert Storm begann.

Der General ergriff zuerst das Wort: »Logan, ich weiß, wieso Sie hier sind, und ich muss Ihnen leider sagen, dass die Operation stattfinden wird. Der Befehl kommt direkt aus der Grünen Zone in Bagdad. Verdammt, ich weiß nicht mal, wie viel die *mir* verschweigen. Ich weiß nur, dass mich der Direktor der CIA in Bagdad angerufen hat, und General Harding heute Nachmittag auch. Die Mission genießt oberste Priorität. Ich weiß, es ist kurzfristig und höllisch gefährlich, aber wir haben das ›Go‹.«

Captain West war erstaunt. *Der Oberkommandierende aller Streitkräfte in Irak hatte angerufen? Das ist verrückt.*

»Sir, ich weiß nicht, was ich sagen soll. Die Aufklärungsdaten sind bestenfalls lückenhaft. Das Arschloch von der CIA meinte, es gebe eine Quelle vor Ort, aber das wurde nicht durch Fernmeldeaufklärung oder anderweitig bestätigt. Noch dazu sind im Moment eigentlich alle Operationen gestoppt – wegen des Wetters können wir nicht auf Drohnen zur Unterstützung setzen. Wir sind also komplett auf uns gestellt und gehen da blind rein. In einen Hotspot, der von Aufständischen durchsetzt ist. Das wird nicht einfach, Sir.«

»Logan«, sagte General Longstreet. *Er spricht mich mit Vornamen an. Es ist also beschlossene Sache.* »Mir sind die Hände gebunden. Ich weiß, das ist ganz großer Mist, aber wenn das überhaupt jemand hinkriegt, dann Sie und Ihre Marines.«

Captain West schwieg. General Longstreet hatte das Gefühl, er wolle noch etwas hinzufügen, und wartete geduldig. Als Captain West endlich sprach, klang seine Stimme fest und ruhig.

»Sir, ich bin Ihr Mann. Ich werde tun, was Sie sagen. Ich musste das nur von Ihnen hören. Wenn das Ziel dort ist, werden wir es kriegen, garantiert, oder beim Versuch sterben – die erste Alternative wäre mir allerdings lieber.« Er brachte ein dünnes Lächeln zustande.

»Sir, wenn Sie mich nun bitte entschuldigen. Ich muss mich um meine Männer kümmern. Gunny Quick ist bereits dabei, sie vorzubereiten, aber ich muss mir noch mal die Akte von der CIA vornehmen und mir alle Informationen einprägen. Und meinen Marines letzte Anweisungen geben.«

»Hören Sie, Logan.« *Wieder der Vorname.* »Ich vertraue auf Ihr Urteil, vor allem aber auf Ihre Loyalität Ihren Leuten gegenüber.« Der General ließ das Kompliment sacken. Ein Augenblick verstrich.

»Und jetzt raus hier, ich muss mich anziehen. Viel Glück, mein Junge.« Bei dieser Bemerkung ergriff der General Captain Wests Hand, schüttelte sie kräftig und sah ihm dabei direkt in die Augen.

West war schon fast an der Tür, als der General nachschob: »Ich vertraue Ihnen voll und ganz, jetzt sogar noch mehr als damals in Ramadi. Vergessen Sie das nie. Ich denke jeden Tag daran. Ich verdanke Ihnen mein Leben.«

»Danke, Sir.«

Captain West verließ das Quartier des Generals und erinnerte sich kurz an den Hinterhalt, aus dem er und seine Männer den General letztes Frühjahr in Ramadi gerettet hatten. Er sah auf die Uhr und sein Gedankengang geriet ins Stocken.

Schon 15:30 Uhr? Ich muss los. Wir brauchen noch Zeit zur Vorbereitung, am besten bei Tageslicht.

Captain West betrat die Bar und ließ den Anblick auf sich wirken, der sich ihm bot. Obwohl ihm der Mangel an ausreichender Planung schwer im Magen lag – eine solche Operation erforderte normalerweise mindestens 24 bis 48 Stunden angemessener Vorbereitung –, ermutigten ihn die Entschlossenheit und Konzentration in den Mienen seiner Marines.

In der Bar wurden die Kampfeinsätze der First Force Reconnaissance geplant, der Spitzname ›Bar‹ entbehrte nicht einer gewissen Ironie, da US-Streitkräften in Irak jeglicher Alkoholkonsum verboten war. Sie befand sich im südlichen Teil von Camp Falludscha und lag in direkter Nähe des Highway One. Der Highway beschrieb einen Bogen nach Norden und es gab einen Knotenpunkt, der ihn mit der Route Michigan verband, die westlich direkt ins Herz der Stadt führte.

Das Gebäude war früher als Lagerraum genutzt worden, für Captain Wests Zwecke aber vollkommen ausreichend. Alle Missionen wurden hier geplant.

Gunny Quick sah auf. Er stand über den Tisch in der Mitte des Raumes gebeugt, auf dem der Inhalt des Aktenordners mit den Aufklärungsdaten ausgebreitet lag, neben ihm First Lieutenant Kyle Williams und sein Platoon Sergeant, Staff Sergeant John Lopez. Beide Männer blickten zu Captain West, als dieser sich auf ihre Seite des Tisches stellte.

»Also, was wissen wir über das Zielgebiet? Taugen die Informationen was?«, wollte Captain West wissen.

»Sir, für einen Haufen Bürokraten, die sich für Spione halten, haben sie uns alles gegeben, was wir brauchen; aber Scherz beiseite, das wird 'ne haarige Angelegenheit. Sehen Sie mal.«

Gunny Quick griff nach einem der Satellitenbilder, einem Ausdruck in Schwarz-Weiß, und legte es vor Captain West hin. Er beugte sich darüber, um es genauer unter die Lupe zu nehmen.

»Das ist am Nordrand der Stadt. Ein isoliertes Areal mit zwei einstöckigen Häusern, etwa zwei Meilen vom Highway One entfernt. Am besten kommt man mit einem Humvee hin. Es gibt ein paar Schotterpisten, die vom Highway abzweigen.«

Er deutete auf eine Landkarte, die mehrere gestrichelte Linien zeigte, die den Highway One etwa anderthalb Meilen südlich des Knotenpunkts kreuzten.

Gunny Quick fuhr fort: »Problematisch wird's, wenn wir uns dem Ziel nähern. Wie gesagt, es liegt recht isoliert. Im Umkreis von 500 Metern ist sonst nichts. Außerdem sieht es auf diesem Satellitenbild so aus, als gäbe es eine Mauer. Schwer zu sagen, wie hoch sie ist, könnten so um die zwei Meter sein. Das Ganze ist ein großes Quadrat. Es scheint zwei Eingänge zu geben, einen in der nordwestlichen und einen in der südöstlichen Ecke. Zwischen der Mauer und dem Gebäude liegen etwa 30 Meter freie Fläche.«

Captain West biss die Zähne zusammen und stöhnte kaum hörbar. »Na toll. Wenn es also Wachen gibt – und davon müssen wir ausgehen –, haben die mehr als genug Chancen, uns zu entdecken, entweder wenn wir uns über die große Freifläche außen rum nähern, spätestens aber an den Zugängen. Selbst wenn wir es schaffen, über die Mauer zu klettern – sobald die Wachen uns hören, können sie uns abknallen wie auf dem Präsentierteller. Was für eine Scheiße …«

Er studierte weiter die Fotos und die Landkarte. Schließlich blickte er auf und sah seine Marines an. Sie erwarteten, dass er einen Plan hatte, das wusste er. Egal wie die

Chancen standen, er war immerhin ihr Anführer. Bisher hatte er sie nie enttäuscht.

»Okay, Folgendes: Ich seh nur eine Möglichkeit, und das wird nicht einfach. Wir müssen einen Rommel abziehen.«

Captain West machte eine Pause, um zu sehen, ob seine Marines die Anspielung verstanden. Er sah Gunny Quick lächeln, offenbar hielt er die Idee für amüsant. Der verwirrte Gesichtsausdruck von Lieutenant Williams und Staff Sergeant Lopez sprach eine andere Sprache.

»Ich bin enttäuscht, Williams. Zwingen die euch in der Grundausbildung nicht mehr zum Lesen?«

Lieutenant Williams wusste nicht recht, was er sagen sollte. »Nur Bilderbücher, Sir.«

Captain West lachte. »Auch gut. Ich hätte euch sowieso nicht abgekauft, dass ihr lesen könnt«, konterte er sehr zur Erheiterung der beiden Offiziere.

»Okay. Scherz beiseite, ich weiß, dass Sie alle schon von Erwin Rommel gehört haben, dem berühmten Kommandanten aus dem Zweiten Weltkrieg, der die deutsche Panzeroffensive in Nordafrika leitete. Was die meisten jedoch nicht wissen: Rommel wurde als junger Offizier im Ersten Weltkrieg mehrmals für besondere Tapferkeit ausgezeichnet. Über seine Einsätze hat er ein Buch namens *Infanterie greift an* geschrieben, das einige seiner erfolgreichen Taktiken schildert. Die wichtigste für uns ist die gute alte Ablenkungsattacke. Genau so eine werden wir heute Nacht durchziehen.«

Captain West skizzierte seinen Plan, für den man 16 Männer, vier Humvees und das Überraschungsmoment brauchte. Als er fertig war, warf er einen Blick auf die Uhr an der Wand. Das rote Digitaldisplay zeigte ihm, dass es bereits 16:30 Uhr war. *Die Zeit vergeht viel zu schnell.*

»Noch Fragen?« Jeder von ihnen kannte das Risiko und wusste, was er zu tun hatte.

»Eine, Sir«, sagte Gunny Quick. »Was ist mit James? Wir können keinen Zivilisten mitnehmen, der hält uns nur auf. Gut, er ist bei der CIA, trotzdem trau ich dem Typen nicht.«

»Daran hab ich bereits gedacht, Gunny. Sie haben recht. Ich werde das Thema beim 18-Uhr-Briefing mit General Longstreet zur Sprache bringen. Er wird nicht daran teilnehmen. Sonst ist alles klar?«

Das anschließende Schweigen wertete er als Ja. »Gut. Dann bereiten Sie Ihre Männer vor. Sorgen Sie dafür, dass sie etwas gegessen haben und ausgeruht sind. Ich muss mich um ein paar Details kümmern. Wir treffen uns alle um 20 Uhr wieder hier.«

Kommandozentrale
17:45 Uhr Ortszeit

Captain West stand im linken Bereich des geräumigen zweistöckigen COC und war mit James ins Gespräch vertieft. Selbst nachdem Captain West ihn verbal angegangen war, gelang es dem CIA-Mitarbeiter irgendwie trotzdem, Arroganz auszustrahlen.

»James, es ist mir egal, was Sie wollen. Klären Sie das mit General Longstreet. Er hat meiner Bitte vor 15 Minuten stattgegeben. Er wird gleich hier sein. Der Punkt ist: Meine Männer und ich führen diese Operation allein durch. Wir regeln das auf meine Weise und das bedeutet, Sie sind raus. Wir sehen uns hinterher beim Debriefing.«

Captain West drehte sich abrupt um und ließ James in

fassungslosem Schweigen zurück, während die Mitarbeiter des Generals den Raum betraten, um sich auf das Briefing vorzubereiten.

Als er später den Konferenzraum verließ, verdrängte er jeden Gedanken an James und die CIA, während er die Details der Operation im Kopf durchging. Hätte er gewusst, dass es sein letztes Zusammentreffen mit James in Irak sein würde, hätte er sich vielleicht anders verhalten. Und hätte er auch nur im Entferntesten geahnt, wie die Operation letztlich ablief, hätte er unter Garantie seine Pistole, eine Kaliber 45, gezogen und James einen Kopfschuss verpasst.

17

Vor der Bar, Camp Falludscha
20:30 Uhr Ortszeit

Captain West war zuversichtlich, dass sie zumindest den Hauch einer Chance hatten, die Operation erfolgreich durchzuführen.

Er spähte über die westliche Mauer des Camps und betrachtete Falludscha in einigen Kilometern Entfernung – ab und zu blitzten vereinzelt Lichter in der Dunkelheit auf. Zivile und militärische Fahrzeuge schoben sich über den Highway One. Er hoffte, dass der Verkehr erfolgreich verschleierte, wohin sie unterwegs waren.

Selbst die dichte Wolkendecke, die den Einsatz einer Drohne unmöglich machte, empfand er mittlerweile als Vorteil. Der Mondgott meinte es gut mit seinen Marines. Sie hatten nur sechs Prozent Leuchtstärke, was es ihnen erlaubte, ihre Nachtsichtgeräte einzusetzen, dem Feind jedoch war es unmöglich, sie mit bloßem Auge zu erkennen, wenn sie sich näherten.

Eine leichte Brise sorgte für ein wenig Abkühlung, eine angenehme Erinnerung daran, dass die Wintermonate bald der unerträglichen Hitze am Tag ein Ende setzten.

Er hörte, wie Gunny Quick von hinten an ihn herantrat.

»Sir, wir sind bereit, wenn Sie es sind.«

Captain West drehte sich um und studierte den kampferprobten Marine. Gunny Quicks Gesichtsausdruck schien auszudrücken, was Captain West selbst dachte: *Wir können uns keine Fehler leisten.*

Zufrieden antwortete er: »Let's roll.« Das waren Todd Beamers berühmte letzte Worte auf dem United-Airlines-Flug 93 gewesen. Gunny Quick nickte. Er hatte die Anspielung verstanden.

Zusammen kletterten sie in den vorderen Humvee. Captain West setzte sich auf den Beifahrersitz, Gunny Quick hinter den Fahrer – Sergeant Tom Avery, ein bulliger, 27 Jahre alter Marine, der zum zweiten Mal mit der Force Recon in Irak war. Nicht nur der Team Leader und Captain Wests Fahrer, sondern er sprach auch fließend Arabisch.

Gunny Quick tippte Sergeant Avery auf die linke Schulter, gab ihm mit seiner behandschuhten rechten Hand das Signal zum Losfahren und lehnte sich zurück.

Sergeant Avery nickte kurz und betätigte den Anlasser. Er legte den Gang ein und rollte langsam dem Südeingang von Camp Falludscha und dem feindlichen Gebiet dahinter entgegen.

18

20 Minuten später näherten sich drei Humvees auf dem Highway One einem Checkpoint der Marines, rund anderthalb Meilen von einer kleeblattförmig angelegten Verkehrskreuzung entfernt. Sandgefüllte Kunststoffbarrikaden waren alle 100 Meter so aufgestellt, dass sie eine Art simples Labyrinth formten. Dadurch wurden Fahrzeuge beim Verlassen der Stadt gezwungen, langsamer zu fahren und vorsichtig an die Kontrollposten heranzufahren. Die diensthabenden Marines waren mit schweren Waffen ausgerüstet, unter anderem mit einem Browning-Kaliber-50-Maschinengewehr und einem Mk-19-Maschinengranatwerfer, vom Personal auch liebevoll ›Mark 19‹ genannt.

Auf der Ostseite der Straße stand eine Art Wellblechhütte, zu einer Seite hin offen. Pioniere hatten sie aufgebaut, um das Kommunikationsequipment der Marines darin unterzubringen, das sie für den Kontakt zum Hauptquartier in Camp Falludscha benötigten. Dort gab es auch einen Stromanschluss für die Flutlichtscheinwerfer, die auf die Stadt gerichtet waren.

Man hatte mehrere Checkpoints wie diesen rund um Falludscha errichtet, um die Aufständischen vor der geplanten Offensive an der Flucht zu hindern.

Captain West lächelte auf seinem Platz im Führungsfahrzeug. Der Checkpoint lieferte ihnen die perfekte Tarnung für die erste Phase der Mission. Sollten Aufständische die Fahrzeuge beobachten, wie sie am Stützpunkt hielten, unterstellten sie wohl eher, dass man den Marines am Checkpoint Nachschub lieferte oder Personal abgelöst wurde.

Und auch nur, wenn sie überhaupt an den grellen Lichtern vorbeisehen können. Ich geh auf jeden Fall kein Risiko ein.

Captain West stieg aus dem Wagen und näherte sich dem befehlshabenden Marine, einem kräftigen afroamerikanischen Staff Sergeant, der in der Mitte der Fahrbahn stand. Er erwartete sie offensichtlich bereits und nickte zur Begrüßung mit dem Kopf, da Salutieren vom Marine Corps in Kampfgebieten untersagt wurde.

»Sir, mir wurde gesagt, dass Sie sich hier auf eine wichtige Mission vorbereiten. Ich soll keine Fragen stellen und auf Anweisungen von Ihnen warten. Wie können wir helfen?«

Captain West nahm den Staff Sergeant mit zum Wagen und erläuterte ihm so knapp wie möglich ihr Vorhaben. Er griff dafür auf die vorbereitete Landkarte zurück.

Für einen unbeteiligten Beobachter hätte es so ausgesehen, als sei er ein Tourist, der sich verfahren hatte und nach dem Weg fragte. Am Ende sah ihn der Staff Sergeant an, nickte erneut und wandte sich an die drei Marines in seinem Rücken.

»Männer, zum Schuppen!« Das Trio ging zügig zur Wellblechhütte. Der Staff Sergeant folgte ihnen.

Sekunden später erloschen die Lampen am Checkpoint. Die Leuchtmittel der Flutlichtscheinwerfer glühten in der Schwärze der irakischen Nacht. Es blieb dunkel und der Staff Sergeant schrie: »Was geht da verdammt noch mal vor, Jackson? Was zur Hölle ist passiert? Muss ich denn hier jeden Scheiß selbst erledigen? Ich hab gesagt, Sie sollen das

Funkgerät reparieren, nicht den verfluchten Stecker ziehen. So eine Scheiße!«

Die nächsten 45 Sekunden brüllte er die Marines in der Hütte an. Der laute Auftritt sollte als Ablenkung von den 15 Marines der Force Recon dienen, welche die Dunkelheit nutzten, um unbemerkt auf der rechten Straßenseite aus den drei Fahrzeugen auszusteigen.

Sie rannten zu Captain West, der hinter der Hütte auf sie wartete. Innerhalb von zehn Sekunden standen alle bereit. Sie joggten 50 Meter auf der Ostseite den Highway One zurück, überquerten die geteerte Straße und verschwanden in Richtung ihres Ziels in die Nacht.

Captain West führte die Spitze an. Sein Team abgehärteter Krieger folgte ihm. Die einzigen Geräusche waren das *Trab-trab-trab* abgewetzter Kampfstiefel und das gelegentliche Klappern voller Magazine. Als die Scheinwerfer des Checkpoints wieder aufflammten, waren sie längst verschwunden.

Kurz vor 22 Uhr Ortszeit erreichten sie den letzten Zwischenstopp in einem flachen Wadi etwa 50 Meter vom Zielgelände entfernt.

Die übrigen Marines gaben ihnen am Rand der Senke Deckung, während sich Captain West mit Gunny Quick, Lieutenant Williams und Staff Sergeant Lopez besprach.

Sie überprüften zwei- oder dreimal ihre Ausrüstung, denn es war klar, dass in Irak der kleinste Fehler den Unterschied zwischen Leben und Tod bedeuten konnte. Ein Magazin, an der falschen Stelle verstaut, oder eine lose Schnalle an der Kampfausrüstung konnte einen in der Hitze des Gefechts umbringen.

Captain West sah auf die Uhr.

»Kyle, Sie wissen, was Sie zu tun haben, aber warten Sie bis Punkt 23 Uhr. Ich melde mich ein letztes Mal über Funk um 22:50 Uhr. Um 23:02 Uhr werden Gunny und ich zusammen mit Sergeant Avery und seinem Team den südöstlichen Eingang des Geländes durchqueren. Wir greifen das erste Gebäude an, hoffentlich mit einem taktischen Überraschungsmoment – wir wollen die bösen Jungs durch Ihr Feuer ablenken. Wenn wir die Zielperson finden, schnappen wir sie und verschwinden auf dem gleichen Weg, auf dem wir reingekommen sind, während Sie weiter mit leichten Waffen feuern. In weniger als fünf Minuten sollten wir drin und wieder draußen sein. Sobald wir in Sicherheit sind, melde ich mich bei Ihnen über Funk. Alles klar?«

Wieder gab es keine Fragen. »Klar, Sir. Die werden gar nicht wissen, wie ihnen geschieht«, meinte Lieutenant Williams im Aufstehen.

Captain West hatte völliges Vertrauen in die Fähigkeiten seines optimistischen Offiziers, eine zielgerichtete Mission durchzuführen, aber er wusste auch, dass Operationen nie so glatt liefen wie geplant, insbesondere unter diesen Umständen.

»Kyle.« Die Verwendung seines Vornamens brachte den Marine dazu, sich umzudrehen und den vorgesetzten Offizier anzusehen. »Bauen Sie keinen Mist. Die Sache muss sauber und zügig ablaufen. Wir sind hier auf uns gestellt. Verstanden?«

Lieutenant Williams nahm den leicht besorgten Unterton in Captain Wests Stimme wahr. »Keine Sorge, Boss. Dafür hab ich ja Lopez … der hält mich auf Kurs.« Er grinste breit. »Alles im Griff, Sir. Wir werden in Position und bereit sein zum Loslegen.«

Lieutenant Williams drehte sich weg und ging, um seine Marines zu sammeln und den Plan ein letztes Mal zu erläutern. Captain West richtete sich an Gunny Quick.

»Gunny, das schmeckt mir ganz und gar nicht. Hier ist was faul.«

»Ich weiß, Sir, aber der Lieutenant ist ein cleverer Bursche und wir sind auch nicht ganz blöd. Das wird schon klappen.«

Lieutenant Williams erteilte seinen Männern letzte Anweisungen, dann standen sie auf und warteten, dass er den Befehl zum Ausrücken gab. Bevor er es tat, sah er ein letztes Mal zu Captain West hinüber, nickte und verschwand in der Nacht, seine Marines in einer Reihe hinter ihm. Captain West beobachtete, wie einer nach dem anderen von der Finsternis verschluckt wurde.

19

Feindliches Areal
22:55 Uhr Ortszeit

Captain West und Gunny Quick sondierten das unbeleuchtete Terrain und forschten nach einem Lebenszeichen. Sie fanden keins, was beide Marines ziemlich nervös machte.

Von ihrem Beobachtungspunkt in einem Gebüsch 200 Meter südlich des Areals konnten sie nur die über drei Meter hohe Mauer sehen. Sie war eher provisorisch aus großen Steinblöcken errichtet worden, nur notdürftig mit Mörtel zusammengehalten.

Im südlichen Teil der Mauer befand sich die Öffnung, die auf den Satellitenbildern zu sehen gewesen war. Rechts gab es ein eisernes Tor, das geschlossen war – hoffentlich nicht *ver*schlossen, wie Captain West hoffte. Die Gebäude im Innern ließen sich wegen der Mauer und der Dunkelheit nicht genauer erkennen. Nur die flachen Dächer überragten die umgebende Absperrung.

Ihre Positionen einzunehmen, gelang ihnen ohne Probleme. Es entstand nur kurz etwas Aufregung, als Lieutenant Williams meldete, einer seiner Marines habe 500 Meter nordwestlich ein Licht entdeckt. Das Team blieb sofort wie angewurzelt stehen, warf sich zu Boden und suchte den Horizont nach Zeichen von Bewegung ab. Abgesehen vom Umriss eines über 1000 Meter entfernten Gebäudes gab es jedoch nichts.

Captain Wests Team war bereit, auf das Areal vorzustoßen, sobald Lieutenant Williams das Ablenkungsmanöver einleitete.

Lieutenant Williams' Männer warteten seit 22:45 Uhr Ortszeit in Position. Sie bildeten einen Halbkreis von etwa 100 Metern Länge, der in der Mitte der nördlichen Mauer begann und an der westlichen Mauer endete. Dort sollten sie ihr Feuer auf den nördlichen Eingang und einen Bereich zehn Meter links und rechts davon konzentrieren.

Captain West hatte Williams befohlen, nicht auf das Areal hinter der Mauer zu feuern, spätestens dann nicht mehr, wenn er und sein Angriffsteam vom Süden bis dorthin vorgerückt waren. Das Letzte, was Captain West gebrauchen konnte, war Eigenbeschuss. *Diese Mission ist so schon gefährlich genug.*

Er schielte ein letztes Mal aufs Handgelenk. 22:59 Uhr. *Showtime.*

»Gunny, sobald ich die Deckung verlasse, folgen Sie mir.«

Er drehte den Kopf nach links und erteilte Sergeant Avery und seinen drei Marines denselben Befehl.

Um exakt 23 Uhr begann die Attacke mit einem Schuss aus dem Granatwerfer, der das Tor des nördlichen Eingangs aus den Angeln riss. Das Tor blieb als verbogener Haufen Metall kurz hinter der entstandenen Lücke liegen.

Die Männer von Lieutenant Williams eröffneten das Feuer, das die unheimliche Stille der irakischen Nacht durchbrach. Der Bleischauer beinhaltete Geschosse aus mehreren M4-Sturmgewehren, Kaliber 5,56 Millimeter, zwei automatischen Waffen vom Typ M429, zwei Remington-Schrotflinten, die sie eher aufgrund des spektakulären Geräuschs einsetzten, und einem M79-Granatwerfer, der hochexplosive 40-Millimeter-Geschosse abfeuerte.

Die Schüsse hallten über das Gelände und wurden als Echo von der hohen Mauer zurückgeworfen. Ein Gewitter aus periodischem Mündungsfeuer erhellte die nördliche Seite des Areals, als sei ein gigantisches Stroboskop darauf gerichtet, das im Takt der Waffen aufblitzte.

Captain West hatte den leuchtenden Sekundenzeiger seiner Uhr verfolgt, der geschäftig tickte, und darauf gewartet, dass er die Zwölf erreichte.

Sobald der Zeiger senkrecht nach oben stand und das Gewehrfeuer einsetzte, lief er aus der Deckung und sprintete in weniger als 30 Sekunden über die 200 Meter freie Fläche. Gunny Quick und die anderen vier Marines folgten knapp hinter ihm.

Er erreichte das südliche Tor, legte die Hände auf das kalte Metall und spürte die Explosionen der Granaten, die das Eisen zum Zittern brachten. Überrascht stellte er fest, dass das Tor einen Spalt offen stand.

Das kann doch nicht sein. Und das soll ein Versteck von Aufständischen sein?

Mit zum Zerreißen gespannten Nerven schob er das Tor komplett auf. Es schwang nach innen, das laute Quietschen wurde vom ohrenbetäubenden Gewehrfeuer übertönt.

Nach dem Hindurchgehen schlich er nach rechts. Über das Visier seines M4 hinweg scannte er die nähere Umgebung ab. Was er zu Gesicht bekam, brachte jede Alarmglocke in seinem Schädel fast noch lauter zum Klingeln als der donnernde Beschuss.

Es gab absolut keine Bewegung. Nirgends wurde Licht angeschaltet.

Ein verdammt schlechtes Zeichen.

Gunny Quick, Sergeant Avery und die anderen drei Marines – Staff Sergeant Rick Hayes, Sergeant Matt Helms und Sergeant Keith Baker – betraten nach ihm das Gelände.

Die Reaktion von Gunny Quick glich der von Captain West. Er zuckte mit den Achseln, als wollte er sagen: *Wo wir schon mal hier sind, können wir genauso gut weitermachen.*

Captain West flüsterte: »Ich weiß«, drehte sich um und begann, in geduckter, kampfbereiter Stellung schnell das Terrain bis hin zum ersten Gebäude zu überqueren. Die Waffe hielt er dabei die ganze Zeit schussbereit im Anschlag.

Auf der anderen Seite wurde der Beschuss fortgesetzt.

Das erste Gebäude bestand aus Beton und wies einen quadratischen Grundriss mit etwa zwölf mal zwölf Metern Grundfläche auf. Es gab eine Tür in der Mitte der südlichen Wand. Zwei kleine, verbarrikadierte Fenster auf jeder Seite. Ein mickriges Podest vor dem Eingang. Captain West und seine Marines platzierten sich in taktischer Stellung links und rechts von der Tür.

West streckte eine behandschuhte Hand aus und drehte den Türknauf nach rechts. Genau wie das Eingangstor erwies sich auch diese Tür als unverschlossen.

Er sah zu Gunny Quick, der direkt gegenüber auf der anderen Seite des Durchgangs stand. Er hielt seine rechte Hand mit drei ausgestreckten Fingern in die Luft und nahm einen nach dem anderen nach unten. Gunny Quick ergriff mit der linken Hand den Knauf. Als Captain West den letzten Finger senkte, drehte Gunny Quick am Knauf und Captain West platzte hinein. Die unter dem Lauf seines M4-Karabiners montierte Lampe durchdrang das Dunkel im Innern.

Gunny Quick und die anderen Marines folgten ihm in Sekundenschnelle.

Sergeant Baker kam als Letzter. Drinnen stürmte er sofort nach rechts und prallte gegen den Rücken von Sergeant Helms.

»Verdammt, Matt! Willst du uns umbringen?«

Dann gewöhnten sich seine Augen an die Beleuchtung durch die Taschenlampen. Nun erkannte er, wieso Sergeant Helms und die anderen stehen geblieben waren und worauf sie gebannt starrten. Augenblicklich wünschte er sich, es nicht gesehen zu haben. Er konnte wieder klar denken. *Mein Gott. Wo sind wir da reingeraten?*

Der albtraumhafte Anblick, der sich ihnen bot, schien direkt aus einem Horrorfilm zu stammen. Das flackernde Licht der taktischen Taschenlampen ließ alles noch unwirklicher aussehen.

Der anhaltende Lärm der Automatikwaffen, der von draußen hereindrang, machte es schwierig für Captain West, das Gesehene zu verarbeiten. Er starrte weiter hin, als könnte er, wenn er es nur lang genug tat, nachvollziehen, welche Monster zu solchen Gräueltaten fähig waren.

Das Gebäude bestand aus einem großen Raum, der nur einem Zweck diente – eine moderne Folterkammer, ausgestattet mit allen nötigen Requisiten.

An der Stelle, an der Captain West und seine Marines hereingekommen waren, bestand der Boden aus Linoleum, aber in der hinteren Hälfte war er auf einer Fläche von mindestens fünf Metern Breite und drei Metern Tiefe gefliest.

Aus der ebenfalls gefliesten Rückwand ragten an zwei verschiedenen Stellen, etwa zweieinhalb Meter voneinander entfernt, zwei große Metallkarabiner aus der Wand, an denen mehrere Ketten hingen. Was an diesen Ketten befestigt war, hatte seine ausgebildeten Marines vorübergehend in Schockstarre versetzt: zwei nackte Leichen.

Der reglose Körper auf der linken Seite gehörte wohl einem Weißen, was sich aber nur anhand der Hautfarbe feststellen ließ. Der Kopf fehlte.

Der Tote befand sich in einer sitzenden Haltung. Jemand hatte einen Haken knapp hinter der Wirbelsäule in den Hals gerammt, um die Leiche daran zu hindern, nach vorn zu kippen. Die Arme waren zur Seite ausgestreckt und wurden von einem dicken Seil fixiert, das um die Handgelenke gewickelt war. Das Tau hatte man über einen Balken unter der Decke geworfen, um den Körper in einer aufrechten Position zu halten. Der Torso des Mannes war mit Wunden und blauen Flecken übersät. Seine vor ihm ausgestreckten Beine endeten in blutigen Stümpfen, da beide Füße abgehackt worden waren.

Das Schlimmste aber war – und Captain West konnte das nie vergessen, egal wie sehr er sich bemühte oder sich später betrank –, was die Folterer mit den Genitalien des Mannes angestellt hatten. Zwischen den Beinen gab es nur ein klaffendes rotes Loch.

Der Körper auf der rechten Seite war genauso verstümmelt, aber diese Leiche hatte noch ihren Kopf. Das Gesicht verkam zu einer roten Maske aus Blut.

Das Opfer schien aus dem Nahen Osten zu stammen und hatte eine dunklere Hautfarbe als der Leidensgefährte zur Linken. Ebenfalls nackt und gegen die gekachelte Wand gelehnt, die Arme in gleicher Weise ausgestreckt. Es fehlten ebenfalls beide Füße, aber statt der Genitalien hatte man ihm beide Hände abgehackt.

Als Captain West sich von dem Horror abwandte, hörte er Gunny Quick fragen: »Was zur Hölle ist mit seinem Gesicht?«

Er sah den toten Mann an und Gunny Quick ging näher ran, um die zweite Leiche genauer zu untersuchen. Captain West starrte das Gesicht des Mannes an. Entsetzt stellte er fest, was damit nicht stimmte. *Es war nicht nur blutüberströmt.*

Gunny Quick sah es auch. »Meine Güte. Jemand hat ihm die Haut abgezogen.« Er sagte es noch einmal, wie um sich zu überzeugen, dass es tatsächlich stimmte. »Sie haben ihm verdammt noch mal die Haut abgezogen, Sir.«

Er sah Captain West an, dem das Entsetzen und die Wut auf jene, die diese abscheuliche Tat begangen hatten, ins Gesicht geschrieben standen. Der Sergeant hatte noch nie eine solche Wut in den Augen seines befehlshabenden Offiziers wahrgenommen. Er konnte es voll und ganz verstehen.

Captain West durchbrach die Trance, in der sie sich befanden. Obwohl es ihnen so vorkam, als hielten sie sich schon seit mehreren Minuten in dem Gebäude auf, war noch nicht mal eine verstrichen.

Ich fühl mich von Sekunde zu Sekunde schlimmer. Wir müssen weiter.

»Gunny, Sie und Sergeant Avery checken die anderen Häuser, aber ich wette, dass niemand drin sein wird, zumindest niemand, der noch lebt. Ich muss Williams ans …«

Das war alles, was er sagen konnte – dann ertönte das dumpfe *Fump! Fump! Fump!* von mindestens einem Dutzend Mörsergranaten, die in unmittelbarer Nähe abgefeuert wurden.

»Verdammte Scheiße! Die sitzen da draußen in der Falle!«, schrie Captain West.

Seine schlimmsten Befürchtungen hatten sich bewahrheitet. Das war ein Hinterhalt und es gab keine Deckung.

TEIL 3

ERINNERT EUCH AN ALAMO

DAS ALAMO – SAN ANTONIO, TEXAS

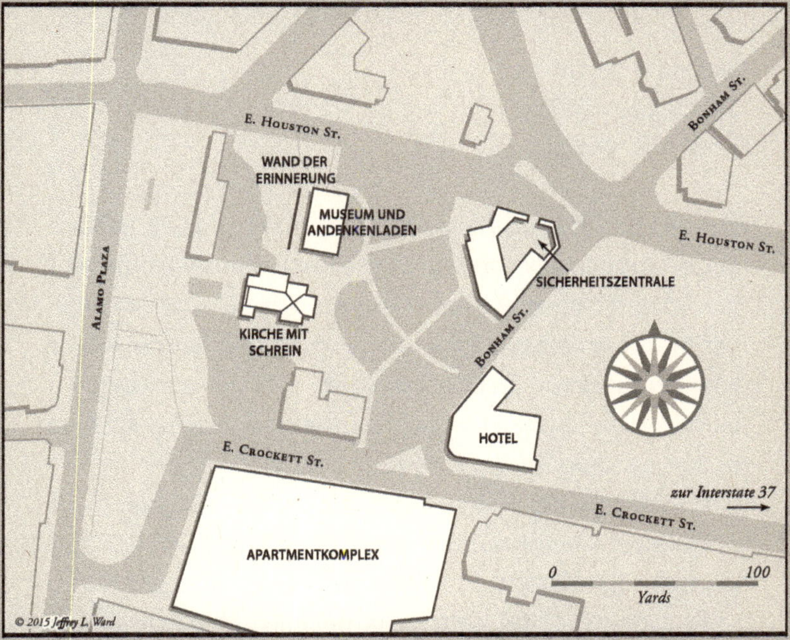

20

San Antonio, Texas
30. Oktober 2008
10:00 Uhr Ortszeit

Die Alamo Plaza erinnerte als Mahnmal an das Paradoxon der modernen Zivilisation. Die isolierte Festung, einst Ort der letzten Schlacht einer Gruppe ehrenwerter Männer, welche die texanische Revolution angezettelt hatten, wurde jetzt gesäumt von Gebäuden, Straßen, Highways und den teuersten und besten Geschäften und Restaurants, die man in San Antonio finden konnte.

Carlos glaubte, wenn Davy Crockett gewusst hätte, wie es in Alamo heute aussah, hätte er es Santa Anna sicher kampflos überlassen. Zur Hölle mit der Revolution!

Er setzte sich auf eine Bank neben dem gewundenen Gehweg, der durchs Herz der Gedächtnisstätte verlief, und studierte die Zivilisten, die an ihm vorbeiliefen.

Seine geschärfte Beobachtungsgabe hatte sich schon mehrfach in seinem Leben ausgezahlt, aber an diesem Morgen hatte er Schwierigkeiten, sich auf die bevorstehende Aufgabe zu konzentrieren. Nach dem Kampf bei John Quicks Haus in der Nacht zuvor musste er besonders umsichtig sein.

Er hatte das Szenario immer wieder in Gedanken durchgespielt, während er in dem gecharterten Privatjet saß, der ihn und Edward von Montana nach San Antonio geflogen hatte. Seine einzige Theorie bestand darin, dass sie irgendwo einen Eingang zu Quicks Haus übersehen hatten. Wie und wo? Das erfuhr er wohl nie, aber die Tatsache, dass er zwei gute Männer verloren hatte, kratzte an seinem Stolz.

Und an meinem Ruf noch dazu. Wenn ich das Paket nicht abliefere …

Er atmete tief durch und konzentrierte sich auf kleinste Details jeder einzelnen Person, die er auf dem Rasen vor der Alamo-Kirche sehen konnte. Verhalten, Bewegungen und Gesichtsausdrücke, die aus der Reihe fielen. Alles, was auf Ärger hindeutete. Auf solche Punkte achtete er.

Und vor allem auf Gesetzeshüter, egal ob Bundesbeamte oder nicht …

Es war Vormittag und Touristen und Besucher trafen scharenweise an der Alamo Plaza ein, die von den Texanern wegen der Heldentaten von 200 Männern in Ehren gehalten wurde, die sich hier bis zum Tod gegen den mexikanischen General Santa Anna zur Wehr gesetzt hatten.

Der Legende nach sollte Colonel William B. Travis an dieser Stelle eine Linie in den Staub gezogen und die Männer gefragt haben, wer von ihnen bereit sei, alles zu opfern. Nur ein Mann sei nicht über die Linie getreten. Carlos fand, das sei vermutlich der einzig kluge Mann des ganzen Haufens gewesen. Alle anderen waren schließlich gestorben.

Sicher. Ruhm bringt so seine Vorteile mit sich, aber was nützt einem das, wenn man nicht mehr lebt, um sie zu genießen?

Er schüttelte den Kopf bei dem Gedanken und sonderte weiter auf der weiten freien Fläche alles aus, was ihm ungewöhnlich vorkam.

In der verschlüsselten E-Mail, die er heute Morgen von Juan Black erhalten hatte, wurde er aufgefordert, die Flagge einem Mann zu übergeben, der ihn beim Alamo treffen sollte. Er hatte die Anweisung erhalten, die Kirche um 10:10 Uhr zu betreten und in der Nähe von Davy Crocketts ausgestellter Hirschlederweste zu warten.

Ein Fremder – er hatte keine Ahnung, wie er aussah – sollte dort an ihn herantreten, ihn mit dem in der E-Mail genannten Codewort ansprechen, und danach die Flagge aus John Quicks Arbeitszimmer von Carlos in Empfang nehmen. Eigentlich ganz simpel.

Carlos holte das Handy aus der Tasche und schickte eine SMS an sein vierköpfiges Team, das er aus Sicherheitsgründen direkt vor dem Alamo in Stellung gebracht hatte. »Ich geh rein. Wartet auf Bestätigung.«

Carlos hatte immer einen Plan B für seine Aufträge. Wenn etwas schiefging – wie zum Beispiel letzte Nacht –, brauchte er das Team, um den schnellen Rückzug abzusichern.

Juan Black hatte wiederholt darauf hingewiesen, wie wichtig es war, dass er die Flagge dem Kontaktmann übergab. Er hatte ihn quasi angewiesen, sie mit seinem Leben zu schützen, bis sie sich nicht mehr in seiner Obhut befand. »Niemand sonst bekommt diese Flagge. Verstanden? Nicht die Polizei, nicht das FBI, *niemand*. Sollte ich erfahren, dass du versagt hast, ist das dein Ende.«

Er stand auf und trat auf die halbrunde Tür der Kirche zu.

Das FBI verachtete er. Wenn er ein paar Feds töten musste, um einen Job zu erledigen, umso besser. Ein Lächeln formte sich auf seinem meist ernsten Gesicht und erweckte den Eindruck, er sei nur ein weiterer Tourist, der sich von der Aura des Schreins der texanischen Freiheit verzaubern ließ.

Er erreichte das Portal und betrat das Gotteshaus. Hoffentlich ging der Deal glatt über die Bühne und er konnte sich so bald wie möglich nach Mexiko absetzen, wo er sich in Sicherheit wähnte.

21

In der Postfiliale in der Innenstadt von San Antonio, weniger als einen Block nördlich vom Alamo, kämpfte eine Gruppe erschöpfter und kampferprobter Männer gegen die Müdigkeit an, die von einer ereignisreichen Nacht herrührte.

Logan West und John Quick saßen an einem rechteckigen Tisch in einem unscheinbaren Besprechungsraum. Sie warteten, dass Mike Benson sie darüber in Kenntnis setzte, was die Verhörspezialisten des FBI aus Antonio Morales, dem einzigen Überlebenden des Angriffs auf Logans Haus, herausgequetscht hatten.

Mike hatte erwähnt, dass die FBI-Techniker alle Metadaten aus den sichergestellten Mobiltelefonen analysierten. Sie suchten nach Mustern und Gemeinsamkeiten.

Logans übermüdetes Gehirn – das verzweifelt nach mehr Koffein verlangte, während Mike die komplexen Analysemethoden erklärte – hatte das meiste einfach ausgeblendet. Mikes Erklärungen erinnerten Logan an seine Tage im TFC in Falludscha. Das Konzept der Fernmeldeaufklärung, üblicherweise als SIGINT (Signals Intelligence) bezeichnet, hatte er zwar begriffen, aber die technischen Feinheiten blieben ihm verschlossen. Ein Einsatzoffizier des Second Radio Battalion hatte einmal versucht, es ihm zu erklären. Als der Major damit fertig war, hatte Logan nur gedacht: *Sag mir einfach, wo sie sind, und ich kümmere mich um den Rest.*

Er war schlau genug, um seine Grenzen zu kennen, und die technologischen Details von SIGINT fielen definitiv in diese Kategorie.

Logan fragte: »Wie geht's deinem Kopf?«

John nahm einen Schluck aus der weißen Tasse vor ihm, die mit dem Gebräu gefüllt war, das in Regierungseinrichtungen üblicherweise als Kaffee durchging. »Mir geht's besser, sobald wir wissen, was hier vorgeht, Logan. Sieht aus, als läuft da eine ziemliche Scheiße ab.«

Logan lachte. »Wem sagst du das? Aber wie sage ich immer: Wir spielen, um zu gewinnen, richtig? Jemand hat uns diese Suppe eingebrockt, aber ich werd mir sicher nicht vorschreiben lassen, wie schnell ich sie auslöffeln soll.«

Das Lächeln war verschwunden. Nur eiserne Entschlossenheit stand in Logans hellgrünen Augen, die mit dem roten Schnitt auf der Wange kontrastierten.

»Wie du meinst, Kumpel, aber es steht in den Sternen, wie diese Geschichte ausgehen wird. Diese Leute verfügen über bedeutende Ressourcen und eine Menge Geld. Man startet nicht mal eben so eine koordinierte Operation wie diese an zwei Orten, die Tausende Meilen voneinander entfernt liegen, wenn man nicht über die entsprechenden Mittel und die notwendige Macht verfügt. Das tut man einfach nicht.«

»Na, hoffentlich können die Techniker was damit anfangen und finden raus, was es mit dieser Flagge auf sich hat, das den ganzen Aufwand rechtfertigt.«

Logan wollte noch einen Spruch loswerden, aber die Tür zum Konferenzraum ging plötzlich auf und Mike stand auf der Schwelle. Er schien dringend etwas loswerden zu wollen.

»Wir hatten gerade einen Treffer bei einem der Handys

und der Cheftechniker meint, es könnte was mit dem Team zu tun haben, das in deinem Haus gewesen ist, John. Eine Telefonnummer, die in den letzten Tagen von einem der Handys kontaktiert wurde, die bei Sarah sichergestellt wurden. Und das Beste daran – der absolute Oberhammer: Die Nummer ist im Moment aktiv und der Penner ist in diesem Moment direkt gegenüber beim Alamo. Schwingt die Hufe.«

»Du willst mir doch nicht sagen, ich soll ein Pferd nehmen, oder? Ich hab meine Cowboystiefel grad nicht dabei. So ein Pech aber auch.«

»Los jetzt! Oder brauchst du eine schriftliche Extraeinladung? Lass uns das Arschloch schnappen, bevor wir es verlieren. Ich kann's immer noch nicht glauben, dass er quasi auf der anderen Straßenseite ist. Stimmt wohl, was man so sagt.«

»Und das wäre?«, hakte John nach.

»Den Seinen gibt's der Herr im Schlaf.«

Mike verließ den Raum, während Logan und John eilig vom Tisch aufsprangen, um ihm in die Tiefgarage und zur Waffenkammer zu folgen.

Carlos' Geduld war mittlerweile fast am Ende. Schon fast 10:15 Uhr und die Kontaktperson hatte sich bisher nicht blicken lassen. Seit mehr als fünf Minuten beschäftigte er sich mit Davy Crocketts Weste. Ein Wachmann neben dem Eingang nahm ihn bereits ins Visier. Hatte der schwarze Blackhawk-Rucksack, den er über der rechten Schulter trug, sein Misstrauen geweckt? Heutzutage war Sicherheitspersonal ja grundsätzlich paranoid, aber wer würde schon das Alamo in die Luft jagen wollen?

Wenn sein Kontakt nicht innerhalb der nächsten fünf Minuten auftauchte, würde er die Kirche verlassen und Juan per E-Mail von einem sicheren Ort aus kontaktieren. Eine Hand packte ihn plötzlich am rechten Ellbogen, gefolgt von einer leisen Stimme.

»Ehre, wem Ehre gebührt. Mr. Crockett hat ehrenvoll verloren.«

Worauf Carlos antwortete: »Ja, und dafür wird er in diesem Schrein geehrt.«

»In der Tat, Sir, in der Tat«, antwortete der Mann und bestätigte damit, dass er die Kontaktperson war, die Juan Black ihm angekündigt hatte.

Carlos drehte sich um und studierte das Gesicht des Gegenübers. Er schien Mitte 20 zu sein – jünger, als Carlos erwartet hatte –, aber sein taxierender Blick ließ ihn älter und weiser erscheinen. Kurze blonde Haare rahmten einen Schnurrbart ein, der an den Mundwinkeln nach unten wuchs.

Seine blauen Augen schienen zu sagen: *Leg dich lieber nicht mit mir an.*

Carlos hatte keine Ahnung, woher der Mann stammte oder wo er arbeitete. Wahrscheinlich fuhr er ohnehin besser damit, es nicht zu wissen.

»Drinnen oder draußen?«

»Draußen.« Der Mann steuerte den Eingang auf der Rückseite der Kirche an.

Das alltägliche Gedränge hatte noch nicht in vollem Umfang eingesetzt. In der Kirche befanden sich aktuell nur etwa 20 oder 30 Menschen. Später am Tag kletterte die Zahl bis auf weit über 100.

Beide Männer verließen das Gebäude und wandten sich nach links. Sie liefen bis zur ›Wand der Erinnerung‹ – einem

Denkmal, das auf mehreren wuchtigen Marmortafeln die Geschichte des Alamo erzählte. Der Blonde blieb vor der ersten Tafel stehen und setzte den schwarzen Rucksack ab, der schwer aussah.

Aus dem eigenen Rucksack holte Carlos die irakische Flagge heraus, ordentlich zusammengefaltet in einer Ledermappe mit Reißverschluss verstaut. Er dachte an die Menschenleben, die ihn dieses Artefakt gekostet hatte.

Doch bevor er lange darüber nachsinnen konnte, hatte der junge Mann sie schon ergriffen, steckte sie in den Rucksack, schulterte ihn, blickte Carlos kurz an und sagte knapp: »Danke.« Er drehte sich um und lief in Richtung der südöstlichen Umgehung, die zum Fußgängerausgang auf der Bonham Street führte.

Das war's dann wohl.

Carlos seufzte erleichtert. Seine Aufgabe war erledigt. Er drehte sich um und eilte in nördlicher Richtung am langen Kasernengebäude entlang zu seinem Ziel, dem Durchgang zur Houston Street.

Er sah kurz nach rechts. Was er in der Nähe der Sicherheitszentrale zu Gesicht bekam, ließ ihn für einen Moment erstarren.

Drei Männer, die nur FBI-Agenten sein konnten – diese Typen erkannte er überall –, standen mit einem äußerst ernst blickenden Mann mit kantigem Kinn, braunen Haaren und durchdringendem Blick zusammen. Ein großer Afroamerikaner schien der Anführer zu sein. Sie schauten grob in seine Richtung, aber bei mehr als 50 Metern Entfernung wusste er nicht, ob sie ihn und Juans Kontaktmann bemerkt hatten. Und er hatte ganz sicher nicht vor, länger als nötig zu bleiben, um es herauszufinden.

Carlos erhöhte diskret das Tempo und bewegte sich auf den Ausgang zur Houston Street zu. *Wie zur Hölle haben die mich gefunden?*

22

Logan behielt den Bereich zwischen der Kirche und dem Kasernengebäude im Auge, etwas außer Puste vom schnellen Laufen, nachdem sie beschlossen hatten, auf Diskretion zu pfeifen. Sie konnten unmöglich wissen, wie lange die Zielperson noch bei der Alamo-Gedenkstätte blieb.

Und wenn er rennt, wird es umso leichter, ihn zu entdecken, dachte er.

Sie hatten keinen Schimmer, wonach sie Ausschau halten sollten, sie hofften nur auf ein bisschen Glück. Wie die Zielperson aussah, wussten sie nicht, kannten weder ihr Alter noch andere Details. Quasi ein Schuss ins Blaue.

Logan erinnerte sich an einen seiner Ausbilder für Unterwasseraufklärung, der ihm den Leitsatz eingetrichtert hatte: ›*Blinde Hoffnung ist keine Option.*‹ Nun war er so weit, auf Hoffnung zu setzen, seinetwegen auch auf chinesische Glückskekse oder indianische Regentänze, solange sie nur zu einer brauchbaren Spur führten.

Sie hatten sich in drei Gruppen aufgeteilt: Logan, Mike und drei andere Agenten deckten den Bereich bei der Sicherheitszentrale ab; John und ein weiterer FBI-Agent standen draußen auf dem Hauptplatz und zwei weitere Agenten außerhalb der Gedenkstätte auf der Houston Street. Alle blieben über Handfunkgeräte miteinander in Verbindung, da ihnen die Zeit gefehlt hatte, taktische Ausrüstung anzulegen. Sie hatten sich nur eilig ihre Waffen geschnappt und waren über die Straße gestürmt.

Logan beobachtete die Menge und achtete auf Auffälligkeiten, die nur ein geübtes Auge erspähen konnte. Ein kurzer Blick über die Schulter, ein schnelles Drängeln durch die Menge, etwas, das die wahren Absichten einer Person verriet.

Was er sah, waren lediglich junge Pärchen, Touristen und Männer mittleren Alters, die ihren Bürojob in der Innenstadt für eine kurze Kaffeepause unterbrochen hatten. Er hatte schon fast die Hoffnung aufgegeben, als ihm etwas ins Auge stach. Sein Kopf rotierte in die Richtung, in der er etwas beiläufig bemerkt hatte.

Da!

Ein junger Mann, der hastig auf einen der Ausgänge zuging, hatte seine Aufmerksamkeit erregt. Es lag weniger an seinem Aussehen – khakifarbene Cargohose, dunkelblauer Pullover, schwarzer Rucksack –, als vielmehr an der Art, wie er sich bewegte. Seine Bewegungen strahlten Selbstbewusstsein und eine gewisse Zielstrebigkeit aus.

Logan erinnerte sich an etwas, womit Sarah ihn gern aufzog, wenn sie essen gingen oder einkaufen. Sie sagte gern: »Schatz, du siehst immer aus, als seist du gerade auf einer Mission, selbst im Supermarkt. Das ist total beängstigend.« Und hier stand er und beobachtete einen potenziellen Verdächtigen, der dasselbe auffällige Verhalten an den Tag legte.

Er könnte genauso gut ein Schild mit der Aufschrift ›Ich war beim Militär‹ hochhalten.

»Mike, junger blonder Mann auf zehn Uhr, bewegt sich zielgerichtet auf den Ausgang zu. Er trägt einen Militärrucksack von Oakley. Da bin ich sicher. Ich hab selbst so einen.«

Jetzt entdeckte Mike ihn auch. »Okay. Los geht's. Wir können ihn zumindest anhalten und fragen, wohin er will.«

Er funkte die zwei Agenten an, die draußen warteten: »Geht rüber zum Ausgang Bonham Street. Sofort. Möglicher Verdächtiger: junger blonder Mann um die 20, Khakihose, blauer Pulli, schwarzer Rucksack. Er kommt in etwa 20 Sekunden raus. Los, schnell!«

Die Gruppe von Männern bewegte sich zügig den Gehweg entlang, nicht im Sprint, aber doch so zügig, dass sie den Abstand zu dem Mann verringerten, der dem Ausgang zustrebte.

Er war noch etwa zehn Meter vom Ausgang entfernt, als er den Kopf kurz nach links drehte und Logan voll ins Gesicht schaute. Der andere schien ihn zu erkennen. Ihre zurückhaltende Jagd gewann akut an Geschwindigkeit.

»Mike, er scheint mich irgendwie erkannt zu haben. Verdammter Mist!«, bellte Logan.

Logan stürmte quer über den Rasen, um den Mann abzufangen, Mike und die anderen Agenten reagierten ebenfalls sofort.

Der Mann wandte sich wieder zum Ausgang und ergriff die Flucht. Dabei langte er mit der rechten Hand an den Hosenbund.

Logan hielt seine Kimber, Kaliber 45, in der rechten Hand, den Lauf zum Boden gerichtet. Er hörte, wie Mike den Mann aufforderte, sofort anzuhalten, und sich als FBI-Agent zu erkennen gab. Der plötzliche Aufruhr führte dazu, dass mehrere Passanten stehen blieben und gafften, ohne sich der Gefahr in ihrer Mitte wirklich bewusst zu sein.

Der Verfolgte ignorierte Mikes Rufe. Vielmehr hob er

den rechten Arm vor die Brust, um im Laufen mit der Glock-Pistole in der Rechten auf sie zu zielen.

Logan hatte so etwas schon geahnt und ging in die Knie. Langsam zielte er auf den Mann – zumindest kam es ihm so vor; auf einen unbeteiligten Beobachter hätte die Bewegung, mit der er die Kimber in Anschlag brachte, blitzschnell gewirkt.

Krack! Der laute Knall eines Gewehrschusses von einem nahe gelegenen Gebäude zerfetzte die morgendliche Ruhe am Alamo. Die Situation eskalierte nicht nur, sondern geriet völlig außer Kontrolle.

23

Twack!

Mike Benson hörte, wie die Kugel des Heckenschützen den FBI-Agenten neben ihm traf. Das durchschlagskräftige 7,62-Millimeter-Geschoss kam von schräg oben und verursachte eine Austrittswunde knapp unter dem Brustbein der rechten Körperhälfte. Die Kugel war durch den linken Lungenflügel des Agenten gedrungen und hatte das Herz getroffen, bevor sie aus der Brust wieder austrat. Er war bereits tot, als er auf den Steinen des breiten Bürgersteigs aufschlug.

Panik griff wie ein Buschfeuer um sich, als den Besuchern klar wurde, was passiert war. Eine Frau schrie auf und Mike hörte einen Mann warnend rufen: »Ein Heckenschütze! Alle auf den Boden!« Er stellte fest, dass es Logan war, der geschrien hatte. Er selbst lag flach auf dem Bauch, nachdem er beim Lärm des Schusses zu Boden gehechtet war.

Der blonde Mann nutzte die Ablenkung und hielt in vollem Spurt auf den Ausgang zu.

Mike sah, wie Logan auf die Füße sprang, um die Verfolgung aufzunehmen. Über Funk rief er die Polizei und forderte medizinische Unterstützung für seinen niedergeschossenen Agenten an, doch er wusste, dass es bereits zu spät war, als er sich zu dem Verletzten hinunterbeugte.

Er hörte, wie einer der anderen Agenten rief: »Sir, zweiter Verdächtiger auf zwei Uhr!«

Mike blickte auf und registrierte einen dunkelhäutigen Mann mit rotem Hemd und Khakihosen gegenüber, der sich in Richtung Houston Street bewegte.

»Agent Reynolds, zweiter Verdächtiger ist in Ihre Richtung unterwegs. Trägt Khakihose und dunkelrotes Hemd. Vermutlich bewaffnet. Wiederhole: Vermutlich bewaffnet!«

Ein zweiter Schuss war zu hören. *Krack!* Mike sah, wie die Kugel als Querschläger vom Gehweg neben Logan abprallte, der bereits wieder auf den Beinen war und den ersten Verdächtigen verfolgte.

Er hörte John Quicks Meldung aus dem Funkgerät: »Schütze rennt über das Dach des Wohngebäudes auf der anderen Straßenseite Richtung Süden. Den schnapp ich mir!«

Den riesigen, einen ganzen Block einnehmenden Apartmentkomplex auf der anderen Seite der East Crockett Street konnte Mike sehen, nicht aber den Schützen auf dem Dach. Er wollte gerade antworten, als er mehrere Schüsse hörte, gefolgt von Maschinengewehrfeuer drüben auf der Bonham Street.

Seine Agenten mussten auf ein schwer bewaffnetes Back-up-Team gestoßen sein. Sie befanden sich vermutlich in der Unterzahl und brauchten dringend seine Unterstützung. Er wusste, dass Logan und John gut auf sich selbst aufpassen konnten.

Ein beschissener Albtraum ist das.

Mike brüllte über den Rasen in Logans Richtung und ins Funkgerät, um sicherzugehen, dass John es ebenfalls mitbekam. »Ich gehe durchs Security Center zur Houston Street, um denen zu helfen! John – Logan –, viel Glück! Der Schütze hat Agent Stansfield getötet.«

Es entstand eine kurze Pause, in der er sich bemühte, die

Wut zu unterdrücken, die in seiner Stimme mitschwang. »Schnappt euch diese Dreckschweine, aber versucht, zumindest einen lebend zu erwischen, wenn's irgendwie geht!«

Er drehte sich zu den beiden jungen Agenten, die bei ihm waren. Er zeigte auf den älteren der beiden, in der Hoffnung, dass er über genug Erfahrung verfügte für das, worum er ihn jetzt bitten würde: »Parker, Sie begleiten mich. Turner, bleiben Sie bei Agent Stansfields Leiche, bis die Polizei eintrifft. Wir werden Reynolds helfen. Funken Sie mich an, wenn etwas passiert.«

Ohne ein weiteres Wort rannten Agent Parker und er in Richtung des Security-Gebäudes hinter ihnen, das zum Ausgang auf der East Houston Street führte.

Verfluchte Scheiße. Das geht alles viel zu schnell.

Edward Rodriguez hatte die Übergabe vom Apartmentgebäude auf der anderen Straßenseite beobachtet. Von seiner Position auf dem Dach aus gab er Carlos Deckung, seit sein Boss den Platz betreten hatte. Er hoffte, dass die Übergabe problemlos verlief, insbesondere nach den Ereignissen der vorigen Nacht.

Der ehemalige Scharfschütze der Army Rangers schätzte es, wenn eine Operation nach Plan verlief. Diese erwies sich bisher als einziges Chaos. Die Bezahlung motivierte ihn mehr als genug, um alles zu unternehmen, damit die Übergabe an diesem Morgen erfolgreich verlief. Trotzdem hätte er es vorgezogen, wenn dabei keine Schwierigkeiten auftauchten. Eine reibungslose Operation garantierte ihm Sicherheit und finanzielles Wohlergehen – für ihn die beiden wichtigsten Dinge im Leben.

Edward verfolgte, wie Carlos sich auf die Bank setzte, in die Kirche ging, wieder nach draußen kam und mit dem Mann vor der Gedenktafel stehen blieb, alles ohne die kleinste Störung. Nachdem Carlos die Flagge übergeben hatte, ging Edward davon aus, der Deal sei glatt über die Bühne gegangen. Er fing an, das Remington-M24-Scharfschützengewehr zu zerlegen, um durchs Treppenhaus auf die Straße zu gehen.

Sein Optimismus löste sich in Luft auf, als er die kleine Gruppe Männer, offensichtlich Agenten der Regierung, vom Security-Gebäude her auf den Platz kommen sah.

Er hatte gewartet und gehofft, dass sie weder Carlos noch den blonden Mann entdeckten, die sich bereits voneinander entfernten. Doch dann war irgendetwas passiert – Edward hatte es aus dieser Entfernung nicht genau gehört oder gesehen, aber es veranlasste den blonden Mann wegzurennen. Die Agenten nahmen prompt die Verfolgung auf.

Er erinnerte sich an Carlos' Anweisungen: *Egal was passiert, diese Übergabe muss stattfinden. Der Erfolg der gesamten Operation hängt davon ab. Tu alles – und ich meine alles –, um sicherzugehen, dass nichts schiefgeht. Kapiert?*

Carlos' Worte hallten in seinem Kopf wider, während er auf einen der Agenten anlegte, langsam den Abzug durchzog und einen ruhigen Morgen in San Antonio in eine Szene aus einem Western verwandelte.

24

Logan rappelte sich vom Boden auf und sah dabei den blonden Mann durch den Fußgängerausgang Richtung Bonham Street verschwinden.

Der kleine Wichser ist schnell …

Logan nahm die Verfolgung auf und bemühte sich dabei, den Fußgängern auszuweichen, die panisch vom Gehweg sprangen, als er näher kam. Sie hatten Angst vor ihm, weil sie nicht wussten, was er vorhatte.

Logan verspürte Mitleid mit ihnen. In dem ganzen Chaos hielten sie ihn wahrscheinlich für den Schützen, da er eine Waffe trug und zivile Kleidung. Er wusste, dass er nicht gerade wie der typische Gesetzeshüter aus San Antonio aussah, besonders da er sich seit vier Tagen nicht mehr rasiert hatte und völlig übermüdet war.

Er erreichte den Ausgang, drückte sich an die linke Seite der Mauer und spähte um die Ecke zur Straße. Überrascht stellte er fest, dass nur knapp außerhalb der Mauern des Alamo der morgendliche Alltag von der Gewalt innerhalb des Geländes völlig unbeeinflusst blieb.

Niemand hier draußen hat den Lärm für Gewehrschüsse gehalten. Dachten wohl alle, es seien Bauarbeiten oder Straßenlärm …

In diesem Moment erklang das charakteristische Geräusch einer Automatikwaffe von der anderen Seite des Alamo. Die FBI-Agenten auf der Houston Street schienen in ein Gefecht mit weiteren Verdächtigen verwickelt zu sein.

Das wird ja immer besser.

Die Menschen, die eben noch seelenruhig durch die Straßen flaniert waren, blieben stehen, verwirrt von dem Kampflärm und unsicher, was sie tun sollten. Er hörte besorgt erhobene Stimmen. Ein Mann in Hörweite sagte zu seiner Frau: »Meinst du, ich sollte die Polizei rufen?«

Logan spähte nach links und entdeckte nichts Ungewöhnliches in der sich langsam verändernden Atmosphäre der Bonham Street. Er drehte sich nach rechts in Richtung eines steinernen Eckgebäudes gegenüber dem Alamo. Ein altes, historisches Hotel, offenbar gut besucht.

Der Haupteingang befand sich etwas nördlich der Kreuzung von East Crockett Street und Bonham Street. Mehrere Gäste wollten einchecken, ihre Autos bildeten auf dem Vorplatz eine kleine Schlange. Logans Blick blieb an einem der Mitarbeiter des Fahrdienstes hängen, einem übergewichtigen Mann Ende 50, der mit einem Hotelbediensteten sprach und dabei aufgeregt zur Ecke des Gebäudes deutete.

Der Mann wirkte verwirrt, als wüsste er nicht, was er tun sollte. Der Hotelmitarbeiter gestikulierte und schien den Fahrdienstmitarbeiter beruhigen zu wollen.

Bingo. Logan sprintete über die Straße.

Beim Hindurchrennen zwischen den Autos wurde der Rezeptionist auf ihn aufmerksam und rief ihm im Vorbeirennen zu: »Hey! Der Kerl hat eine Waffe!«

Die Worte hallten durch den Eingangsbereich, in dem sich ein- und auscheckende Gäste tummelten. Logan hörte erschrockenes Gemurmel. Einige Frauen stießen leise Schreie aus.

Danke, Kumpel. Das hat uns gerade noch gefehlt.

Logan schrie in seiner ›Kommandostimme‹, die er gegenüber Aufständischen und in anderen Situationen verwendete, die einen autoritären Tonfall nötig machten: »Gehen Sie rein! *Sofort!* Hier draußen ist es nicht sicher!«

Er lief weiter um das Gebäude herum und ließ die Hotelgäste – inklusive Chauffeur und Hotelmitarbeiter – hinter sich zurück, die prompt auf die Glastüren des Hotels zustürzten, um sich in Sicherheit zu bringen.

Nun erreichte er die Crockett Street. Das Blut gefror ihm in den Adern und die Zeit schien einzufrieren, als er die Falle entdeckte, die die Zielperson für ihn vorbereitet hatte.

Schnell und *clever* …

Auf der anderen Straßenseite wartete mit laufendem Motor ein schwarzer Range Rover mit getönten Scheiben, das Heck zu Logan gerichtet. Beide Türen auf der Fahrerseite standen offen. Daneben hatte sich jeweils ein Söldner in schwarzer Montur mit Maschinenpistole postiert – wahrscheinlich H&Ks, vermutete Logan. Sie zielten auf ihn.

Sobald Logan in Sichtweite kam, hoben beide Männer ihre Waffen und eröffneten das Feuer aus einer Entfernung von weniger als 45 Metern.

Noch während die Männer abdrückten, hechtete Logan, der die Gefahr sofort erkannt hatte, zur vorderen Stoßstange eines Taxis, das auf seiner Seite der Straße parkte.

Seine rasche Reaktion rettete ihm das Leben. Als die Maschinenpistolenkugeln in das Fahrzeug einschlugen, das ihm Deckung bot, wurde ihm klar, dass die Männer ihn sonst erwischt hätten. Aber sein Tempo hatte die Männer überrumpelt und vor dem Eröffnen des Feuers einen Moment zögern lassen.

Logan kauerte neben dem Vorderrad, während die Kugeln sämtliche Fenster des Taxis zerstörten. Er hörte ein

Popp! Popp!, als beide Reifen auf der Fahrerseite von den Geschossen getroffen wurden.

Nach zehn Sekunden wurde es plötzlich still, da beide Männer ihre Waffen nachluden.

Logan vernahm laute Schreie. Die Schüsse schienen letztlich alle Passanten dazu gebracht zu haben, in Deckung zu gehen.

Ich hab euch doch gesagt, dass es nicht sicher ist!

Logan rollte sich aus der Deckung des Taxis nach rechts und hörte, wie die Magazine der Männer auf die Straße fielen. Er landete mit den Armen nach vorn ausgestreckt auf dem Bauch.

Keiner der Männer war Blondie – derjenige, den er unbedingt lebend schnappen musste. Er zielte auf den Typen neben der hinteren Tür und gab drei Schüsse aus seiner Kimber ab. Alle drei erwischten den Mann in die Brust. Er taumelte nach hinten auf den Rücksitz des Range Rovers und rutschte auf den Boden. Die Waffe und ein volles Magazin fielen ihm aus den Händen.

Sein Kollege an der vorderen Wagentür reagierte mit der Gelassenheit eines gut ausgebildeten Killers. Selbst als die Schüsse seinen Partner trafen, ließ er Logan nicht mal für den Bruchteil einer Sekunde aus den Augen. Innerhalb der Zeitspanne, die Logan brauchte, um seine drei ersten Schüsse abzugeben und erneut zu zielen, hatte der andere bereits seine Waffe nachgeladen, zielte auf ihn und feuerte eine kurze Salve ab.

Zum Glück konnte seine Zielfertigkeit nicht mit der Nervenstärke mithalten. Logan schoss zweimal auf ihn, während die Kugeln des Gegners vom Bürgersteig neben ihm abprallten. Nun zielte er auf den Kopf.

Die erste Kugel traf die rechte Schulter – Logan schrieb

diese Ungenauigkeit der Tatsache zu, dass gerade auf ihn geschossen wurde –, aber die zweite Kugel fand ihr Ziel. Sie zertrümmerte das Nasenbein des Mannes. Ein blutroter Nebelschleier wirbelte vor seinem Gesicht hoch, bevor die Kugel den Schädel durchschlug und ihn auf der Stelle tötete.

Im selben Moment, als der tote Körper auf die Straße fiel, hörte er jemanden aus dem Inneren des Range Rovers schreien: »Los! Los! Los! Ich brauch noch 30 Sekunden!«

Ich wette, das ist Blondie.

Logan sprang auf die Beine. Er sah, wie ein Arm aus dem Inneren des Fahrzeugs nach der – inzwischen blutbespritzten – Tür griff und sie zuknallte. Der Range Rover machte einen Satz nach vorn, weil der Fahrer den Gang einlegte und Gas gab. Die Reifen drehten kurz durch, griffen dann und der SUV schoss die Straße entlang.

Ohne jedes Zögern machte Logan auf dem Absatz kehrt und spurtete zurück zum Hoteleingang. *Glück gehabt!*, stellte er beim Erreichen des Vorplatzes fest, auf dem die Fahrer ihre Wagen abstellten. Alle Gäste waren mittlerweile ins Innere des Hotels geflohen. Er hatte quasi freie Auswahl – *Der da! Perfekt!* –, als plötzlich ein Mann hinter ihm fragte: »Sind Sie okay?«

Logan wirbelte herum, die Kimber im Anschlag. Es war der Mitarbeiter des Fahrdienstes, der ihn entsetzt anstarrte.

Logan bemerkte die Angst in der Stimme des Mannes und erwiderte ruhig: »Mir geht's gut. Wenn das FBI hier ist – und das wird gleich der Fall sein –, sagen Sie Agent Benson, dass Logan West – das bin ich – einen schwarzen Range Rover mit dem blonden Verdächtigen darin verfolgt. Okay?«

Der Chauffeur nickte eifrig und wiederholte: »Nachricht für Agent Benson, Logan West verfolgt schwarzen Range Rover mit blondem Mann.«

Logan nickte und sagte: »Danke. Und nun werde ich mir den Wagen dieses Gastes ausleihen.« Bevor der Fahrer widersprechen konnte, sprang Logan durch die offene Tür in einen nagelneuen Audi A6 mit silberner Metalliclackierung, Sportpaket und 19-Zoll-Felgen.

Er knallte die Tür zu, drückte den Startknopf – der elektronische Schlüssel steckte noch – und legte den Gang ein. Obwohl der Wagen eine Automatikschaltung hatte, katapultierte der 350 PS starke V8 die Limousine wie eine Rakete aus der Parkzone. Der Angestellte starrte ihm verblüfft hinterher.

Logan beschleunigte den Wagen in etwa sechs Sekunden auf 100 km/h und betete, dass der Range Rover noch nicht weit genug gekommen war, um ihm zu entwischen. Er hatte noch eine Rechnung mit Blondie offen – ach was, mehrere!

Sobald John Quick Mike und Logan angekündigt hatte, den Heckenschützen verfolgen zu wollen, war er die Alamo Plaza Street entlanggesprintet in Richtung des Apartmentgebäudes, auf das sich der Schütze zurückgezogen hatte. Agent Price – ein Mann, dem man seine fast 50 Jahre langsam ansah – setzte ihm nach, erkennbar bemüht, Schritt zu halten.

Es waren nur 20 Sekunden vergangen, seit das Echo des letzten Schusses über der Alamo Plaza verhallt war, aber John wusste, wenn der Schütze gerade seine Waffe zerlegte, dürfte er jeden Moment vom Dach verschwinden.

Wovon auch immer er hatte ablenken wollen, es war ihm gelungen.

Jemand hat vermutlich meine Flagge. Darum geht es.

John erreichte die Stelle, an der das Kopfsteinpflaster in glatten Asphalt überging. Er überquerte die East Crockett Street, näherte sich zielstrebig dem doppelflügeligen Eingangsportal in der Mitte des Apartmentgebäudes und wich dabei dem langsam fließenden Verkehr aus, während die Fahrer gegen das entstehende Chaos ankämpften.

Auf dem Gehsteig angekommen, drehte er sich um und sah Agent Price etwa zehn Meter hinter sich.

Komm schon. Komm schon. Beweg dich!

Nach einer gefühlten Ewigkeit erreichte ihn der Agent und schnappte keuchend nach Luft.

John trat durch die Vordertür, die 45er vor sich ausgestreckt, Agent Price in seinem Rücken.

Die beiden Männer fanden sich in einem zehn Meter langen und zehn Meter breiten Foyer wieder, das durch zwei Reihen von Marmorsäulen unterteilt wurde. Zu ihrer Linken stand ein Wachmann um die 60, die Mütze leicht schief auf dem Kopf, und beäugte die beiden bewaffneten Männer stumm.

Agent Price sprach ihn an.

»Sir, FBI. Es ist ein Schütze auf dem Dach. Wie viele Treppenhäuser gibt es?«

Der Wachmann riss sich zusammen und antwortete: »Es gibt drei – eins direkt geradeaus an den Aufzügen vorbei und zwei weitere an beiden Enden des Korridors, der durch den vorderen Teil des Gebäudes verläuft. Der Korridor selbst ist etwa 30 Meter lang.«

»Scheiße!«, hörte John Agent Price fluchen, aber er war bereits in Gedanken versunken.

Drei Treppenhäuser. Eins in der Nähe der Straße – nicht gut, da sitzt man in der Falle. Das mittlere wäre zu einfach …

»Agent Price, Sie nehmen sich das zentrale Treppenhaus vor, ich das links vom Korridor. Das auf der rechten Seite bietet ihm keinen Fluchtweg, aber diese beiden – besonders das linke – ermöglichen den Zugang zu anderen Teilen des Gebäudes, falls er sich in die Ecke gedrängt fühlt. Er müsste in eins davon gerannt sein.«

Agent Price nickte. »Klingt logisch.«

Er wandte sich an den Wachmann. »Sir, informieren Sie die Polizei, sie sollen das Gebäude umstellen. Sagen Sie, Agent Price vom FBI habe Sie darum gebeten. Bleiben Sie hier, bis Sie entweder die Polizei oder uns kommen hören. Wenn Sie jemand anders hören, geben Sie keinen Mucks von sich. Der Mann auf dem Dach hat bereits einen FBI-Agenten erschossen.«

Das Gesicht des Wachmanns wurde blass und er kauerte sich hinter den Schreibtisch. Seine Reaktion brachte auf den Punkt, wie sie sich fühlten: »Ach du liebe Scheiße!«

John und Agent Price rasten durch die Eingangshalle und gelangten zum mittleren Treppenhaus. Agent Price zog die Tür auf, sah John an und wollte etwas sagen, aber dieser kam ihm zuvor.

»Behalten Sie das Funkgerät. Und passen Sie auf sich auf. Diese Schweine sind Profis und skrupellos. Glauben Sie mir. Machen Sie Lärm, wenn Sie die Treppe hochgehen, damit er glaubt, dass wir uns nur auf diesem Weg nähern. Und dann treiben Sie ihn in meine Richtung. Sobald Sie denken, dass ich freie Bahn habe, geben Sie drei schnelle Schüsse ab und bringen Sie ihn dazu, sich in meine Richtung zu bewegen. Ich kann ihn mir dann hoffentlich schnappen. Viel Glück.«

John nickte, drehte sich um und sprintete den Korridor entlang auf das andere Ende des Gebäudes zu, in der Hoffnung, dass sie nicht zu spät gekommen waren. Der Jäger in ihm lächelte, als er den Durchgang zum Treppenhaus erreichte, den Griff hinunterdrückte und in die Schatten dahinter trat. Er zog die Tür vorsichtig zu und schlich auf Zehenspitzen die Stufen hoch.

Ich komme.

Mike bemühte sich, Verstärkung sowohl von der lokalen Polizei als auch vom FBI per Funk zu organisieren, während er und Agent Parker durch das Security-Gebäude stürzten, das sie vorhin in den östlichen Bereich der Alamo-Gedenkstätte gebracht hatte.

Er rammte die breite Klinke nach unten, welche die gesamte Breite der Tür einnahm, sauste hindurch und lief direkt in einen Security-Mitarbeiter hinein, der auf die Schüsse reagiert hatte und in seine Richtung gestürzt war. Der Wachmann wurde rückwärts zu Boden gestoßen.

Mike sah auf den am Boden liegenden Mann und blickte sich dann kurz im Raum um. Ein weiterer bewaffneter Wachmann – Anfang 50, mit ergrauenden Schläfen und Schnäuzer – kam auf sie zu. Ein dritter forderte gerade telefonisch Polizeiunterstützung an.

Er hielt sich nicht damit auf, sich vorzustellen, da er den Männern erst vor ein paar Minuten gesagt hatte, wer er war – obwohl es sich anfühlte, als sei seitdem eine Ewigkeit vergangen.

Mike deutete auf den Mann am Boden. »Sie. Bleiben Sie bei der Leiche meines erschossenen Kollegen. Ein anderer Agent ist bereits bei ihm draußen.«

Er sprach den stehenden Wachmann an. »Sie kommen mit mir. Wir gehen raus auf die Straße. Ich hoffe, Sie wissen, wie man mit der Waffe umgeht«, sagte er ernst mit Blick auf die Glock, die in einem Holster an der rechten Hüfte steckte.

Er drehte sich zu dem Mann am Telefon. »Sagen Sie der Polizei, dass ein Heckenschütze auf dem Apartmentgebäude auf der anderen Seite der Crockett Street ist. Zwei meiner Männer verfolgen ihn. Ein Verdächtiger ist Richtung Süden geflohen. Auch ihm ist einer meiner Leute auf den Fersen. Wir gehen Richtung Houston Street, um unseren Agenten zu helfen. Hört sich an, als seien sie in ein heftiges Gefecht verwickelt. Kommen Sie!«

Er und Agent Parker rannten durch das Büro, ohne abzuwarten, ob ihnen der Wachmann folgte. Der Gefechtslärm draußen hatte nachgelassen, als seien beide Seiten in Deckung gegangen und feuerten nur noch konzentrierte, kurze Salven ab.

Ich hoffe, Reynolds und Mathews sind okay. Hier geht's ja zu wie in Irak …

Er stürzte den Fußweg entlang und blieb stehen, als er die Ecke der Mauer an der Houston Street erreichte. Er hörte, wie Parker hinter ihm ebenfalls stoppte, lugte um die Ecke und verschaffte sich einen Überblick im Getümmel.

Ein schwarzer Toyota Land Cruiser parkte 30 Meter entfernt am Straßenrand mit der Kühlerhaube in seine Richtung. Zwei Männer mit Sturmgewehren – einer auf jeder Seite des Land Cruiser – standen mit dem Rücken zu ihm und feuerten die Straße entlang auf die Position, die er seinen Agenten zugewiesen hatte. Hinter den Schützen lagen drei Zivilisten am Boden, die anscheinend ins Kreuzfeuer geraten waren. Keiner von ihnen rührte sich.

Verdammter Mist!

Als den beiden die Munition ausging und sie nachladen mussten, erhaschte er den charakteristischen Sound von zwei Glock 22, der Standard-Dienstwaffe des FBI.

Jenseits der reglosen Zivilisten entdeckte er seine Männer, die hinter einem am Straßenrand abgestellten Taxi in der Nähe des Emil-Morgan-Hotels Deckung suchten. Er lauschte dem Einschlag ihrer Kugeln und stellte fest, dass nur eine der Waffen in Richtung der beiden schwer bewaffneten Männer abgefeuert wurde.

Was zur Hölle?

Er suchte die Straße ab, um zu sehen, wen der andere Agent ins Visier nahm. Aus dem Augenwinkel registrierte er eine Bewegung zu seiner Linken. Als er sich umdrehte, sah er den Verdächtigen aus dem Inneren des Alamo – den Mann mit dem roten Pulli und den Khakihosen –, wie er sich an der Außenmauer der Gedächtnisstätte den Bürgersteig entlang langsam auf den Land Cruiser zubewegte. Einer der Agenten versuchte, ihn in Schach zu halten, während der andere das Feuer aus Richtung Land Cruiser erwiderte.

Auch wenn seine Männer einigen Erfolg damit hatten, den Verdächtigen am Vorankommen zu hindern, ahnte Mike, dass dieser in weiteren 30 bis 45 Sekunden seine Partner erreichen würde. Den Agenten fehlte es an Feuerkraft und Munition, um ihn länger aufzuhalten.

An der Mauer entlang konnte Mike nicht an die Schützen herankommen. Der fliehende Verdächtige war in seine Richtung unterwegs und sah ihn vermutlich, wenn er die Deckung verließ und versuchte, sich auf der Straße vorzuarbeiten.

Es muss doch eine Möglichkeit geben, irgendeine …

Ihm kam eine gefährliche Idee. So tollkühn, dass selbst Logan davor zurückgeschreckt wäre. Mike wusste, was er zu tun hatte, und er wusste, dass er nur eine Chance bekam.

Er drehte sich zu Agent Parker um und stellte fest, dass der Security-Mann verschwunden war.

Dämlicher Hilfssheriff!

»Okay, wir machen Folgendes.«

25

Logan konzentrierte sich darauf, aggressiv durch den zäh fließenden Verkehr Richtung Süden auf der Interstate 37 zu manövrieren, und raste mit über 140 Sachen durch die Stadt. Der Range Rover und Blondie hatten seit Beginn der Verfolgungsjagd einen Vorsprung von 45 Sekunden herausgeholt. Mit jedem Auto, das er auf dem Highway überholte, machte er kostbare Sekunden gut.

Nach der Abfahrt am Hotel war er so zügig und gleichzeitig so bedacht wie möglich in östlicher Richtung gefahren und hielt an der nächsten großen Kreuzung – genauer gesagt: mitten auf der Kreuzung.

Zum Glück herrschte so wenig Verkehr, dass er nicht Gefahr lief, aus Versehen gerammt zu werden. Die anderen Fahrer hatten den Audi abrupt bremsen sehen, was den Verkehr auf sämtlichen Spuren zum Stillstand brachte. Die Leute wunderten sich, was der Wagen dort zu suchen hatte. War der Typ hinter dem Steuer verrückt geworden? Nein, Logan suchte nach einem Anhaltspunkt, welche Richtung der Range Rover eingeschlagen hatte, und er fand ihn schließlich auch.

Etwa 100 Meter südlich der Kreuzung stand ein roter Honda Accord am Straßenrand, und zwar entgegen der Fahrtrichtung. Beide Türen auf der Fahrerseite waren geöffnet. Eine zickzackförmige Bremsspur zeichnete sich auf dem Asphalt ab und lief in einer lang gezogenen Kurve auf den Honda zu. Logan erkannte sofort, dass der Range

Rover mit den Flüchtenden ihn in den entgegenkommenden Verkehr gedrängt haben musste.

Außerdem unterstellte er, dass es den Fahrer des Range Rovers zur nächsten Schnellstraße zog, um so viel Abstand wie möglich zwischen sich und die Schießerei zu bringen. Die Interstate dürfte seine erste Wahl sein.

Deshalb trat Logan das Gaspedal bis zum Anschlag durch. Der V8-Motor dröhnte unter der Haube, während er die Bowie Street entlangschoss und nach der erstbesten Auffahrt auf die Interstate 37 suchte. Er bog nach links Richtung East Market Street ab und stieß kurz danach auf die entsprechende Ausschilderung. Ohne vom Gas zu gehen, lenkte er den Audi auf die rechte Spur.

Am Ende der Zufahrt beschleunigte Logan den Audi auf 130 km/h und zog nach links. Er schlängelte sich durch den Verkehr wie ein Irrer auf der Flucht vor der Polizei. Autos hupten, als er an einigen vorbeiraste und anderen den Weg abschnitt. Er betete, dass er sich nicht irrte.

Logan raste weiter … 20 Sekunden … 30 Sekunden … 40 Sekunden …

Wo sind die, verdammt? Sie müssten doch längst zu sehen sein!

Seine Nerven waren durch den Stress und den Druck zum Zerreißen gespannt. Er musste Blondie unbedingt finden.

In diesem Augenblick entdeckte er den schwarzen Range Rover knapp 200 Meter vor sich auf der rechten Spur. Eine Welle der Erleichterung minderte seine Anspannung.

Hab dich, Blondie.

Er lächelte, atmete tief aus und dankte Gott, dass sein hoher Einsatz sich ausgezahlt hatte.

Der Fahrer des Range Rovers (nicht Blondie – Logan

wusste, dass er auf dem Rücksitz saß) hatte sich wohl eingebildet, unbemerkt zu entkommen. Er hielt sich brav an die vorgeschriebene Höchstgeschwindigkeit und schien zu glauben, damit unauffällig im morgendlichen Verkehr untertauchen zu können. Hätte jemand genauer hingesehen, wären ihm die roten Flecken auf der Seitenscheibe der Fahrertür nicht entgangen. Das Blut eines Toten, auch wenn man nicht gleich auf die Idee kam.

Logan bremste, verlangsamte den Audi auf 120 km/h und wechselte auf die mittlere Spur. Er hatte einen Plan, doch dafür musste er den Abstand zwischen den beiden Fahrzeugen verringern.

Zentimeter für Zentimeter schob er sich ans Ziel heran und hielt dabei die Augen auf den schwarzen SUV gerichtet. 50 Meter … 40 Meter … Der A6 fraß sich den Asphalt entlang und verringerte die Distanz.

Als er weniger als zehn Meter entfernt war, tat er das Einzige, was er für sinnvoll hielt – er trat das Gaspedal durch, um das andere Auto zu rammen.

Der Audi traf den Range Rover am linken Hinterrad und brachte den SUV bedrohlich ins Schlingern.

Los, bau einen Unfall, Arschloch, und es endet hier und jetzt.

Er triumphierte schon, den Range Rover erfolgreich von der Straße abgedrängt zu haben, als das hintere Fenster geöffnet wurde und der Lauf einer halbautomatischen Waffe auftauchte.

Oh nein.

Der Mann auf dem Rücksitz – Logan ging davon aus, dass es Blondie war – eröffnete das Feuer auf den Toyota Minivan direkt vor Logans Audi.

Er hat mich kommen sehen.

Anstatt sein Auto direkt aufs Korn zu nehmen, wollte Blondie ein Blutbad anrichten, um Logan den Weg zu blockieren. Hätte Logan nicht überdurchschnittliche Reflexe besessen, wäre der Plan wohl auch aufgegangen.

Die Kugeln trafen den hinteren Kotflügel des Minivan und das Rücklicht. Die Heckscheibe zerplatzte. Weitere Geschosse trafen das rechte Hinterrad. Die Einschläge zerfetzten den Reifen und der Wagen schlug heftig nach rechts aus.

Der unerfahrene Fahrer geriet in Panik, weil er die Kontrolle über das Fahrzeug verlor. In der Hitze des Gefechts reagierte er falsch und riss das Steuer instinktiv nach rechts.

Der Effekt war genauso unmittelbar wie dramatisch. Der Minivan drehte sich um 90 Grad nach rechts, die linken Reifen gruben sich in den Asphalt. Die Reifen quietschten und der Wagen überschlug sich nach links. Er kam in einer Kaskade von Funken und Glassplittern auf und rollte mit 100 Sachen wie eine eckige Blechdose den Highway entlang.

Logan hoffte inständig, dass der Fahrer den Gurt angelegt hatte. *Selbst dann hat er Glück, wenn er überlebt.*

Die Fahrer der Autos auf den beiden linken Spuren reagierten zu abrupt, als sie den Minivan die Interstate entlangrollen sahen. Eine dunkelblaue Limousine legte eine Vollbremsung hin und schlingerte auf die äußere linke Spur. Sie touchierte das Heck eines grünen SUV, der im schrägen Winkel auf die mittlere Spur stieß. Das blaue Auto prallte ab, das Heck schleuderte zur Seite.

Logan blieb weniger als eine Sekunde, auf die sich entwickelnde Massenkarambolage zu reagieren. Er gab Vollgas und lenkte den Audi so weit wie möglich nach rechts.

Der Wagen schoss nach vorn und verfehlte den sich überschlagenden Toyota nur um Zentimeter. Logan konzentrierte sich auf den Range Rover. Das entsetzte Gesicht des Minivan-Fahrers, der ihn, auf dem Kopf stehend, anstarrte, nahm er gar nicht wahr.

Logan hörte weitere Aufschläge und metallisches Knirschen. Immer mehr Fahrzeuge wurden in die Kettenreaktion verwickelt. Schockiert über den Pfad der Zerstörung, den Blondie durch die Innenstadt von San Antonio pflügte, machte er sich große Sorgen um die anderen Fahrer. Trotzdem stand für ihn fest, dass er sich voll auf Blondie konzentrieren musste.

Er wollte den Grund erfahren, wieso Blondie diese hemmungslose Gewalt für berechtigt hielt. Danach wollte er ihn dafür bezahlen lassen, und das nicht zu knapp.

Logan folgte dem Range Rover dichtauf. Beide Fahrzeuge rasten den Freeway entlang. Der Range Rover hatte keine Chance, dem A6 zu entkommen, aber Logan wusste, dass er seinen nächsten Schritt sorgfältig abwägen musste. Nach dem, was gerade passiert war, würde Blondie nicht zögern, weitere unbeteiligte Zivilisten als austauschbare Hindernisse zu missbrauchen.

Logan zog halb auf die linke Spur, um den Streckenabschnitt zu inspizieren, der vor ihm lag. Nicht, was er erwartet hatte. Die Kreuzung von Interstate 37 und Interstate 10 bildete ein gigantisches Kleeblatt mit verschlungenen Aus- und Auffahrten, die übereinander und untereinander hinweg verliefen.

Als die zwei Fahrzeuge die Ausläufer des geometrischen Albtraums erreichten, traf Logan seine Entscheidung. Einmal mehr blieb ihm nur eine logische Option.

Er trat das Gaspedal durch und lenkte den Audi auf den

rechten Seitenstreifen der Interstate, gefährlich nah an einer Betonwand entlang. Es gab keine andere Möglichkeit. Inzwischen hatten sie das Zentrum des Kleeblatts erreicht, im Grunde eine Brücke über die ganze Struktur hinweg, deren diverse Windungen sich unter ihnen wie Gestrüpp verflochten.

Der A6 erreichte Tempo 160. Logan brachte den Wagen auf gleiche Höhe mit der Beifahrerseite des Range Rovers.

Jetzt!

Er rammte den vorderen linken Kotflügel der luxuriösen Limousine in das rechte Hinterrad des dahinschnellenden SUV, als Blondie gerade das rechte hintere Fenster öffnete, um mit einem Sturmgewehr auf Logan zu zielen. Das Manöver hatte keine Sekunde in Anspruch genommen. Blondie bekam nie die Chance, den Abzug zu betätigen.

Das hintere Rad des SUV wurde durch den Aufprall nach innen gepresst. Die Scheibenbremse blockierte und kreischte bei dem Versuch, den Vorwärtsdrang des Range Rovers zu stoppen. Mit knapp 140 schlingerte das Fahrzeug auf die Betonmauer neben dem Seitenstreifen zu. Auf keinen Fall würde es der Kerl am Steuer rechtzeitig zum Stillstand bringen.

Logan trat auf die Bremse und beobachtete ungerührt, was nun passierte.

Der Audi schlitterte seitwärts die Interstate entlang. Es stank nach verbranntem Gummi, denn die Breitreifen rutschten über die Piste. Frontal prallte der SUV gegen die Betonmauer, durchschlug sie und stürzte von der Brücke.

Der A6 kam schlingernd zum Stehen. Logan schnappte ein lautes *Kracks!* auf, als die Front des Range Rovers auf die etwa 15 Meter darunterliegende Straße traf, der Wagen sich nach vorn überschlug und von der Auffahrt weg erneut in die Luft geschleudert wurde.

Er stürzte weitere zwölf Meter, bevor er auf dem Heck landete. Die Wucht des Aufpralls zerstörte den Benzintank, der augenblicklich explodierte, als ihn ein Funke entzündete. Der Range Rover wurde in zwei Hälften zerrissen und rutschte entgegen der Fahrtrichtung die nach Osten führende Interstate 10 entlang.

Die brennende vordere Hälfte trennte sich von der hinteren und beide Teile des SUV schlitterten nebeneinanderher, als rasten sie um die Wette auf eine unsichtbare Ziellinie zu. Knirschend kamen die zwei verbogenen Haufen aus verkohlten oder brennenden Wrackteilen schließlich zum Stehen.

Logan sprang aus dem Audi und erreichte den Rand der Überführung gerade rechtzeitig, um es mitzubekommen. Andere Fahrer bremsten, um zur Unfallstelle zu rennen und zu helfen.

Er achtete gar nicht darauf, sondern konzentrierte sich ausschließlich auf den brennenden SUV. So einen Crash überlebt niemand … so viel steht fest.

Ich hoffe, John oder Mike haben eins dieser Arschlöcher lebend gefasst. Uns gehen langsam die bösen Jungs aus.

John erreichte den zehnten Stock des Treppenhauses, ohne jemandem zu begegnen. Er stoppte an der Tür, die aufs Dach führte, und lauschte. Er wusste, dass Agent Price gleich aufs Dach hinaustrat. Hoffentlich war es die richtige Entscheidung gewesen, sich zu trennen. Wenn nicht, bekamen sie früh genug die Quittung dafür.

Die Stahltür mit dem bügelförmigen Griff ging nach außen auf. Er brannte darauf, sie einen Spaltbreit zu öffnen und ins Freie zu spähen, aber damit hätte er den Schützen vorgewarnt. Also übte er sich in Geduld.

Na los, Agent Price. Die Show kann beginnen.

Seine 45er war schussbereit, der Finger ruhte direkt neben dem Abzug. Sein Daumen lag auf dem Sicherheitshebel des Colt M1911. Er konzentrierte sich auf die Atmung und verlangsamte seinen Herzschlag.

Krack!

Der Knall des Scharfschützengewehrs drang durch die Stahltür.

Er ist ganz nah, nur ein paar Meter links von mir. Gleich … gleich.

Drei dumpfer klingende Schüsse aus Agent Price' Waffe hatten auf ihn den gleichen Effekt wie der Startschuss beim Hundertmeterlauf. *Los geht's!*

In einer flüssigen Bewegung drückte John den Griff der Tür hinunter. Sie schwang langsam nach links und er machte einen Schritt hindurch, die 45er im Anschlag.

Der Schütze kniete nur wenige Meter entfernt direkt vor ihm. Er trug Cargohosen, ein weißes Polohemd und Trekkingstiefel. John konnte sonst nicht viel von ihm erkennen. Eine Sonnenbrille und ein Basecap mit dem Logo der Texas Rangers verdeckten das Gesicht.

Gut aufgepasst.

Er musste versuchen, den anderen lebend zu schnappen. Die M1911 steckte er hinten in den Hosenbund.

Etwas weniger als 30 Meter entfernt sah er den zweiten Zugang in der Dachmitte – die Tür schwang in den Angeln. Agent Price war nirgends zu sehen. Er hoffte, dass ihn nicht die Kugeln des Schützen erwischt hatten.

John zögerte nicht länger. Er machte einen Schritt mit dem linken Fuß auf den Mann zu, aber sobald er die Tür losließ, bewegte sich die große Klinke zurück in die Ausgangsstellung.

Klick.

Er wusste, dass seinem Gegner das Geräusch nicht entgangen war, und wollte sich in Schlagdistanz bringen, bevor der andere reagieren konnte. John handelte blitzschnell, aber der Heckenschütze tat es auch.

Bevor John ihn erreicht hatte, ließ der Schütze das Gewehr fallen und drehte sich auf den Rücken. Er brachte den rechten Arm herum und hob ihn.

Der ist echt gut! Wo kriegen die solche Typen her?

In dem Moment, als John ihn erreichte, war die Glock, Kaliber 40, schon direkt auf ihn gerichtet. Der Mann wollte abdrücken, aber John hatte damit gerechnet, trat einen Schritt nach vorn, wirbelte herum und setzte mit dem rechten Bein zu einem Halbkreistritt nach oben an. Er traf genau die Waffe des Mannes, bevor sie feuerte.

Die Wucht des Kicks brachte den Gegner dazu, reflexartig den Griff zu lösen. Die Glock schlitterte einige Meter über das aufgeheizte Dach, bevor sie am Fuß eines großen Lüfters liegen blieb.

John ließ sich unterdessen vom eigenen Schwung nach vorn tragen. Er setzte den rechten Fuß auf und drehte sich nach links – dabei wandte er dem Schützen kurz den Rücken zu –, hob das rechte Knie und trat kräftig nach hinten. Sein Ziel war das Kinn seines Gegenübers, das sich auf derselben Höhe wie sein Fuß befand, denn der Mann kauerte immer noch auf dem Boden.

Leider blockte dieser – nun unbewaffnet, aber beide Hände frei – den Kick mit der Linken und stieß Johns Bein nach rechts. Der Mann rollte sich weg und kam auf die Beine.

Als Johns linker Fuß den Boden berührte, belastete er in einer fließenden Bewegung den rechten Fuß und drehte sich in Richtung des Heckenschützen, der in gebückter Kampfhaltung nur eine Armlänge entfernt lauerte.

Ein verdammtes Déjà-vu. Befand ich mich nicht erst letzte Nacht in exakt derselben Lage?

Der Schütze setzte zu einer Finte mit dem linken Fuß an, indem er einen Schritt nach vorn machte, in der Hoffnung, vom Frontkick in Richtung von Johns Brust abzulenken. John ließ sich nicht locken.

Stattdessen landete er einen wuchtigen Schlag auf der rechten Seite des Knies seines Gegners und hoffte, ihn damit möglichst direkt kampfunfähig zu machen.

Der Mann stöhnte auf und stürzte mit dem Gesicht voran, während ihm der Schmerz das Bein hinaufschoss. Er wälzte sich von John weg und flitzte in Richtung der Glock, die auf dem Dach lag.

John überbrückte die Distanz mit drei großen Schritten. Bevor der Schütze nach der Waffe greifen konnte, erwischte John ihn hinten am Kragen und nutzte den Schwung aus der Bewegung für einen harten Stoß.

Der andere landete unsanft auf dem rechten Arm, schaffte es aber, sich von John wegzubewegen. Er befand sich dicht an der Dachkante über dem Innenhof des Apartmentgebäudes. Vorsichtig spähte er über die Kante, bevor er sich wieder John zuwandte.

Wird nicht leicht, von hier abzuhauen.

John schoss auf ihn zu und wollte den Kampf beenden. Im selben Moment griff Edward nach unten und zog ein Messer mit knapp acht Zentimeter langer Klinge aus einer

Scheide, die an seinem rechten Stiefel hing, unter dem Hosenbein versteckt.

Na toll! Nicht schon wieder.

Leider hatte John diesmal nicht sein KA-BAR dabei. Es steckte im Rucksack im FBI-Büro, da er nach letzter Nacht nicht mit einem weiteren Nahkampf gerechnet hatte.

Keine gute Idee.

John erhaschte nur ein kurzes Lächeln. Rangers-Kappe und Sonnenbrille – wie durch ein Wunder immer noch an Ort und Stelle – verdeckten den Rest des Gesichts.

»Soll ich schießen?«, hörte John Agent Price irgendwo in der Nähe rufen.

Zum Glück geht es ihm gut.

Agent Price hatte sich vom Dach aufgerappelt und den beiden kämpfenden Männern genähert. Er wartete zehn Meter entfernt auf der anderen Seite des großen Lüfters.

John hielt den Blick auf den Gegner gerichtet. »Nein«, schrie er zurück. »Ich hab ihn.«

»Ach, wirklich?«, fragte der andere amüsiert.

»Da kannst du Gift drauf nehmen, Arschloch.«

John angelte nach der M1911 im Hosenbund und zerrte am Griff.

Der Mann lachte und bewegte dabei den Kopf hektisch hin und her, um ihm kein klares Ziel zu bieten. Er kam auf John zu, die kurze Klinge schimmerte in der rechten Hand.

John blieb, wo er war, und ließ den Gegner kommen.

Der Scharfschütze bewegte sich geschickt und holte mit der Linken in Richtung von Johns Magengegend aus. John blockte den Schlag mit der Pistole. Er registrierte, wie leicht das ging, und stellte im selben Moment fest, dass er einen Fehler begangen hatte.

Der Mann hob den rechten Arm und stieß mit dem

Messer in einer raschen Bewegung zu. Die Klinge drang tief in Johns Unterarm ein. Der Schock veranlasste ihn, die M1911 fallen zu lassen.

Als überraschend scharf und intensiv empfand er den anschließenden Schmerz, zugleich aber auch als vertraut. Er war schon öfter mit einem Messer verletzt worden.

Ich glaube, ich werde alt, dachte er, während sein Blut auf die heiße Oberfläche des Dachs tropfte.

Obwohl John verwundet war und blutete, verlor er nicht seinen Kampfgeist. Statt zuzulassen, dass sein Gegner zu selbstsicher wurde – oft der entscheidende Faktor in einem Zweikampf –, landete er einen Schlag mit der Rückseite der Faust direkt auf dessen Unterkiefer.

Der andere stolperte rückwärts, überrascht von der Wucht des Treffers.

John drängte nach vorn und ignorierte den Schmerz im rechten Arm. Er ging auf den Schützen zu und holte mit der Linken in Richtung von dessen Rippen aus. Er wurde mit einem lauten Stöhnen belohnt, als der Hieb sein Ziel traf.

Der Söldner stolperte nach hinten, hielt sich jedoch auf den Beinen. John umklammerte das rechte Handgelenk des Gegners mit der rechten Hand und die rechte Schulterseite mit seiner Linken. Mit aller Kraft zog er den Widersacher nach unten, rammte ihm das Knie gegen den Oberkörper und zerschmetterte vier Rippen.

Der Mann schrie gequält auf und taumelte. Das Messer prallte klirrend aufs Dach.

Das war's dann wohl.

John ging auf den Gestürzten zu und ihm wurde klar, dass etwas nicht stimmte. Er sah sich um. In der Endphase des Kampfs hatten sie sich dem großen Lüfter in der Mitte des Dachs genähert.

Johns Blick huschte suchend über die Umgebung, jedoch vergeblich.

Die Glock ist weg.

Das konnte nicht gut enden. Der Gegner war in der Nähe seiner Waffe zu Boden gegangen.

Sobald der andere sich rührte, hechtete John in die Richtung, an der er seine M1911 fallen gelassen hatte.

Das wird knapp.

Der Heckenschütze zielte bereits mit der Glock auf John. Er war tatsächlich direkt darauf gelandet und hatte sie mit der Hand unter dem Körper gegriffen.

John suchte verzweifelt nach seiner eigenen Waffe, konnte sie aber nicht finden.

Wo ist sie, verdammt noch mal?

Sein Verstand wehrte sich gegen die Tatsache, dass ihn dieser Killer direkt im Visier hatte. Vermutlich starb er in den nächsten paar Sekunden. Mit dem Rücken zu seinem Henker schloss er die Augen. Er hoffte nur, dass es schnell ging, und erwartete sein Ende.

Gerade als er sich dem Schicksal gebeugt hatte, ertönten zwei laute Schüsse von links. Die erste Kugel traf den Heckenschützen in die rechte Schläfe. Die zweite drang weiter oben ein, riss ihm Schädeldecke und Rangers-Kappe weg und verteilte Blut und Knochensplitter auf dem Lüfter. Die Glock fiel ihm aus der erschlafften Hand und er brach auf der schwarzen Oberfläche des Daches zusammen.

John blickte von dem Mann weg, der in Todeskrämpfen zuckte, und fand Agent Price keine drei Meter entfernt in breitbeiniger Schusshaltung vor, den Lauf seiner Glock auf den Scharfschützen gerichtet.

»Danke, Agent Price. Guter Schuss.« Der Körper des Heckenschützen regte sich nicht mehr.

Was für eine Schweinerei!

»Wir sollten besser jemandem Bescheid sagen.«

Er stand auf und überprüfte die Wunde am rechten Unterarm. Könnte schlimmer sein. Seine M1911 lag nur einen halben Meter hinter ihm.

Wie konnte ich die nur übersehen? Fast hätt ich ihn gehabt … Mike wird alles andere als begeistert sein.

Er beugte sich hinunter und hob die Waffe auf.

Das war viel zu knapp …

Mike drehte sich zu Agent Parker, während das Feuergefecht vor ihnen weiterging. Sie warteten. Sobald die zwei Schützen nachladen mussten, wollte Mike den ersten Schritt seines Plans durchführen – oder das, was er zumindest annähernd für einen Plan hielt.

Das ist verrückt. Die werden mich umlegen.

Dann sah er auf die drei Leichen der ins Kreuzfeuer geratenen Zivilisten und seine Zweifel waren wie weggeblasen. Er wusste, er hatte nur diese eine Chance.

Dafür werden sie bezahlen!

Agent Parker richtete seine Waffe auf die Straße. Der Verdächtige im blauen Pullover und Khakihosen, der nach den ersten Schüssen vom Alamo geflohen war, arbeitete sich langsam zu seinen Söldnerkollegen in der Nähe des Bürgersteigs vor. Zum Glück konzentrierte er seine Aufmerksamkeit auf die FBI-Agenten. Er hatte weder Mike noch Agent Parker bemerkt – *noch nicht.*

Auf der Houston Street waren keine Zivilisten mehr zu sehen. Sie hatten entweder die Flucht zur Gedächtnisstätte angetreten – die damit erneut zum Zufluchtsort geworden war – oder in Seitenstraßen, um sich vor der Schießerei in

Sicherheit zu bringen. Beide Schützen hatten gerade ihre Magazine in das Taxi entleert, das seinen Agenten Schutz bot. Als der Erste von ihnen das Magazin zu Boden fallen ließ, stürmte Mike aus der Deckung – Agent Parker folgte dicht hinter ihm – in Richtung Straßenmitte. Er sprintete direkt auf die Front des Toyota zu, vollkommen ungedeckt.

Mike verursachte so wenig Lärm wie möglich und näherte sich dem Schützen. Seine FBI-Agenten erwiderten das Feuer und lenkten damit die Aufmerksamkeit der Männer weiter auf sich.

Hoffentlich werde ich nicht von meinen eigenen Leuten erschossen.

Beide Männer hatten nachgeladen und eröffneten von Neuem das Feuer aufs Taxi. Der Verdächtige befand sich noch etwa fünf Meter entfernt und hatte fast den Schutz des SUV erreicht. Um zu entkommen, musste er nur zu seinen Komplizen.

Agent Parker blieb in der Mitte der Straße stehen und richtete die Waffe auf den SUV, um Mike Deckung zu geben, falls sich jemand zu ihm umdrehte. Doch das passierte nicht.

Mike kam schlitternd etwa acht Meter von den Schützen entfernt zum Stehen, weit genug vor dem Fahrzeug, um freie Sicht auf das Duo zu haben. Er hob die Waffe und bemühte sich keuchend, möglichst genau zu zielen. Ein alter Merkspruch der Schusswaffenausbildung kam ihm in den Sinn, als er auf den linken der beiden Männer anlegte: *›Langsam ist geschmeidig, geschmeidig ist schnell.‹*

Er richtete das Visier der Glock auf den Hinterkopf des ersten Schützen, atmete aus und betätigte den Abzug.

Mike hatte früher in Quantico Schießen unterrichtet.

Auf so kurze Entfernung war es fast ausgeschlossen, dass er das Ziel verfehlte. Und das tat er auch nicht.

Das Projektil traf die Schädelbasis des Mannes knapp oberhalb des Genicks und zertrennte das Rückenmark. Es trat durch den Mund wieder aus und zertrümmerte ihm auf seinem tödlichen Pfad die Zähne. Sein Körper erschlaffte, jegliche Muskelspannung wich aus ihm. Er strauchelte gegen die offene Fahrertür, bevor er auf dem Boden aufschlug. Das Sturmgewehr fiel scheppernd auf die Straße.

Sobald der erste Mann zu Boden ging, zielte Mike auf den zweiten Schützen, der seinen Partner fallen und Blut aufs Fenster der Fahrertür spritzen sah. Dadurch wusste er, dass der Schuss von hinten gekommen war, drehte sich nach rechts, der Lauf seines Sturmgewehrs schwang zu Boden und nach hinten, während er um die eigene Achse rotierte, um die neue Bedrohung ins Visier zu nehmen.

Die Agenten Mathews und Reynolds, die verfolgt hatten, wie Mike die Schützen vor dem Toyota unter Feuer genommen hatte, stürmten aus der Deckung auf den verbleibenden Verdächtigen zu, der jetzt nur noch wenige Meter vom SUV entfernt war.

Agent Mathews erreichte ihn zuerst. Mike hörte, wie er rief: »Stehen bleiben! FBI! Lassen Sie die Waffe fallen, *sofort!*«

Mike blieb keine Gelegenheit, die Reaktion des Verdächtigen zu beobachten, da er den zweiten Schützen im Auge behielt.

Mike zielte auf die Körpermitte des Mannes, die naheliegendste Angriffsfläche, da der Gegner sich zur Seite gedreht hatte und wenig Zielfläche bot. Er bereitete sich aufs Abdrücken vor, als ohne Vorwarnung eine Salve von

Kugeln neben ihm in den Boden einschlug, ihn glücklicherweise verfehlte und Betonsplitter losriss, die seine Hose durchbohrten, das Bein dabei auf wundersame Weise verfehlten.

Was zur Hölle?!

Irgendwie hatte er einen dritten Bewaffneten in nördlicher Richtung auf der Straße völlig übersehen.

Er ließ sein Ziel nicht aus den Augen.

Ich krieg dich zuerst, bevor dein Freund mich kriegt, Arschloch.

Er betete, dass Agent Parker ihn bei dem dritten Schützen unterstützte, bevor dieser ihn erwischte, aber eigentlich spielte es keine große Rolle. Er feuerte, als sein Ziel sich zu ihm umdrehte und mit der Waffe auf Mike anlegte. Zu spät.

Mikes erster Schuss traf ihn in die rechte Seite des Brustkorbs und zerschlug eine Rippe. Die Kugel bohrte sich waagerecht durch den rechten Lungenflügel und blieb im Rücken stecken.

Mike schoss erneut, obwohl der Mann vom ersten Schuss noch taumelte. Die zweite Kugel schlug in die linke Körperhälfte ein, zerfetzte auch den linken Lungenflügel und trat aus dem Torso aus.

Der zweite Mann fiel und Mike hörte irgendwo hinter sich einen Pistolenschuss.

Danke, Agent Parker.

Der Mann, den er selbst gerade erledigt hatte, landete ausgestreckt auf dem Rücken. Er schnappte nach Luft. Seine Organe versagten.

Ich hoffe, es tut richtig weh. Das hast du verdient.

Sobald der Körper erstarrte, ließ Mike den Blick über den Gehweg schweifen. Agent Mathews legte dem

Verdächtigen gerade Handschellen an, wobei er ihn mit einem Knie auf den Rücken bewegungsunfähig machte. Agent Reynolds gab ihm Deckung.

Es ist vorbei. Gott sei Dank.

Er drehte sich um. Der dritte Schütze lag mit verdrehten Beinen auf der rechten Seite der Straße.

Dankbar nickte er Agent Parker zu, der in einer Linie mit dem toten dritten Schützen stand, aber in die Richtung deutete, aus der sie gekommen waren.

Was will er, verdammt?

Und dann sah Mike, auf wen Agent Parker zeigte: auf einen Wachmann, der in Schusshaltung am Straßenrand stand, auf derselben Seite wie der dritte Schütze.

Ich glaub's ja nicht. Und ich dachte, er sei weggerannt.

Der Security-Mann, von ihm voreilig als Feigling abgestempelt, hatte ihm gerade das Leben gerettet. Mike konnte den Schock aus seinem Gesicht ablesen. Einen Menschen zu töten, wenn auch einen Verbrecher, ließ niemanden kalt. Der andere ließ die Waffe sinken.

Mike ging auf ihn zu. Als er an Agent Parker vorbeilief, der sich dem SUV näherte, um den Toten zu untersuchen, raunte Parker: »Ich hab den Schützen nicht gesehen, Mike … hab ihn einfach nicht gesehen.«

Mike nickte und sagte: »Er hat uns beide überrascht. Vergiss es. Dieser Mann hat mir eben das Leben gerettet, verdammt, uns allen. Check diese Arschlöcher und vergewissere dich, dass sie auch wirklich tot sind.«

»Okay.«

Er erreichte den Security-Mitarbeiter, der auf dem Bordstein saß und merklich zitterte. Der Adrenalinrausch und die jüngsten Ereignisse verfehlten ihre Wirkung nicht.

Das Geräusch von Sirenen wurde lauter. Polizisten

mehrerer Reviere trafen nacheinander an den einzelnen Tatorten ein.

Der Wachmann stand auf, als Mike auf ihn zukam. Er hatte sich langsam wieder unter Kontrolle. Mike streckte ihm die Hand hin. »Wie heißen Sie?«

»Dale.«

Mike nickte. »Mike. Mike Benson.« Er machte eine kurze Pause. »Nun, Dale, ich danke Ihnen. Sie haben mir gerade das Leben gerettet. Und ich schulde Ihnen nicht nur das, sondern auch eine Entschuldigung. Ich glaubte, sie seien abgehauen. Ich lag falsch, und das tut mir leid.«

Er schüttelte dem Mann energisch die Hand und schaute ihm in die Augen, um zu unterstreichen, wie ernst es ihm war. Dale lächelte. Eine besondere Verbindung war gerade zwischen ihnen entstanden; etwas, das nur Männer, die einen Kampf zusammen überlebt hatten, verstanden, worüber sie aber selten sprachen.

»Hören Sie, Dale. Die Polizei wird Sie befragen wollen und ich werde gleich alle Hände voll zu tun haben. Das hier ist Teil von etwas Größerem und Gefährlicherem. Wir wissen noch nicht genau, was dahintersteckt.«

»Gott, das hier fand ich schlimm genug.«

»Ich weiß. Es ist verrückt.« Mike machte eine Pause und beide Männer betrachteten das Blutbad auf der Houston Street. »Wenn das hier vorüber ist, komm ich vorbei und lad Sie auf ein Bier und ein schönes Steak ein. Abgemacht?«

Dale lachte. »Sie sind nicht von hier, oder? Dann such ich wohl besser das Restaurant aus.«

Mike nickte. »Hört sich gut an. Warten Sie kurz hier auf einen Polizeibeamten. Ich muss nach meinen Agenten sehen.«

Dale hockte sich wieder auf den Bordstein, seine Waffe steckte nun im Holster.

Mike ging davon, mit den Gedanken schon auf den logistischen Albtraum fixiert, der ihm bevorstand. Abrupt blieb er stehen. »Dale, das hätte ich fast vergessen. Wie zur Hölle haben Sie ihn gesehen? Keiner von uns hat ihn entdeckt.«

Dale zuckte die Achseln, als sei es ihm peinlich: »Ich war hinter Ihnen, als Sie aus dem Gebäude gerannt sind. Blöderweise hab ich auf der Treppe das Gleichgewicht verloren und bin hingefallen. Dabei hab ich meine Knarre verloren. Sie polterte die Stufen runter. Als ich meinen Arsch endlich hochbekommen hatte, waren Sie beide schon hinter der nächsten Ecke verschwunden. Ich beugte mich dann runter, um meine Waffe aufzuheben, und sah aus dem Augenwinkel, wie sich auf der anderen Straßenseite was bewegte. Ich bin näher ran, um einen besseren Blick zu erhaschen, und da sah ich, dass es noch ein Mann mit 'ner Waffe war, der die Straße langrannte. Dabei hat er wohl die geparkten Autos als Deckung genutzt. Auf jeden Fall dachte ich mir, dass er Sie beide schnell entdecken wird. Also bin ich auf die andere Seite gerannt und hab's irgendwie auch geschafft, ohne dass er es mitbekam. In dem Moment, als Sie zum Angriff übergingen, sah er Sie natürlich. Ich bin so dicht wie möglich zu ihm geschlichen und hab geschossen, sobald er das Feuer eröffnet hat.«

Dale atmete aus und starrte den toten Schützen an. »Manche Sachen verlernt man wohl nie. Ich war mehrere Jahre beim Marine Corps in der Infanterie. So mit Anfang 20. Hab dort ständig Schießübungen gemacht, aber nie im Ernstfall. Und eben meldete sich dann eine Stimme aus vergangenen Zeiten in meinem Kopf und raunte: ›Lance

Corporal Dawson, jeder Schuss zählt‹. Ist doch verrückt, oder?«

Mike erinnerte sich daran, was er selbst vor ein paar Minuten beim Erschießen der zwei Verdächtigen gedacht hatte. »Nein, Dale, das ist überhaupt nicht verrückt. Kein bisschen.« Und dann fügte er hinzu: »Gott sei Dank gibt es das Marine Corps. Gott sei Dank.«

Im Davongehen hörte er Dale leise murmeln: »Semper fi.«

Das fasst es perfekt zusammen, Dale. Immer treu bleiben. Ohne den Glauben an die gute Sache passiert sonst etwas Schreckliches, und zwar bald!

26

Es war kurz nach 14 Uhr. Sowohl die örtliche Polizei als auch das FBI beschäftigten sich mit der Auswertung der Spuren an den einzelnen Tatorten. Im FBI-Büro des San-Antonio-Postgebäudes saßen Logan, John und Mike am selben Konferenztisch, an dem sie sich bereits vor den Schießereien mit mehreren Opfern versammelt hatten.

»Verdammter Mist. Was für eine Schweinerei«, fluchte Mike.

Logan und John fühlten sich körperlich ausgelaugt nach den Vorkommnissen dieses Vormittags. Sie starrten ins Leere, während die letzten 24 Stunden gnadenlos ihren Tribut forderten. Sie waren völlig erschöpft und Mikes Worte drangen kaum zu ihnen durch.

Der Special Agent, der für die Abteilung des FBI in San Antonio zuständig war, hatte das gesamte Personal des University Heights Office einberufen. Vertreter sämtlicher Strafverfolgungsbehörden schwärmten durch die Innenstadt von San Antonio. Mehrere forensische Spezialteams waren von Quantico aufgebrochen, aber selbst mit von der Regierung gecharterten Privatflügen trafen sie wohl nicht vor dem Abend ein. Bis dahin analysierten die besten greifbaren Leute vor Ort die Tatorte und durchforsteten das ausgebrannte Wrack des schwarzen Range Rovers nach kleinsten Hinweisen.

Nach Ende der Schusswechsel belief sich die Bilanz auf acht tote Bewaffnete und drei tote Zivilisten. Letztere waren im Kreuzfeuer auf der Houston Street umgekommen. Auf wundersame Weise hatte die Massenkarambolage auf der Interstate 37 keine unschuldigen Opfer gefordert. Der Verdächtige befand sich in Gewahrsam. Er wurde in diesem Moment verhört.

Mike fuhr fort: »Mein Onkel hatte gerade den Direktor am Telefon, der innerhalb der nächsten halben Stunde das Weiße Haus unterrichten muss. Ich hab ihm gesagt, was wir wissen – das ist im Moment so gut wie gar nichts. Der Range Rover, den du zerlegt hast, und der Toyota, den ich zusammengeschossen habe, waren beide offiziell zugelassen, allerdings – das wird dir gefallen – auf Namen und Adressen, die gar nicht existieren. Die Polizei ist zu den Häusern der vermeintlichen Fahrzeughalter gefahren. Die Straßen gibt es, aber keine Gebäude mit den entsprechenden Nummern. Das Gleiche bei den Identitäten. Irgendwie haben es diese Kerle geschafft, mit falschen Identitäten Fahrzeuge zuzulassen und Nummernschilder zu bekommen, und – jetzt kommt's – bei der Zulassungsstelle gingen keine roten Lichter an.«

»Überrascht mich nicht.« Logan trank aus einer Flasche Gatorade, die ihm einer der Agenten angeboten hatte. Er war nach seinem Vollrausch nach wie vor ziemlich dehydriert. »Das sind Profis mit enormen Ressourcen und bestens ausgebildet. Würde mich nicht wundern, wenn alle früher beim Militär oder sogar bei den Special Forces gewesen sind.« Er schüttelte ungläubig den Kopf, seine grünen Augen blitzten. Die Wunde auf der rechten Wange war verschorft. Die Kruste färbte die hässliche Wunde dunkler. »Und wir sind kein bisschen schlauer, worum's hier überhaupt geht. Unglaublich …«

John ergriff das Wort: »Na ja, wir wissen zumindest

eins: Sie waren bereit, für diese Flagge zu töten. Warum auch immer. Offensichtlich geht es nicht um die Flagge allein. Ich hab mir den Kopf darüber zerbrochen, was es sein könnte, also unterbrecht mich, wenn es zu verrückt klingt. Denkt dran« – er musste kurz grinsen – »man hat mich letzte Nacht in die Luft gejagt und ausgeknockt. Das Einzige, was mir einfällt, ist, dass es auf dem Stoff irgendwie eine unsichtbare Karte gibt oder sie Hinweise zu einem bestimmten Ort oder Gegenstand liefert, der diesen Typen ungeheuer wichtig ist.« Er sah sich um. Mike und Logan blickten ihn interessiert an. Ermutigt sprach er weiter.

»Eine normale Landkarte, die am Stoff klebt, wäre uns aufgefallen. Ich wette, die Flagge enthält verschlüsselte Richtungsangaben oder einen geheimen Code, der zu etwas Bestimmtem führt. Aber zu was? Das ist die eigentliche Preisfrage. Leider ist die Flagge wohl zusammen mit diesem blonden Wichser in Flammen aufgegangen.«

Mike nickte. »Stimmt, aber als die Feuerwehrleute den Brand gelöscht und die Leichen geborgen hatten, stießen sie auf die Überreste eines Laptops und von etwas, das wohl ein Drucker gewesen ist.«

»Ein Drucker? Wieso kutschiert jemand einen Drucker durch die Gegend?«, fragte Logan.

Alle drei grübelten für einen Moment über diese Frage nach.

»Moment mal. Moderne Drucker haben doch zusätzliche Funktionen«, fiel John ein. »Ich hab auch so ein All-in-one-Gerät – beziehungsweise *hatte* eins in meinem Büro in Montana. Ich könnte wetten, dass der die Flagge oder einen Teil davon gescannt und das Bild an denjenigen geschickt hat, der für das alles verantwortlich ist.«

»Und ich dachte immer, du wärst ein Einsiedler und Möchtegern-Attentäter, der sich im Wald versteckt. Eine Überraschung jagt die nächste«, witzelte Logan.

»Passt auf«, schaltete sich Mike ein. »Die örtlichen Forensiker durchsuchen nach wie vor das Autowrack. Ich sag ihnen, sie sollen nach einer SIM-Karte oder etwas Ähnlichem Ausschau halten, das uns weiterhelfen könnte. Sobald meine Leute hier sind, werden sie Drucker und Laptop auseinandernehmen. Falls man da noch irgendwas rausfinden kann, schaffen die das. Die verstehen ihr Handwerk.«

Logan nickte und fragte: »Und was jetzt? Ich bin sicher nicht der Einzige, der eine Dusche und etwas Schlaf vertragen könnte. Ganz ohne Witz, ich schlaf gleich im Stehen ein.«

»Ich auch. Die Dreckschweine, die mein Haus in die Luft gejagt haben, haben mich bei meinem abendlichen Scotch gestört und ich könnt auf jeden Fall einen vertragen.« John sah Logan an. »Nichts für ungut, Kumpel.«

Logan lächelte. »Keine Ursache. Ich glaube, ich hab endgültig genug von dem Zeug.«

John nickte und schwieg.

Mike grinste. »Ich bin euch schon einen Schritt voraus, Jungs. Es gibt in der Innenstadt ganz in der Nähe ein nettes Marriott, das Regierungsmitarbeitern selbstverständlich Rabatt gibt. Ich hab uns schon Zimmer gebucht. Einer meiner Agenten wird euch hinfahren, damit ihr etwas Schlaf nachholen könnt. Ich komme nach, aber erst muss ich meinen Onkel auf dem Laufenden halten und ihm erzählen, was es unserer Meinung nach mit der Flagge auf sich hat. *Und* ich will nachsehen, wie es beim Verhör läuft. Vielleicht bekommen wir was aus ihm raus, vielleicht auch nicht. Er hat uns noch nicht mal seinen Namen verraten … arroganter Wichser. Wie auch immer, ich will mit ihm reden. Wir haben sein Handy und die Techniker aus der Forensik analysieren es gerade. Mit etwas Glück finden die was.«

»Hört sich nach einem guten Plan an«, fand Logan. »Hoffentlich erklärt uns nicht noch mal jemand den Krieg, bevor wir uns ein bisschen ausgeruht haben. Ich fühl mich, als wär ich über Nacht zehn Jahre gealtert. Außerdem muss ich Sarah anrufen und ihr sagen, dass ich okay bin. Sie macht sich bestimmt Sorgen, besonders falls sie die Nachrichten verfolgt hat.«

Die drei Männer wandten sich zum Gehen. Beim Verlassen des Raums sagte Mike etwas, das ihm schon seit der Schießerei beim Alamo durch den Kopf ging: »Nur unter uns: Je länger das geht und wir im Dunkeln tappen, desto mehr Sorgen mach ich mir, wohin das Ganze führt.«

»Ich weiß«, sagte Logan. »Ich hab da auch ein ganz mulmiges Gefühl. Wenn wir nicht rausfinden, worum es hier geht, werden die Todesopfer von heute nicht die letzten gewesen sein. Ich hoffe nur, es wird kein zweites 9/11.«

»Das hoffen wir alle, Logan.« John flüsterte beinahe. »Sorgen wir dafür, dass es nicht so weit kommt. Wenn wir erst mal rausgefunden haben, wer diese Arschlöcher sind, schlagen wir als Erste zu. Und wir werden hart zuschlagen.«

Logan schaute ihn todmüde an. »Auf jeden Fall.«

27

Camp Frost, Bagdad
30. Oktober 2008
22:00 Uhr Ortszeit

Cain saß in einem seiner Außenbüros im HRI-Hauptquartier südwestlich von Bagdad, nicht weit entfernt vom Bagdad International Airport. Es war sein Zuhause weit weg von zu Hause. Er verfolgte aufmerksam die nahezu pausenlose Berichterstattung der US-Sender über die Ereignisse in San Antonio auf dem kleinen Fernseher mit Satellitenanschluss. Ein Teil der Feuergefechte war von einem Zeugen mit dem Handy aufgenommen worden. Spektakuläres Material. Schüsse und Schreie, die sich vermischten und durch die Straßen hallten. Cain war mit den Gedanken trotzdem woanders.

Er betrachtete es als Wink des Schicksals, dass die USA mit dem Niederhalten eines Aufstandes inmitten der Flügelkämpfe zwischen Schiiten und Sunniten offensichtlich komplett überfordert waren.

2005 hatte er seine erste – und immer noch die größte – private Sicherheitsbasis in Irak zwischen Saddam Husseins Al-Faw-Palast und dem Flughafengelände errichtet. Die strategisch günstige Lage sicherte dem Personal einerseits ungehinderten Nachschub vom Flughafen und bot andererseits eine direkte Zufahrtmöglichkeit zur Bagdad Airport Road, die 2003 nach der Eroberung des Flughafens in Route Irish umbenannt worden war. Die Route Irish diente nicht nur als Verbindung zwischen Airport und Green Zone, sondern verfügte auch über einen direkten Anschluss an den Highway One, in Militärkreisen besser bekannt als Main Supply Route Tampa. Eine wichtige Hauptversorgungsstrecke.

Es war die ideale Location für seine Zwecke, besonders an Tagen wie diesen. Als er die Information erhalten hatte, dass Juans Team die Flagge aus John Quicks Haus sicherstellen konnte, kontaktierte er umgehend Scott Carlson, seinen Chief of Operations. Der ehemalige Elitesoldat der Delta Force und frühere CIA-Agent versetzte auf seinen Befehl hin den Security-Konvoi in Alarmbereitschaft, damit dieser innerhalb einer Stunde abfahrtbereit war.

Cain hatte sich sofort nach Camp Frost aufgemacht, als Scott ihn informierte, dass ihnen das gescannte Abbild der Flagge vorlag, inklusive der Seriennummer.

Er hatte sich in seinem Büro eingeschlossen und am Schreibtisch darangemacht, die Koordinaten mithilfe des Codeschlüssels zu dechiffrieren, den er 2006 von einem mittlerweile verstorbenen Aufständischen bekommen hatte, der sowohl mit den Iranern als auch mit Al-Qaida in Irak kooperierte.

Es war ihm leichtgefallen, den Code zu entschlüsseln, fast schon zu leicht. Die Chiffre, die der Rebellenführer entworfen hatte, war logisch aufgebaut, aber nur wer die zugrunde liegende mathematische Formel kannte, konnte damit etwas anfangen.

Die Seriennummer lautete 313657292749. Er hatte die Zahlenfolge in zweistellige Zahlen zerlegt, die Reihenfolge umgedreht und jeweils 15 subtrahiert. Das hatte weniger als eine Minute in Anspruch genommen und lieferte ihm die Koordinaten 34 12 14 42 21 16.

Die Leichtigkeit, mit der er die Zahlen berechnet hatte (›dechiffriert‹ hielt er fast schon für eine Übertreibung), ließ ihn kurz innehalten. Was für eine Ironie des Schicksals. *Über zwei Jahre harte Arbeit für etwas, das nun in Sekunden erledigt war.*

Normalerweise beschäftigte er sich mit komplexen Aufgaben und sein strategisch arbeitender Verstand konnte es nicht fassen, wie simpel es einem diese Koordinaten und der Codeschlüssel machten. Er gab die Koordinaten bei Google Earth ein. Die Zahlen herauszufinden war ein Leichtes gewesen. Umso mehr überraschte ihn der Ort, den sie beschrieben.

Er hatte erwartet, dass sich das Ziel in der westlichen Provinz Al-Anbar befand. Das hatte man ihm zumindest so gesagt. Außerdem war er davon ausgegangen, dass es isoliert lag, umgeben nur von einer Gruppe Felsbrocken, fünfeckig angeordnet mit jeweils 20 Metern Abstand dazwischen. Seine Quelle besagte, dass man von jedem der Felsen auf einer unsichtbaren Linie in die Mitte laufen konnte und dort auf das Gesuchte stieß.

Erneut überprüfte er die Koordinaten und suchte die nähere Umgebung auf der Karte ab, nur um festzustellen, dass sich die Haditha-Talsperre weniger als eine Meile entfernt befand.

Das soll wohl ein Witz sein.

Ungläubig starrte er die Koordinaten an. Cain hatte das Verhörvideo gesehen. Er war sich ziemlich sicher, dass der Iraner die Wahrheit gesagt hatte. Folter konnte sehr effektiv sein. Wenn der Iraner seine Männer also nicht belogen hatte, befanden sich Cain Frost und seine privaten

Sicherheitskräfte auf direktem Kollisionskurs mit der Haditha-Talsperre und denjenigen, die sie bewachten.

In dem Bewusstsein, wie kurz er vor dem Ziel stand, rief er Scott in sein Büro.

Aber bevor er etwas sagen konnte, kam Scott ihm zuvor: »Wir haben ein Problem.«

Das konnte man wohl laut sagen. Mutter Natur schob ihnen ein paar mächtige Knüppel zwischen die Beine. Cain hatte vorgehabt, keine Zeit zu verschwenden. Er hatte lange genug gewartet und konnte den fast körperlich spürbaren Drang schwer unterdrücken, sofort loszustürmen, da sich die Ziellinie bereits in Sichtweite befand. Er wusste, dass sein Verlangen nach Rache ihn zu verzehren drohte, aber er konnte es nicht kontrollieren. Sein Bruder hatte es nicht verdient, auf diese Weise zu sterben. Deshalb lautete sein erklärtes Ziel, dafür zu sorgen, dass die Verantwortlichen für ihre Verbrechen bezahlten, und zwar teuer.

Leider musste seine Rache noch etwas warten – und schuld war das Wetter.

Eine gigantische Kaltwetterfront zog von Westen heran und riss Sand und Staub mit, während sie zunehmend Fahrt aufnahm. Der Großteil der Al-Anbar-Provinz versank in einem gewaltigen Sandsturm. Alle Operationen in der Luft mussten gestrichen werden. Selbst den Geleitschutz für Konvois hatte man eingestellt. Die einzige Ausnahme galt für Einheiten, die im Feindgebiet operierten und möglicherweise auf medizinische Unterstützung am Boden angewiesen waren. Die Sichtweite betrug aktuell weniger als 200 Meter.

So gern Cain seine Truppen sofort mobilisiert hätte – ja, fast den körperlichen *Zwang* dazu verspürte –, er wusste, das hätte unter diesen äußeren Bedingungen nur zu Chaos geführt und die Erfolgsaussichten gemindert. Er war zu clever, einen solchen Anfängerfehler zu machen. Die Durchführung des komplexen Plans nahm mehrere Tage in Anspruch. Trotzdem war der Aufschub unvermeidlich.

Scott hatte in Aussicht gestellt, dass sich Sand und Staub bis morgen verzogen. Falls das tatsächlich der Fall war, würden Cain und seine Männer aufbrechen, sobald man weit genug sehen konnte.

Scheiß auf Murphys Gesetz ...

Es war zu früh, um schlafen zu gehen, also studierte er die Blaupausen des Damms und hielt nach potenziellen Fallstricken Ausschau. Aufgrund der Nähe des Damms und der Stadt sowie der Tatsache, dass ein Regiment des Marine Corps beides beschützte, konnte *definitiv* eine ganze Menge schiefgehen.

Cain Frost hoffte, nie wieder einen Marine sehen zu müssen, nachdem das alles vorbei war.

Er schüttelte den Kopf, um sich auf die vor ihm liegende Herausforderung zu konzentrieren.

Zusätzlich zum Verhörbericht, seinem privaten Laptop und einer Liste mit Personal und Ressourcen, die ihm zur Verfügung standen, lag eine Karte von Teheran auf dem Schreibtisch. Darauf hatte er die Stadt Ahvaz im Südwesten von Iran eingekreist. Geheimdienstinformationen besagten, dass sich dort die Fajr-Militärbasis befand, das taktische Hauptquartier der Al-Quds-Brigade.

Verlier den Hauptgewinn nicht aus den Augen, Cain. Behalt ihn fest im Blick ...

TEIL 4

IM NAHEN OSTEN II

28

Falludscha, Irak
27. Oktober 2004

Das Gewehrfeuer verstummte schlagartig. Eine gespenstische Stille senkte sich über das Gelände, während die Echos noch für einige Sekunden von den Mauern widerhallten.

West schrie in sein Kehlkopfmikro: »Williams, flüchten Sie aufs Gelände! Es ist ein Hinterhalt! Gehen Sie in Deckung! *Sofort!*«

Kurz darauf schrie Williams zurück: »Wird gemacht!« Dann: »Wir haben Gesellschaft. Mehrere Fahrzeuge von Westen, aus Richtung des großen Gebäudes dort.«

Captain West hörte, wie Lieutenant Williams seine Männer anbrüllte, sie sollten sich ins Innere des Areals zurückziehen. Er betete zu dem Gott, den alle Soldaten im Angesicht des Todes anriefen, dass sie es schafften, bevor die ersten Kugeln einschlugen.

Lieutenant Williams schrie Staff Sergeant Lopez an: »Lopez, rein mit Ihnen! *Los!*«

Es waren die letzten Worte, die Lieutenant Williams je von sich gab. Die erste der 120-Millimeter-Granaten landete direkt vor ihm. Die gewaltige Explosion durchriss die Stille und tötete den Lieutenant und einen der Anführer seines Teams. Ihre Körper wurden wie Stoffpuppen zur Seite geschleudert.

Staff Sergeant Lopez stand etwa sechs Meter entfernt, als die Granate detonierte, die seinen Vorgesetzten tötete. Wie durch ein Wunder bekam er keine Splitter ab. Das Chaos umhüllte ihn wie ein Mantel und ihm blieb keine Zeit zum Nachdenken.

Er hörte nichts mehr. Die Welt war schlagartig lautlos geworden: Die Detonation der Mörsergranate hatte ihm beide Trommelfelle zerfetzt. Er wusste nur, dass er den Rest seiner Marines ins Innere des Areals bringen musste.

Staff Sergeant Jeremy Simpson rechts neben ihm bewegte die Lippen und gestikulierte wild, aber er konnte ihn nicht verstehen. *Wir müssen rein!,* dachte er, aber er brachte die Worte nicht heraus.

Plötzlich riss ihm etwas die Füße weg. Weitere Granaten regneten auf beiden Seiten des Areals herab. Das tödliche Mörserfeuer metzelte die Marines nieder, die auf freier Fläche erwischt wurden und weder fliehen noch reagieren konnten.

Lopez lag hilflos auf dem Rücken. Beide Beine waren über den Knien abgetrennt und das Rückgrat gebrochen.

Ich spüre keine Schmerzen.

Er blickte in den Nachthimmel und dachte an Frau und Sohn daheim in Jacksonville, North Carolina. Seine letzte bewusste Gefühlsregung betraf die tiefe Liebe, die er für sie empfand.

Dann war es vorbei, aber nicht nur für ihn. Der Tod kam und riss alle Marines mit, die sich außerhalb des Geländes aufhielten.

29

Sobald das Mörserfeuer endete, stürzte Captain West zur Tür auf der anderen Seite des Gebäudes. Er hoffte, dass einige seiner Männer überlebt hatten, aber er wusste, die Chancen standen schlecht. *Das war perfekt geplant. Sie haben uns die ganze Zeit beobachtet.*

Er griff nach der Türklinke und drehte sich zu Gunny Quick. »Wir beide gehen direkt zum Nordeingang und sehen nach, ob wir helfen können. Wir werden das Gelände *nicht* verlassen, bevor wir nicht wissen, was da draußen vorgeht. Lebend nützen wir unseren Männern mehr als tot. Verstanden?«

»Absolut.«

Dann wandte er sich an Staff Sergeant Hayes. »Hayes, ihr vier geht rüber zum anderen Gebäude. Sorgt dafür, dass es keine weiteren bösen Überraschungen mehr gibt. Ich wette, da ist niemand. Die Mörser dürften der Hauptangriff gewesen sein. Stoßt dann am Eingang zu uns. Das darf nicht länger als 30 Sekunden dauern. Klar?«

Staff Sergeant Hayes nickte und machte sich auf den Weg.

Captain West sah Gunny Quick an. »Los geht's.«

Er drückte den Türgriff hinunter und verließ zügig das Gebäude. Unterwegs stellte er fest, dass der Mörserbeschuss dem Lärm von Kleinwaffen gewichen war.

Ich hoffe, meine Jungs halten die Stellung.

Augenblicke später erreichten sie den Vordereingang

und spähten um die Ecke, ohne dass sie jemand bemerkte. Die Szene, die sich ihnen bot, übertraf ihre schlimmsten Befürchtungen. Vor ihnen lag ein unbeschreibliches Blutbad. Und es war noch nicht vorbei.

Captain West hielt sich selbst davon ab, aus allen Rohren feuernd durch das Tor zu stürmen. Das hätte zwar kurzfristig seinen Blutdurst gestillt, aber mit seinem und Gunny Quicks sicherem Tod geendet.

Tot nütze ich ihnen nichts, hämmerte er sich entschlossen ein, aber etwas in ihm gierte nach blutiger Wiedergutmachung, ohne sich Gedanken über die Konsequenzen zu machen.

Sechs Fahrzeuge standen in einem Halbkreis, dort, wo die Marines vorher positioniert gewesen waren. Die Pick-ups wurden oft als ›Schützenwagen‹ bezeichnet, da auf ihnen ein Kaliber-50-Maschinengewehr montiert war und die Besatzung aus einem Fahrer und einem Schützen bestand. Aber in diesem Fall waren es keine Militärfahrzeuge. Die Schützen trugen ausnahmslos dunkle Zivilkleidung.

Es ist eine Gruppe Aufständischer.

Diese Tatsache allein verriet Captain West alles, was er über den Feind wissen musste. Sie würden gnadenlos angreifen, und das mit großem Eifer. Nichts anderes hatte er in Irak erwartet.

Er zwang sich, seine Gedanken zu bändigen. Es funktionierte, aber nur mit Mühe. Er schloss seine Emotionen in einen geistigen Tresor. Sein unbändiger Zorn wurde durch blanke Wut ersetzt. In ihm tobte ein Tsunami aus purer Willenskraft.

Ich werde eine Möglichkeit finden, sie alle zu töten.

Die Männer an den Maschinengewehren feuerten in die Todeszone, in der seine Marines lagen – verletzt, tot oder im Sterben. Der Beschuss aus den Kaliber-50-Waffen vollendete den Job, den die Mörsergranaten begonnen hatten.

Doch da waren nicht nur die Schützen an den Maschinengewehren, es lief auch noch etwa ein Dutzend Aufständischer zwischen den gefallenen Marines hin und her. Jemand, vermutlich der Anführer – ein kleiner, kräftiger Mann mit Bart und Glatze, auf der eine Sonnenbrille thronte –, blieb vor einem der Körper stehen.

Captain West konnte nicht sehen, wer da am Boden lag, aber er verkrampfte sich, als der Mann eine Waffe aus dem Schulterholster zog. Ihm wurde mit Entsetzen klar, was er vorhatte, aber bevor er etwas dagegen tun konnte, hatte der Aufständische dem Marine einen Kopfschuss verpasst.

Captain West schloss die Augen, um den Zorn zu bändigen, der ihn zu verzehren drohte. Er musste schlau vorgehen, sonst ging der Rest von ihnen auch noch drauf.

»Sir … Sir … Logan!«, flüsterte Gunny Quick. Wenn sie unter sich waren, spielte der Rang schon lange keine Rolle mehr.

Seinen Namen zu hören bewirkte, dass er zu sich kam und seine Erregung für einen Augenblick abschüttelte. Er sah seinen besten Freund, Mentor und vertrauten Berater an.

»Ich weiß, was du denkst, aber das geht nicht. Wenn wir da rausgehen, sind sie vergeblich gestorben. Wir müssen dafür sorgen, dass ihr Tod nicht umsonst gewesen ist.«

Captain West wusste, dass Gunny Quick recht hatte.

»Im Moment wissen sie nicht, dass wir da sind. Uns bleiben nur wenige Minuten, bevor diese Wichser beschließen, das Gelände zu betreten. Dann werden sie feststellen, dass sie nicht allein sind. Wir haben das Überraschungsmoment auf unserer Seite, aber nur für diese paar Minuten.«

Captain West starrte Gunny Quick an, der erneut seine Gedanken gelesen zu haben schien. Er brachte ein kleines, bösartiges Lächeln zustande.

»Ich weiß. Ich hab auch schon eine Idee, wie wir diese Dreckschweine erwischen können – oder zumindest so viele wie möglich mit in die ewigen Jagdgründe nehmen.«

Er beschrieb seinen Plan. »Wir platzieren eine Mine fünf Meter vom Eingang entfernt und verlegen ein Zündkabel bis zu dem Haus, in dem Hayes sich aufhält. Warte am Eingang. Ich geh rein und red mit den anderen. Hayes hat vielleicht etwas gefunden. Das war eine koordinierte Attacke. Diese Arschlöcher da draußen sind keine blindwütigen Wilden. Die haben auf uns gewartet und ich muss wissen, warum. Wenn die hier antanzen, bevor ich wieder draußen bin, warte, bis so viele wie möglich auf dem Gelände sind, bevor du die Mine zündest. Das werden sie büßen.«

»Roger. Wir sehen uns in ein paar Minuten.«

Gunny Quick setzte den Oakley-Rucksack ab, stellte ihn auf den Boden und holte eine Claymore-Mine heraus.

Captain West drehte sich um, nachdem er ein paar Schritte gegangen war: »Ach, und John, überlass mir den kleinen Wichser da draußen.«

Gunny Quick nickte und widmete sich dann der Vorbereitung der Mine.

30

Beim Betreten des zweiten Gebäudes fiel Captain West als Erstes der Grundriss auf. Der glich exakt dem ersten – ein einziger großer Raum. Lediglich in der Art, wie es genutzt wurde, gab es einen Unterschied.

Die Aufständischen hatten hier offenbar gewohnt. Am hinteren Rand standen mehrere Feldbetten – Standard-US-Militärausführung. In der kleinen Küchenecke gesellte sich ein runder Holztisch mit sechs Stühlen dazu. Auf der linken Seite gab es eine Toilette, die von einer etwa 1,50 Meter hohen Wand abgeschirmt wurde, um eine Illusion von Privatsphäre zu erzeugen.

Staff Sergeant Hayes, Sergeant Helms und Sergeant Avery standen am Küchentisch. Offenkundig zog sie etwas in ihren Bann, das er von seiner Position aus nicht sehen konnte.

»Hayes«, rief West. »Was haben Sie gefunden?«

Hayes wirbelte herum. Sein Gesicht war aschfahl. »Sir, ich wollte Sie gerade suchen gehen. Das müssen Sie sich anschauen.« Mit besorgter Miene erkundigte er sich: »Was ist mit unseren Jungs da draußen?«

Das Maschinengewehrfeuer war verstummt und eine unheimliche Ruhe nahm das Gelände in Beschlag.

»Staff Sergeant Hayes, das muss warten. Das Ganze hier war eine beschissene Falle. Unsere Marines, unsere Freunde, sie sind alle tot. Sie hatten keine Chance.«

Das Gesicht des jungen Staff Sergeants verzerrte sich.

Captain West fürchtete, dass er gleich die Nerven verlor. »Hören Sie zu, Hayes«, drängte er ruhig, aber bestimmt. »Wir trauern um sie, wenn wir hier rauskommen. Aber um das zu schaffen, müssen wir clever sein. Wissen Sie, wieso?« Captain West wartete nicht auf eine Antwort. »Damit wir diese Dreckschweine da draußen umlegen können und sie für das bezahlen lassen, was sie getan haben. Verstehen Sie? Ich brauche Sie.«

Staff Sergeant Hayes nickte heftig und versuchte, die Trauer um seine Freunde vorübergehend zu vergessen.

Bevor Captain West noch etwas sagen konnte, bewegte sich Sergeant Helms vom Tisch weg und gab den Blick frei auf das, was sie alle so erschütterte. Ein menschlicher Kopf, der auf einem Teller in der Mitte des Tischs lag.

Das löst wenigstens dieses Rätsel, dachte Captain West.

Der Anblick des Kopfes berührte ihn kaum. In seinem jetzigen Zustand hätte es ihn höchstens beeindruckt, wenn eine Fanfare erklungen wäre und sich die Toten aus den Gräbern erhoben hätten, um das Jüngste Gericht einzuleiten.

Was aber seine Aufmerksamkeit erregte, war das, was in die Stirn des blonden Mannes geritzt war. Das lieferte ihm alle Erklärungen, die er brauchte – eine brutale Offenbarung in menschlichem Fleisch. In groben Schnitten, etwa sieben Zentimeter hoch, hatte jemand die Buchstaben ›CIA‹ geformt.

James, du verdammter Drecksack. Du betest besser, dass ich hier draufgehe.

Das wirkliche Ziel der Mission wurde auf einen Schlag klar. Sie war nicht darauf angelegt, einen von Saddams Henkern zu fassen, sondern es war eine Rettungsmission für einen gefangenen CIA-Offizier. James hatte sie alle getäuscht, damit sie die Drecksarbeit für die CIA erledigten. Er hatte sie mitten in einen Hinterhalt geschickt. Zehn seiner Marines waren deswegen gestorben.

Wie konnte ich nur so blöd sein? Er hat mich verarscht. Verdammt, er hat wahrscheinlich sogar drauf spekuliert, dass ich ihn bei der Mission nicht dabeihaben wollte. Er ist genauso heimtückisch wie die Aufständischen vor den Toren, eher noch schlimmer. Hier weiß ich wenigstens direkt, wer der Feind ist.

Leider musste er erst sich selbst und seine Marines retten, bevor er Antworten von James erwarten durfte.

Captain West schlug einen Befehlston an, der seine Marines dazu bringen sollte, sich auf die bevorstehenden Aufgaben zu konzentrieren: »Wir werden gleich Gesellschaft bekommen. Uns bleiben nur Minuten. Wir werden erst hier die Stellung halten und uns dann zum anderen Gebäude zurückziehen.«

Er gab seine Befehle. Die drei Marines hörten aufmerksam zu. Er brachte sie dazu, sich auf das zu konzentrieren, was aktuell zählte, und nicht über den Tod der Kameraden nachzugrübeln.

»Sergeant Avery, rennen Sie zum Hintereingang und stellen Sie sicher, dass dort keine Aufständischen sind. Wenn wir Glück haben, ist das der Fall. Legen Sie drei Meter vom Eingang entfernt eine Claymore-Mine und führen Sie den Auslösedraht bis vor diese Tür.«

Er deutete auf den zweiten Zugang zum Gebäude, der nach Süden gerichtet war und einen freien Blick auf den südwestlichen Zugang zum Areal bot.

»Sie bleiben draußen, und wenn die Schießerei anfängt und der Gegner probiert, durch diesen Zugang reinzukommen, töten Sie so viele, wie Sie können. Wenn die Mine hochgeht, weiß ich, dass sie aus dieser Richtung kommen. Wenn Sie mitbekommen, dass wir aus diesem Gebäude stürmen, müssen Sie darauf vorbereitet sein, den Zünddraht zum anderen Gebäude zu verlegen. Verstanden?«

Sergeant Avery antwortete: »Verstanden, Sir. So viele wie möglich töten. So sicher wie das Amen in der Kirche«, schob er noch hinterher.

»Sergeant Helms, funken Sie die Kommandozentrale in Falludscha an und fragen Sie, wie zeitnah die uns Luftunterstützung schicken können. Wir brauchen ein paar F-15 oder noch besser: ein paar A-10. Sie sollen welche von der Al-Taqaddum Air Base schicken. Melden Sie denen, dass wir zehn Tote haben und eine sofortige Evakuierung per Helikopter notwendig ist, damit sie den Ernst der Lage verstehen. Bleiben Sie hier und halten Sie Funkstille, bis Sie von mir hören.« Er deutete auf sein Kehlkopfmikro.

»Und Sie, Staff Sergeant Hayes, gehen im Eingangsbereich des anderen Gebäudes in Stellung. Wenn die aufs Gelände stürmen, werden sie sich auf uns konzentrieren. Tun Sie nichts, bevor ich etwas tue. Wir werden erst eine Mine zünden und auf die zweite Angriffswelle warten, bevor wir das Feuer eröffnen. Sobald wir Feindkontakt haben, töten Sie alles, was durch diese Tür kommt.« Er zeigte auf das leichte Maschinengewehr in Hayes' Hand.

»Gunny Quick und ich werden draußen auf diese Schweine warten.«

Captain West setzte sich in Bewegung, blieb dann aber stehen, als habe er etwas vergessen. Er drehte sich zu den zwei jungen Marines um.

»Da draußen warten fast 20 Aufständische mit sechs Pick-ups mit Maschinengewehren. Außerdem haben sie Mörserunterstützung. Die sind gut ausgebildet und wir sind ihnen direkt in die Falle gegangen. Sie haben unsere Freunde und Brüder getötet und die Verwundeten hingerichtet. Wenn die merken, dass wir hier sind, stellen sie mit uns dasselbe an. Und ehrlich gesagt kann ich's kaum erwarten, dass sie's versuchen, verdammte Scheiße. Das sind miese Dreckskerle. Jetzt sind wir am Zug. Keine Gnade, kein Zögern. Keiner von denen kommt hier lebendig raus. Verstanden?«

Sein Tonfall machte deutlich, wie er sich fühlte. Sie würden ihn bis zum bitteren Ende unterstützen.

Sergeant Matt Helms fasste es noch einmal zusammen: »Wir bringen sie alle um oder gehen beim Versuch drauf.«

»Das ist genau das, was mir vorschwebt, Sergeant.« Captain West drehte sich um und verschwand in der Nacht, um mit Gunny Quick die Ruhe vor dem zweiten nächtlichen Sturm abzuwarten.

31

Abu Al-Khayr fuhr sich mit einer verschwitzten Hand über den kahlen Schädel. Eine Angewohnheit, die er seit vielen Jahren hatte – sie verriet anderen, dass er mit ihnen und sich selbst zufrieden war.

Diese Amerikaner sind so dämlich. Wie konnten die glauben, unser Land besetzen zu können, ohne dass ihnen unsere heiligen Krieger schwere Verluste zufügen?

Der Hinterhalt war ein Kinderspiel gewesen. Abu Omars Mörserfeuer war präzise gewesen und erlaubt es ihm, Abu Musab Al-Zarqawi zehn tote Amerikaner als Trophäen mitzubringen. Der Anführer von Al-Qaida in Irak würde erfreut sein und Abu Al-Khayr und seine Männer mit mehr Waffen und Munition versorgen, damit sie weiter für die gerechte Sache kämpfen können.

Al-Zarqawi hatte diese Operation geplant und geleitet. Man hatte ihrem geistigen Führer Informationen zugespielt, wonach ein CIA-Offizier hinter ihm her war, der eine spezielle Einsatztruppe leitete. Deshalb lockte er den CIA-Agenten und seinen Fahrer aus der Green Zone in Bagdad, indem er einem seiner Leute befahl, sich als Informant auszugeben und der CIA falsche Informationen über Massenvernichtungswaffen in der Nähe von Falludscha zu geben.

Das Treffen hatte außerhalb der Militärbasis südlich von Camp Liberty stattgefunden. Der CIA-Offizier war törichterweise davon ausgegangen, dass seine Sicherheit garantiert sei, doch in diesem Krieg gab es keine Garantien. Al-Zarqawi hatte den CIA-Offizier gekidnappt und hierhergebracht, ihn eigenhändig gefoltert und ihm hinterher den Kopf abgeschlagen. Dann beschloss er, diesen als Köder einzusetzen – und ein Exempel zu statuieren.

Al-Zarqawi wollte selbst an dem Hinterhalt teilnehmen, aber Abu Al-Khayr hatte darauf bestanden, dass er in Ramadi blieb, in sicherem Abstand zu den Amerikanern und in der Lage, weitere Attacken zu planen.

Die Genialität von Al-Zarqawis Plan hatte Früchte getragen und ihnen noch mehr Gelegenheiten verschafft, die Amerikaner bloßzustellen und ihre Schwäche jedem anderen vor Augen zu führen. Ein Video mit zehn toten amerikanischen ›Soldaten‹ dürfte ihre Feinde in Angst und Schrecken versetzen.

Abu Al-Khayr lächelte bei dem Gedanken und beobachtete, wie seine Männer die Leichen im Eiltempo auf die Pick-ups luden.

Es war erst 23:08 Uhr.

Allah sei Dank. Er hat uns zum Sieg verholfen.

Obwohl er dankbar dafür war, überraschte es ihn, wie leicht es gewesen war. Er begriff nur nicht, wieso die Amerikaner das Gelände unter Beschuss genommen hatten. War jemand auf ihr Versteck gestoßen und hatte beschlossen, dort die Nacht zu verbringen, womit er die Amerikaner zum überstürzten Handeln zwang? Er konnte sich kaum vorstellen, dass irgendein Iraker freiwillig in diesem Schlachthaus übernachtete, nachdem er entdeckt hatte, was sich darin befand.

Er wusste es nicht und es war ihm auch egal. Alles, was zählte, war, dass er ihre Leichen auflud und verschwand, bevor die amerikanische Verstärkung eintraf.

»Ziad!«, herrschte er einen großen hageren Mann im schwarzen Jogginganzug an.

»Wir müssen los! Die Amerikaner werden irgendwann vermisst und dann dürfen wir nicht mehr in der Nähe sein. Beeilt euch!«

Ziad bellte den anderen Freiheitskämpfern Befehle zu. Seine Worte verfehlten den gewünschten Effekt nicht. Die Männer verdoppelten ihre Anstrengungen, die Leichen und Ausrüstung auf die Ladeflächen zu hieven.

Während er die Operation überwachte, nagte die Frage an ihm: *Auf was haben die Amerikaner geschossen?*

Er entschied, dass es *doch* wichtig war und er es herausfinden musste. Am Ende triumphierte seine Neugier über die Zeitnot. Die Leichen auf dem Gelände bereiteten ihm kein Kopfzerbrechen. Er wusste natürlich, dass man sie früher oder später entdeckte. Sie legten es sogar darauf an, damit eine Botschaft zu übermitteln.

Er wandte sich an seine Nummer zwei: »Ziad, nimm drei Männer und durchkämm das Gelände. Ich weiß, dass wir es heute Morgen verlassen haben und niemand hier gewesen ist, aber ich brauche Gewissheit. Diese Männer haben auf etwas geschossen. Von den Toten werden wir es nicht mehr erfahren. Vielleicht hat sie etwas erschreckt? Wer weiß …«

Ziad stellte den Befehl nicht infrage. Er nickte und forderte die drei Männer auf, die direkt neben ihm standen, ihm zu folgen.

Sie holten ihre Kalaschnikows aus den Pick-ups und sahen Ziad erwartungsvoll an. Loyale Gefolgsleute, die begierig darauf warteten, die Befehle ihres Anführers zu befolgen.

»Wir überprüfen schnell beide Häuser, um uns zu

vergewissern, dass niemand dort gewesen ist. Danach verladen wir weiter die Leichen dieser Hunde. Wir haben keine Zeit zu verlieren, kapiert?«

Alle drei Männer nickten. »*Allahu akbar.*«

Jeder von ihnen arbeitete schon seit mehr als einem Jahr für Abu Al-Khayr. Sie hatten in dieser Zeit bereits an mehreren Operationen gegen die Amerikaner teilgenommen. Kein Wunder also, dass sie so reagierten.

»Wir sind gleich wieder da«, sagte Ziad zu Abu Al-Khayr und fügte mit einem Lächeln hinzu: »Fahr nicht ohne uns los, Bruder.«

Abu Al-Khayr grinste. »Auf keinen Fall, Bruder. Allah hat uns in dieser glorreichen Nacht gesegnet und wir werden später gemeinsam unseren Sieg feiern. Aber nun ab mit euch!«

32

Captain West fixierte reglos wie eine Statue den Eingang in 30 Metern Entfernung. Er lag an der Ostseite des Hauses im Schatten verborgen auf dem Bauch, seinen SOPMOD M4 auf den Durchgang gerichtet, neben ihm Gunny Quick, den Auslöser für die Mine in der Hand.

Captain West wusste, dass es gefährlich war, die Mine über diese Distanz auszulösen. Er hoffte, dass die Mauer des Hauses sie ausreichend vor der Druckwelle und den 700 Stahlkugeln abschirmte, die mit über 1200 Metern pro Sekunde durch die Luft schossen.

Gott steh uns bei, dass wir hier lebend rauskommen, betete er lautlos – eher für seine Marines als für sich selbst.

Er stockte, als ein Mann im schwarzen Trainingsanzug auftauchte, der sich langsam durch den Eingang auf das Gelände zubewegte. Die Waffe hielt er schussbereit und blickte sich suchend um.

Zum Glück waren Captain West und Gunny Quick im Schatten verborgen.

Dem Mann folgten drei weitere Aufständische, alle in dunkler Kleidung und jeweils mit einem AK-47 bewaffnet. Sobald sich der Letzte auf dem Gelände eingefunden hatte, bildeten sie eine Reihe von etwa vier Metern Länge und bewegten sich langsam auf den Hauseingang zu.

Abwarten. Abwarten.

Captain West musste nichts sagen. Gunny Quick war ein Meister des Timings. Er wartete auf den richtigen Moment, um den Auslöser zu betätigen. Captain West schloss die Augen, als er das Klicken hörte.

Hoffentlich überlebe ich das.

Die Mine detonierte mit einem Donnerschlag.

BUM!

Der Blitz der Explosion blendete die vier Aufständischen. Sekundenbruchteile später wurden sie von Hunderten drei Millimeter großen Kugeln getroffen, die Löcher durch ihr Fleisch bohrten, lebenswichtige Organe trafen und Knochen zerschmetterten.

Captain West hielt die Augen weiter geschlossen. Selbst mit den Händen über den Ohren hörte er, wie die Kugeln von der Nordseite des Gebäudes abprallten und durch den vorderen Teil des Geländes fegten. Mehrere der Stahlkugeln schlugen in die Vorderseite beider Gebäude ein.

Als das Schwirren der Projektile nachließ, schlug er die Augen auf. Vier zerschmetterte Körper lagen auf dem Boden.

Schmort in der Hölle, ihr Arschlöcher.

Er sah Gunny Quick an, um sich zu versichern, dass er von den umherfliegenden Stahlkugeln nicht verletzt worden war. Sein Platoon Sergeant hatte bereits den Auslöser fallen lassen und visierte mit dem M4 den Eingang an. Captain West lächelte, als er sah, wie schnell sein kommandierender Offizier die Waffen gewechselt hatte.

Er ist mir immer einen Schritt voraus. Na, jetzt fängt der Spaß erst an.

Allah hatte die schützende Hand über Abu Al-Khayr gehalten, denn als die Mine explodierte, hatte er sich gerade vom Eingang zum Gelände zurückgezogen und in 30 Metern Entfernung mit einem seiner Männer gesprochen.

Drei seiner Leute hatten weniger Glück. Sie standen direkt in der Flugbahn der über 200 Stahlkugeln, die durch den Eingang schossen und sie und den Pick-up hinter ihnen durchlöcherten.

Die übrigen Aufständischen waren kurzfristig geschockt von der Explosion, bevor sie reagierten und in Deckung sprangen, wie sie es in der Ausbildung gelernt hatten.

Abu Al-Khayr hielt nach Anzeichen feindlicher Präsenz Ausschau, fand aber keine. Stattdessen hatte sich eine tödliche Stille auf dem Gelände ausgebreitet. Das einzige Geräusch stammte vom Benzin, das aus dem zerstörten Pick-up zu Boden tropfte.

Wir sind nicht allein.

Abu Al-Khayr erhob sich und forderte seine Männer auf, sich die Waffen zu schnappen. Er gestikulierte Farraj, ihm zu folgen.

Er griff in die Jackentasche, holte ein graues Handy heraus, wählte eine Nummer mit der Schnellwahltaste und raunte Farraj etwas zu, während er auf eine Verbindung wartete.

»Farraj, Ziad muss tot sein. Allah sei seiner Seele gnädig. Du führst jetzt das Kommando, verstanden?«

Farraj, ein Mann Mitte 20 und ein harter Kämpfer, nickte – ermutigt und stolz, dass er die verbliebenen heiligen Kämpfer anführen durfte.

»Was soll ich tun?«, fragte er Abu Al-Khayr respektvoll.

»Das war entweder eine Sprengfalle oder die Amerikaner haben das Gelände betreten, bevor wir gekommen sind, und halten sich jetzt noch dort auf. Schick zwei Männer durch den Hintereingang und sag ihnen, sie sollen vorsichtig sein. Wenn da Amerikaner sind, werden sie ihn wahrscheinlich bewachen. Schnapp dir dann noch drei weitere Leute und rückt in Zweiergruppen durch diesen Eingang vor. Das wird nicht leicht. Du und dein bester Schütze, ihr geht zuletzt rein. Wenn die Amerikaner da drinnen lauern, werden sie zuerst die beiden vor euch erwischen und ihr bekommt eine Chance, sie zu lokalisieren und das Feuer zu erwidern. Wenn ihr auf keinen Widerstand trefft, überprüft beide Gebäude und kommt zurück. Uns geht langsam die Zeit aus.«

Farraj nickte, unbeeindruckt davon, das Leben zweier seiner Männer riskieren zu müssen. Sie kamen dadurch nur rascher ins Paradies, indem sie Gottes Willen erfüllten. Was geschehen sollte, geschah ohnehin.

Inschallah.

»Viel Glück«, sagte Abu Al-Khayr.

Er fragte sich, ob er Farraj gerade zu einem vorzeitigen Tod verdammt hatte. Ohnehin musste er sich mit dem Verlust von sieben guten Kampfgefährten abfinden. Mit ihm selbst waren nur noch elf übrig. Er durfte nicht zu viel riskieren, aber es galt, in Erfahrung zu bringen, wer sich auf dem Gelände aufhielt. Die Neugier hatte die Oberhand gewonnen, er konnte es nicht ändern. Er *musste* es wissen.

Plötzlich ertönte die Stimme von Abu Omar aus dem Handy. Seine Gedanken konzentrierten sich auf den nächsten Schachzug. Für den Fall, dass da drinnen tatsächlich noch Amerikaner lebten, hatte er in seiner Bosheit schon ein paar Ideen parat, die ihnen garantiert nicht gefielen.

33

Captain West und Gunny Quick warteten. Sergeant Helms teilte ihnen über Funk mit, dass die Kommandozentrale in Falludscha Al-Taqaddum kontaktiert hatte, aber die Luftunterstützung ließ noch etwa 20 Minuten auf sich warten.

Die trommeln die Piloten wahrscheinlich gerade in irgendeiner Bar auf der Basis zusammen. Beschissene Cowboys …

Captain West gab nicht allzu viel auf die Luftunterstützung. Er wusste, dass sich ihr Schicksal innerhalb der nächsten paar Minuten entschied, auf die eine oder andere Art. Wie die Sache ausging, stand in den Sternen.

Entscheidend war, wie die Aufständischen auf die Mine reagierten, die gerade vier ihrer Männer getötet hatte. Er hoffte, dass der Anführer sich die Frage stellte, wieso nach der Explosion kein Schusswechsel einsetzte. Der Glatzkopf konnte nicht sicher sein, dass sich tatsächlich Amerikaner auf dem Areal aufhielten.

Captain West atmete ruhig und langsam. Sein Puls hatte sich nicht erhöht. Ihm wurde klar, dass er den Zustand des *mushin* erreicht hatte, einen Geisteszustand während eines Kampfes, von dem er mal in einem Buch über Zen gelesen hatte, während er auf dem College auf seinen ersten schwarzen Gürtel in Karate hinarbeitete.

Keine Angst, Gedanken oder Ablenkung mehr. Er konzentrierte sich ausschließlich auf den Tordurchgang, um mit tödlicher Präzision zuzuschlagen.

Das beantwortet wohl die Frage.

Der erste Mann, der durch das Tor kam, wirkte ängstlich. Er blieb stehen, als er auf die verstümmelten Überreste seiner Kameraden stieß. Captain West fand, dass er aussah wie jemand, der damit rechnete, jede Sekunde erschossen zu werden.

Noch nicht jetzt, aber bald.

Ein zweiter Mann folgte. Er näherte sich zielstrebig dem Gebäude direkt neben dem Eingang.

Captain West zielte durchs Rotpunktvisier auf die Körpermitte des linken Mannes. Er verließ sich darauf, dass Staff Sergeant Hayes den Aufständischen zur Rechten aufs Korn nahm. Er atmete aus, als beide Männer stehen blieben. Nur einen Wimpernschlag davon entfernt, langsam den Abzug zu betätigen, beobachtete er, wie auf einmal zwei weitere Männer im Eingang erschienen.

Die beiden bewegten sich auf die andere Seite direkt auf das zweite Gebäude und Hayes' Position zu.

Captain West witterte seine Chance, als alle vier Aufständischen unabsichtlich eine L-Formation eingenommen hatten. Ihre Silhouetten zeichneten sich mitten im Schussfeld deutlich ab.

Jetzt oder nie …

Captain West zog den Abzug seines M4 und gab kontrollierte Salven ab – zuerst auf den Mann am linken Ende der L-Formation, danach auf die anderen.

Er hatte gut gezielt. Die erste Salve traf den Aufständischen mit einem feuchten *Twack! Twack! Twack!* in die Brust, und die Kugeln durchbohrten den Körper und zerschmetterten das Brustbein. Eine Kugel traf das Herz des Gegners und tötete ihn augenblicklich. Er stürzte, als die zweite kontrollierte Salve seinen Kopf traf, ihm den

Schädel zertrümmerte und zu guter Letzt noch ein Stück des Gehirns wegriss.

Staff Sergeant Hayes und Gunny Quick waren darauf vorbereitet gewesen, dass Captain West als Erster schoss. Kurz nach ihm eröffneten sie ebenfalls das Feuer.

Gunny Quick erledigte den zweiten auf der rechten Seite mit einer Salve in die Brust und einer in den Kopf. Die nächste Salve kam etwas zu früh, zerfetzte dem Aufständischen den Hals. Blut spritzte, als der Mann das AK-47 fallen ließ und tot in den Sand kippte.

Staff Sergeant Hayes, der es nach allem, was der Feind seinen Freunden angetan hatte, auf blutige Rache anlegte, zog den Abzug seines leichten Maschinengewehrs vom Typ M249. Er entfesselte eine Salve von mehr als 50 Kugeln in weniger als zehn Sekunden und schwenkte zwischen den beiden Aufständischen hin und her, die auf ihn zukamen.

Der todbringende Kugelhagel traf die Männer an mehreren Stellen zwischen Beinen und Kopf. Ein Geschoss zertrümmerte den Kiefer des Mannes zur Rechten und hinterließ ein blutiges Loch, wo sich Augenblicke vorher noch die untere Hälfte seines Gesichts befunden hatte. Beide Männer gingen zu Boden und gesellten sich zu ihren toten Kameraden. Blut strömte aus den vier Körpern, sammelte sich in einer Pfütze um sie und vereinte sich mit dem Sand zu einer zähflüssigen Masse.

Captain West studierte die Szenerie. Atmung und Herzschlag blieben ruhig und kontrolliert.

Nun, jetzt weiß er, dass wir da sind. Acht erledigt, noch mindestens zehn übrig. Mal sehen, was sie jetzt machen.

Er tippte Gunny Quick auf die Schulter und sprach ins Kehlkopfmikrofon.

»Acht tote Feinde draußen. Alle zum Gebäude von

Sergeant Helms. Avery, lassen Sie die Hintertür offen, damit wir den südlichen Eingang im Auge behalten können. Hayes, decken Sie den nördlichen Eingang von der Tür aus. Aber stellt sicher, dass ihr beide *drinnen* und in Deckung seid. Jetzt wird's etwas haarig.«

Ein wölfisches Grinsen breitete sich auf seinem Gesicht aus. »Wenn das hier vorbei ist, töten wir sie alle. Lasst uns reingehen. Wir müssen uns auf die nächste Attacke vorbereiten.«

Gunny Quick erhob sich aus liegender Position und pirschte um die Ecke zum Eingang des Gebäudes.

Was für einen Trick hat er jetzt wohl noch auf Lager?

Er betrachtete die acht Toten, die über das Gelände verteilt lagen. Ihm wurde klar, dass sein vorgesetzter Offizier um jeden Preis Rache nehmen wollte. Die rohe Boshaftigkeit in seiner Stimme ließ sich kaum leugnen.

Zum Glück sind wir die Guten, dachte er und bedauerte die Killer außerhalb des Geländes, die nicht wussten, dass ihr Todesurteil längst gesprochen war.

Über einen Kilometer entfernt, auf einer Lichtung, umgeben von kleinen Bäumen, koordinierte Abu Omar die nächste Schussreihe seiner vier Teams mit 120-Millimeter-Mörsern.

Ihre Position befand sich auf der anderen Seite des Gebäudes, das Lieutenant Williams zu Beginn der Operation ausgekundschaftet hatte.

Aufgrund ihrer Position konnten die amerikanischen Streitkräfte sie keinesfalls bemerkt haben, nicht mal bei Tag. Alles hatte sich genauso entwickelt wie von Abu Al-Khayr geplant.

Dessen Anweisungen hatten an Deutlichkeit nichts zu wünschen übrig gelassen. Er wollte seinen geistigen Führer und militärischen Mentor nicht enttäuschen.

Abu Omar hatte vor der Besatzung Mathematik in Ramadi unterrichtet und stellte die notwendigen Berechnungen im Kopf an. Er überprüfte sie ein zweites Mal. Sobald er sicher war, dass die Werte stimmten, rief er seine vier Teams zu sich und gab ihnen präzise Anweisungen.

Innerhalb von Minuten wurden die Waffen neu ausgerichtet. Abu Omar stand vor den Teams und hielt den rechten Arm in die Luft. Als sie bereit waren, die Granaten in der Hand und über die Mörserrohre gebeugt, ließ er den Arm sinken.

Mit einem lauten *Fump!* wurden die vier hochexplosiven Geschosse in Richtung des Lagers abgefeuert und schossen wie Raketen durch die Nacht ihrem Ziel entgegen.

TEIL 5

WETTRENNEN ZUR GRENZE

34

San Antonio
31. Oktober 2008
6:00 Uhr Ortszeit

Das laute Klopfen an Logans Zimmertür bohrte sich schmerzlich in sein Bewusstsein und zerrte es an die Oberfläche. Er hatte einen Albtraum gehabt – einen, der ihn seit Falludscha oft heimsuchte. Er wurde allein in einem Haus in der Wüste festgehalten, seine Marines waren alle tot und ihre Leichen standen wie Zinnsoldaten im Kreis um ihn herum. Mit weißen Augen und Mündern, die sich bewegten, ohne dass ein Ton herauskam.

Wumm! Wumm! Wumm! Etwas Schreckliches raste auf sie zu.

Logan öffnete die Augen und schüttelte den Kopf, um die Bilder zu verdrängen.

Okay, ich komm ja schon …

»Bin gleich da!«, rief er, richtete sich mühsam auf und setzte sich auf die Bettkante.

Sein ganzer Körper schmerzte nach den letzten 48 Stunden, aber zumindest hatte er den restlichen Alkohol abgebaut.

Wie erbärmlich. Was habe ich mir nur dabei gedacht?

Er war Alkoholiker und hatte sich gar nichts gedacht. Ihm ging es nur darum, den Schmerz und die Schuld zu betäuben, die ihn verzehrten wie ein gefräßiges Tier.

Obwohl ihm sein Verstand versicherte, es sei nicht sein Fehler gewesen, machte er sich heute noch Vorwürfe, sich so kurzfristig und mit ungenügenden Informationen auf die Mission in Falludscha eingelassen zu haben. Er hätte es besser wissen müssen. Stattdessen war fast sein gesamtes Team getötet worden und jeder Tag, an dem er einen weiteren Sonnenaufgang erlebte, erinnerte ihn schmerzlich an diese Tatsache.

»Logan? Beeil dich. Wir müssen los!«, rief Mike durch die Tür.

»Eine Sekunde.«

Er stieg aus dem Bett und zog ein frisches Under-Armour-Shirt an, das er am Tag vorher auf dem Weg zum Hotel gekauft hatte. Frische Boxershorts trug er bereits. Überfälliger Ersatz für das 36 Stunden lang getragene Paar. Die gesamten alten Klamotten hatte er weggeschmissen, da sie nach Schweiß und Blut stanken.

Frische Kleidung ist wie ein neuer Anfang! Er musste lächeln, weil er den Gedanken so abgedroschen fand.

Er ging zur Tür, öffnete das Schloss und entfernte die Kette. Dann ließ er Mike rein und ging an die Bar, um die Kaffeemaschine einzuschalten.

Nachdem er Wasser und Kaffee in die Maschine gefüllt hatte, fragte er: »Was gibt's denn so Dringendes?«

»Erstens: Wie geht's dir? Ich weiß, dass du fit wie ein Turnschuh bist, aber selbst du hast deine Grenzen.«

»100 Prozent besser als vor zwei Tagen. Ich fühl mich zwar noch ein bisschen platt, aber von mir aus kann's losgehen. Mach dir keine Sorgen um mich. Was hat euch der Kerl verraten, den wir geschnappt haben?«

Mike nickte, offensichtlich erleichtert, dass Logan wieder auf der Höhe war, sowohl körperlich als auch mental. »Der?

Nichts. Hat sich einen Anwalt genommen. Wir haben seine Fingerabdrücke durch sämtliche Datenbanken gejagt, auf die wir Zugriff haben – Bundesbehörden, örtliche Polizei, Militär. Der Kerl ist ein Phantom. Wer auch immer er war, bevor er angefangen hat, für diese Organisation zu arbeiten, wir werden es nie erfahren. Zumindest nicht rechtzeitig genug, damit es uns etwas nützt. Alle Informationen zu seiner Person sind verschwunden, als hätte man sie lückenlos gelöscht.«

Logan schnaubte spöttisch. »Wundert mich nicht. Derjenige, der diese Mission leitet, hat alles gegeben, damit keine Spuren zu ihm und seiner kleinen Diebesbande führen.«

»Ich weiß, aber es ist nicht so einfach, die Identität einer Person derart zu verschleiern. Man braucht Leute bei der Zulassungsstelle, bei den Strafverfolgungsbehörden und sogar bei den Geheimdiensten. Verdammt, wenn man eine neue Identität erschaffen will, benötigt man vor allem jemanden, der einem echte Sozialversicherungsnummern besorgt, die jeder Überprüfung standhalten. Dafür sind vor allem zwei Dinge nötig: Geld und Einfluss.«

»Und was sagt uns das?«

»Wie schon erwähnt, wir haben rein gar nichts über ihn, aber sein *Handy* – das ist eine andere Geschichte. Während du geschlafen hast, sind unsere Techniker aus Quantico eingetroffen, um es zu analysieren. Wir hatten die Freigabe, noch bevor die Techniker überhaupt hier waren. Die Telefongesellschaft schickte uns detaillierte Einzelverbindungsnachweise. So fanden wir heraus, dass unser Wunderknabe vor allem mit einer Nummer in Kontakt stand – Anrufe und SMS. Achtung, jetzt kommt's: Das fing einen Tag vor den Attacken auf dich und John an.«

»Tatsächlich?« Logan zog die Augenbrauen hoch.

»Ja. Sobald die Techniker die Nummer ermittelt hatten, konnten wir uns einen weiteren Gerichtsbeschluss besorgen, um die Daten dieses Anschlusses zu ermitteln, inklusive der Position des Handys. Und jetzt wird's interessant. Bereit? Derjenige, der das Handy benutzt hat, kehrte San Antonio vor zwei Tagen den Rücken. Zuletzt wurde eine Position hier in der Innenstadt in einem Bürogebäude ermittelt. Wir haben Agenten hingeschickt und es steht leer.«

»Scheiße. Diese Typen waren uns die ganze Zeit einen Schritt voraus. Das kotzt mich langsam an.«

»Es kommt sogar noch besser. Der Besitzer des geheimnisvollen Handys hat eine weitere Nachricht erhalten – wir wissen nicht, was drin stand, sie war verschlüsselt –, vor der Schießerei beim Alamo. Und jetzt zum *wirklich* interessanten Teil. Er muss San Antonio verlassen haben und über Nuevo Laredo nach Mexiko gefahren sein, denn das Handy lässt sich momentan etwa 50 Meilen westlich der Stadt orten. Sobald uns klar wurde, dass er das Gebiet der USA verlassen hat, besorgten wir uns im Eiltempo einen Gerichtsbeschluss vom FISA zur Auslandsüberwachung, nur um die Anwälte glücklich zu machen.

Die Positionsdaten stammen von mehreren Mobilfunk-Sendemasten, was keine exakte Ortung erlaubt, aber immerhin lässt es sich auf den Radius von etwa einer halben Meile eingrenzen. Und weil es sich um Mexiko dreht, hab ich mit unseren Freunden von der DEA im Intelligence Center in El Paso gesprochen. Sie stellten uns Satellitenbilder der Umgebung zur Verfügung und glauben zu wissen, wo er sich befindet. Auf einem Grundstück des Los-Toros-Kartells.«

Logan schüttelte den Kopf. »Verflucht, Anwälte können einem doch ganz nützlich sein. Trotzdem bin ich froh, dass ich zu den Marines gegangen bin. Wusstest du, dass ich mal überlegt habe, Jura zu studieren?«

Mike starrte ihn ungläubig an. »Es geschehen noch Zeichen und Wunder. Du weißt aber, dass man in einem Gerichtssaal niemanden erschießen darf?«

Logan lachte. »Damals war ich noch ein bisschen idealistischer unterwegs und glaubte daran, dass alle die gleichen Rechte haben. Davon bin ich heute nicht mehr so überzeugt. Rückblickend hab ich auf jeden Fall die richtige Wahl getroffen. Wir sind oft selbst unser schlimmster Feind, weil wir unseren Leuten selbst das Leben schwer machen – sei es die CIA, die Special Forces oder wer auch immer. Es ist ein Wunder, dass wir nicht weitere Attacken in der Größenordnung von 9/11 erlebt haben.«

Er verkniff sich weitere Bemerkungen in dieser Richtung. »Na ja, genug gepredigt. Zurück zum aktuellen Problem. Das mit dem Los-Toros-Kartell hätten wir uns fast denken können. Antonio – das Arschloch, das ich in meinem Haus freundlich ausgefragt habe – hat mir ja erzählt, dass sein Boss, Juan Black, für das Los-Toros-Kartell tätig ist. Ich gehe jede Wette ein, dass Mr. Black das Kartell als persönliche Zuflucht nutzt.«

»Seh ich auch so. Und da er unsere einzige heiße Spur ist, hab ich bereits meinen Onkel informiert, der sich damit direkt an den Präsidenten gewandt hat. Mir wurde strikt eingeimpft, dir das zu sagen, bevor ich fortfahre: Die nachfolgenden Informationen sind streng vertraulich. Sobald der Präsident erfuhr, dass unsere einzige Spur nach Mexiko führt, rief er den mexikanischen Präsidenten an. Ich hab keine Ahnung, was er gesagt hat, und es ist mir auch egal.

Wichtig ist nur, dass uns die Erlaubnis für einen taktischen Einsatz auf mexikanischem Boden vorliegt. Es gibt nur einen Haken an der Sache.«

Logan blickte erwartungsvoll auf, während er an seinem Kaffee nippte.

»Wie gut sprichst du Spanisch?«

»*Yo quiero* Taco Bell«, sagte Logan, ohne mit der Wimper zu zucken. »Was soll ich sagen? Ich hatte Latein in der High School und am College. Die Vorteile der klassischen Bildung. Südlich der Grenze wird mir das aber nicht viel helfen.«

»Das dachte ich mir schon. Deine Intelligenz hat dir ja noch nie viel gebracht.«

»Das sagt Sarah auch immer.«

»Die hat ja auch mehr Grips im Kopf als du. Egal, wir werden vermutlich nicht den nächsten Taco Bell aufsuchen, um uns was zum Essen zu bestellen. Die *Fuerzas Especiales,* die Special Forces der mexikanischen Marine, werden uns allerdings unterstützen.«

Das verbesserte Logans Laune schlagartig.

Mike fuhr fort: »Laut dem, was die mir gesagt haben – und das war ziemlich wenig –, sind sie so was wie die mexikanische Variante der SEALs. Seit Mexiko im Dezember 2006 den Kartellen den Krieg erklärt hat, machen sie Jagd auf Dealer und Hintermänner. Der mexikanische Präsident wollte sichergehen, dass jemand ein Auge auf uns hat, und diese Jungs sind wohl das Beste, was das Land zu bieten hat. Wir leiten die Operation, aber sie stehen uns zur Seite. Die Einheit, die man uns zugeteilt hat, soll die beste von allen sein.«

»Unsere eigene kleine Koalition der Willigen, was?«

»Sieht leider so aus, Logan. Mein Onkel sagte – ich

zitiere: ›Egal was du brauchst, Mike, du bekommst es‹. Und genau das ist es, was wir im Moment brauchen.«

»Ich hoffe, die Typen sind so gut, wie du sagst. Okay. Genug Small Talk. Ich werde John informieren. Wann brechen wir auf?«

»In einer Stunde. Es sind nur 150 Meilen bis Nuevo Laredo, aber wir landen auf dem Quetzalcoatl International Airport. Das FES – so nennen sie sich. Ist wohl die Abkürzung ihres Mottos, das man am besten mit ›Kraft, Geist und Weisheit‹ übersetzen kann. Sie treffen uns dort. Schnapp dir deine Ausrüstung. Wir kommen nicht noch mal zurück.«

»Mike, nur falls es dir nicht aufgefallen sein sollte, ich hab nicht mal einen ganzen Rucksack voll Zeug, aber ich werd trotzdem meinen Rimowa hierlassen.«

Mikes Stimme triefte vor Sarkasmus: »So, so, du weißt also, was ein Rimowa ist. Ehrlich, Kumpel, ich mach mir Sorgen.«

»Hey! Jetzt bin ich aber beleidigt. Ich bin ein umfassend gebildeter Mensch.« Logan tat so, als sei er eingeschnappt. »Und eins noch, du weißt wirklich, wie man jemandem die morgendliche Routine versaut. Aber jetzt raus mit dir, damit ich John anrufen und duschen gehen kann. Ich hatte meinen Schönheitsschlaf, jetzt fehlt noch die Kriegsbemalung.«

Das Grinsen auf Logans Gesicht ließ Mike erstarren und ihm kamen Bilder von Indianern auf dem Kriegspfad mit roten Streifen im Gesicht in den Sinn. Die verheilende Wunde auf Logans Gesicht trug ihren Teil dazu bei.

Nur dass er vermutlich um einiges gefährlicher ist als ein verdammter Indianer mit Pfeil und Bogen, dachte Mike.

35

Quetzalcoatl International Airport, Mexiko
31. Oktober 2008
11:00 Uhr Ortszeit

Sie stiegen aus dem Gulfstream-Jet der US-Regierung und betraten das Rollfeld in einem abgelegenen Teil des Flughafens. Es wurde langsam wärmer. Zu dieser Jahreszeit lockte das einladende Wetter Touristen von überall aus den USA in die Landesteile Mexikos, in denen noch eine gewisse Gastfreundschaft herrschte, weil dort noch nicht die Kartelle die Oberhand gewonnen hatten.

Logan nahm an, dass es um die 20 Grad sein mussten, in der Sonne sogar noch etwas mehr. Weiße Wölkchen schoben sich langsam über den Himmel.

Abgesehen von brutalen Kartellen, korrupten Polizisten und einer maroden Wirtschaft eigentlich gar keine so üble Gegend, um Urlaub zu machen, dachte Logan.

Alle Gedanken an das Wetter verblassten, als seine Aufmerksamkeit auf den knapp 100 Meter entfernten Hangar gelenkt wurde. Die großen Rolltore standen gerade weit genug offen, um den Blick auf Aktivitäten im Innern freizugeben. Ein Mexikaner Ende 30, Anfang 40 stand vor dem Komplex und winkte sie heran.

John meinte: »Muss wohl das Empfangskomitee sein. Ich hatte einen roten Teppich und Champagner erwartet – natürlich nicht für dich, Logan.«

»Arschloch.«

»Hab ich vom Meister gelernt – natürlich nicht von dir.«

Obwohl er schon so viel Zeit mit den beiden verbracht hatte, erstaunten Mike ihre ständigen Frotzeleien. Das ging pausenlos so. *Muss wohl so ein Marines-Ding sein,* dachte er und ahnte nicht, wie richtig er damit lag.

»Schauen wir mal, was die für uns haben«, schlug Mike vor.

Beim Überqueren der Rollbahn hörten sie in der Ferne das anschwellende Geräusch eines weiteren Flugzeugs. Alle drei Männer drehten sich um und entdeckten die C-130 der US-Regierung, die gerade zum Landeanflug ansetzte.

»Hier kommt die Verstärkung.« Logan bezog sich auf das 13-köpfige Geiselrettungsteam des FBI, das Mike über seinen Onkel angefordert hatte.

»So gut du auch sein magst, Logan, diese Jungs sind ebenfalls nicht schlecht. Vergiss das nicht.«

»Bisschen empfindlich heute, Mike? Mit dem falschen Fuß aufgestanden, was?«, neckte John.

»Hast recht. Diese ganzen Erste-Klasse-Flüge um die halbe Welt sind in meinem Alter wohl nicht mehr das Richtige.« Er lief weiter auf den Hangar zu. »Schauen wir mal, wer unser neuer Freund ist.«

Es war offensichtlich, dass es sich bei dem Mann, der sie begrüßte, nicht um ein Mitglied des FES handelte. Sein Benehmen ließ weniger auf einen kampferprobten Berufssoldaten, sondern eher auf einen Bürokraten oder Politiker schließen. Er hatte pechschwarzes, perfekt nach hinten gekämmtes Haar und eine randlose Brille mit eckigen Gläsern. Als er sprach, tat er es mit einem Tonfall, in dem eine gewisse hochmütige Überlegenheit mitschwang.

»Special Agent Benson, nehme ich an?« Er streckte Mike förmlich die Hand entgegen.

Mike schüttelte sie. »Bitte nennen Sie mich Mike.« Er drehte den Kopf Richtung Logan und John. »Und das sind …« Bevor er den Satz beenden konnte, hatte ihn der Mann – nicht unhöflich – unterbrochen. »Señor Logan West und Señor John Quick.«

Er sprach im Schnellfeuertempo und legte alle fünf Sätze eine Pause ein, als legte er sich abschnittsweise im Kopf zurecht, was er sagen wollte.

»Ich weiß. Ich bin Hector Ortega, Berater des mexikanischen Präsidenten. Er hat mich persönlich hinzugezogen, nachdem Ihr Präsident ihn heute Morgen angerufen hat. Ich bin über alles unterrichtet und seine Anweisungen ließen an Deutlichkeit nichts zu wünschen übrig. Ich soll Ihnen alles zur Verfügung stellen, was Sie brauchen, um den Mann zu schnappen, der sich auf einem Gelände des Los-Toros-Kartells versteckt hält. Soweit ich weiß, wurden sie über unser FES-Team informiert, das Ihnen bei der Operation zur Seite steht.«

Er machte eine kurze Pause und vermittelte erneut den Eindruck, seine Worte mit Bedacht zu wählen.

»Sie haben das Sagen und unsere Männer haben Anweisung, Ihren Befehlen Folge zu leisten, aber ich muss Sie warnen. Das ist eine Truppe stolzer Elitekämpfer. Als ich ihnen gesagt habe, dass sie Befehle von einem amerikanischen FBI-Agenten und zwei ehemaligen Marines entgegennehmen sollen, na ja … sagen wir mal, einige von ihnen reagierten nicht unbedingt begeistert. Aber das sind absolute Profis, die alles tun werden, was nötig ist.«

Mike überlegte kurz. »Mr. Ortega, es scheint, Ihr Präsident hat die richtigen Männer für den Job ausgewählt.

Ich verstehe, wie sie ticken, und ihre Bedenken werden bei mir nicht auf taube Ohren stoßen. Für den Erfolg dieser Mission werden wir alle zusammenarbeiten müssen, das ist sicher. Wir nennen das ›koordinierte Operation‹. Diesen Juan Black lebend zu schnappen ist das Wichtigste. Wer auch immer seine Auftraggeber sind, sie waren uns stets einen Schritt voraus. Wir müssen diesen Vorsprung aufholen, sonst, darauf deuten unsere Informationen hin, werden eine Menge unschuldiger Menschen sterben. So bedrohlich und abgedroschen es auch klingen mag, die Welt würde sich bei einem Erfolg des Gegners für immer verändern. Schon deshalb ziehen da alle an einem Strang.«

»Sehr gut, Gentlemen. Folgen Sie mir bitte.« Hector deutete hinter sich. »Wir nutzen diesen Hangar als mobile Kommandozentrale. Ich werde Ihnen Commander Vargas vorstellen, damit Sie sich gleich an die Vorbereitungen machen können.«

Keiner der Männer bekam mit, wie das Fahrwerk der C-130 hinter ihnen aufsetzte und die Reifen auf dem Asphalt quietschten. Alle waren zu sehr damit beschäftigt, die perfekte Vorbereitung der mexikanischen Regierung beim Einrichten der mobilen Kommandozentrale zu bewundern. Es gab sogar zwei bewaffnete Wachposten mit Heckler-&-Koch-Maschinenpistolen, die hinter ihnen die Türen schlossen und anschließend ins Freie eilten, um die FBI-Geiselrettungsteams in Empfang zu nehmen.

Drinnen hatte man mehrere Tische in der Mitte des Hangars provisorisch zusammengerückt. Sie bildeten eine große rechteckige Arbeitsfläche. Darum versammelten sich mehrere Computer, fürs Militär in extra robuster Ausführung gebaut. Eine Reihe von Transportboxen stapelte sich in einer Ecke. Ein tragbarer Generator – verblüffend leise, wie Logan fand – versorgte sämtliche Geräte mit Strom. Logan vermutete, dass es sich bei den Männern an den Computern um Mitglieder des FES-Teams handelte. Sie trugen ausnahmslos dunkelgrüne Kampfanzüge mit Tarnmuster.

Sechs schwarze Chevrolet Suburbans parkten ebenfalls im Hangar. Logan fiel die professionell ausgeführte Panzerung der Fahrzeuge auf.

Die hält wahrscheinlich sogar einer Panzerfaust stand. Hoffentlich müssen wir das nicht auf die Probe stellen.

Hector führte sie an einen Rechner, neben dem – zusätzlich zu dem Mann, der ihn bediente und einen Pfeil mithilfe einer kabellosen Maus über ein verpixeltes Bild bewegte – ein älterer Herr in Tarnkleidung stand.

»Commander Vargas, die Amerikaner sind da. Das FBI-Team ist auch gerade gelandet, aber lassen Sie mich Ihnen zunächst Special Agent Mike Benson, Señor Logan West und Señor John Quick vorstellen. Wie Sie wissen, wird Special Agent Benson die Operation leiten.«

Es gab eine kurze Stille, als der FES-Commander sie abschätzend musterte; zuletzt Logan, der direkt vor ihm stand. Das Haar des Commanders war größtenteils ergraut und akkurat kurz rasiert. Der Blick seiner dunkelbraunen Augen wirkte hart. Eine Narbe zog sich von der linken Wange bis zum Hals.

Er versucht uns zu taxieren. Ist wohl so eine Macho-Nummer. Von mir aus, dachte Logan.

Der Gesichtsausdruck des Mannes schien zu einem finsteren Starren zu gefrieren, aber dann überraschte ihn der Commander mit einem breiten Lächeln und hielt ihm die Hand hin. Er sprach perfektes Englisch mit nur ganz leichtem mexikanischem Akzent.

»Señor West, wir könnten Zwillinge sein.« Er deutete auf die Narbe auf Logans linker Wange. »Obwohl ich finde, dass ich besser aussehe.«

Logan lachte, aber die humorvolle Bemerkung ließ seine Skepsis verfliegen.

»Spaß beiseite – es ist mir eine Ehre. Hört sich an, als wären Sie in den letzten Tagen ein äußerst beschäftigter Mann gewesen. Wir wurden über die Ereignisse unterrichtet und, von einem Kämpfer zum anderen, ich habe großen Respekt vor dem, was Sie geleistet haben. Wir wissen auch, dass Sie in der legendären Force Reconnaissance gewesen sind. Es wird uns eine Freude sein, Sie auf jede erdenkliche Art zu unterstützen.«

Logan erkannte die Ernsthaftigkeit in der Stimme des Mannes und machte sich Vorwürfe, vorschnell geurteilt zu haben.

»Wie Sie sicher wissen, ist unser Land seit mittlerweile zwei Jahren mit den Kartellen im Krieg. Das sind keine Gangster oder Kriminelle mit einem Ehrenkodex, sondern Männer mit rein mörderischen Absichten, die aus Mexiko hinweggefegt werden sollten, weil sie unser Land entehrt und besudelt haben.«

Ich mag den Kerl jetzt schon.

»Commander Vargas, das weiß ich zu schätzen und kann Ihre Gedanken nachvollziehen. Sie wissen ja, was man sagt: ›Nichts anderes braucht es zum Triumph des Bösen, als dass gute Menschen gar nichts tun.‹«

Commander Vargas lächelte: »Ah, Sie haben also auch Edmund Burke gelesen. Ich bin mit seinen Werken bestens vertraut und er hat absolut recht. Ich glaube, wir sind auf einer Wellenlänge, also werd ich Sie mal auf den neuesten Stand bringen.« Er widmete sich dem

Computermonitor. »Und bitte, nennen Sie mich Cris, das ist kurz für Crisanto.«

Logan nickte. »Dann nennen Sie mich bitte Logan.«

Ein Blick auf das Display verriet ihm: »Sie haben eine Drohne in der Luft. Sehr gut. Auf welcher Höhe fliegt sie?«

Die Kamera umkreiste langsam eine zweistöckige Villa am Fuß einer zerklüfteten Hügelkette. Neben dem riesigen u-förmigen Anwesen gab es noch ein weiteres Gebäude, das damit verbunden war, und einen Komplex auf der anderen Seite der Einfahrt, der an eine Garage erinnerte. Ein kurzer Schwenk brachte einen Schuppen und eine Pferdekoppel in den Sichtbereich der Optik. Das Grundstück war wie ein umgedrehtes L geformt, mit dem Eingang an der Südspitze des längeren Endes und den Gebäuden im oberen Bereich, der sich nach Osten hin ausbreitete. Logan schätzte die Gesamtfläche auf etwa 150.000 Quadratmeter. Sie war komplett von einer Mauer umgeben.

Wie hoch die wohl ist? Aufgrund des Blickwinkels konnte Logan es schwer einschätzen, ging aber von mindestens zwei Metern aus.

»Eine israelische Drohne, die wir Anfang des Jahres gekauft haben. Sie fliegt auf 20.000 Fuß Höhe und ist seit zwei Stunden in Position. Wenn nötig, kann sie noch sechs weitere dort bleiben«, erläuterte Commander Vargas.

Logan blickte überrascht auf. »Acht Stunden insgesamt? Ich dachte, die Teile halten maximal drei, vier Stunden durch.«

»Ein sehr talentierter Flugzeugtechniker hat sie modifiziert, um die Flugzeit zu erhöhen *und* sie leiser zu machen.«

»Sehr schön«, meinte Logan anerkennend. »Was haben wir bisher?«

»Satellitenaufnahmen, unsere Drohne und eher unsanfte Verhöre von einigen Los-Toros-Mitgliedern der mittleren Führungsebene, die wir gefangen genommen haben, deuten darauf hin, dass es sich um das Anwesen von Ricardo ›El Fuego‹ Ortega handelt«, sagte Commander Vargas. »Diesen Spitznamen verdankt er seiner Vorliebe, Opfer bei lebendigem Leib zu verbrennen. Er ist der örtliche Gangsterboss und kontrolliert alles, was aus Nuevo Laredo raus- oder reinkommt. Wir sind schon lange hinter ihm her, aber es gab Probleme mit unseren Quellen und wir verloren ihn zuletzt aus den Augen.«

John meldete sich als Erster zu Wort: »Wunderbar. Scheint ja ein ziemlich abgebrühter Typ zu sein. Was wissen wir über seine Security?«

»Nun, Señor Quick, ich kann Ihnen zumindest eines sagen: Das wird nicht leicht. Er beschäftigt eine private Wachmannschaft, die auf dem Grundstück wohnt. Etwa 20 bis 30 Männer, wenn nicht sogar mehr. Ich bin mir sicher, dass er außerdem Hightech-Überwachung installiert hat, vermutlich auch Bewegungsmelder und Mikrofone. El Fuego ist extrem gefährlich. Er steht seit zwei Jahren ganz oben auf unserer Liste, und das weiß er auch. Wie ich schon sagte: Es wird nicht einfach.«

Niemand sagte etwas. Das Klappern der Tastaturen und das Surren des Generators bildeten die einzige Geräuschkulisse. Logan sprach schließlich aus, was offensichtlich war: »Da kommen wir nicht still und leise rein. Das wird ein Sturmangriff mit allem, was dazugehört. Und wenn wir erst mal drin sind, steht uns eine gewaltige Schießerei bevor. Ich hoffe nur, wir kriegen Juan Black lebend. Wenn nicht, sind wir angeschmiert.«

Logan lief es kalt den Rücken herunter, wenn er sich vor

Augen führte, dass sie womöglich nie herausfanden, wer als Drahtzieher hinter diesem Albtraum steckte.

»Okay, Gentlemen. Ich schlage vor, wir machen uns an die Arbeit und überlegen uns das genaue Vorgehen. Es gibt eine Menge Menschen da draußen, die niemals erfahren werden, wer wir sind oder was wir vorhaben. Ihr Leben hängt von unserem Erfolg ab«, meinte Mike. Er musste nicht eigens darauf hinweisen, wie viele unschuldige Opfer drohten, falls sie versagten. Sie wussten alle, was auf dem Spiel stand.

Wie auf ein Stichwort öffneten sich die Hangartore und die 13 Männer des Geiselrettungsteams des FBI, das HRT Red Team, kamen herein. Jegliche Aktivität kam zum Erliegen, während die FES-Mitglieder die Neuankömmlinge begutachteten.

Mike konzentrierte sich auf den Mann, der die Gruppe anführte, einen Afroamerikaner um die 40 mit khakifarbenen Cargohosen, weißem Polohemd und sauber gestutztem Vollbart. Ein durchtrainierter Bursche, dessen muskulöse Unterarme beim Tragen seiner Taschen spannten.

Mike lächelte. »Ich dachte, ich hätte nach den Besten verlangt, und da schicken sie dich?«

Ohne stehen zu bleiben, sagte der Chef des Team Red: »Leck mich, Mike, du hast doch eine Pizza bestellt.« Wie abgesprochen hielt eines der anderen Mitglieder des Teams eine große, flache Schachtel hoch: »Wer wollte die mit extra Peperoni?«

Commander Vargas starrte Logan an, offensichtlich verwirrt von dem Scherz. John schüttelte den Kopf: »Ich versteh's auch nicht.« Commander Vargas zog die Brauen noch ein wenig mehr in die Höhe. Mike und der

Teamführer sagten wie aus einem Mund: »Du kannst mich mal!« John lachte kurz auf.

Logan grinste und wandte sich an Commander Vargas: »Wissen Sie, Cris – unser Sarkasmus ist fast genauso tödlich wie unsere Waffen. Im Marine Corps ist es dasselbe.«

»Okay, Señor West, *das* verstehe ich.«

Die Männer versammelten sich um ihn. »Okay. Jetzt, wo alle da sind, lassen Sie mich Ihnen Special Agent Lance Foster vorstellen«, sagte Mike. »Er ist der Kopf des HRT Red Teams des FBI, das auf Terrorabwehr und anspruchsvolle Geiselbefreiungen spezialisiert ist. Bevor wir hier rumstehen, bis es dunkel wird – und wie ich schon sagte, bevor ich so unhöflich unterbrochen wurde«, dabei sah er Special Agent Foster an, »machen wir uns an die Arbeit.«

36

Quetzalcoatl International Airport
31. Oktober 2008
14:00 Uhr Ortszeit

Der Plan war im Grunde recht simpel, aber Logan wusste, dass die Durchführung trotzdem gefährlich und schwierig wurde. Operationen, die man unter solchen Umständen plante, fielen immer riskant aus und es gab immer eine oder zwei Überraschungen – normalerweise keine von der angenehmen Sorte. Falludscha ging ihm durch den Kopf, während sie das Vorgehen konkretisierten.

Die isolierte Lage des Geländes sorgte dafür, dass jedes Fahrzeug, das sich näherte, sofort entdeckt wurde. Die Aufnahmen der Drohne offenbarten, dass El Fuego entlang der Straßen in allen Richtungen, sogar noch im Abstand von mehreren Meilen, Wachposten aufgestellt hatte. Das ließ ihnen nur eine Möglichkeit.

Ein Helikopter würde sie in einiger Entfernung absetzen, damit sie sich im Dunkeln dem Ziel näherten. Der Angriff sollte in der Morgendämmerung beginnen – um 5:45 Uhr Ortszeit, wenn die Sonne noch knapp unter dem Horizont hing. Zu diesem Zeitpunkt war es hell genug für die ausgebildeten Einsatzkräfte, weil sich die einzelnen Gebäude bereits als Schemen gegen den Himmel abzeichneten.

Logan und Commander Vargas hatten beide vorgeschlagen, den Angriff am frühen Morgen einzuleiten. Die

Wachmannschaft dürfte dann müde von der Nachtschicht sein und die Ablösung hoffentlich noch nicht ganz munter, während sie sich auf den monotonen Arbeitstag vorbereitete.

Logan wusste, wie ermüdend es sein konnte, stundenlang Wache zu schieben. Das Marine Corps quälte seine jungen Kämpfer gern mit Serien solcher Schichten. Logan hoffte, den Gegner bei der Ablösung zu erwischen, um die Verwirrung und das Chaos zu maximieren.

Zum Glück waren die Männer von Commander Vargas auf Nachteinsätze spezialisiert, besonders auf schwierigem Terrain. Der Krieg gegen die Drogenkartelle hatte sie gezwungen, sich dem Feind anzupassen und Operationen vom Wasser – wo sie mit genauso tödlicher Präzision vorgingen – in städtische Gebiete und Gebirgsregionen zu verlagern. Letztere gab es sowohl in Zentralmexiko als auch an der Küste reichlich.

Die Kommandozentrale wurde im Hangar am Flughafen belassen. Mike sollte während der gesamten Operation Kontakt mit dem Weißen Haus halten. Die Kommunikationsinfrastruktur, die das FES aufgebaut hatte, arbeitete mit Verschlüsselung und gewährleistete eine sichere Kommunikation.

Zusätzlich sollte die Drohne von einem der FES-Soldaten vom Hangar aus gesteuert werden. Der Live-Feed versorgte Mike mit Informationen in Echtzeit, die er an Logan und Commander Vargas weiterleiten konnte.

Logan, Mike und Commander Vargas standen vor einem Whiteboard – sie hatten ein riesiges Satellitenbild auf die obere Hälfte der Tafel geklebt und darunter eine Karte des Geländes. Logan und Vargas gaben den zwei Teams – der Einfachheit halber Alpha und Bravo genannt – letzte

Instruktionen. Beide Gruppen bestanden sowohl aus Mitgliedern des Red Teams als auch aus FES-Einsatzkräften.

Team Alpha wurde von Special Agent Foster befehligt, Team Bravo von Commander Vargas' erstem Offizier, Lieutenant Commander Miguel Concepción. Logan und Commander Vargas sollten das Alpha-Team begleiten und bei Bedarf taktisch unterstützen. Beide Teams verfolgten ein klares Ziel: Juan Black um jeden Preis lebend zu ergreifen. Alles andere war zweitrangig.

Am schwierigsten war es gewesen, eine geeignete Landezone für die Helikopter zu finden, die die Einsatztrupps absetzen sollten. Logan und Commander Vargas hatten sich auf eine 7000 Meter entfernte Lichtung östlich des Geländes geeinigt, die laut jüngsten Aufklärungsbildern über keine erkennbare Zufahrt verfügte. Die umgebenden Bäume boten den für Spezialeinsätze ausgerüsteten Eurocoptern vom Typ EC-725 Caracal – die sie Specter One und Specter 2 nannten – genügend Deckung. Beide waren mit Schall dämpfender Technologie ausgestattet, die das Rotorengeräusch minderte. Die Helikopter sollten beide Teams absetzen und sich bis zum Ende des Angriffs in Bereitschaft halten, um nach erfolgreichem Abschluss zum Gelände zu fliegen und Teams und Zielperson abzuholen.

Außer dem Transport der zwei Einsatzteams waren die Helikopter zudem mit zwei FN-MAG-Maschinengewehren, Kaliber 7,62 mm, und zwei 68-Millimeter-Raketenwerfern bestückt, jeweils mit 19 Raketen geladen. Zusätzlich gab es eine GIAT-Kanone, Kaliber 20, mit 180 Geschossen. Sollten die Einsatzkräfte auf ernsthaften Widerstand stoßen, konnten die Caracals innerhalb von Minuten Unterstützung aus der Luft leisten.

Das Terrain zwischen Absetzpunkt und Zielgelände

verfügte über spärliche Vegetation. Zum Glück hatte der Wetterbericht für die Nacht eine geschlossene Wolkendecke vorhergesagt, die ihren Vormarsch vor ungeübten Augen verborgen hielt.

Von der Landezone aus wollten sie gemeinsam bis zu einer Fläche am Fuß der Hügelkette etwa eine Meile vom Gelände entfernt vordringen, wo die Bäume dichter wuchsen und mehr Deckung boten. Ab diesem Punkt sollte das Alpha-Team allein weiter in Richtung Norden bis zur nordöstlichen Ecke des Zielgeländes vorstoßen. Das Bravo-Team brachte sich parallel an der südwestlichen Ecke, wo die zwei Schenkel des auf dem Kopf stehenden L zusammentrafen, hinter der Garage in Stellung. Etwa 100 Meter von der Mauer entfernt, die das Gelände umgab, wollten beide Teams bis 5:45 Uhr warten und dann den Angriff einleiten.

Team Alpha sollte die Mauer überwinden – eine Analyse der Aufklärungsbilder hatte ergeben, dass sie zwischen drei und fünf Meter hoch war – und zur Villa vordringen. Sie gingen davon aus, dass sich die Zielperson Juan Black, dem sie den Codenamen PANCHO gegeben hatten, in einem Gästezimmer im oberen Stock aufhielt. In der Villa angekommen, sollte Logan die Führung übernehmen, da er der Einzige war, der bisher mit der Zielperson gesprochen hatte.

Team Bravo oblag es, die Garage zu sichern, über die Auffahrt zur Villa vorzustoßen und in das Gebäude einzudringen, das an die Villa angebaut war. Team Bravo sollte ferner den Außenbereich der Villa bewachen, damit die Zielperson nicht flüchtete, während Team Alpha drinnen nach ihr suchte. John Quick unterstützte Team Bravo in seiner Eigenschaft als Sprengstoffexperte.

»Gentlemen, ich kann nicht genug betonen, wie heikel dieser Einsatz ist«, sagte Mike. »Diese Leute waren uns von Beginn an einen Schritt voraus. Operation PANCHO könnte unsere letzte Chance sein, einen möglicherweise geplanten Terroranschlag zu stoppen und zu verhindern, dass die USA in einen weiteren globalen Konflikt verwickelt werden, der unter Umständen Zehntausende Menschenleben fordert.«

Mike machte eine kurze Pause, um seinen Worten zusätzlichen Nachdruck zu verleihen. Ernste Gesichter blickten ihm entgegen. Die Zeit für Witzeleien war vorbei und alle konzentrierten sich voll und ganz auf die Mission.

»Leider bedeutet das, wir müssen das Ziel nach Möglichkeit lebend ergreifen, aber wir wissen nicht, wie dieses Arschloch aussieht: Team Alpha, wenn ihr erst mal in der Villa seid, ist die Anwendung tödlicher Gewalt nur für Fälle autorisiert, in denen ihr absolut sicher sein könnt, dass der Mann in eurem Visier nicht die Zielperson ist. Sonst verwundet den Gegner lediglich, egal wie unangenehm die Folgen sein mögen.«

Niemand reagierte erstaunt auf diesen Befehl, nachdem ihnen bereits Logan, Special Agent Foster und Commander Vargas die Gründe ausgiebig dargelegt hatten. Jedes Teammitglied war sich der möglichen Konsequenzen dieser Anweisung bewusst – man lief Gefahr, verletzt oder getötet zu werden. Dennoch waren alle bereit, das Risiko einzugehen. Alle wussten, was auf dem Spiel stand. Eine tödliche Alles-oder-nichts-Variante. Der Hauptgewinn bestand in der Rettung unschuldiger Menschenleben.

»Sobald wir das Ziel gesichert haben, wird Specter One neben der Scheune bei der Pferdekoppel landen und auf beide Teams warten, um sie auszufliegen. Specter Two wird

Luftunterstützung leisten, sollten einzelne Gegner noch am Leben sein und uns dazwischenfunken. Team Alpha und die Zielperson werden mit Specter One das Gelände zuerst verlassen, danach setzt Specter Two auf dem Gelände auf und sammelt Team Bravo ein, während Specter One Luftunterstützung gibt.«

Mehrere Männer nickten zustimmend.

»Zu diesem Zeitpunkt werden zwei Dinge passieren. Zunächst einmal wird Mr. Ortega das mexikanische Verteidigungsministerium anrufen, seine Regierung über die Zentrale des Kartells in Kenntnis setzen und ein Bataillon der mexikanischen Special Forces sowie die Polizei herbeordern, um das Gelände zu sichern. Zweitens werden beide Hubschrauber hierher zur Basis zurückkehren, wo Commander Vargas die Zielperson sofort verhören wird.«

Mehrere der Männer grinsten angesichts dieser Bemerkung, obwohl Vargas selbst keinerlei Regung zeigte. Gespräche zwischen Mike, Hector Ortega und dem Commander hatten ein potenzielles Problem hinsichtlich der Frage zutage gefördert, wie mit der Zielperson verfahren werden sollte.

Obwohl beide Präsidenten erweiterte Verhörtechniken autorisiert hatten, gab es keine Garantie, dass PANCHO auspackte. Die üblichen CIA-Methoden zeigten erst nach mehreren Tagen Wirkung – Schlafentzug, Temperaturwechsel, Desorientierung. Sie hingegen brauchten *sofort* Antworten. Darum hatten sie sich auf eine alternative Lösung geeinigt.

Commander Vargas sollte das Verhör durchführen. Hector Ortega hatte einen Anruf getätigt und der mexikanische Präsident ermächtigte den FES-Commander, ›jedes nötige Mittel einzusetzen‹.

Mike blickte in die Gesichter der Männer vor sich. *Das ist ein verdammt Furcht einflößender Haufen. Das Los-Toros-Kartell hat keine Ahnung, was auf sie zukommt.*

Mike sagte: »Gentlemen, die Sonne geht um 18:02 Uhr unter und Sie sind bis 19 Uhr in der Luft. Noch Fragen, bevor Sie Ihre abschließenden Vorbereitungen treffen?«

Keiner meldete sich. Jeder wusste genau, was er zu tun hatte.

»Sehr gut. Lassen Sie mich noch Folgendes sagen: Unsere beiden Präsidenten haben diese Operation befohlen. Mein Präsident bat mich, Sie wissen zu lassen, wie dankbar wir Ihnen für die geleistete Unterstützung sind. Er kennt das Risiko und wollte ausdrücklich, dass ich Ihnen einige persönliche Worte übermittle.« Mike las die Botschaft von einem Zettel ab. »›Die Öffentlichkeit wird vielleicht nie erfahren, was Sie heute Nacht tun, aber ich werde es wissen und nie vergessen. Die Männer, gegen die Sie heute Nacht vorgehen, personifizieren das Böse in unserer heutigen Welt. Gute Jagd und Gott segne Sie alle.‹«

Mike blickte auf und begegnete Gesichtern, die entschlossen und nachdenklich zugleich wirkten. Die Worte des Präsidenten verfehlten die gewünschte Wirkung nicht. Sie lieferten eine zusätzliche Motivation, alles zu geben.

Verdammt. Der Oberbefehlshaber unserer Streitkräfte mag kein großer Redner sein, aber er weiß, wie man etwas ehrlich und aufrichtig auf den Punkt bringt.

Sogar seine Kritiker mussten eingestehen, dass er ein Mann mit Überzeugungen war. Die Männer in diesem Hangar erkannten und respektierten das.

»Also, Gentlemen, dann bringen wir diese Show doch mal auf den Weg – nein, in diesem Fall wohl besser: in die Luft«, forderte Mike sie auf.

37

1. November 2008
1:00 Uhr Ortszeit

Logan huschte lautlos durch das unwegsame Gelände. Team Alpha bewegte sich in einer Zickzack-Formation mit drei vierköpfigen Teams, die jeweils einen ›Zacken‹ bildeten. Logan gehörte dem Team im Zentrum an. Hinter ihnen kam Commander Vargas, vor ihnen die Männer von Special Agent Foster.

Er trug seine 45er Kimber und eine H&K-UMP, ebenfalls Kaliber 45. Insgeheim hoffte er, keine der beiden Waffen in der Villa einsetzen zu müssen. Das Mark-2-Kampfmesser steckte in einer Hülle, die man am Oberschenkel befestigen konnte. Einer der FES-Kämpfer hatte sie ihm gegeben. Der dunkelolivgrüne Kampfanzug des HRT besaß genügend Taschen für die restlichen Utensilien seiner tödlichen Profession. Über dem Kampfanzug trug er eine leichte Kevlarweste mit Nylonösen zur Befestigung von Magazinen und weiterem Equipment. Eine FES-Kappe mit Tarnmuster verdunkelte sein mit Tarnfarbe bemaltes Gesicht zusätzlich.

Jedes FBI-HRT-Mitglied verfügte über einen Helm mit integriertem Funkgerät, aber Logan benutzte lieber die Technik des FES, da sie dem vertrauten Kehlkopfmikrofon ähnelte, das er bei der Force Reconnaissance verwendet hatte.

John Quick war vergleichbar ausgerüstet, hatte aber zusätzlich zu seinem Colt M1911 noch einen M4-Karabiner des HRT mitgenommen. Neben seinem KA-BAR-Kampfmesser schleppte er noch zwei Claymore-Minen, einige Blöcke C4, Zünder und mehrere Meter Zündkabel mit. Er liebte Sprengwaffen, hasste jedoch das zusätzliche Gewicht, da er gern mit leichtem Gepäck unterwegs war.

Beide Teams hatten die Funkfrequenzen des jeweils anderen in den internen Funkverkehr integriert, aber der Befehl lautete, dass nur Commander Vargas und Lieutenant Commander Concepción auf beiden Frequenzen gleichzeitig funken durften.

Landung und Ausstieg waren reibungslos verlaufen. Die Helikopter hatten unterwegs keine anderen Luftfahrzeuge angetroffen. Logan wusste: Gefahrlose Operationen in Irak, wo alle Flugaktivitäten von den USA kontrolliert wurden, waren das eine, aber ein mit Helikoptern auf niedriger Höhe in einem Land durchgeführter Luftangriff, das keine Kriegszone war – *zumindest bisher nicht* – und kommerziellen Flugverkehr durchführte, das war etwas ganz anderes.

Minuten, nachdem die beiden Helikopter aufgesetzt, die Motoren abgestellt und ihre Passagiere abgeladen hatten, kam es zu einer kritischen Situation, als in anderthalb Meilen Entfernung zwei Scheinwerfer am Horizont aufflammten. Die Scheinwerfer bewegten sich kurz in ihre Richtung, schwenkten dann aber abrupt nach links und verschwanden mit Kurs nach Südosten in der Dunkelheit.

Logan schaute auf seine Digitaluhr: *1:03. Wir waren flott …*

Sie hatten mehr als drei Meilen zurückgelegt und befanden sich unweit der Stelle, an der die Teams sich voneinander trennen sollten und Team Alpha nach Norden, Team Bravo weiter in westsüdwestlicher Richtung marschierte. Bei diesem Tempo konnten sie noch vor dem offiziell festgelegten Zeitpunkt in Position gehen.

Logan verspürte eine gewisse Anspannung angesichts der Reibungslosigkeit, mit der die Operation bisher verlaufen war. Er wusste aus Erfahrung, dass so etwas nie ohne Schwierigkeiten über die Bühne ging. Auf Murphys Gesetz konnte man sich verlassen.

Er verdrängte die unangenehmen Gedanken, setzte stur einen Fuß vor den anderen und ignorierte dabei die kalte Novemberluft.

38

Camp Falludscha, Irak
1. November 2008
11:00 Uhr Ortszeit

Cain Frost saß in dem winzigen Besprechungsraum im Wohnquartier des Deputy Commanding General der multinationalen westlichen Streitkräfte, Brigadegeneral Jack Thurman. Der General informierte ihn gerade über die Sicherheitslage, die sich seit der Erhöhung der Truppenstärke 2006 dramatisch verbessert hatte. Das Camp bereitete sich darauf vor, die Tore zu schließen und nach Al-Asad umzusiedeln, der letzten verbliebenen US-Militärbasis im Rahmen des geplanten Abzugs der US-Truppen.

Das Personal von HRI bot zwar noch Geleitschutz für Konvois und Wachschutz für viele der bestehenden Einrichtungen, aber es hatte in fast zwölf Monaten kein indirektes Feuer auf das Camp oder Attacken mit improvisierten Sprengsätzen mehr gegeben. Die Bedingungen hatten sich seit Cains letztem Aufenthalt vor Ort radikal verändert.

Falludscha war der erste Zwischenstopp auf seiner ›Inspektionsreise‹ zu verschiedenen Camps und Basen, in denen seine Angestellten arbeiteten. Eine perfekte Tarnung, um seine eigentlichen Absichten zu kaschieren: nach Haditha zu reisen und das Objekt in seinen Besitz zu bringen.

Ein Wetterumschwung hatte ihnen eine Gelegenheit verschafft, Camp Frost an diesem Morgen zu verlassen, aber eine weitere Welle aus Wind und Sand näherte sich von Norden her. Das zwang ihn und seine Einsatzkräfte, mit dem Aufbruch nach Ramadi bis zum nächsten Tag zu warten.

Es erforderte seine volle geistige Disziplin, sich auf die Worte des Generals zu konzentrieren, besonders da seine Gedanken sich ständig um den syrischen Schatz drehten, der im Wüstensand darauf wartete, von ihm geborgen zu werden.

Er lächelte, als der General anmerkte, für wie wichtig er Cains Unterstützung bei der Verlegung der Truppen und der Ausrüstung nach Al-Asad hielt. Gerade wollte er antworten, da vibrierte das abhörsichere BlackBerry in seinem Gürteletui.

Die Nummer auf dem Display erkannte er sofort, hatte aber seit Wochen nichts mehr von ihrem Besitzer gehört.

Wieso schreibt der mir, verdammt? Das kann nichts Gutes bedeuten.

»Entschuldigen Sie, General, das ist mein Chief of Operations in Bagdad. Ich hoffe, Sie haben nichts dagegen, wenn ich kurz rausgehe und ihn zurückrufe. Er schreibt, es sei dringend.« Mit einem geübten Lächeln brachte er seine Lüge an den Mann.

»Kein Problem. Ich werd mir so lange einen Kaffee holen. Wollen Sie auch einen? Ich hab nicht so gut geschlafen letzte Nacht, bin aber trotzdem früh aufgestanden, um zu trainieren.«

Cain war beeindruckt. Der General musste Anfang 50 sein, schien sich jedoch gut in Form zu halten. »Sir, das wäre wunderbar.«

»Milch und Zucker?«, fragte der General.

»Schwarz, Sir.«

»Aha, ein Mann nach meinem Geschmack. Kaffee mit Milch und Zucker ist eher was für Mädels.«

Cain amüsierte es, dass der toughe General des Marine Corps den Begriff ›Mädels‹ in den Mund nahm. »Das stimmt. Bitte entschuldigen Sie mich, Sir.«

Er stand auf, verließ den Konferenzraum und ging nach draußen. Die Tageshitze steigerte sich langsam, aber verglichen mit den Sommermonaten war es noch richtig angenehm.

Er öffnete die SMS. Was er las, ließ ihn kurzzeitig die Fassung verlieren: ›Operation zur Ergreifung von JB in Mexiko eingeleitet. Nur noch wenige Stunden. Gerade Info erhalten. Präsident hat sein Okay gegeben.‹

Kurz und knapp, aber mehr als genug, um Cains Verstand rotieren zu lassen. Seine Quelle stand dem Präsidenten nah und war 100-prozentig zuverlässig.

Ich muss Juan warnen, dachte er. *Ich brauche mehr Zeit.*

Es war ein paar Minuten nach elf Uhr morgens in Irak und damit kurz nach zwei Uhr nachts in Mexiko.

Er tippte eine Antwort: ›Versteck kompromittiert. Sofort verschwinden. Werde dich in 24 Stunden kontaktieren.‹

Er drückte auf ›Senden‹ und wartete, während die SMS digital verschlüsselt und durch das weltweite Mobilfunknetz geschleust wurde.

Nach kurzem Zögern wählte er Juans Handynummer in der vagen Hoffnung, ihn zu erreichen. Keine Antwort. Er probierte es noch mal. Wieder keine Antwort. Eine Nachricht auf der Mailbox zu hinterlassen, hielt er für zu riskant.

Er legte auf und ging zurück in das Besprechungszimmer,

um die Diskussion mit General Thurman zu beenden. Er musste sich zwingen, nicht aus der Rolle zu fallen. Er lächelte und wirkte äußerlich gelassen, aber innerlich fühlte er sich vollkommen aufgewühlt und sein Herz raste beim Gedanken an Juans mögliche Gefangennahme.

Außer Scott ist er der Einzige, der alles weiß.

39

Vor dem Los-Toros-Gelände
5:40 Uhr Ortszeit

Logan spähte durch das Nachtsichtfernglas, das ihm Commander Vargas mitgegeben hatte. Seit das Team vor über einer Stunde den Zielpunkt erreicht und eine Beobachtungsstellung eingenommen hatte, war nur wenig Bewegung auf dem Gelände zu beobachten gewesen. Außer drei Wachmännern, die nacheinander auf einer festgelegten Route um die Villa patrouillierten, bemerkte er nichts. Alle acht bis zehn Minuten kam einer von ihnen direkt an der Terrasse beim Hintereingang vorbei.

Ihre zuletzt eingenommene Angriffsposition bot ihnen freie Sicht auf die gesamte Rückseite der Villa. Das Team hatte sich unweit des Fußes der Hügelkette auf einer kleinen Anhöhe versteckt, die ein wenig höher als das Dach gelegen war. Ein Hain aus Bäumen, Büschen und ein paar Felsbrocken bot ihnen Deckung, während sie auf einen günstigen Moment für den Angriff warteten.

Logans Vermutung, was die Mauer um das Gelände betraf, hatte sich bestätigt. Sie war mindestens fünf Meter hoch und nach kurzer Überlegung verwarfen Commander Vargas und Logan die Idee, drüberzuklettern. Damit verschwendeten sie nur Zeit, die sie nicht hatten, und wenn die Wachen sie entdeckten, boten sie ein leichtes Ziel. Eindeutig zu riskant.

Das ließ nur eine Option – sich mit Gewalt Zugang zu verschaffen. Zum Glück hatten sie genug Sprengstoff dabei, und eine gut positionierte C4-Ladung würde ein Loch reißen, das groß genug war, um dem Team sofortigen Zugang zum Gelände zu verschaffen. Da Team Bravo genauso vorgehen wollte – Commander Vargas hatte mit Lieutenant Concepción abgesprochen, dass auf sein Zeichen hin die Sprengung ausgelöst wurde –, dürfte die Wachmannschaft sich zunächst schwertun zu erkennen, aus welcher Richtung die Explosion kam. Das verschaffte ihnen wertvolle Sekunden für den bevorstehenden Sturm auf die Villa.

Sie hatten den Ort für die Sprengung so gewählt, dass er genau auf einer Linie mit der hinteren Terrasse lag. Das anfängliche Chaos verschaffte ihnen die notwendige Zeit, um die 50 Meter von der Mauer bis zu den Glastüren zurückzulegen. Eine knappe Geschichte, aber Logan vertraute darauf, dass sie das Haus erreichten, bevor Verstärkung eintraf.

Logan drehte sich zu Commander Vargas, der gemeinsam mit ihm unter einem Busch lag. Leise, ohne zu flüstern, denn zischelndes Flüstern war weithin zu hören, fragte er: »Drei Männer? Wo zur Hölle steckt der Rest? So leicht kann das doch nicht sein.«

Commander Vargas beobachtete, wie eine der Wachen an der linken hinteren Ecke des Hauses auftauchte, beleuchtet von den Flutlichtern auf dem Dach, die im 45-Grad-Winkel auf die Mauer gerichtet waren. »Ich hab keine Ahnung. Vielleicht haben sie nachts weniger Wachpersonal. Verdammt, wahrscheinlich ist El Fuego arrogant genug, zu denken, dass ihm niemand vor der eigenen Haustür auflauert.« Er zögerte: »Ganz ehrlich, ich weiß es nicht.«

»Ich denk mal, das ist jetzt eh egal, denn in vier Minuten werden wir so schnell wie möglich die letzten Meter überwinden, ein Loch in die Mauer sprengen und dann sehen, was uns erwartet.« Die Patrouille befand sich auf halbem Weg zum Hintereingang.

»Ich bete nur, dass uns das Glück treu bleibt. Sieht so aus, als hätten wir genug Deckung, um auf dem Weg bis zur Mauer nicht von den Kameras erfasst zu werden.«

Sie hatten sofort die Überwachungskameras bemerkt, die auf Metallpfosten im Dachschatten der Villa montiert waren. Sie wurden mit einem Timer gesteuert, aber was beide Männer ziemlich überraschte, war die Tatsache, dass sie sich synchron drehten, sodass alle vier gleichzeitig entweder nach innen oder außen gerichtet waren. Zudem vollendete jede Kamera eine Umdrehung innerhalb von 60 Sekunden.

Sobald sie um 5:45 Uhr nach innen gedreht waren, würde Commander Vargas Team Bravo über Funk den Befehl geben, den toten Winkel zu nutzen und den Angriff zu starten.

Logan reichte ihm das Fernglas und traf finale Vorbereitungen. Er zog den Ladehebel der UMP, um sicherzustellen, dass eine Kugel im Lauf steckte, und überprüfte, ob die Waffe noch gesichert war.

Das Gefühl höchster Konzentration, das Logan vor jeder Mission während seiner Zeit bei der Force Recon verspürt hatte, kehrte zurück, seine Sinne waren aufs Äußerste geschärft. Eine tiefe Ruhe ergriff von ihm Besitz. Alle Gedanken an Sarah, Daly und den Rest der Welt lösten sich auf und er konzentrierte sich voll auf die Mission.

Showtime, Juan – oder wer zur Hölle du wirklich bist. Ich komme, um dich zu holen.

Auf dem Los-Toros-Gelände
5:44 Uhr Ortszeit

Juan Black, der in einem früheren Leben auf den Namen Marcos Bocanegra gehört hatte, erwachte aus tiefem Schlaf. Kopfschmerzen stellten sich beim Öffnen der Augen ein.

Ich hätte das letzte Glas Wein nicht mehr trinken sollen.

Das Abendessen mit Ricardo Ortega hatte bis in die frühen Morgenstunden gedauert. Juan hatte schon geahnt, dass er dafür büßen musste, wollte aber gegenüber seinem Gastgeber nicht unhöflich sein.

Von Wein kriegt man den schlimmsten Kater.

Das ehemalige Mitglied der 7th Special Forces Group setzte sich im Bett auf. Er hatte noch die Hose und ein weißes T-Shirt vom gestrigen Abend an, rieb sich die Augen, stand auf und spähte durch den Vorhang aus dem Schlafzimmerfenster. Die dunkle Masse der Hügelkette hinter der Villa füllte sein Sichtfeld aus. Das erinnerte ihn an mehrere Operationen, die er im Rahmen der Drogenkriege in Südamerika durchgeführt hatte. Ironischerweise hatten diese Operationen ihm letztlich seinen jetzigen Arbeitsplatz verschafft.

Nachdem er die harte Aufnahmeprozedur für die Spezialeinheit Delta nicht bestanden hatte, war er so wütend gewesen, dass er dem Militär endgültig den Rücken gekehrt und ein Kartellmitglied der mittleren Führungsebene kontaktiert hatte, mit dem ihn eine frühere Vereinbarung verband. Er bot seine Dienste für eine Vollzeitstelle an, war sich dabei völlig im Klaren über die Folgen seiner Entscheidung. Wie sich herausstellte, brachte er aufgrund seiner moralischen Flexibilität die perfekten Voraussetzungen für die Position mit. Er hatte es nie bereut.

Immer noch dunkel draußen. Wie spät ist es?

In diesem Moment vibrierte sein BlackBerry.

Was ist denn jetzt los?

Er griff nach dem Telefon und sah sofort, dass es mehrere verpasste Anrufe und eine Textnachricht anzeigte, alle von Cain Frosts sicherer Geheimnummer.

Das kann nichts Gutes bedeuten.

Drei Männer auf diesem Planeten wussten über die Ausmaße von Cains Plan und seine wahren Absichten Bescheid. Juan war einer dieser Männer, der andere war Scott Carlson, Cains Nummer zwei.

Cain wusste, dass Juan sich auf dem Los-Toros-Gelände versteckt hielt. Der ursprüngliche Plan hatte vorgesehen, dass er über Mexiko nach Venezuela fliehen sollte. Dort wäre sein Ziel Maracaibo gewesen, eine Stadt, die nach dem südlich angrenzenden See benannt war. Dort hatten sie ein Bankkonto unter falschem Namen bei einem örtlichen Kreditinstitut eröffnet; eine zweite Identität, für die nur er über die offiziellen Dokumente verfügte. Er hatte in Maracaibo bleiben wollen, bis die aufziehenden geopolitischen Unruhen verebbten.

Er öffnete die SMS, erfasste die Worte ›Versteck kompromittiert‹ und seine militärische Ausbildung schaltete sofort einen Gang hoch. Im Kopf entwarf er bereits einen Notfallplan, während er das BlackBerry zuklappte, im Gürteletui verstaute und nach seinen Stiefeln griff.

Er verfluchte sich selbst, weil er den Anruf verpasst und die Nachricht erst jetzt bemerkt hatte.

Es bringt nichts, über verschüttete Milch zu heulen. Ich muss hier weg.

Kaum hatte er seinen zweiten Stiefel geschnürt, da ereigneten sich zwei Explosionen gleichzeitig, die über das

Gelände hallten und die Stille dieses ruhigen mexikanischen Morgens zerrissen.

Ihm hätte klar sein müssen, dass sie ihm auf den Fersen waren. Angst breitete sich langsam in ihm aus. Beim Aufheulen der Sirene zwang er sich, tief durchzuatmen. Er schloss die Augen und ein einziges Wort dominierte seine Gedanken: *Flieh!*

40

Team Alpha
1. November 2008
5:47 Uhr Ortszeit

Logan lief über den Rasen zwischen der Mauer, in die sie ein Loch gesprengt hatten, und der Schiebetür zur Terrasse. Er lugte durch die Fenster ins Haus, ob sich dort etwas bewegte, seine H&K in Schusshaltung, ein Auge über das Visier gerichtet. Für diese Art Einsatz bevorzugte er das normale Visier, weniger fehleranfällig im Vergleich zu einem Zielfernrohr.

Er wusste, dass die Wachen bald entweder aus dem Haus oder von den Seiten des Gebäudes her kamen. Er stand an der rechten Säule vor dem Haus neben Commander Vargas, der auf die linke Säule zuhielt. Team Alpha überwand zügig die Distanz zum Hintereingang und Logan verblüffte einmal mehr, wie reibungslos sie bis hierher gelangt waren.

Um Punkt 5:45 Uhr hatten Team Alpha und Team Bravo sich ein letztes Mal abgestimmt, die restliche Strecke zwischen Mauer und Beobachtungspunkt zurückgelegt und die C4-Sprengladungen an zwei vorher vereinbarten Stellen angebracht.

Während er wartete, hatte die Erinnerung an Falludscha Zweifel in seinem Unterbewusstsein gesät. Er wusste, wie schnell man solche Operationen gegen die sprichwörtliche Wand fahren konnte. Und dann stapelten sich in der Regel die Leichen. Aber als Commander Vargas und Lieutenant Commander Concepción begannen, die Sprengungen zu koordinieren – ohne auf Widerstand zu stoßen –, kehrte Logans Konzentration zurück. Entschlossenheit und seine angesichts des bevorstehenden Kampfes gesteigerte Aufmerksamkeit spülten jegliche Unsicherheit weg.

Noch fünf Meter ... vier ... drei ... Er hakte jeden Meter geistig ab. Dann stießen sie, genau wie erwartet, auf die ersten Sicherheitskräfte.

Zwei Männer, beide in schwarzen Hosen und schwarzen Hemden, die modifizierte M4s in der Hand hielten, standen in der geräumigen Küche, die jetzt von mehreren Kronleuchtern erhellt wurde. Immerhin hatte die Dämmerung sie erfolgreich vor neugierigen Blicken abgeschirmt. Die Gegner entdeckten sie erst, als Logan und Commander Vargas weniger als drei Meter vom Hintereingang entfernt waren.

Logan sah, wie der Mann auf der rechten Seite ungläubig die Augen zusammenkniff und viel zu langsam auf die neue Situation reagierte. Logan hob den Lauf seiner UMP wenige Zentimeter – eine Bewegung, die ihn nicht mal eine halbe Sekunde kostete. Er hatte sie in seiner Zeit beim Marine Corps perfektioniert.

Als der andere den M4 hob, feuerte Logan drei Schüsse ab, die UMP auf Halbautomatik gestellt. Die erste Kugel zertrümmerte die rechte Terrassentür und wurde dabei von ihrem Pfad abgelenkt. Glassplitter übersäten den Küchenboden. Obwohl sie ihr Ziel verfehlte, machte sie den Weg frei für das zweite und dritte Projektil, die den Mann in die Brust trafen und mitten im Schritt stoppten. Überraschung und Schmerz zeichneten sich auf seinem Gesicht ab und er fiel tödlich getroffen zu Boden.

Commander Vargas ging gegen den Wachmann auf der linken Seite ähnlich vor; mit dem Unterschied, dass die Glastür die Flugbahn der Kugel nicht veränderte. Sie traf den Mann in den Hals. Dieser ließ den Karabiner fallen. Als er gerade die Hände zum Hals heben wollte, drangen die beiden nächsten Kugeln in Stirn und Wange ein und zerfetzten die rechte Seite seines Gesichts, während er starb.

Logan und Commander Vargas traten durch die zerstörten Türen, sekündlich gefasst auf weiteren Widerstand aus Richtung der drei großen, im Schatten gelegenen Eingänge zur Küche.

Sie befanden sich in der Höhle des Löwen und mussten jederzeit mit einem Hinterhalt und anderen fiesen Überraschungen rechnen. Logan wusste, dass ihr Erfolg davon abhing, wie gut die Sicherheitskräfte darauf trainiert waren, einen direkten Angriff abzuwehren.

Hoffentlich nicht so gut.

Logan und Commander Vargas bezogen Position am sieben Meter langen Marmortresen, der sich durch die komplette Länge des Raums zog. Ihre Waffen richteten sich auf den Flur. Die restlichen Mitglieder von Team Alpha betraten inzwischen das Haus. Zwei Männer des FES-Teams blieben an der Mauer zum Gelände, um sicherzustellen, dass niemand unbemerkt entkam.

»Entweder warten die drauf, was wir als Nächstes machen, oder wir haben sie völlig unvorbereitet erwischt«, raunte Logan leise. »Auf jeden Fall müssen wir weiter, bevor sie eine Gegenattacke starten. Die Treppe befindet sich im Eingangsbereich. Wir sollten vier Männer zurücklassen, um diese Position zu halten. Keiner kommt hier raus.«

Commander Vargas erteilte gerade die entsprechenden

Befehle, da glaubte Logan, Bewegung aus dem oberen Stockwerk wahrzunehmen.

Wir müssen weiter.

Ohne zu zögern, trat er rechts um den Tresen, während Commander Vargas es ihm auf der linken Seite gleichtat.

Die Jagd hat begonnen.

Die Männer betraten den Flur. Im gleichen Moment erschütterte eine donnernde Explosion die Villa. Logan sah Commander Vargas an: »Oje, ich hoffe, das waren wir.«

Ohne zu wissen, dass sich der Angriff für Team Bravo gerade zu einem schweren Feuergefecht entwickelt hatte, machte Logan in Richtung des Flurs kehrt und betete, dass ihre Glückssträhne weiter anhielt.

Team Bravo
1. November 2008
5:49 Uhr Ortszeit

Was John Quick betraf, war die Sprengung der Wand so ereignislos verlaufen, wie das bei einem gewaltsamen Eindringen mithilfe von Sprengladungen überhaupt ging. Die gleichzeitigen Detonationen mussten die Sicherheitskräfte verwirrt haben, denn niemand hinderte Team Bravo daran, auf das Gelände vorzudringen. Alles lief glatt – zumindest bis sie die Garage erreichten.

Von den Satellitenbildern und Aufnahmen der Drohne wussten sie, dass die Garage in Stahlrahmenbauweise ähnlich groß wie die Villa war. 60 Meter lang, etwa 30 breit. Ähnlich wie ein Hangar gebaut mit einer Art Empore, welche die linke Seite einnahm. Die einstöckige rechte Hälfte war mit Pick-ups und SUVs vollgestopft.

Als Team Bravo vor der Hintertür in Stellung ging, bildete sich John ein, von drinnen eine Bewegung gehört zu haben. Er forderte Lieutenant Commander Concepción mit einem Winken auf, stehen zu bleiben und zu lauschen. Der Teamführer tat es, hörte jedoch nichts und erteilte deshalb den Befehl, in die Garage einzudringen. Er selbst ging vorneweg.

Lieutenant Commander Concepción drehte den Knauf, drückte die Tür nach innen auf und drang ins spärlich beleuchtete Innere vor. Ein zweites FES-Mitglied war ihm gerade gefolgt, als sie unter massiven Beschuss aus automatischen Waffen gerieten. Der Commander des Team Bravo kassierte mehrere Treffer.

Der FES-Soldat hinter ihm sprang rückwärts aus der Garage, während Kugeln den Türrahmen zerfetzten, in dem er eben noch gestanden hatte. Er landete auf dem Rücken und rettete sich schwer atmend neben den Eingang. John fand, dass er relativ gefasst wirkte, obwohl er dem Tod nur knapp entkommen war.

Mann, diese Typen sind tough.

Lieutenant Commander Concepción hatte weniger Glück. John sah den FES-Offizier auf der Seite liegen, der Kopf knapp einen halben Meter vom Durchgang entfernt. Seine Augen starrten ins Leere.

Das Team stand gedrängt zu beiden Seiten des Eingangs. Sackgasse. Von hier aus kamen sie definitiv nicht in die Garage. Sie mussten einen anderen Zugang finden.

Wir müssen den Gegner ablenken.

Ein Gedanke schoss ihm durch den Kopf, während das Sperrfeuer weiter die Tür malträtierte. Er schielte auf die andere Seite zum zweiten Kommandierenden des Team Bravo, Lieutenant Jorge Garcia, wartete, bis Team Bravo eine Salve abfeuerte, und stürmte dann am Eingang vorbei zu ihm. Er rasselte die Neuigkeiten herunter und der FES-Soldat, der jetzt das Kommando hatte, hörte aufmerksam zu.

»Lieutenant, wir kommen hier nicht rein. Wir müssen einen anderen Weg finden, aber dafür müssen wir die Kerle drinnen ablenken. Im Moment erwarten sie, dass wir uns von hier aus gewaltsam Zutritt verschaffen wollen. Sie müssen zwei Männer hierlassen, um die Position zu halten, und sie in dem Glauben wiegen, wir kämen hier nicht weg. In der Zwischenzeit schleichen Sie und ich mit dem Rest der Männer ums Gebäude und kämpfen uns von vorn rein. Wenn wir sie unbemerkt in die Zange nehmen können, erwischen wir sie, sichern die Garage und nehmen ihnen jede Chance, mit den Autos zu flüchten. Von der Garage aus geht es dann zum zweiten Zielpunkt.« Damit meinte er das Gebäude, das an die Villa angrenzte. Welchem Zweck es diente, wussten sie bisher nicht.

Der Lieutenant wog kurz die Optionen ab, nickte dann und sagte: »Guter Vorschlag. Also los.«

Ohne zu zögern, ging er an dem Mann vor ihm vorbei, tippte dem FES-Soldaten auf die Schulter, der das Feuer durch die Tür erwiderte, und erteilte ihm die nötigen Befehle.

John sah, wie er dem HRT-Mitglied auf der anderen Seite der Tür Handzeichen gab. Der Mann vom HRT nickte, ließ ein leeres Magazin zu Boden fallen, lud nach und schoss weiter durch die Tür.

Der Lieutenant drehte sich zu John um: »Dann los. Wollen Sie die Führung übernehmen oder soll einer meiner Männer vorangehen?« Das klang weder herablassend noch sarkastisch. John wusste, dass der FES-Lieutenant ihm aus

Respekt die Entscheidung überließ, zumal das Ganze seine Idee gewesen war.

»Ich geh voran.« Er bewegte sich zur rechten Seite der Garage, der Lieutenant und der Rest von Team Bravo folgten dichtauf.

Na, das war ja mal wieder eine ganz tolle Idee, John.

Wenn sich jemand mit militärischer Ausbildung in der Garage aufhielt, kam er garantiert auf die Idee, dass die Gegenseite versuchte, sie von zwei Seiten in die Zange zu nehmen. John hoffte nur, dass derjenige, der in der Garage die Entscheidungen traf, noch weitere 30 Sekunden vom andauernden Feuergefecht abgelenkt wurde, denn mehr Zeit brauchten John und Team Bravo nicht.

Er erreichte die Ecke des Gebäudes, blieb kurz stehen und spähte in der sicheren Deckung der Dämmerung um die Mauer.

Nichts. So weit, so gut.

Er huschte an der Seite entlang.

Hoffentlich kommt man direkt an die Garagentore ran.

Er atmete tief durch und lehnte sich um die nächste Ecke. Von seinem Standort aus hatte er freie Sicht auf das angrenzende Gebäude, das wie ein großes Gästehaus wirkte, und auf die Villa. Das Gute: Keine Verstärkung kam aus einem der Gebäude. Das Schlechte: Hinter mehreren Fenstern war Licht angegangen.

Wir haben nur noch ein, zwei Minuten, bevor die ihre Abwehrmaßnahmen verstärken. So viel zum Überraschungsmoment.

Er wandte sich an Lieutenant Garcia: »Keine Sicherheitskräfte in Sicht, aber wir haben nur noch wenig Zeit. Überall im Haus sind Lampen an. Ich schleiche weiter und nehme das Garagentor ins Visier. Sie und die anderen aus dem Team decken die Eingänge zur Villa und dem anderen Gebäude. Bleiben Sie hinter mir. Sobald wir das offene Tor erreichen, geh ich so leise wie möglich rein und Sie folgen. Bereit?«

Lieutenant Garcia nickte, drehte sich erneut um und gab die Befehle weiter. »Fertig.«

Obwohl der Weg zum ersten Garagentor nur Sekunden dauerte, kam es John wie eine Ewigkeit vor. Zwischen ihm und den beiden Gebäuden zur Linken bot sich keinerlei Deckung.

Schneller, alter Mann!

Für seine 42 Jahre war er fit – fitter als die meisten 20-Jährigen –, aber er wusste, dass der Zahn der Zeit an ihm nagte. Nicht dass er so sehr nachgelassen hätte: Die Zweikämpfe der letzten paar Tage belegten das. Allerdings brauchte er deutlich länger als früher, um sich von diesen Auseinandersetzungen zu erholen. Daher musste er sich auf Cleverness und Erfahrung verlassen.

Er hoffte, dass ihn beides in den nächsten Sekunden nicht im Stich ließ.

Während er die letzten paar Meter in Richtung Tor zurücklegte, wurden die Geräusche des Feuergefechts in der Garage lauter. Mehrere Männer riefen auf Spanisch wild durcheinander. Er spürte mehr, als dass er hörte, wie Team Bravo hinter ihm stoppte.

Er spähte hinein und erfasste mit einem kurzen Blick ins Innere alle Alternativen. Sofort wusste er, was zu tun war.

Das wird auf jeden Fall die Nachbarn wecken.

Beim Umdrehen begegnete John den fragenden Augen des Lieutenants, weil er nicht wie besprochen in die Garage gegangen war. Er erklärte seinen neuen Plan und wandte sich entschlossen dem Tor zu, um ihn umzusetzen.

Ich hoffe mal, die Jungs hinter der Garage haben genug Deckung.

Er setzte den Rucksack ab, wühlte kurz darin und fand, wonach er suchte – die M18A1-Claymore-Mine. Er holte sie samt Zünddraht und Plastikauslöser aus dem Rucksack. Nachdem er die Mine scharf gemacht hatte, wickelte er rund sechs Meter Draht ab. Ein Blick über die Schulter verriet ihm, dass die Mitglieder des Team Bravo sich befehlsgemäß zurückgezogen hatten, aber immer noch die Vorderseite der Villa und das angrenzende Gebäude deckten.

Sobald die Mine einsatzbereit war, trat er um die Ecke. Dort standen sechs Wachmänner im Halbkreis hinter großen SUVs und nahmen weiterhin die offene Hintertür unter Beschuss. Er machte kehrt und platzierte die Mine im Schotter nahe dem Rahmen des Garagentors. Bei einem Blick zurück bemerkte er einen der HRT-Männer knapp 50 Meter entfernt.

John ging davon aus, dass der FBI-Agent selbst auf diese Entfernung mitbekommen hatte, wie er die Mine platzierte. Er deutete in die entsprechende Richtung und bewegte die Hände in einer Geste, die deutlich machte, dass der Agent und sein Kollege vom HRT sich von der Tür entfernen und in Deckung gehen sollten.

Ohne eine Reaktion abzuwarten, rannte er zurück zum Rest des Team Bravo und spulte den Rest des Kabels ab. Alle lagen auf dem Boden und richteten ihre Waffen auf die Villa.

John ließ sich auf den Bauch fallen, umfasste den Zünder mit beiden Händen – Erinnerungen an Falludscha blitzten kurz durch die dunklen Winkel seines Gehirns – und betätigte den Auslöser.

KAWUMM!

Die Explosion schleuderte Stahlkugeln in einer Welle aus Tod und Zerstörung durch die Garage. Alle sechs Sicherheitskräfte wurden getroffen, da Querschläger unkontrolliert hin und her schossen. John spürte, wie das ganze Gebäude wütend erzitterte.

Wie John gehofft hatte, wurde auch der über 1000 Liter fassende Benzintank getroffen, den er gerade auf der rechten Seite der Garage entdeckt hatte. Die zweite Explosion ließ die Detonation der Antipersonenmine wie einen harmlosen Silvesterkracher klingen.

BUMMMM-wuuuusch!

Mit einem donnernden Röhren, das Johns Zähne klappern ließ, raste ein gewaltiger Feuerball durch die Garage. Das Blechdach wurde in Fetzen gerissen, die in alle Richtungen davonflogen. Blech und Holzteile prasselten um sie herum zu Boden. Das gesamte Gelände wurde von der Explosion orangefarben erleuchtet, während der Donnerschlag von den umgebenden Hügeln widerhallte.

Mit klingenden Ohren drehte er sich zum FES-Lieutenant. So abgebrüht der junge Mann auch war, John musste lächeln, als er das Staunen auf dessen Gesicht bemerkte. »Das dürfte seine Wirkung nicht verfehlt haben«, meinte John. Lieutenant Garcia starrte ihn weiter nur an. »Jetzt weiter mit Teil zwei.«

John gab dem jungen Mann einen Moment Zeit, um dem Team neue Instruktionen zu geben, dann stand er auf, nahm seinen M4 und entsicherte ihn. Er sprintete über die geschotterte Einfahrt auf das zweite Gebäude zu, den Rest des Teams im Schlepptau. Sie bewegten sich im Gänsemarsch auf das neue Ziel zu, mit je etwa anderthalb Metern Abstand zueinander.

Wollen wir doch mal sehen, was sich hinter Tor zwei verbirgt.

Team Alpha

Abgesehen von den zwei Männern in der Küche hatten sich Team Alpha noch keine weiteren Security-Leute des Kartells in den Weg gestellt. Sie waren zwei Wendeltreppen nach oben gerannt, die vom Foyer mit den schwarz-weißen Marmorfliesen zu einem Treppenabsatz in der Mitte eines Gangs führten, der sich über die gesamte Länge des ersten Stocks der Villa erstreckte. Der Grundriss glich eher einem kleinen Hotel als einem normalen Wohnhaus.

Logan führte einen Teil des Trupps auf der rechten Seite des breiten Flurs an, Special Agent Foster lotste den Rest des Teams zur linken Seite. Logan bewegte sich so leise, wie er konnte, durch den langen Korridor. Zum Glück waren seine Schritte auf dem dicken Teppich kaum zu hören. Commander Vargas und vier Mitglieder von Team Alpha, alle aus Vargas' FES-Einheit, folgten ihm.

Wo zum Teufel steckt El Fuegos Garde von Leibwächtern?

Am hinteren Ende des Korridors wartete eine hohe, reich verzierte Tür aus dunklem Holz, die sich über die gesamte Breite der Wand erstreckte.

Bestimmt El Fuegos Gemach. Wie unauffällig.

Sie hatten bereits die ersten zwei der vier geräumigen Zimmer kontrolliert, die von beiden Seiten des Gangs abzweigten – allesamt leer. Jetzt bewegten sie sich weiter den Flur entlang und brachten sich neben den anderen zwei Türen in Position. Logan zählte: *Eins … zwei …* Er kam nicht bis *drei.*

Eine Salve aus einer Automatikwaffe brach unmittelbar vor Commander Vargas durch die Tür. Splitter flogen durch den Flur. Die Mitglieder von Team Alpha gingen instinktiv in die Hocke, falls der Schütze beschließen sollte, auch durch die Wände und nicht nur durch die Tür zu feuern. Commander Vargas griff sich eine der Blendgranaten von der Weste und zog den Sicherungsstift. Logan kam es vor, als halte er sie eine Ewigkeit in der Hand.

Der Beschuss verstummte. Logan hörte, wie ein Mann etwas auf Spanisch rief, gefolgt von einem metallischen Klappern auf dem Parkettboden.

Das Schwein lädt nach …

Commander Vargas hatte offenbar denselben Gedanken. Statt abzuwarten, bis der Schütze fertig war, griff er nach dem Türknauf, öffnete einen Spaltbreit und schleuderte die Granate in die Mitte des angrenzenden Raums. Logan hielt sich schützend die Hände vor die Ohren. Der Rest von Team Alpha folgte seinem Beispiel. Eine Sekunde später explodierte die Blendgranate.

Bum! Der Blitz flackerte hinter dem Spalt auf.

Logan hörte jemanden im Zimmer schreien.

Dumm gelaufen, Arschloch, dachte er, während Commander Vargas das Zimmer betrat und die Waffe im Anschlag suchend hin und her schwenkte.

Der Schütze, der nichts als ein weißes T-Shirt und blaue Boxershorts trug, versuchte, obwohl er geblendet war und infolge der Explosion nichts mehr hörte, das AK-47 in der rechten Hand anzuheben.

Logan sah, dass Commander Vargas, der offenbar die Regeln des Einsatzes nicht vergessen hatte, mit der UMP zielte und dem Mann in kurzer Folge in beide Beine schoss.

Popp-popp! Popp-popp!

Die Kugeln zerschmetterten dem Gegner die rechte Kniescheibe und das linke Schienbein. Der Schmerzenslaut verwandelte sich in ein durchdringendes Kreischen. Er ließ das AK-47 fallen und krümmte sich auf dem Boden.

Commander Vargas trat das Maschinengewehr mit dem Fuß außer Reichweite des Mannes, riss ihn an den schwarzen Haaren und brüllte: »*¿Cómo se llama usted?*«

Der Mann war nicht in der Lage, Widerstand zu leisten, aber er konnte wegen der Granate nichts hören. Vargas schrie ihn erneut an und zeigte auf seine Brust. Der Verwundete begriff endlich und murmelte unter Schluchzen: »Eduardo Montanero.«

Commander Vargas sah Logan an, der den Kopf schüttelte, um zu bestätigen, dass es nicht die Stimme der Zielperson war.

Auf zum nächsten Zimmer!

Commander Vargas wälzte den Verletzten auf den Bauch und ignorierte dessen Flehen um medizinische Versorgung. Er fesselte ihm die Hände mit einem Kabelbinder, ging aus dem Zimmer und schloss die Holztür, wodurch die Schreie des Mannes leicht gedämpft wurden.

»Er wird durchkommen«, meinte er. »Das Clean-up-Team kann sich später um ihn kümmern. Das hat keine Priorität.«

Logan hörte die kühle Berechnung in Commander Vargas' Stimme, nickte zustimmend und wandte sich der letzten Tür zu. Wieder startete er den stummen Countdown: *Eins … zwei … drei … los!* Er griff mit der rechten Hand nach dem Türknauf und drehte ihn.

Bevor er die Tür nach innen öffnen konnte, donnerte die tiefe Stimme eines Mannes durch den Korridor: »*¡Hijos de puta! ¿Me buscan?*«

Logan verstand kein Spanisch, aber er wandte sich in Richtung der Stimme um, die vom Ende des Flurs kam. Was er sah, ließ ihn erstarren.

Verdammte Scheiße. Das ist doch ein schlechter Scherz!

In der Tür des großen Schlafzimmers stand ein übergewichtiger, dunkelhäutiger Mexikaner, etwa 1,80 Meter groß. Er trug einen offenen Bademantel aus dunkelrotem Satin, das dichte schwarze Brusthaar klaffte vorn raus. Das Outfit wurde von einer dunkelblauen Pyjamahose und etwas, das Logan verdächtig an ein Paar gelber Plüschslipper erinnerte, ergänzt. Der Mann hatte einen kurz getrimmten Vollbart und eine dichte Mähne schwarzer lockiger Haare, die in alle Richtungen abstanden. Der Ausdruck auf seinem Gesicht zeugte von aufrichtiger Empörung.

Oh, oh. El Fuego ist ganz schön angepisst.

Team Alpha starrte den Kartellführer einen Moment ungläubig an, aber der schockierend komische erste Eindruck wich einem Gefühl unmittelbarer Bedrohung, als sie sahen, was er in den Händen hielt. Das Objekt, das Team Alphas Aufmerksamkeit fesselte, war der große, runde Stutzen, der an die Spitze eines Feuerwehrschlauchs erinnerte und in ihre Richtung zeigte. Direkt dahinter befand sich ein kleiner Griff, den El Fuego in der linken Hand hielt. Die Waffe hatte noch einen zweiten Pistolengriff, den er mit der Rechten umfasste. Das merkwürdig geformte Utensil war mit einem dunklen Schlauch verbunden, der sich zu einem Tank auf dem Rücken schlängelte.

Logans geistige Waffendatenbank identifizierte einen M9A1-7-Flammenwerfer der US-Army aus der Vietnam-Ära. An der Düse züngelte eine blaue Flamme. Bevor Logan einen weiteren Gedanken fassen konnte, ließ El Fuego ein Brüllen vernehmen und zog den Abzug.

Der Flur wurde von einem fauchenden Zischen erfüllt, als die Flamme auf Logan und den Rest von Team Alpha zuschoss wie eine wütende Schlange, die sie alle verschlingen wollte.

Team Bravo

Das Gebäude, von dem sie aufgrund der Satellitenbilder vermutet hatten, es handele sich um einen Anbau der Villa, stand in Wahrheit frei. Lediglich ein schmaler Pfad, mit einem Aluminiumdach versehen, verband es mit dem Haupthaus. Bei näherem Hinsehen war es gar kein Gästehaus, sondern nur als solches getarnt.

Tatsächlich handelte es sich um ein rechteckiges Bauwerk aus Beton, ohne Fenster und in einem blassen Cremeton gestrichen, welcher der Farbe der Villa entsprach. Ein komplexes Ventilationssystem erstreckte sich über die gesamte Länge des Komplexes. Auf dem Dach thronten mehrere Lüftungskamine. Ein Gebäude dieser Größe benötigte definitiv nicht so eine überdimensionierte Abluftanlage.

Was zur Hölle geht da drinnen vor?

Tief aus dem Innern des Haupthauses hörte man weiterhin Schüsse. John hoffte natürlich, dass Logan und Team Alpha das Ziel geschnappt hatten, aber er selbst hatte ein ebenfalls nicht ganz unbedeutendes Problem zu lösen.

John und Lieutenant Garcia standen auf dem überdachten Gehweg neben einer Stahltür, die nahtlos in die Seite des Gebäudes eingelassen war. Die Tür hatte nur einen Knauf, der sich nicht bewegen ließ. Das elektronische Zahlenschloss daneben gestaltete die Angelegenheit nicht gerade einfacher. Der Beschlag war einige Zentimeter dick und John ging davon aus, dass nur ein paar gut platzierte Sprengladungen ihn aus den Angeln reißen konnten.

Er überlegte gerade, was sie unternehmen sollten, als das Zahlenschloss ohne Vorwarnung piepste.

Jemand kommt raus.

Zum Glück bekam derjenige, der gleich durch die Tür trat, nur ihn und Lieutenant Garcia zu Gesicht. Der Rest von Team Bravo gab ihnen Deckung und war zwischen den beiden Gebäuden entlang der Wände in Stellung gegangen.

Da keine Zeit blieb, um sich zu verstecken, trat John schnell einen Schritt von der Tür zurück, zog sein KA-BAR-Kampfmesser und wartete. Lieutenant Garcia reagierte ähnlich. Er hatte das Sturmgewehr am Riemen über die Schulter geschlungen und hielt eine geschwungene Klinge in der rechten Hand.

John hoffte, dass der Kampflärm und die Morgendämmerung sie lange genug verborgen hielten, um ihnen eine Chance zum Angriff zu geben.

Abwarten, John. Abwarten.

Sobald das Piepsen verstummte, schwang die Tür nach außen auf und der Lauf eines AK-47 erschien im Türspalt. John wartete, bis die linke Hand des Mannes in den Blick geriet, die den hölzernen Schaft unter dem Lauf hielt.

John sprang vorwärts, schnappte den Lauf der Waffe mit der rechten Hand und riss ihn hart nach unten und vorn. Der verblüffte Wachmann von El Fuegos Security stolperte aus der Tür in Johns Richtung. John riss die rechte Hand hoch und stieß das KA-BAR tief zwischen die Rippen seines Gegenübers. Die Klinge erwischte das Herz des Mannes und tötete ihn, bevor dieser überhaupt begriff, was passierte.

Während John den Toten auf den Boden gleiten ließ, erschien in der Tür ein zweiter Wachmann mit einem Ausdruck des Entsetzens auf dem Gesicht, sobald er sah, welches Schicksal seinen Kollegen ereilt hatte. Er hob das AK-47, um auf John zu zielen.

Lieutenant Garcia packte ihn am Hals, riss ihn nach hinten und vergrub die geschwungene Klinge im Rückgrat des Mannes, der seinen Rücken unter Schmerzen krümmte. Lieutenant Garcia trieb die Klinge noch tiefer hinein, bis der Körper des Rivalen erzitterte und jäh erschlaffte.

Rodriguez ließ ihn auf den schmalen Pfad fallen, während sich die Tür zu schließen begann. John erwischte die Kante, bevor sie ins Schloss fiel.

Tja, so kommt man da auch rein.

Durch die Öffnung erspähte er einen kurzen Gang, der in einen größeren beleuchteten Raum führte. Er hörte erregtes Stimmengewirr auf Spanisch und sah den Lieutenant an.

»Sie sind in Panik wegen der Schüsse und Explosionen und überlegen, was sie tun sollen«, übersetzte Rodriguez.

»Nun«, John grinste böse, »dann sollten wir ihnen keine Zeit lassen, in Ruhe einen Plan zu schmieden.«

Team Alpha

Logan lag mit dem Gesicht nach unten auf dem Parkett des Gästezimmers, das sie nicht mehr kontrolliert hatten, bevor El Fuego entschieden hatte, sie alle in seinem provisorischen Krematorium zu verbrennen. Hitzeschwaden zischten an ihm vorbei.

Aus dem Flur drangen Schmerzensschreie. Die anderen Teammitglieder hatten keine Deckung mehr finden können, bevor El Fuego den Flammenwerfer in Gang gesetzt hatte. *Ohne den Mann, der auf meinem Rücken liegt, wär ich nicht mehr am Leben.*

Bevor Logan auf den Strahl entzündeten Brennstoffs, der auf ihn zuschoss, reagieren konnte, hatte ihn einer aus dem Team schon durch die Tür gestoßen, vor der er stand.

Er spürte, wie sich der andere von seinem Rücken rollte. Logan drehte sich auf die Seite und sah, dass es Commander Vargas war, der gerade auf die Beine sprang. Logan stand ebenfalls auf, während die Schreie aus dem Flur unverändert zu hören waren und das Rauschen der Flammen übertönten. Es blieb keine Zeit für ein Dankeschön.

Logan sah sich nach einem anderen Weg aus dem Zimmer um. Er fluchte bei dem Anblick, der sich ihnen bot. Eines der großen Schiebefenster stand offen. An den Bettpfosten in der Nähe des Fensters war ein Laken geknotet, das nach draußen hing.

»Verdammte Scheiße. Ich wette, das war unser Mann«, fluchte Logan. »Er hat uns wohl kommen hören und ist abgehauen. Wir brauchen Luftunterstützung, aber zuerst müssen wir uns um El Fuego kümmern.« Er wusste, dass die anderen Männer, die im Feuersturm im Flur festsaßen, wenig Überlebenschancen hatten, aber sie mussten etwas unternehmen.

Er löste eine M67-Splittergranate von seiner Weste und redete schnell, während er den Pin abzog: »Er muss gleich das Feuer unterbrechen. Die Waffe kann nur in Stößen abgefeuert werden. Sobald er das tut, lehne ich mich raus und werfe die Granate. Wenn sie hochgeht, greife ich ihn an. Sie gehen nach links und kümmern sich um unsere Verwundeten. Kontaktieren Sie die Helikopter, die sollen mit ihrem FLIR-Radar rausfinden, ob jemand vom Gelände zu fliehen versucht. Derjenige dürfte wahrscheinlich versuchen, die Hügel zu erreichen.«

Kaum hatte er zu sprechen aufgehört, wurde der gerade noch hell erleuchtete Korridor schlagartig dunkel. In einer fließenden Bewegung sprang Logan zur Tür, das rechte Knie nach vorn und das linke Bein ausgestreckt. Als sein Knie den Boden berührte, ließ er den Abzugbügel los und warf die Granate so schwungvoll, wie er konnte, um die Ecke in den Gang. Er guckte nicht einmal, denn er wollte sich nicht dem Verrückten mit dem Flammenwerfer zeigen. Glücklicherweise landete er einen Treffer.

Während die Granate vom Boden abprallte und auf El Fuego zuflog, stand Logan auf, brachte die Kimber in Anschlag und wartete. Logan sah, wie Commander Vargas nach dem kleinen Medizinpack auf seinem Rücken tastete. Er holte das Morphium heraus.

So kann er unsere Verwundeten wenigstens ein bisschen von den Schmerzen befreien, dachte Logan.

Ihm blieb keine Zeit, weiter über das Schicksal seines Teams nachzudenken. Die Granate detonierte.

BUM!

Logan wurde mit einem lauten Schrei belohnt, während die Druckwelle durch den Flur auf sie zuraste.

Er verließ die Deckung und stürzte durch die Tür auf sein Opfer zu. Dabei erkannte er schemenhaft vier Gestalten am Boden, konnte allerdings nicht sehen, ob sie sich noch bewegten. Er musste weiter.

Der Flur stand in Flammen, beide Wände brannten. Rauchschwaden krochen unter der Decke entlang. Die Wandfarbe warf Blasen und löste sich wegen der Hitze ab.

Meine ganz persönliche Hölle. Was für ein Albtraum …

Logan stürmte durch die Flammen, selbst nur ein Schemen, und hielt auf die Überreste von El Fuegos Schlafzimmertür zu. Beide Flügel waren aus den Angeln gerissen und durch die Explosion der Granate zerstört worden.

Logan konnte hinter der Tür einen großen offenen Raum erahnen. Leider war El Fuego nirgendwo in der Nähe des Eingangs zu sehen. Logan hatte insgeheim gehofft, er sei von der Granate sofort getötet worden.

Er erreichte das klaffende Loch, das nunmehr den Eingang zum Schlafzimmer darstellte, blieb kurz stehen und lauschte. Ein metallisches Kratzen ertönte, gefolgt von einem lauten Krach, als ein schwerer Gegenstand umstürzte.

Logan wollte El Fuego nicht noch mehr Zeit geben, sich von der Explosion zu erholen. Er trat in das Allerheiligste des Mannes, die Kimber im Anschlag.

Auf dem Boden, etwa fünf Meter entfernt, lag El Fuego. Verletzt, aber er bewegte sich noch. Für Logan sah es nicht danach aus, als werde er in unmittelbarer Zukunft freiwillig aus dem Leben scheiden. Er sah sich schnell im Zimmer um und überzeugte sich, dass sich sonst niemand darin aufhielt.

El Fuego lag am Fuß eines Regals. Er mühte sich ab, das obere Regalbrett zu erreichen, und erzielte quälend langsame Fortschritte. Den Schlauch des Flammenwerfers zog er hinter sich her. Die Tanks auf dem Rücken waren von Granatsplittern durchlöchert. Eine dunkle Flüssigkeit quoll daraus hervor und ergoss sich über den roten Bademantel und die Beine. Erstaunlicherweise trug er immer noch die gelben Plüschpantoffeln.

Seine Hand war nur Zentimeter von ihrem Ziel entfernt,

einer vernickelten 45er, die er auf einem eleganten Ständer aufbewahrte. Logan ging davon aus, dass sie geladen war.

Schön. Funktional und ästhetisch ansprechend. Der Kerl gibt nicht auf, das muss man ihm lassen.

Logan senkte die Kimber und feuerte eine einzelne Kugel in die Rückseite von El Fuegos linkem Bein. Der Mann ging erneut zu Boden, umklammerte das Schienbein und winselte. Er rollte auf die Seite, den Rücken gegen das Regal gedrückt, und starrte Logan trotzig an.

Logan sagte leise: »Ich hab doch gesagt ›Keine Bewegung‹ … oder vielleicht auch nicht. Sorry. Es ging etwas chaotisch zu da draußen. Egal, sieht aus, als ob du durchkommst. Allerdings hängt das davon ab, was du mir über Juan Black erzählen kannst.« Logan sah dem mörderischen El Fuego teilnahmslos in die Augen.

El Fuego atmete schwer und lachte kurz: »Leck mich, Gringo. Du bist nicht mal wegen mir hier? Ich erzähl dir gar nichts, *pendejo.*«

Logan nickte. »Hab ich mir schon gedacht, aber ich werd dir meine Vermutungen mal darlegen.« Seine Gelassenheit schien El Fuego aus dem Konzept zu bringen. »Ich glaube, Mr. Black befand sich in dem Gästezimmer, aus dem wir gerade kommen, und ich wette, dass du keine Ahnung hast, wer er wirklich ist. Eins kann ich dir sagen: Sein Name ist definitiv nicht Juan Black. Was dich angeht – du bist erledigt. Eine Einheit der mexikanischen Armee ist unterwegs, um dich in Gewahrsam zu nehmen. Heute ist dein Glückstag, Arschloch. Du wirst weiterleben. Ich werd dich aber erst mal fesseln, damit du nicht auf weitere dumme Ideen kommst.«

»Die mexikanische Armee? Du musst echt ein ziemlich dämlicher Amerikaner sein. Die Hälfte von denen steht vermutlich auf meiner Gehaltsliste. Du glaubst ernsthaft, die verhaften mich? Oder behalten mich, wenn sie mich haben? In ein paar Wochen oder Monaten bin ich wieder auf freiem Fuß. So läuft das hier unten. Du und dein Land, ihr habt das nur noch nicht kapiert. Ihr könnt uns nicht *aufhalten*. Für die korrupten Politiker, Bullen und das Militär steht zu viel Geld auf dem Spiel. Es wird nie ein Ende haben, *puta. Ich werde nie ein Ende haben.*«

Logan ignorierte den Vortrag, obwohl er wusste, dass El Fuego teilweise oder sogar vollständig recht hatte. Er wollte gerade auf ihn zugehen, da brachte ihn ein leises Geräusch in seinem Rücken aus dem Konzept. Er wirbelte herum und hob die Pistole, aber es war nur Commander Vargas, der an der Tür stand. Das ernste Gesicht verriet Logan alles, was er über das Schicksal der Männer wissen musste, die in den Feuersturm geraten waren.

Der Commander schüttelte traurig den Kopf und winkte Logan zu sich.

Verflucht. Logan hatte gehofft, dass wenigstens ein paar von ihnen durchkamen, obwohl sein Bauchgefühl das Gegenteil besagte.

»Logan, sie hatten keine Chance. Es tut mir leid um Ihre Männer und meine. Wir können später um sie trauern und ihnen zu gegebener Zeit die Ehre erweisen.« Commander Vargas blickte auf El Fuego hinab und seine Stimme wurde hart: »Aber was machen wir jetzt mit diesem Stück Abschaum?«

»Er weiß nichts«, schnaubte Logan. »Ich hab ihm ins Bein geschossen, weil er die Waffe oben auf dem Regal erreichen wollte. Eine schöne Waffe übrigens, ein Sammlerstück. Bestimmt geladen. Ich wollte ihn für das Säuberungsteam hierlassen.«

Commander Vargas starrte weiter El Fuego an: »Ich hab Luftunterstützung angefordert. Die Helikopter sollten in ein paar Minuten eintreffen. Sobald Sie rausgehen, kontaktieren Sie die Piloten auf Kanal sieben. Ich hab ihnen gesagt, dass sie danach Ausschau halten sollen, ob sich zwischen den Bäumen und in den Hügeln etwas bewegt. Sie geben Ihnen die Info, sobald Sie sie über Funk kontaktieren.«

»Danke. Was machen wir jetzt? Hört sich an, als sei das Gefecht draußen noch in vollem Gang. Haben Sie Team Bravo erreicht?«

Commander Vargas lächelte dünn. »Ja. Lieutenant Commander Concepción ist tot. Er wurde beim Eindringen in die Garage getötet. Lieutenant Garcia hat jetzt die Befehlsgewalt. John ist noch am Leben. Er war für die Explosion verantwortlich, die wir gehört haben.« Er hielt kurz inne und schüttelte den Kopf. »Ihr Freund hat die ganze Garage in die Luft gejagt. Es ist nichts davon übrig. Hat damit wahrscheinlich etliche Leben gerettet.«

»Das hört sich nach John an, okay. Er ist oft ein bisschen übermotiviert, wenn's um Sprengstoff geht.«

»Scheint so. Sie sind dabei, in das angrenzende Gebäude einzudringen. Offenbar eine Art Produktionsstätte.«

»Na, sieh mal einer an. Zumindest wird sie nach dem heutigen Tag außer Betrieb sein. Danke. Und es tut mir sehr leid um Ihre Männer. Ich werde die Verfolgung von Juan Black aufnehmen. Können Sie dieses Stück Dreck für mich anständig verschnüren?«

Logan wollte den Raum verlassen, doch Commander Vargas hielt ihn am Arm fest.

»Logan, dieser Mann ist böse. Nicht mehr und nicht weniger. Er ist verantwortlich für den Tod Hunderter, wenn nicht Tausender Menschen. Ich kenne seine Handschrift. Wenn wir ihn festnehmen, kauft er sich garantiert frei. Ich weiß, dass er Verbindungen zu korrupten Politikern unterhält.«

Logan wusste, worauf der andere hinauswollte. Er wartete ab.

»Logan, was ich damit sagen will … nein, worum ich Sie bitte, von einem Ehrenmann zum anderen: Haben Sie etwas dagegen, wenn ich mich selbst um El Fuego kümmere? Nur auf diese Art wird der Gerechtigkeit Genüge getan, besonders in Mexiko.«

Logan zögerte nicht. Er hatte kurz selbst darüber nachgedacht. »Sie haben recht. Er hat seinen Weg vor langer Zeit gewählt und nun wird es Zeit, dass er dafür bezahlt. Wenn Sie meinen, er kommt sonst davon, regeln Sie es von mir aus selbst. Klingt, als habe er es verdient.«

»Danke. Und nun gehen Sie und finden Sie Juan Black, während ich mich darum kümmere.«

In der Tür drehte sich Logan noch einmal um und sagte zu El Fuego: »Ich lag falsch, Arschloch. Es ist doch nicht dein Glückstag. Und es kommt noch besser: Du hattest unrecht, was den letzten Punkt angeht. Es *wird* dein Ende sein.« Er sah, wie Commander Vargas in die Tasche seiner Cargo-Pants griff und einen Gegenstand aus Metall herausholte – ein Feuerzeug. »Ich hoffe, du schmorst in der Hölle, aber zuerst erwartet dich hier ein kleines Spektakel.« Er drehte sich um und rannte durch den brennenden Korridor, um die Zielperson zu verfolgen, auf die es eigentlich ankam.

Ein vor Schreck wie erstarrter El Fuego hockte auf dem Boden und erkannte, dass es vorbei war. Commander Vargas wirkte fest entschlossen, die Strafe zu vollstrecken. Die Erkenntnis traf ihn wie ein Faustschlag in den Magen.

Logan erreichte die Mitte des Ganges und lauschte lächelnd dem lauten *Wuuusch!*, gefolgt von einem durchdringenden Schrei. Der Gerechtigkeit war damit für den Moment Genüge getan.

Das passiert eben, wenn man mit dem Feuer spielt.

41

Team Bravo

Für John Quick und Team Bravo war es weniger glatt gelaufen. Das Team folgte ihm und Lieutenant Garcia, nachdem sie die Tür gesichert hatten. Nachdem sie durch den Verbindungsgang ins Gebäude eingedrungen waren, hatte ein Wachmann sie von einem kleinen Büro aus unter Beschuss genommen, von dem aus sich die gesamte Anlage überblicken ließ.

John hatte dem Mann einen Schuss in die Brust verpassen müssen, während sie weiter in den Gang vordrangen. Deshalb büßten sie jegliches Überraschungsmoment ein.

Das Büro enthielt nur wenig Einrichtung: Ein winziger Schreibtisch mit einem Telefon, drei Klappstühle und eine Reihe Spinde an einer Wand. Neben dem minimalistischen Mobiliar verfügte eine Wand über ein raumhohes Plexiglasfenster. Eine einzelne Tür rechts davon führte in die Produktionshalle. Endlich wussten sie, was hier gespielt wurde.

Das Gebäude war ein riesiges industrielles Methamphetamin-Labor. Das überdimensionierte Ventilationssystem diente zum Abtransport der giftigen Gase, die als Abfallprodukt bei der chemischen Reaktion entstanden, die man benötigte, um große Mengen Crystal Meth zu kochen.

Auf der gegenüberliegenden Seite des Gebäudes waren vier gigantische Tanks in etwa zwei Metern Höhe montiert und mit einem Dichtmittel beschichtet. Jeder Tank maß etwas mehr als zweieinhalb Meter im Durchmesser und verfügte über einen zylindrischen Deckel. Eine komplizierte Anordnung von Rohren und Leitungen verband die Kammern mit mehreren großen Maschinen, wie sie John nie zuvor gesehen hatte. Aber die Anlage spielte im Moment keine Rolle, denn sie lagen unter heftigem Beschuss aus mehreren Handfeuerwaffen und Johns Aufmerksamkeit wurde dadurch voll und ganz in Beschlag genommen.

Eine Gruppe von sechs schwer bewaffneten Wachmännern hatte sich hinter den industriellen Aufbauten in Deckung begeben und nahm sie abwechselnd unter Beschuss, was sie daran hinderte, den Bereich zu verlassen, von dem aus sich die Halle überblicken ließ. Die Plexiglasscheibe war durch den ersten Beschuss geborsten. Kugeln schlugen in den Schreibtisch, die Wände und die Spinde ein.

John hatte bisher mit Logan Funkstille gehalten, aber angesichts der verzwickten Lage musste er Team Alpha kontaktieren. Er wollte gerade ins Funkgerät sprechen, als Logans Stimme über die Funkfrequenz von Team Bravo aus dem Headset schallte: »Team Bravo, wir haben die Villa gesichert. El Fuego ist tot, aber die Zielperson ist durch ein Fenster im ersten Stock entkommen. Luftunterstützung ist im Anflug. Ich nehme die Verfolgung auf. Alle verbleibende Security ist als feindlich anzusehen. Tödliche Gewalt autorisiert.«

John antwortete schnell: »Roger, Alpha. Benachbartes Gebäude scheint ein riesiges Meth-Labor zu sein. Sind dabei, es zu sichern. Erfolgreiche Jagd. Ende.«

»Roger, Bravo. Zieht es aus dem Verkehr. Ich melde

mich, sobald ich die Zielperson gefasst habe. Ich wechsle jetzt auf den taktischen Kanal für die Luftunterstützung. Bitte Basis kontaktieren und Mike ein Update geben, sobald ihr fertig seid. Ende.«

Mehr Kugeln schlugen in die Wand und die Überbleibsel der Plexiglasscheibe ein und ließen einen Schauer von Splittern auf Team Bravo niedergehen, das hinter der niedrigen Absperrung in Deckung gegangen war. Lieutenant Garcia sah zu John hinüber, der ihn anlächelte.

»Das ist Musik in meinen Ohren. Jetzt sind wir am Zug.« Er sagte es gerade laut genug, um sicherzugehen, dass es alle Mitglieder von Team Bravo mitbekamen, und umriss eilig seinen Plan.

Die Wachmannschaft im Innern wirkte gut ausgebildet. Der Beschuss hielt an, vier automatische Waffen, die gleichzeitig feuerten. Jedes Team lud abwechselnd nach. John war beeindruckt.

Schade, Jungs, aber für euch ist gleich Schluss mit lustig – in etwa drei Sekunden.

John zog eine M67-Splittergranate von der Weste ab. Lieutenant Garcia und ein anderes Mitglied des Team Bravo – einer der Männer vom HRT des FBI – taten das Gleiche. Er entfernte den Sicherungsstift, gab den Bügel jedoch noch nicht frei.

»Eins. Zwei. Drei. Jetzt!« Er ließ den Bügel los und warf die Granate im Bogen über die Trennwand. Lieutenant Garcia und der Mann vom HRT folgten seinem Beispiel.

Johns Granate flog über zwei SUVs und landete neben dem Zwei-Mann-Team auf der rechten Seite der Produktionshalle. Die anderen beiden Granaten landeten dicht am Ziel neben den großen Industriemaschinen. Alle von Team Bravo kauerten sich hinter der Wand möglichst dicht an den Boden, während der Wachmannschaft dämmerte, womit sie da beworfen wurde.

John hörte, wie ein Mann etwas auf Spanisch rief, aber der Ruf wurde von drei Explosionen in kurzem Abstand durchbrochen.

Bum! Bum! BUM!

Splitter fegten durch die Luft, fraßen sich durch Blech und verbeulten zahlreiche Maschinen. Ein Plastikfass mit irgendeiner Chemikalie darin wurde perforiert und die austretende Flüssigkeit geriet in Brand. Eine glühend heiße Welle fegte durch das Gebäude. Der hartnäckig andauernde Beschuss durch den Feind hörte unvermittelt auf.

John und Lieutenant Garcia sprangen über die Mauer und rannten tiefer in das Gebäude hinein. Drei Mitglieder von Team Bravo hoben ihre Sturmgewehre und feuerten in Richtung der Position des Security-Teams. Zwei andere stürmten nach links und vollendeten damit das Zangenmanöver.

Als John näher kam und an einem der SUVs vorbeilief, fielen ihm sofort die Flammen im hinteren Teil der Einrichtung auf. Ein beißender Geruch stieg ihm in die Nase.

Höchste Zeit, diese Konfrontation zu beenden. Er machte sich gefasst auf weiteren Widerstand von Feinden, die trotz der Granatenexplosionen noch lebten.

Das erwies sich jedoch als unnötig. John umrundete eine der großen Maschinen und betrachtete das Gemetzel, das die Sprengkörper angerichtet hatten. »Feuer einstellen!«, brüllte er, und das Deckungsfeuer aus dem Überwachungsraum stoppte sofort.

Jede M67-Granate besaß einen tödlichen Radius von fünf Metern. Zum Pech der Wachmannschaft hatten sie nur zwei oder drei Meter voneinander entfernt gestanden und die Präzision, mit der die Granaten geworfen worden waren, hatte sich als tödlich erwiesen. Keiner der sechs Männer hatte die Splitter überlebt.

Die beiden Wachleute in der Mitte hatten die Wucht aller drei Granaten abbekommen und waren regelrecht zerfetzt worden. John blieb stehen und griff zum Mikrofon, während die anderen Mitglieder von Team Bravo den Tod ihrer jeweiligen Ziele bestätigten und die Waffen sicherten.

Es wurde Zeit, Mike auf dem Flughafen zu kontaktieren.

»Commander, hier Team Bravo. Wir haben das Nebengebäude gesichert. Ein Crystal-Labor, das nicht länger zu gebrauchen ist. Die Garage wurde ebenfalls gesichert und zerstört. Wir warten vor dem Haus auf die Luftunterstützung. Der Anführer von Team Alpha verfolgt das Ziel, das aus der Villa entkommen ist. El Fuego ist tot, einer unserer Männer ebenfalls. Bei Team Alpha gibt es mindestens vier Opfer.«

John hörte Mikes Rückmeldung: »Bestätigt, Bravo. Sobald ihr das Ziel habt und auf dem Rückweg seid, verständige ich die mexikanische Armee. Die sollen hinter euch aufräumen.«

»Over and out.«

John sprach laut, damit er Lieutenant Garcias volle Aufmerksamkeit hatte: »Zeit, vors Haus zu gehen, das Gelände zu sichern und darauf zu warten, dass wir abgeholt werden, sobald Logan die Zielperson geschnappt hat.« Voller Abscheu beobachtete er, wie sich die Flammen ausbreiteten. »Lasst das Gebäude abfackeln.«

Beim Umdrehen in Richtung des zerstörten Büros nahm er eine starke Vibration wahr, die anschwoll und die Wände und das zerstörte Equipment erzittern ließ. Ein Lächeln trat auf seine Lippen.

Hier kommt die Kavallerie.

Zwei bewaffnete Hubschrauber näherten sich dem Gelände. Der eine setzte zur Landung an, während der andere Logan aus der Luft unterstützte.

Im Cockpit von Specter One

Captain Anthony Ramirez, Co-Pilot der Specter One, suchte die Hügel mit dem Starfire-Kamerasystem ab. Es verfügte über ein sogenanntes Forward-Looking Infrared Radar, kurz FLIR genannt. Die Bilder wurden in Echtzeit auf ein Display im Armaturenbrett des Helikopters übertragen. Das jüngste Upgrade, das die Crew installiert hatte, und es funktionierte tadellos.

Er verfolgte, wie die grauen trostlosen Hügel langsam unter ihnen vorbeizogen. Der Helikopter schwebte hoch über dem Gelände, um die gesamte Hügelkette im Blick zu behalten.

Captain Ramirez tat sich schwer, den Anblick zu verarbeiten, der sich ihm bot. Ein großes Gebäude an der Südflanke war komplett zerstört, die Flammen schossen mit ungebremster Energie in die Morgendämmerung. Ein weiteres Gebäude direkt neben der Villa brannte, das Feuer schien minütlich an Intensität zuzunehmen. Selbst an der Rückseite des Gebäudes quoll dichter Rauch aus den Fenstern im ersten Stock.

Er wusste, dass das Angriffsteam mehrere Tote beklagte, und hoffte, dass sich der Kampf zumindest gelohnt hatte.

Der Pilot hielt den Hubschrauber ruhig in etwa 60 Metern Höhe über dem Gelände. Captain Ramirez hantierte am Joystick neben dem Display. Die kugelförmige

Konstruktion unter der Nase des Helikopters drehte sich der Hügelkette entgegen. Captain Ramirez zoomte heraus, um einen besseren Gesamtüberblick zu bekommen.

Da! Eine Bewegung!

Er blickte geradeaus durchs Fenster und hielt Ausschau nach dem nächsten Fixpunkt. »Alpha, hier Specter One. Ziel gesichtet, etwa 150 Meter nördlich des Geländes und 50 Meter westlich vom Loch in der Mauer. Sieht so aus, als will er in die Hügel fliehen.«

Er bemerkte, dass der Pilot neben ihm durch die Scheibe des Hubschraubers deutete – er hatte das Ziel entdeckt: »Der Typ kauert neben ein paar Felsen. Wie lauten Ihre Anweisungen, Alpha?«

»Roger, Specter One. Habe Verfolgung zu Fuß aufgenommen.« Captain Ramirez hörte Schritte im Hintergrund, gefolgt von schnellen, aber kontrollierten Atemzügen.

»Ich verlasse das Gelände. Wie wär's mit ein wenig Beschuss, um dafür zu sorgen, dass er nicht fliehen kann, während ich den Hügel raufsteige? Aber was ihr auch tut, nicht – ich wiederhole: *nicht* – auf ihn schießen. Wir müssen ihn lebend erwischen. Ich sollte in zwei bis drei Minuten bei ihm sein. Behaltet mich im Blick und gebt mir Bescheid, wenn ich bis auf etwa zehn Meter an ihn rangekommen bin. Danach richte ich mich nach euren Anweisungen. Verlasse jetzt die Deckung. Eröffnet das Feuer!«

Der Pilot des bewaffneten Helikopters betätigte den Abzug am Steuerknüppel, zielte etwa 50 Meter über die Felsen und verschoss eine 20-Millimeter-Salve aus der GIAT-Kanone auf der linken Seite.

Der Hubschrauber erzitterte bei jedem Schuss – *Bum! Bum! Bum! Bum! Bum!* –, der in kurzer Folge abgegeben wurde. Die Geschosse schlugen nördlich des Zieles ein, zerfetzten niedrige Bäume und wirbelten Wolken aus Dreck und Splittern auf.

Sobald der Beschuss endete, änderte das Ziel seinen Kurs und bewegte sich den Hügel hinunter. »Alpha, Ziel bewegt sich jetzt *bergab* auf Sie zu. Ich kann euch beide sehen. Er ist etwa 50 Meter vor Ihnen.«

Er hörte, wie Logan sagte: »Das Unterholz ist zu dicht. Ich kann ihn noch nicht sehen. Feuern Sie noch eine Salve über ihn hinweg, mal schauen, ob Sie ihn auf mich zutreiben können.«

»Roger, Alpha.« Der Pilot eröffnete erneut das Feuer und pfefferte eine weitere Salve von 20-Millimeter-Geschossen ins Hügelland. Die Einschläge hallten von den Erhebungen wider und erzielten den erwünschten Effekt. Das Ziel bewegte sich nun zunehmend gehetzter den Hang hinab.

»Alpha, er ist nur noch 20 Meter von Ihrer Position entfernt, aber er bewegt sich nun von Ihnen weg. Sie sollten in etwa zehn Sekunden an ihm dran sein.«

»Roger, Specter One. Noch eine Salve mit zehn Schuss zur Ablenkung abfeuern und anschließend das Feuer einstellen. Dann sollte ich ihn haben.«

»Roger, Alpha. Viel Glück. Melden Sie sich, wenn Sie uns noch mal brauchen.«

Es kam keine Antwort. Captain Ramirez verfolgte, wie der Pilot ein letztes Mal das Feuer eröffnete und den Hügel ins Visier nahm. Auf dem Display sah er, wie die zwei hellgrauen Schatten in diagonaler Linie aufeinander zustrebten, bis sie zusammentrafen, während zeitgleich die letzte Granate explodierte. Er zoomte heran, um den bevorstehenden Kampf zu verfolgen, und feuerte im Stillen Logan West an.

Der Beschuss durch den Helikopter kaschierte, wie Logan sich den Hügel hinaufbewegte und zwischen kleinen Bäumen hindurch über unebenes Terrain seinem Ziel näherte. Als Juan Black hinter einem Busch direkt vor Logan auftauchte, sprang dieser auf ihn zu. Er erwischte den Gegner mit Schwung und rammte ihm die Schulter in die Seite, während die letzte Granate, die der Helikopter abgefeuert hatte, über ihnen an der Hügelflanke explodierte und sie mit Erde und Steinen überschüttete.

Logan wurde mit einem schmerzvollen Aufstöhnen belohnt, als er Black zu Boden warf. Bevor er jedoch noch etwas unternehmen konnte, ging Black, ganz offensichtlich im Nahkampf ausgebildet, zum Gegenangriff über.

Die beiden Männer landeten unsanft und Black versuchte, den linken Arm um Logans Hals zu schlingen und mit einem schnellen Schlag Logans linke Seite zu treffen. Logan tauchte unter dem Arm weg und wich nach rechts aus. Er konterte mit der offenen rechten Hand, um Blacks Arm nach links zu stoßen, und landete einen kräftigen Hieb mitten auf Blacks Nase.

Er hörte das charakteristische Knacken des brechenden Nasenbeins. Blut strömte; sein Gegner war kurz benommen.

Logan musste eine Möglichkeit finden, ihn zu überwältigen, ohne ihn zu töten. Er setzte seinen momentanen Vorteil ein, um sich auf Blacks Brust zu setzen und drei schnelle Treffer in Richtung Gesicht anzubringen. Er bemühte sich, den Kiefer des anderen zu erwischen.

Black wehrte jeden Schlag mit Leichtigkeit ab. Sobald Logan sich mit den Armen abstützte, um seine Position zu verlagern, holte Black aus und brachte Logan aus dem Gleichgewicht. Den verringerten Abstand nutzte er sofort für einen versuchten Stoß gegen Logans Nase, um ihm dieselben Schmerzen zuzufügen und Chancengleichheit herzustellen.

Logan drehte in letzter Sekunde den Kopf nach rechts weg. Blacks Stirn knallte gegen die Wange und die dort verheilende Wunde. Frisches Blut tropfte und er spürte, wie Black ihn abschütteln wollte. Logan rollte sich zur Seite und stieß sich mit den Armen vom Boden ab, um die Distanz zu Black noch zu vergrößern.

Den Gegner taxierend stand er vorsichtig auf. Black tat es ihm gleich. Er starrte Logan mit boshaft funkelnden Augen an. Bevor dieser etwas sagen konnte, ergriff Black das Wort:

»Mr. West, ich hatte mich schon gefragt, wann Sie zu uns stoßen.« Seine Stimme klang aufgrund der gebrochenen Nase schwach und gequetscht. »Ehrlich gesagt hatte ich nicht unbedingt drauf gehofft, aber da sind Sie nun.«

Logan bemerkte, dass Juan nicht bewaffnet war. *Du hattest wohl keine Zeit, dir deine Pistolen zu schnappen. Zu schade.*

»Stimmt, Arschloch. Ich weiß, dass dein richtiger Name nicht Juan Black lautet, und du ahnst sicher schon, was ich von dir will. Also können wir das auf die leichte Tour«, er machte eine Pause, um seinen Worten mehr Gewicht zu verleihen, »oder auf meine Tour erledigen. Die Entscheidung überlass ich dir.«

Black schaute ihn herausfordernd an, die blendend weißen Zähne blitzten in einer Maske aus Blut. »Ich sag immer zu meinen Männern: ›Man muss seinen Worten auch Taten folgen lassen‹. Es ist wohl an der Zeit, mit gutem Beispiel voranzugehen. Ihr Typen von der Force Recon seid immer so verdammt verbissen.« Seinen eigenen Background bei den Special Forces ignorierte er kurzerhand. »Oder das ist nur so ein Marines-Ding. Ihr haltet euch alle für was Besonderes.« Verachtung triefte ihm aus dem blutigen Gesicht. »Egal, ich werd Sie vom Gegenteil überzeugen.«

»Also ein ehrenhaftes Duell zwischen zwei Profis, ja?«, fragte Logan. »Aber bevor wir zur Tat schreiten – könntest du mir noch verraten, bei welcher Einheit du gekämpft hast, oder soll ich's aus dir rausprügeln?«

Der andere lachte: »Ich sag Ihnen eins, Mr. West. Mein echter Name lautet Marcos. Und das ist die einzige beschissene Info, die Sie von mir bekommen.«

»Okay, Marcos. Genug gelabert. Dein Geschwätz nervt eh nur.«

Während des Gesprächs hatte sich Logan etwas oberhalb von Marcos am Berg postiert, in der Hoffnung, so die Oberhand zu gewinnen. Auf unebenem Terrain zu kämpfen war besonders schwierig. Ein ausgeprägter Gleichgewichtssinn lieferte in solchen Fällen oft den Schlüssel zum Sieg. Zum Glück ließ Logans Gleichgewichtssinn nichts zu wünschen übrig.

Nur etwas mehr als anderthalb Meter entfernt von Marcos eröffnete Logan die zweite Runde des Kampfs. Anstatt einen Schlag oder Kick anzubringen, trat er mit dem rechten Fuß gegen einen kleinen Stein in Golfballgröße und wirbelte so eine Staubwolke in Marcos' Gesicht.

Nicht besonders fair, aber scheiß drauf. Ich brauch ihn um jeden Preis lebend.

Logan stürzte sich auf Marcos, während dieser damit beschäftigt war, sich den Staub aus den Augen zu wischen.

Es gelang ihm lediglich, Blut mit Schmutz zu vermischen, was es nur schlimmer machte. Marcos' Augen brannten und er holte mit der rechten Hand nach Logan aus – ein verzweifelter Versuch, sich zu verteidigen.

Sein Schlag ging ins Leere. Logan wich mit Leichtigkeit aus und hämmerte Marcos links die Faust in die Rippen.

Direkt nachdem er den Gegner getroffen hatte, huschte Logan mit blitzartiger Geschwindigkeit hinter Marcos – der frustriert aufschrie – und landete mit dem linken Fuß einen gezielten Sidekick. Er traf Marcos in die Kniekehle.

Der Tritt ließ den Mann zusammenbrechen. Im Sturz legte Logan ihm den linken Arm um den Hals, schob den rechten fest ins Genick und die rechte Hand auf den linken Bizeps des Gegenübers. Er drückte zu, warf sich mit Schwung nach hinten und landete auf dem Hang.

Da er sich leicht oberhalb von Marcos befand, hatte er einen besseren Hebel. Er drückte fester zu, die Muskeln spannten sich und kappten Marcos' Blutzufuhr zum Gehirn.

Innerhalb von Sekunden leistete Marcos keine Gegenwehr mehr. Logan wusste, dass der Kampf jeden Moment vorbei war. Beim letzten Zudrücken raunte er in Marcos' Ohr: »Als ich von einem ›ehrenhaften Duell‹ sprach, hab ich gelogen. Ich kämpfe nicht fair. Ich kämpfe ausschließlich, um zu gewinnen. Gute Nacht, schlaf gut.«

Das waren die letzten Worte, die Marcos vor seiner Ohnmacht mitbekam.

42

Quetzalcoatl International Airport

Logan saß im Hangar und sah gebannt zu, wie Commander Vargas Marcos Bocanegra verhörte. Während der letzten Stunde hatte das Verhör jedes Detail von Cain Frosts tödlicher Verschwörung ans Licht gebracht, zum wachsenden Entsetzen der hier versammelten Männer.

Sobald Logan die Zielperson gesichert hatte, lief die restliche Operation exakt nach Plan. Beide Helikopter landeten auf dem Gelände des Kartells – inzwischen dem Erdboden gleichgemacht, alle Gebäude inklusive der Villa waren zerstört – und luden beide Teams, die Zielperson und sämtliche Toten ein, bevor eine mexikanische Armeeeinheit eintraf, um das Gebiet zu sichern.

Sie hatten es nicht besonders eilig, denn bei der Durchsuchung des Geländes stellten sie fest, dass vom Wachpersonal keiner überlebt hatte. Logan glaubte an Karma und vermutete, dass jeder von ihnen bekam, was er verdiente.

Die Bösen verdienen keine Gnade. Sein Aufenthalt in Mexiko hatte ihn erneut in dieser Überzeugung bestätigt.

Mike hing am Telefon, um mit seinem Onkel zu sprechen und Immunität für Bocanegra auszuhandeln. Das war dessen einzige Forderung gewesen. Der Mann, der einmal als Juan Black bekannt gewesen war, spielte damit seine letzte Trumpfkarte aus.

John verfolgte das Verhör auf einem Computerbildschirm, der das Geschehen in den Hauptbereich des Hangars übertrug, in dem abgesehen von Logan, John und Mike Leere herrschte.

Der Rest der Einsatztruppe erholte sich von der anstrengenden Mission, versorgte die Verletzten und kümmerte sich um die fünf toten Teammitglieder: zwei Scharfschützen des FBI HRT und drei Einsatzkräfte des FES. Einen weiteren Hangar hatte man in eine provisorische Leichenhalle verwandelt, bis die toten FBI-Agenten abgeholt wurden.

Mike hatte das FBI-Hauptquartier verständigt. Dieses beschäftigt sich aktuell damit, die Familien der Agenten zu benachrichtigen. Die mexikanische Navy tat für ihre gefallenen Krieger dasselbe.

Das Verhör verlief so reibungslos, wie Mike es selten erlebt hatte. Commander Vargas musste keinerlei Gewalt anwenden. Es war gar nicht notwendig.

Mike ließ Marcos gleich zu Beginn wissen, dass er eine Begnadigung des Präsidenten erhalten könnte, wenn er ihnen alle Details und Informationen lieferte, um den in welcher Form auch immer geplanten Anschlag zu verhindern.

Marcos, dem seine heikle Lage bewusst war, wusste, dass er auf kein besseres Angebot hoffen durfte. Er stimmte sofort zu. Er mochte ein professioneller Killer und Söldner sein, aber in solchen Situationen übernahm bei ihm der Selbsterhaltungstrieb; besonders wenn ihm keine andere Wahl blieb.

Nachdem der Deal beschlossene Sache war, hatte er ihnen genau das erzählt, was sie alle befürchtet hatten: Der Plan beinhaltete eine Attacke, welche die geopolitische Landkarte in Nahost dauerhaft zu verändern drohte.

Cain Frost plant also einen Angriff mit einer taktischen Atomwaffe auf das Hauptquartier der Al-Quds-Brigade in Iran? Damit würde er einen offenen Krieg provozieren und die USA erneut in einen massiven Konflikt verwickeln. Und das gerade, nachdem sich die Situation in Irak halbwegs beruhigt hat. Der pure Wahnsinn, dachte Logan, während er den Live-Feed des Verhörs im Auge behielt.

Mike beendete das Telefonat: »Mein Onkel fragt gerade bei Cain Frosts Team im Hauptquartier in Nord-Virginia nach, ob er tatsächlich in Irak ist. Und wenn ja, wo. Mein Onkel lässt die Anfrage über das Büro eines Senators laufen. Nur für den Fall, dass Frost davon erfährt. Es sieht nämlich danach aus, als hätte er eine Quelle im Weißen Haus. Wir werden in ein paar Minuten mehr wissen. Wenn das stimmt, Leute, dann hat das Ganze apokalyptische Ausmaße. Und das alles aus Rache … Irrsinn.«

John starrte auf den Monitor und schüttelte ungläubig den Kopf: »Wisst ihr was? Ich kann seine Motivation ehrlich gesagt nachvollziehen.«

Mike und Logan starrten ihn an.

»Denk doch mal drüber nach, Logan. Verflucht, wir waren diejenigen, die seinen Bruder gefunden haben. Ich kann immer noch nicht glauben, was wir damals alles gesehen haben. Das war furchtbar und absolut unmenschlich. Ich kann es einfach nicht vergessen. Diese Bilder werden mich für den Rest meines Lebens verfolgen.«

Logan und John reagierten mit Erstaunen auf die Enthüllung, wer die beiden Männer waren, deren Leben sie 2004 nicht hatten retten können. Im Mittelpunkt von Marcos' Geschichte stand einer der mächtigsten Männer der Welt. Ein Mann, der sich auf dem privaten Sicherheitssektor ein Imperium aufgebaut hatte – Cain Frost.

Cain Frosts älterer Bruder, Steven, hatte als Einsatzoffizier im US-besetzten Irak für die CIA gearbeitet, um Meldungen über Massenvernichtungswaffen nachzugehen.

Er und sein Partner, William Karimi, waren von einer Gruppe Aufständischer, angeführt von dem berüchtigten Abu Musab Al-Zarqawi, in eine Falle gelockt worden. Die Informationen, die Al-Zarqawi über die amerikanischen Agenten erhalten hatte, stammten von niemand anderem als der iranischen Al-Quds-Brigade, welche die Green Zone infiltriert und das Täuschungsmanöver erfolgreich initiiert hatte.

Die Agenten der Al-Quds-Brigade wollten der CIA eine blutige Nase verpassen und Amerikas Bereitschaft schwächen, weitere Operationen in Irak durchzuführen. Dass Al-Zarqawi Sunnit war, interessierte sie dabei nicht. Und sie hatten Erfolg.

Logan und seine Männer waren aus erster Hand Zeugen dieses finsteren Plans geworden. Erst Jahre später, nachdem Cain Frost Hard Resolutions Incorporated – HRI – aufgebaut und Millionen in eigene private Nachforschungen zum Tod seines Bruders investiert hatte, fand er heraus, welche Agenten bei der Al-Quds-Brigade an jenem Tag die Verantwortung getragen hatten.

Die Ereignisse der letzten Tage waren das Ergebnis einer Blutfehde. Cain und sein Chief of Operations, Scott Carlson, der seit 2005 für Cain arbeitete, hatten persönlich die Iraner ermittelt, die damals verantwortlich gewesen waren. Cain hatte einen der Männer eigenhändig getötet und den zweiten seinem Chief of Operations überlassen.

Scott Carlson hatte sich dabei Zeit gelassen und dem Mann äußerst methodisch brutale Schmerzen zugefügt. Marcos hatte das Video gesehen und war bei einigen der sadistischen Methoden, die Scott angewendet hatte, zusammengezuckt.

Irgendwann während der Folter hatte der Mann versucht, um sein Leben zu feilschen, und die wertvollste Information angeboten, die er schützen sollte. Etwas, das ihm ein Führer der Aufständischen kurz nach Beginn der Besetzung Iraks durch die USA anvertraut hatte.

Es ging um den Ort, an dem eine taktische Nuklearwaffe in einem Aluminiumkoffer versteckt worden war. Angeblich war sie von den Syrern mithilfe Pakistans und Nordkoreas in einer geheimen Anlage in der syrischen Wüste entwickelt worden.

Die Waffe war anschließend an eine Gruppe Aufständischer in der westlichen Provinz Al-Anbar geliefert worden. Sie hatten geplant, damit die neue, schiitisch dominierte Regierung in Bagdad zu attackieren. Ehe die Aufständischen zuschlagen konnten, waren sie glücklicherweise vom US-Militär in Haditha entdeckt und ausgeschaltet worden.

Bevor der Kommandant der Aufständischen getötet worden war, hatte er persönlich einen Boten zu Al-Zarqawi geschickt. Dieser Kurier übergab ihm zwei Gegenstände. Erstens: eine irakische Flagge. Auf der Rückseite der Flagge war eine Zahlenfolge aufgedruckt, auf den ersten Blick nichts weiter als ein Herstellercode oder eine Seriennummer.

Tatsächlich handelte es sich um einen einfachen Code, vom Kommandeur der Aufständischen entworfen, der verschleierte, was sich in Wahrheit dahinter verbarg – die Koordinaten des Koffers mit der Atomwaffe, den er irgendwo in der Al-Anbar-Provinz vergraben hatte.

Zweitens: der Schlüssel für den Code. Er stand auf einem Blatt Papier in einem versiegelten Umschlag, der nur von Al-Zarqawi persönlich geöffnet werden sollte.

Der Bote hatte die Übergabe erfolgreich durchgeführt, aber Al-Zarqawi, misstrauisch und erbarmungslos, wie er nun einmal war, erschoss den Kurier im Anschluss. Er wollte der Einzige sein, der über die Details der Atomwaffe Bescheid wusste.

Der Anführer der Aufständischen behielt den Umschlag für sich. Da ihm klar war, dass die Flagge und der Umschlag getrennt voneinander aufbewahrt werden sollten, vertraute er Anfang 2004 die Flagge zur sicheren Aufbewahrung einem örtlichen Kommandeur an.

Dieser Kommandeur wurde bei einer US-Operation getötet und die Flagge verschwand, ihr weiterer Verbleib blieb ungeklärt. 2008 war dann einer von Cain Frosts Männern, der Nachforschungen anstellen sollte, auf den Bericht über eine Operation gestoßen, die völlig schiefgelaufen war und fast eine komplette Aufklärungseinheit der Marines das Leben gekostet hatte.

Eine Bemerkung hatte seine Aufmerksamkeit erregt: ›Gunnery Sergeant John Quick stellte eine irakische Flagge sicher und wird sie dem MEF, Abteilung G-2, überlassen.‹ Diese kleine Randnotiz in einem fünf Jahre alten Untersuchungsreport hatte die jetzigen Ereignisse ins Rollen gebracht und ironischerweise Cain Frost veranlasst, exakt jenen Mann ausfindig zu machen, den man seinerzeit losgeschickt hatte, um das Leben seines Bruders zu retten.

Was den Umschlag selbst anging – der Iraner hatte Scott Carlson verraten, wo er aufbewahrt wurde, bevor der ihn umbrachte. Obwohl es keine Hoffnung gab, hatte er um sein Leben gebettelt. Damit stieß er auf taube Ohren. Carlson schnitt dem Mann die Kehle durch. Nur Tage später fand er den Umschlag genau an dem Ort, den der iranische Agent ihm genannt hatte: in einem

Bankschließfach in Bagdad, nach wie vor versiegelt. Er übergab das Kuvert an Cain Frost.

Commander Vargas unterbrach das Verhör. Er verließ den geschlossenen Raum innerhalb des Hangars, um die Korrektheit von Marcos' Angaben zu überprüfen.

Logan erinnerte sich, dass im September 2007 über einen Luftschlag der Israelis auf eine angebliche Nuklearanlage der Syrer namens Al-Kibar berichtet worden war. Die Berichte waren spekulativ und unbestätigt. Weder die syrische noch die israelische Regierung hatten die Aktion kommentiert. Die Presse tat so, als sei das Ganze nie passiert.

»Sowenig ich daran glauben mag – es stimmt wahrscheinlich. Kriege wurden schon aus nichtigeren Anlässen begonnen. Angesichts der Ressourcen, über die Cain Frost verfügt, *und* seiner Motivation gehe ich davon aus, dass die Sache der Wahrheit entspricht.«

Mike stimmte zu: »Das glaube ich auch.« Er sah Commander Vargas an. »Versuchen Sie, noch mehr über das Ziel aus ihm rauszukitzeln. Ich kann mir nicht vorstellen, dass das Hauptquartier der Al-Quds-Brigade so leicht auffindbar ist. Mein Onkel kann mir hoffentlich verraten, wo es sich genau befindet.«

Logan dachte kurz nach: »Weißt du, Mike, Marcos mag ein Agent sein, der das Vertrauen von Cain genießt, aber mir scheint, das wahre Ziel des Anschlags könnte ein ganz anderes sein.«

»Wie meinst du das, Logan?«

»Denk doch mal drüber nach.« Logan hielt seine Theorie zunehmend für glaubhafter. »Er unternimmt all diese Anstrengungen, um an eine Atomwaffe ranzukommen. Er weiß, dass Marcos ein Risiko darstellt, das er nicht völlig aus der Gleichung nehmen kann. Er weiß auch, dass wir Marcos verhören werden, wenn er geschnappt wird – so wie es ja auch passiert ist –, bis wir alles erfahren haben, was er weiß. Ich wette, dass er Marcos ein falsches Ziel genannt hat. Es soll uns für den Fall seiner Gefangennahme von der wahren Spur abbringen.«

John sagte: »Das heißt, wir können nur dann herausfinden, wo sich das wahre Ziel befindet, wenn wir Cain schnappen, bevor er sich aus Irak verkrümelt. Die Uhr tickt also noch schneller.« Er schüttelte ungläubig den Kopf. »Das wird ja immer besser.«

»Ich schau mal, was ich rausfinde.« Commander Vargas drehte sich um und ging zurück in den kleinen Nebenraum.

Es war umsonst. Marcos hatte keine weiteren Informationen für sie. Er hatte alles gesagt, was er wusste.

Commander Vargas gesellte sich kurz darauf wieder zu ihnen an den Tisch. Er wirkte blass – die Informationen aus dem Verhör machten ihm offenbar schwer zu schaffen. Logan fühlte mit ihm.

Da sitzen wir also in einem Hangar in Mexiko und rätseln, wie sich ein rachsüchtiger Egomane auf der anderen Seite der Erdkugel davon abhalten lässt, Krieg anzuzetteln. Schöne Scheiße!, dachte Logan.

Mike fixierte unterdessen das Display seines Handys und wartete auf einen Anruf von seinem Onkel Jake. Unvermittelt brach er das Schweigen: »Leider wird das, was er vorhat, zu noch mehr toten amerikanischen Soldaten führen – wenn nicht sogar zum beschissenen Ende der Welt. Iran wird Israel beschuldigen, da jeder weiß, dass Israel über ein ganzes Arsenal an Atomwaffen verfügt, egal was sie gegenüber der Öffentlichkeit behaupten.

Und angesichts der Drohungen Irans, Israel vom Angesicht der Erde tilgen zu wollen, haben sie auch ein Motiv. Iran wird das als Rechtfertigung nutzen, um eine groß angelegte Offensive gegen Israel zu starten, möglicherweise mit Unterstützung weiterer verbündeter Nachbarstaaten. Den USA wird keine andere Wahl bleiben, als Israel bei der Verteidigung zu unterstützen. Damit wird alles, wofür wir gekämpft haben und gestorben sind, umsonst gewesen sein.«

»Das stimmt, Mann …« John schwieg einen Moment, ehe er fortfuhr: »Aber so gern ich dem Kerl eine Kugel in den Kopf jagen möchte, Logan, er hat zumindest zum Teil recht. Wann unternehmen wir endlich was dagegen, dass sich Iran in Angelegenheiten des Irak und auch sonst überall einmischt? Wir wissen, dass sie wegen ihrer verdammten EFPs den Tod von Hunderten US-Soldaten auf dem Gewissen haben.« Der *Explosively Formed Penetrator* war eine spezielle Art von projektilbildender Ladung – entworfen, um Panzerungen zu durchbrechen, indem eine Metallplatte durch eine Sprengladung zu einem Keil oder Stab verformt und auf ein Ziel hin beschleunigt wurde. Mit vernichtender Wirkung. Das Verteidigungsministerium wusste ganz genau (und es war sogar an die Öffentlichkeit gedrungen), dass Iran für die Herstellung und den Einsatz dieser Waffen sowohl in Irak als auch in Afghanistan verantwortlich zeichnete.

John fuhr fort: »Cain ist nur der Erste, der etwas dagegen unternimmt. Ich wäre ihm fast dankbar dafür, wenn er im Gegenzug nicht auch den Dritten Weltkrieg anzetteln würde. Verdammt, was für eine Schweinerei.«

»Leider ist selten etwas einfach nur schwarz oder weiß«, entgegnete Logan.

»Wir sollten uns beeilen. Wenn Cain die Flagge und den Schlüssel hat und nach Irak aufgebrochen ist, dürfte er schon dicht am Koffer dran sein. Das Knifflige dürfte das Timing sein, ihn und den Koffer gleichzeitig abzufangen«, meinte Mike.

Logan wollte gerade etwas erwidern, da klingelte Mikes Handy. Alle Augen richteten sich auf ihn.

John und Logan hörten zu, wie Mike telefonierte. Er machte sich ein paar Notizen und nickte. Nach 60 Sekunden beendete er das Gespräch mit den Worten »Danke, ich werde es den anderen sagen« und legte auf.

»Die guten oder die schlechten Nachrichten zuerst?«

»Die schlechten, damit ich weiß, wie schlecht es tatsächlich steht«, schlug Logan vor.

»Okay, Frost ist gerade in Irak. Er wurde dort zusammen mit seinem Chief of Operations, Scott Carlson, gesichtet.« Das bestätigte Bocanegras Aussage.

»Er hat seine Basis in Bagdad verlassen und sich auf einen Trip durch die Al-Anbar-Provinz begeben, angeblich um seine Sicherheitskräfte an verschiedenen Standorten zu besuchen. Wegen eines gewaltigen Sandsturms steckte er gestern in Falludscha fest. Wir haben keine Ahnung, ob er den Koffer bereits geholt hat. Er wollte noch nach Ramadi und morgen Nachmittag in Haditha seine Reise abschließen. Mein Onkel wird den CIA-Chef in Bagdad kontaktieren, um Frost im Auge zu behalten. Wenn er den Koffer bekommt, sind wir angeschmiert.«

Logan richtete sich abrupt auf. Seine Augen funkelten. »Er hat ihn nicht.«

»Woher willst du das wissen?« Inzwischen hatte sich ein bösartiges Grinsen in Logans Gesicht dazugesellt.

»Bocanegra sagte uns, die Aufständischen wurden in Haditha gestellt. Ich bin sicher, sie haben den Koffer dort versteckt.«

Mike nickte. »Klingt logisch.«

»Und was sind die guten Neuigkeiten, Mike?«, fragte John, obwohl er die Antwort längst kannte.

Mike lächelte. »Wir haben alle wieder mal ein bisschen Spaß in Irak. Granatenwetter und Bombenstimmung, was soll da noch schiefgehen?«

»Weiß du was, Mike, diese ›gute Neuigkeiten, schlechte Neuigkeiten‹-Nummer hast du nicht besonders gut drauf«, fand John.

»Hey, ich bin genauso bedient wie ihr. Mein Onkel schickt uns eine C-5 der Air Force rüber. Die müsste in einer Stunde eintreffen. Mit ihr fliegen wir direkt nach Bagdad, was knapp über zwölf Stunden dauern sollte, sofern die Maschine in der Luft betankt wird.«

»Lass die Landung zur Al Asad Airbase verlegen«, sagte Logan plötzlich. »Das ist nur knapp 25 Meilen von Haditha entfernt. Dein Onkel soll uns dort einen Helikopter organisieren. Wir könnten vor Frost in Haditha sein und ihn dort abfangen. Wenn wir ihn erst mal mit einer Predator-Drohne überwachen – oder was die Jungs aktuell dort verwenden –, führt er uns direkt zum Koffer.«

»Cleverer Schachzug, Logan«, lobte John, »aber wo genau in Haditha sollen wir hin? Das ist eine verdammt große Stadt.«

Logan hatte auch darauf eine Antwort parat: »Zum größten Bauwerk, das es dort gibt – zum Damm.«

»Natürlich. Verdammt, darauf hätte ich selbst kommen können.«

»Keine Sorge, John. Ist nicht dein Fehler. Du bist halt

nicht so schlau wie ich«, stichelte Logan und strahlte ihn triumphierend an.

»Ja, du kannst mich auch mal, Kumpel.«

Logan wandte sich an Mike: »Was ist mit Bocanegra?«

»Ganz einfach. Er bleibt in Mexiko. Wenn wir den Koffer bergen, lässt ihn Commander Vargas frei und er kann überallhin, außer in die USA. Er darf nie wieder unser Land betreten. Der Präsident hat diese Bedingung persönlich hinzugefügt.«

»Nettes Detail«, kommentierte John.

»Also dann. Ich schlage vor, jemand sollte Mr. Bocanegra informieren und ihn wissen lassen, dass er besser unserem Team die Daumen drückt. Sonst liefern wir ihn an die Mexikaner aus, und die sind gerade nicht so gut auf ihn zu sprechen.«

Commander Vargas stand auf. »Wisst ihr, falls ihr scheitert, weil er euch irgendwelche falschen Informationen geliefert hat, sorge ich persönlich dafür, dass unser Freund dort drinnen nie mehr Tageslicht zu Gesicht bekommt.«

»Okay, Crisanto«, erwiderte Logan. »Ich denke, Sie sollten derjenige sein, der ihm das sagt. Vielleicht fällt ihm ja noch was ein, das er zu erwähnen vergessen hat – sonst hat er zumindest etwas, worüber er die nächsten 24 Stunden nachgrübeln kann.«

Commander Vargas lächelte. »Wird mir ein Vergnügen sein.« Damit ging er wieder in das Verhörzimmer.

Logan blickte zwischen Mike und John hin und her. »Ich hätte nie gedacht, dass ich jemals in dieses Höllenloch zurückkehre.«

John nickte grimmig. »Ich auch nicht. Aber sieht ganz danach aus.«

»Sieht ganz danach aus«, wiederholte Logan. »Und jetzt

gehen wir zurück in diesen Sandkasten, wo alles angefangen hat, um es ein für alle Mal zu Ende zu bringen.«

Sein entschlossener Gesichtsausdruck verriet Mike und John alles, was sie wissen mussten. Mike fasste es in einem Wort zusammen: »Karma.«

John entgegnete sarkastisch: »Ich bevorzuge eher den Begriff ›Rad des Lebens‹ oder, in unserem Fall, ›Rad des Sterbens‹.« Deutlich fröhlicher schob er hinterher: »*Hakuna matata,* ihr Penner.«

Logan starrte seinen Freund an. »Weißt du, John, ich bin nicht sicher, ob ich dir das je gesagt habe, aber du tickst eindeutig nicht richtig.«

TEIL 6

IM NAHEN OSTEN III

43

Falludscha, Irak
27. Oktober 2004

Captain West befahl Gunny Quick und seinen verbliebenen Marines, sich im Gebäude zu verschanzen. Sergeant Avery und er selbst wollten probieren, sich durch den südlichen Zugang vom Gelände zu schleichen und die Aufständischen draußen zu flankieren.

Ein gefährlicher Plan, aber er rechnete sich gewisse Erfolgschancen aus.

Das erwarten sie garantiert nicht.

Captain West und Sergeant Avery standen an der Hintertür des Gebäudes und warteten auf das Kommando zum Aufbruch.

Gunny Quick schleifte gerade einen Tisch mit dicker Holzplatte an der westlichen Wand entlang, als in der Ferne erneuter Mörserbeschuss aufbrandete.

»Hinter den Tisch, schnell!«, schrie Captain West, als Sergeant Helms und Staff Sergeant Hayes auch schon neben Gunny Quick und Sergeant Baker Deckung suchten.

Captain West hoffte, dass die Betonmauer des Gebäudes und der schwere Tisch ihnen ausreichend Schutz vor Mörsergranaten und deren Splittern boten. »Macht euch auf was gefasst und lasst den Kopf unten«, warnte West. »Das wird heftig. Los!«, rief er Avery zu.

Während die Mörsergranaten durch die Nacht pfiffen,

sah Gunny Quick seinen vorgesetzten Offizier an und sagte: »Sie sind noch verrückter, als ich dachte, Sir.«

Captain West grinste ihn an. Seine Augen glänzten. Bevor Gunny Quick noch etwas sagen konnte, waren der Captain und Sergeant Avery in vollem Tempo durch die Hintertür verschwunden.

Ich hasse indirekten Beschuss, dachte Quick, kurz bevor die Mörsergeschosse auf das Gebäude niederprasselten.

Abu Al-Khayr kauerte hinter dem Pick-up, während Abu Omar die erste Salve des angeforderten Mörserfeuers absetzte. Er betete, dass Omar gut zielte und Allah die Granaten sicher ins Ziel lenkte. Wenn auch nur eine Granate vor der Mauer aufschlug, kamen vermutlich er und seine verbliebenen Männer um – und nicht die restlichen Amerikaner auf dem Gelände.

Er zählte die Sekunden bis zum Einschlag. *Eins ... zwei ... drei ... vier ...* und dann landeten alle vier Granaten gleichzeitig innerhalb des Areals. Vier Explosionen, die zu einem gewaltigen Knall verschmolzen, der eine gigantische Wolke von Staub und Trümmern in die Luft schleuderte.

Er lächelte und wartete darauf, dass sich der Staub verzog. Er hielt es zwar für unwahrscheinlich, dass jemand den direkten Einschlag der Mörser überlebte, aber nur zur Sicherheit hatte er Omar befohlen, eine zweite Salve abzufeuern.

Abu Al-Khayr wollte Gewissheit haben, dass alle Gegner entweder tot oder ernsthaft verwundet waren, bevor er noch mehr Männer bei einem Hinterhalt einbüßte.

Er wandte sich nach rechts, um mit einem seiner Männer zu sprechen. Das Lächeln verschwand aus seinem

Gesicht und ihm blieb der Mund offen stehen. Schockiert beobachtete er, was sich da im Scheinwerferlicht der Trucks abspielte.

Das kann nicht sein. Niemand hätte das überleben dürfen!

Im Gebäude kauerten Gunny Quick, Staff Sergeant Hayes, Sergeant Helms und Sergeant Baker am Fuß der Mauer hinter dem Tisch.

Gunnery Sergeant John Quick wusste, dass ein direkter Treffer sie augenblicklich tötete. Obwohl sie den schweren Tisch aus massivem dunklem Holz nur zu dritt hatten umkippen können, überlebte niemand einen direkten Mörsertreffer.

Er hatte sich gefragt, wie die Aufständischen wohl an dieses reich verzierte und offensichtlich wertvolle Möbelstück gelangt waren und bei welcher Gelegenheit sie es in dieses Folterareal transportiert hatten. Dann erinnerte er sich wieder, dass er sich in Irak befand und ihn hier nichts mehr überraschte. Höchstens der Grad an Grausamkeit und Gewalt, den ihre Gegner an den Tag legten.

Er stieß ein stummes Gebet aus, als die vier 120-Millimeter-Mörsergranaten ganz in der Nähe aufschlugen. Zwei trafen das andere Gebäude. Eine landete in der Nähe des südlichen Zugangs. Die letzte Granate prallte auf das Dach ihres Verstecks, schlug ein Loch hinein und explodierte mit katastrophaler Wirkung.

All seine frommen Wünsche und Gedanken wurden jäh weggewischt. Die Druckwelle erreichte den Tisch, zerriss ihn in zwei Teile und schickte Gunny Quick in die Bewusstlosigkeit.

44

Captain West und Sergeant Avery erreichten binnen Sekunden den südlichen Zugang zum Areal. Sie wurden kurz langsamer, als sie durch das Tor rannten und einen Bogen nach rechts beschrieben, sprinteten dann weiter auf die westliche Mauer zu.

Captain West spekulierte darauf, dass die Aufständischen ihr komplettes Feuer auf den nördlichen Eingang konzentrierten, wo es ihre eigenen Männer erwischt hatte. Er leitete das Flankenmanöver ein und hoffte inständig, dass der Geist Rommels auf ihrer Seite stand.

Hoffentlich behalte ich recht, sonst sind wir angeschmiert.

Die beiden Männer erreichten den Rand des Areals und bewegten sich auf das offene Gelände hinaus. Sie spähten nach rechts, während sie hinter der Mauer hervorkamen, um die Situation einzuschätzen. Ihre Bewegungen wurden von der Dunkelheit verborgen.

30 Meter vor ihnen parkten vier Pick-up-Trucks. Einer in der Nähe des nördlichen Eingangs war von der Mine zerstört worden. Die drei anderen hatte man so abgestellt, dass die Front zum Eingang zeigte.

Captain West stieß auf mehrere Leichen neben dem zerstörten Pick-up, aber er konzentrierte sich auf den Mann mit Glatze und Sonnenbrille, der neben dem am weitesten von ihnen entfernten Truck stand.

Zwischen dem Captain und seinem Opfer standen sechs bewaffnete Männer, alle dunkel gekleidet und mit einem

AK-47 bewaffnet. Zum Glück für Captain West und Sergeant Avery schaute keiner in ihre Richtung.

Das kühne Manöver war ein Erfolg. Sie hatten den Gegner direkt vor sich.

Schachmatt, ihr Wichser!

Während die Mörserschüsse das Gebäude trafen, bewegte sich West ein wenig von seinem Sergeant weg, verlangsamte die Schritte und hob in einer flüssigen Bewegung den M4. Avery, der näher an der Mauer lief, auf gleicher Höhe mit seinem Vorgesetzten, führte dieselbe Bewegung aus. Beide Männer kamen ihrem Ziel rasch näher, bewegten sich dabei parallel zur Mauer, die das Areal umschloss.

Captain West hatte die Marines angewiesen, nicht zu feuern, bevor er selbst den ersten Schuss anbrachte. Er platzierte den roten Zielpunkt des Reflexvisiers auf dem Hinterkopf des Aufständischen, der ihm am nächsten war, jetzt nur noch rund sieben Meter entfernt, und zog langsam den Abzug durch.

Der Boden wurde von den Explosionen erschüttert und der Einschlag ließ den Kopf des Getroffenen nach vorn schnellen. Der Körper erschlaffte und fiel zu Boden.

West lief weiter, während Splitter und Schutt um sie herum zu Boden regneten. Ein weiterer Aufständischer brach im Staub zusammen, diesmal war es das Werk von Sergeant Avery.

Captain West, dessen Ohren noch vom Mörserbeschuss klingelten, wurde klar, dass der Lärm ihrer Schüsse nur noch ein paar Sekunden durch die Explosionen verborgen blieb. Er verschwendete keine weitere Zeit, belauerte die Gegner und betätigte den Abzug mit tödlicher Präzision. *Kein Mitleid. Keine Gnade.* Sekunden später lagen zwei weitere Opfer, die eben noch neben dem zweiten Pick-up gestanden hatten, mit mehreren Einschüssen im Rücken tot im Dreck.

Sie verringerten die Distanz, als das dritte Paar von Aufständischen sich zu ihnen umdrehte. Sie hatten die Schüsse durch das nachlassende Mörserfeuer aufgeschnappt. Der Ausdruck von Schock und Überraschung auf ihren Gesichtern befriedigte den Rachedurst der Marines – zumindest für den Moment. Kurze Zeit später starben die beiden irakischen Männer im Kugelhagel.

Einer von ihnen fiel in den Lichtkegel der Scheinwerfer, der andere schlug auf die Motorhaube auf, prallte ab und ging zu Boden, mit dem Rücken gegen das Vorderrad gelehnt.

Jetzt bist du dran, dachte Captain West, während das letzte Echo verhallte, der Führer der Aufständischen sich umdrehte und ihm direkt in die Augen sah.

Was Abu Al-Khayr erblickte, war das Antlitz des Todes, in den funkelnden Augen sah er einen rechtschaffenen Zorn, den er nur zu gut kannte.

Er hat einen Pfad gewählt und wird ihn bis zum bitteren Ende verfolgen, dachte er.

Captain West zog den Abzug, ohne stehen zu bleiben, und traf Abu Al-Khayr viermal unterhalb der Gürtellinie. Zwei Kugeln zerschmetterten beide Knochen im rechten Unterschenkel. Die beiden anderen durchdrangen den linken Oberschenkel und rissen dabei große Brocken Fleisch heraus.

Der glatzköpfige Mann ging sofort zu Boden und kreischte vor Schmerz, an beiden Beinen schwer verletzt.

Durch den Schleier des Schmerzes hindurch bekam Abu Al-Khayr mit, wie der Mann, der sein Mörder sein würde, langsam näher kam. Er kam aus dem Schatten, bekleidet mit einer einteiligen Uniform, über der er eine taktische Weste trug.

Abu Al-Khayr wusste, es war Allahs Wille, dass er hier starb, aber er wollte dem Mann ins Gesicht schauen, der seinem Leben ein Ende setzte.

Durch die Scheinwerfer und das Feuer erschienen die Augen des Mannes in einem satten Grün, wie es Abu Al-Khayr noch nie gesehen hatte. Fast wie bei einem Reptil. Sie offenbarten nur eine einzige Emotion: *Zorn*. Der Mann reckte ihm entschlossen das Kinn entgegen.

Er wusste, seine Zeit war gekommen. Mit einem erleichterten Seufzen betete er leise zu Allah und bat ihn, seine Seele sicher ins Jenseits zu geleiten.

Captain West blickte auf den Aufständischen hinab und bemühte sich, die Wut zu kontrollieren, die wie ein Sturm in seinem Inneren wütete und ihn zu überwältigen drohte.

Den M4-Karabiner schlang er über die Schulter und griff nach seiner 45er-Kimber. Er thronte über dem Mann, der sie in einen Hinterhalt gelockt und mindestens zehn seiner Marines auf dem Gewissen hatte. Noch wusste er nicht, was Gunny Quick und den Marines auf dem Grundstück gerade widerfahren war.

Er knurrte ein Wort: »Englisch?«

Der Mann nickte und flüsterte: »Amerikaner?«

West antwortete mit einem verächtlichen Schnauben. »Aufständischer?«

Der Mann schüttelte den Kopf. Spucke flog aus seinen

Mundwinkeln: »Heiliger Krieger, ich kämpfe im Namen Allahs. Ihr seid die Eindringlinge. Irak ist unser Land, *nicht* eures.«

Die letzten Worte stieß er im Brustton der Überzeugung aus.

Es war das erste Mal, dass Captain West einem Führer der Aufständischen von Angesicht zu Angesicht gegenüberstand, einem Mörder und Terroristen, alles auf einmal. Noch während der Feind seinen Verletzungen erlag, klammerte er sich an die Überzeugung, dass seine Taten gerechtfertigt waren. Dieser felsenfeste, absolute Glaube brachte etwas in Logan Wests Überzeugungen als Mann und als Marine ins Wanken.

Wir können hier nicht gewinnen. Höchstens wenn wir die Samthandschuhe abstreifen und uns mit diesen Bastarden im Dreck wälzen.

Diese Erkenntnis erschütterte ihn mehr, als es zuvor die Mörserschüsse getan hatten.

Er richtete seine Pistole auf Abu Al-Khayrs Brust. »Mein Name ist Logan West, First Force Reconnaissance Company. Du hast meine Männer getötet und einige von ihnen förmlich hingerichtet.« Er machte eine kurze Pause, als ihm die Endgültigkeit dieses Gefechts klar wurde und ihm die Worte fast im Hals stecken blieben. »Und jetzt werde ich dich in die Hölle schicken, egal wie sie für dich auch aussehen mag, du mieses Dreckschwein.«

Er zog den Abzug und die Kaliber-45-Kugel riss ein Loch in Abu Al-Khayrs Brust und sein Herz.

Avery nickte ihm zu. Der Sergeant verstand die Notwendigkeit und Rechtmäßigkeit dessen, was sein Captain gerade getan hatte.

Endlich sagte West: »Lass uns wieder reingehen und

nachsehen, wie es den anderen geht. Wir sind hier noch nicht fertig.«

Er verstaute die Waffe im Holster und beide Männer eilten im Laufschritt auf das Gelände. Sergeant Avery rätselte, was sein Offizier mit dieser letzten Bemerkung meinte.

Noch nicht?

45

Captain West betrat den Bau, in dem Gunny Quick und seine Marines Zuflucht gesucht hatten. Der Schaden durch den direkten Treffer fiel gewaltig aus.

Zum Glück war die Mörsergranate am anderen Ende eingeschlagen, aber die Splitter hatten Stücke aus der Wand und dem Boden gerissen. Zwei der Deckenbalken waren in der Mitte auseinandergebrochen, ein Ende baumelte jeweils herunter, das andere wies nur noch eine lose Verbindung mit dem Dach auf. Alle Fenster und beide Türen waren völlig zerstört.

Er entdeckte Gunny Quick. Staff Sergeant Hayes kümmerte sich um Sergeant Baker, der stark blutete.

Die massive Tischplatte, die sie als Deckung genutzt hatten, war in der Mitte gespalten.

Es ist ein Wunder, dass überhaupt noch einer von ihnen am Leben ist, dachte Captain West.

Gunnery Sergeant Quick blutete an der rechten Seite seines Kopfes, aber die Wunde war nur oberflächlich. Captain West wusste, dass Kopfwunden oft stark bluteten und auf den ersten Blick schlimmer aussahen, als sie es waren. Gunny Quick schien die Verletzung gar nicht zur Kenntnis zu nehmen, was den anderen Marines verriet, dass sie nicht lebensbedrohlich war.

»Wie geht's Baker?«, erkundigte sich Captain West.

»Er hat einen Splitter in den Bauch kassiert, aber er wird wohl durchkommen. Zum Glück hat er das Bewusstsein beim Aufprall gegen die Wand verloren. Also spürt er den Schmerz nicht, der ganz sicher kommt, wenn er aufwacht. Hayes hat ihm schon etwas Morphium gespritzt.«

Captain West nickte, erleichtert, dass er keinen weiteren Marine verloren hatte. Ihm graute schon vor den Briefen, die er schreiben musste, um die Familien der Gefallenen über den Verlust eines geliebten Menschen zu informieren. Er schob den Gedanken beiseite, denn es galt noch etwas zu erledigen.

»Was ist mit dir?«

»Ich bin auch ohnmächtig geworden. Zum Glück nur ein kleiner Kratzer. Du weißt ja, wie das läuft.« Quick zuckte mit den Achseln. »Ich werd's überleben. Was ist da draußen passiert?«

»Avery und ich haben alle erwischt und uns das Dreckschwein, das sie angeführt hat, bis zuletzt aufgehoben. Er schmort hoffentlich mit dem Rest von ihnen in der Hölle.« Seine Stimme zitterte leicht vor Zorn, von dem er nicht wusste, wie lange er ihn noch zu unterdrücken vermochte.

Bevor er weiterreden konnte, schaltete sich Sergeant Helms ein: »Sir, die Wolkendecke reißt auf. Die Luftunterstützung ist nur wenige Minuten entfernt und der Hubschrauber, der uns abholt, kommt in etwa einer Viertelstunde. Wie lauten Ihre Befehle?«

»Sagen Sie der Luftunterstützung, sie sollen auf 6000 Metern Flughöhe bleiben. Wir haben die Situation im Griff. Helms, informieren Sie die Kommandozentrale, dass wir 18 Gefallene haben, aber noch ein letztes Ziel beseitigen müssen, bevor wir hier fertig sind.«

Captain West sah zu Gunny Quick. »John, wir müssen noch was erledigen.«

»Ich weiß, Sir. Die beschissenen Mörser. Hab selbst

schon drüber nachgedacht. Wir können die Drecksäcke nicht am Leben lassen, die sie bedienen, oder die tun das mit anderen wieder. Wie sieht der Plan aus?«

Captain West schilderte, was er vorhatte. Während Gunny Quick zuhörte, verwandelte sich sein Gesicht in eine diabolische Fratze, welche die Maske aus getrocknetem Blut aufbrach, die sich aufgrund der Kopfwunde gebildet hatte.

Das wird lustig, dachte Gunny Quick. Er freute sich darauf, seinen gefallenen Kameraden zu der Gerechtigkeit zu verhelfen, die sie verdient hatten.

46

Abu Omar hatte seit zehn Minuten nichts mehr von Abu Al-Khayr gehört. Er machte sich langsam Sorgen. Nachdem sie die letzte Salve abgefeuert hatten, versuchte er, ihn über Funk zu kontaktieren, um sich über das Ergebnis des Beschusses zu informieren. Er betete zu Allah, dass seine Anweisungen exakt genug gewesen waren und sie gut gezielt hatten.

Die Zwei-Mann-Teams warteten auf weitere Befehle. Er probierte erneut, Abu Al-Khayr zu erreichen. Diesmal erhielt er eine undeutliche Antwort, verstand aber kein Wort von dem, was Abu Al-Khayr sagte. Die primitiven Motorola-Funkgeräte, die sie verwendeten, arbeiteten oft unzuverlässig. Er begriff nicht, wieso sie weiter in Verwendung blieben. Eventuell aus Gründen der Sicherheit bei Missionen, aber er wusste, dass man Abu Al-Khayr besser keine Fragen stellte.

Wieder drückte er die Taste des Funkgeräts, da bemerkte er die Lichtkegel zweier Scheinwerfer, die sich schnell aus Richtung des Zielgeländes durch die Wüste auf ihn zubewegten.

Gelobt sei Allah. Er lächelte. Die Operation schien erfolgreich gewesen zu sein.

Er legte das Funkgerät auf der Ladefläche des Trucks ab und lief vor das Fahrzeug, begierig darauf, alle Details von Abu Al-Khayrs neuestem Sieg über die Ungläubigen zu erfahren.

Captain West hatte die Scheinwerfer auf dem Dach des Toyota-Pick-ups in der Hoffnung eingeschaltet, dass sie ihnen das nötige Überraschungselement boten.

Sergeant Avery stand hinten am Browning-Maschinengewehr. Beide Männer trugen dunkle Kleidung, die sie den toten Aufständischen abgenommen hatten. Der Stoff stank nach Blut und Schweiß, aber Logan wusste, dass das ihnen ein paar Extrasekunden verschaffte, die womöglich über Leben und Tod entschieden. Bei diesem Spiel zählte jeder Augenblick und eine falsche Berechnung konnte es sofort beenden – für immer.

Er lugte nach rechts. Gunny Quick steuerte den zweiten Toyota und Staff Sergeant Hayes stand an der Browning auf der Ladefläche. Selbst aus nächster Nähe ließ sich nicht erkennen, dass es sich bei ihnen um US-Soldaten handelte. Beide Marines trugen noch die Tarnbemalung im Gesicht und ebenfalls dunkle Kleidung.

West richtete den Blick auf den Wüstenboden vor ihm und konzentrierte sich aufs Fahren. Er musterte den schwarzen Horizont hinter ihrem Ziel, dem Gebäude, das sie knapp eine halbe Meile vom Zielgebiet entfernt gesehen hatten.

Er wusste, dass die Mörserschützen es als Deckung nutzten, aber solange er sie noch nicht sehen konnte, hielt er es für am klügsten, auf das Gebäude zuzufahren. Wenn die Aufständischen bemerkten, dass er in die falsche Richtung fuhr oder das Fahrzeug so lenkte, als wisse er nicht genau, wohin er sich wenden sollte, würden sie zu Recht misstrauisch werden. Er und seine Marines büßten ihren taktischen Vorteil ein, wenn das geschah.

Sie fuhren knapp über 70 km/h und das Gebäude wuchs mit jeder Sekunde. Die Pick-ups überwanden die verbliebene Distanz zügig, aber Captain West konnte noch nichts entdecken.

Verdammt! Die müssen doch hier sein!

Die Toyotas wirbelten Staubwolken auf, während sie vorwärtsschossen.

Bitte, Gott, da muss irgendwas sein.

Gerade als er zu zweifeln begann, bemerkte er einen ganz schwachen Lichtschein zwischen einigen Büschen und niedrigen Bäumen, etwa 200 Meter hinter dem Gebäude, der sich als alte Scheune entpuppte.

Wer ist eigentlich so dämlich, in dieser Einöde etwas anzupflanzen?

Er hielt auf das Licht zu und entschied sich, die Scheune rechts zu umrunden, obwohl der Weg links herum kürzer gewesen wäre.

Er funkte Gunny Quick an. »Ich fahre rechts vorbei. Bleib hinter mir. Könnte uns noch ein paar Sekunden Überraschungsmoment verschaffen. Wir erwischen sie von links. Halt links neben mir, sobald ich abbremse. Avery und Hayes übernehmen dann. Das sollten wir schnell geregelt kriegen.«

Er hatte Sergeant Avery und Staff Sergeant Hayes Anweisung gegeben, das Feuer zu eröffnen, sobald beide Fahrzeuge standen, keine Sekunde früher.

Auf diese Männer wartete der Tod. Sosehr er sich bemühte, emotional unbeteiligt zu bleiben, so sehr freute er sich doch darauf, diese miesen, sadistischen Mörder vom Angesicht der Erde wegzufegen. Geballter Ärger durchströmte jede Faser seines Körpers. Die Haare an Armen und im Nacken standen ihm zu Berge. Sein Hirn hatte auf Autopilot geschaltet. Obwohl er alles verarbeitete, was vor ihm auftauchte – das heller werdende Licht, die schemenhaften Umrisse der Mörser-Teams, die Lichter der Stadt Falludscha –, konzentrierte er sich auf sein geistiges Auge, das ihm ausmalte, wie sich der Kampf in den nächsten paar Minuten entwickelte. Er ging nicht davon aus, dass eines dieser Arschlöcher hinterher noch atmete.

Beide Fahrzeuge fuhren an der Scheune vorbei und steuerten auf die Mörser zu.

Im Scheinwerferlicht erkannte Captain West die Umrisse von vier Teams. Sie standen versetzt: zwei Mörser vorgelagert, zwei weiter hinten, etwa 20 Meter entfernt.

Vor einem weiteren Pick-up-Truck stand ein Mann mit verschränkten Armen und blickte ihnen lächelnd entgegen. Er trug eine dunkle Baseballkappe, eine Brille und einen kurz geschorenen Bart.

Er hält mich sicher für den siegreich heimkehrenden Helden. Wart's ab, Freundchen. Dir wird das Grinsen gleich vergehen.

Dass beide Trucks rechts um die Scheune herumfuhren, brachte Abu Omar kurzzeitig aus dem Konzept.

Was macht er denn da?

Ihn beunruhigte außerdem, dass es nur zwei Trucks waren. Brauchte Abu Al-Khayr etwas von ihm? Nie wäre ihm in den Sinn gekommen, dass Abu Al-Khayrs Männer den Kampf verloren hatten. Alle früheren Hinterhalte und Attacken waren erfolgreich gewesen. Wieso sollte es diesmal anders sein?

Das vordere Fahrzeug kam ruckartig zum Stehen, kurz darauf das hintere.

Wieso die Eile? Wir haben doch gerade den Amerikanern einen weiteren empfindlichen Schlag verpasst.

47

In einer Entfernung von rund 30 Metern – von hier aus hatte Sergeant Avery die beste Schussposition – trat Captain West auf die Bremse und brachte den Pick-up in eine Linie mit den beiden hinteren Mörserwaffen. Er beobachtete im Rückspiegel, wie Sergeant Avery durch den Schwung gegen die Fahrerkabine des Pick-ups gepresst wurde, dabei aber irgendwie das Gleichgewicht behielt.

Sekunden später stoppte Gunny Quick den zweiten Toyota 20 Meter entfernt neben den beiden vorderen Stellungen.

Captain West wartete darauf, dass das Röhren der beiden Maschinengewehre die Stille zerriss.

Jetzt.

Sobald durch die abrupte Bremsung der Pick-ups Staub aufgewirbelt wurde, zogen Avery und Hayes die Abzüge der Browning-Maschinengewehre durch und Captain West lehnte sich zurück, um das Gemetzel zu verfolgen. Seine Miene im flackernden Mündungsfeuer blieb gleichgültig, während die Salven der Kaliber-50-Geschosse vom Dach des Pick-ups und über die Windschutzscheibe hinweg abgefeuert wurden. Er hatte kein Mitgefühl mit diesen Männern.

Wer weiß, wie viele Amerikaner und unschuldige Iraker durch ihre Schuld gestorben sind?

Alles, was er empfand, als seine Männer an den Maschinengewehren das todbringende Feuer eröffneten, war das Gefühl, die Welt in einen etwas besseren Ort zu verwandeln.

Die erste Salve von Sergeant Avery hatte den grinsenden Typen in zwei Hälften gerissen. Sein Gesichtsausdruck veränderte sich nicht, als die obere Hälfte seines Körpers vom Rumpf getrennt wurde.

Nachdem der Anführer tot war, wandte sich Avery der ersten Mörserstellung zu. Die Kugeln durchbohrten schnell nacheinander die Männer, die Waffe selbst und die Munitionskiste.

Einem der Männer wurde der Arm abgerissen, aber getötet wurde er von einer Kugel, die ihm ein faustgroßes Loch in den Brustkorb riss und das Rückenmark durchtrennte. Sein Partner kassierte einen Treffer in den Kopf, der sich durch den Aufprall in eine Wolke von Blut und Knochensplittern verwandelte. Eine weitere Kugel traf die Spitze einer der hochexplosiven Mörsergranaten. Sie detonierte und schleuderte die Körper der zwei Männer wie Puppen durch die Luft.

Sergeant Avery hob den Lauf der Waffe etwas an und nahm die zweite Stellung unter Beschuss. Den beiden Aufständischen des anderen Teams war noch Zeit geblieben, nach ihren AK-47 zu greifen – doch weiter kamen sie nicht. Der Beschuss durch den Sergeant tötete sie, noch bevor sie eine Chance zum Abdrücken bekamen.

Sobald er sicher war, dass seine beiden letzten Ziele tatsächlich nicht mehr lebten, drehte er den Lauf der Browning, um Staff Sergeant Hayes zu unterstützen. Er kam jedoch zu spät. Staff Sergeant Hayes hatte genauso präzise und tödlich gearbeitet. Die Männer der übrigen Teams waren tot oder lagen im Sterben.

Ihr erfolgreicher Angriff hatte den Kampf rasch beendet.

Captain West ließ vom Truck aus die grauenhafte, aber zutiefst befriedigende Szenerie auf sich wirken.

Trotzdem ist das nur ein kleiner Sieg. Egal wie viele Aufständische wir töten, es macht den Verlust der Männer, die heute Nacht gestorben sind, nicht wett.

Er öffnete die Tür des Toyota. Der Geruch von Kordit überwältigte ihn. Er griff nach dem M4 und rannte zu den Mörserstellungen. Kein Geräusch war zu hören und keine Bewegung zu sehen.

Dieser Teil der Nacht hatte ihnen keine Schwierigkeiten bereitet. Umso besser. Der Rest der Mission war schwierig genug gewesen. Zehn verlorene Marines. Immer wenn Schwierigkeiten auftauchten, kam jemand um.

Gunny Quick stieg aus dem Pick-up und trat zu seinem Captain. Sergeant Avery und Staff Sergeant Hayes sprangen ebenfalls von den Ladeflächen und schnappten sich ihre Karabiner.

Sergeant Avery sprach als Erster: »Wow.«

Captain West durchbrach die andächtige Stille, die sich nach ihrem Angriff ausgebreitet hatte. »Sehr gut geschossen. Jetzt sollten wir die Leichen durchsuchen. Vielleicht stoßen wir auf etwas, das uns verrät, wer diese Kerle waren. Danach klettern wir in die Trucks und fahren zur Scheune. Etwas müssen sie beschützt haben, sonst hätten sie nicht hier Stellung bezogen.«

Er nahm das Funkgerät von Staff Sergeant Hayes entgegen, um Sergeant Helms zu informieren, dass sie die Mörsermannschaften getötet hatten, aber noch etwa eine Viertelstunde brauchten, bevor sie zurückkehrten.

»Sir, aus Falludscha kommt auch eine SET«, verkündete Sergeant Helms und meinte damit die schnelle Eingreiftruppe des Camps. »Sie haben sie angefordert, als wir uns das erste Mal gemeldet haben. Ich glaube, ich sehe schon die Scheinwerfer auf der Zugangsstraße. Die sollen den Helikoptern Deckung geben.«

Captain West hörte aus einiger Entfernung die Geräusche von Rotoren. Der Helikopter zur Evakuierung traf bald ein, aber all seine Männer einzusammeln nahm einige Zeit in Anspruch.

»Roger. Informieren Sie den SET-Kommandanten, dass wir in ein paar Minuten wieder da sind. Vorher nehmen wir uns diesen Verschlag mal genauer vor. Ich melde mich dann per Funk.«

»Roger, Sir. Außerdem ist Sergeant Bakers Zustand stabil, aber er ist weiterhin bewusstlos. Liegt am Morphium. *Over and out.*«

Captain West sah seine Männer an und sagte: »Okay, lasst uns hier fertig werden und dann verdammt noch mal verschwinden. Die Gegend geht mir langsam gehörig auf den Sack.«

Die anderen drei Männer hoben die Augenbrauen bei diesem Kommentar. Ihnen war bewusst, dass die flapsige Art ihres Captains die düstere Stimmung auflockern sollte. Die Aufständischen zu töten hatte der Gerechtigkeit zwar Genüge getan und ihren Rachedurst gestillt, brachte aber nicht ihre gefallenen Kameraden und Freunde zurück. Die traurige Wahrheit über den Preis, den sie gezahlt hatten, war schmerzhaft.

Das Durchsuchen der Leichen förderte nichts Nennenswertes zutage. Keine Anhaltspunkte zur Identifikation, nichts als Kleidung und Waffen.

Captain West befahl Sergeant Avery und Staff Sergeant Hayes, die restlichen Mörser und die Munition zu zerstören. Ein paar sorgfältig platzierte Granaten schafften das

Problem aus der Welt. Die Männer kehrten zu den Toyota-Pick-ups zurück. Sie blickten sich ein letztes Mal um, ob sie auch nichts vergessen oder übersehen hatten. Ihnen fiel nichts auf, also fuhren sie zu der Scheune.

Diese war zwei Etagen hoch und besaß ein Pultdach, das von hinten nach vorn abfiel. Die Front mochte etwa 30 Meter breit sein, die Seitenwände gut 20 Meter. Zwei riesige Rolltore schienen den einzigen Zugang darzustellen. Die Holzwände waren schlampig gestrichen – im Dunkeln konnte keiner von ihnen die Farbe zuordnen.

Irakische Handwerkskunst vom Feinsten, dachte Captain West spöttisch.

Er näherte sich den Rolltoren und zog den Balken heraus, der mit zwei Metallösen, einer an jeder Tür, befestigt war. Er zog das linke Tor hoch. Dahinter erwartete sie eine große Fläche, die weitgehend im Dunkeln lag.

Im hinteren Teil der Scheune, unter dem Dach einer offenen Empore, leuchtete etwas schwach.

Die Scheune muss einen Stromanschluss haben.

Sie gingen hinein und liefen langsam zum hinteren Ende. Staff Sergeant Hayes untersuchte die linke Wand neben dem Eingang. »Sir, ich habe einen Schalter gefunden«, rief er.

Er betätigte ihn. »Heilige Scheiße«, ächzte Gunny Quick. »Jackpot.« Captain West traute seinen Augen nicht. Sie hatten eine Kommandozentrale der Aufständischen entdeckt.

Drei Tische waren nebeneinander aufgereiht. Auf jedem standen ein Computer und ein Funkgerät, das eine Art irakischer Hochfrequenzsender zu sein schien. Zusätzlich zu den Computern und Funkgeräten hatte man hinter den Schreibtischen Holztafeln aufgestellt. An diesen waren

Karten und Fotos von Falludscha und dem Camp der Marines mit Klebeband befestigt.

Captain West eilte zum mittleren Tisch.

Ich fass es nicht …

Eine bestimmte Aufnahme hatte seine Aufmerksamkeit erregt. Am Boden aufgenommen, zeigte sie einen Gebäudekomplex, der von Betonmauern umgeben war. Es gab nur einen Zugang, der von einem Marine bewacht wurde und mit Stacheldraht gesichert war. Das taktische Einsatzzentrum mitten im Camp Falludscha.

»Sie werden es nicht glauben, Sir«, sagte Gunny Quick. Captain West blickte hinüber und sah, wie der Marine mit mehreren Ausweisen wedelte, die man irakischen Subunternehmern für den Zugang zum Camp aushändigte.

»Verdammt.« Captain West drehte sich zu Staff Sergeant Hayes um. »Sagen Sie Helms, er soll die Kommandozentrale kontaktieren. Der Offizier, der gerade Wache schiebt, soll zur Abteilung G-2 gehen und sich an Colonel Gifford wenden. Wenn nötig, soll er ihn wecken. Das ist ein Notfall. Geben Sie ihm unsere Funkfrequenz durch. Der Colonel soll mich so schnell wie möglich kontaktieren. Sagen Sie ihm, dass wir den verdammten Jackpot geknackt haben. Wir bewegen uns vorerst nicht von der Stelle.«

Er hörte, wie Staff Sergeant Hayes die Informationen weiterleitete. Im Augenwinkel registrierte er eine Bewegung und fuhr herum. Gunny Quick faltete gerade etwas zusammen und wollte es in seinem Rucksack verstauen.

»Gunny, was ist das?«

Gunny Quick drehte den Kopf zu ihm und bedachte ihn mit einem merkwürdigen Gesichtsausdruck. Er neigte den Kopf in Richtung der Wand rechts von den Tischen.

»Die Schweine haben dort hinten Enthauptungen

gefilmt. Da ist überall Blut auf dem Boden ... viel Blut ... und das hier.«

Er hielt mit beiden Händen eine irakische Flagge hoch.

»Die hing an der Wand. Ich nehme sie als Andenken mit, und damit nie wieder jemand diese Flagge für Folter und andere Grausamkeiten missbraucht. Die Mission ist vorbei, aber ich will mich daran erinnern, was wir hier getan haben. Da kommt mir das Teil gerade recht.«

Captain West konnte es gut nachvollziehen, obwohl er selbst keine Trophäe brauchte, um die Ereignisse dieser Nacht in Erinnerung zu behalten. Er hatte eher den Verdacht, dass sie ihn noch viel zu lange in seinen Träumen verfolgen würde.

»Okay. Aber der G-2 sollte davon wissen. Wenn er deswegen Stress macht, werd ich mich drum kümmern.« Er fuhr fort: »Was wir hier entdeckt haben, kann Leben retten – amerikanische *und* irakische. Wir haben bitter dafür bezahlt, eindeutig zu viel.«

Die Schwere der Ereignisse dieser Nacht lastete auf ihnen. Sie waren ausgebildete Profis, trainierte Killer, aber diese Mission unterschied sich von allem, was sie bisher erlebt hatten.

»Das stimmt, aber zumindest könnten diese Informationen dem ganzen Fiasko wenigstens einen positiven Aspekt verleihen. Ich kann es immer noch nicht fassen, dass uns die CIA für ihre Drecksarbeit missbraucht hat. Es hat natürlich wenig Sinn, sich über das ›Was-wäre-wenn‹ Gedanken zu machen, aber wäre uns mehr Zeit zur Vorbereitung geblieben, hätten wir weniger oder sogar gar keine Opfer zu beklagen. Was für ein beschissener Albtraum ...«

Gunny Quicks Stimme verstummte.

Captain West schwieg zunächst. Schließlich sagte er:

»Ich weiß. Und ich sag dir noch was – und da kannst du Gift drauf nehmen: Sollte ich diesen Wichser James je wiedersehen, dann leg ich ihn um. Ist mir egal, wer oder was er ist, ich werd ihn erledigen, dafür, dass er uns so ausgenutzt hat. Hörst du? Ich bring ihn verdammt noch mal um.«

Die Überzeugung in seiner Stimme war nicht zu überhören.

Gunny Quick war sich allerdings sicher, dass James Camp Falludscha verlassen hatte, sobald sie zu ihrer Mission aufgebrochen waren. Und dass Captain West das ebenfalls wusste.

Er wusste auch: Egal wie lange es dauerte, sein Boss sah den Kerl eines Tages wieder. Hoffentlich befand er selbst sich dann in der Nähe, um Zeuge dieser Begegnung zu werden.

Du bist ein toter Mann, James, das steht fest.

TEIL 7

ABRECHNUNG

HADITHA-TALSPERRE, IRAK

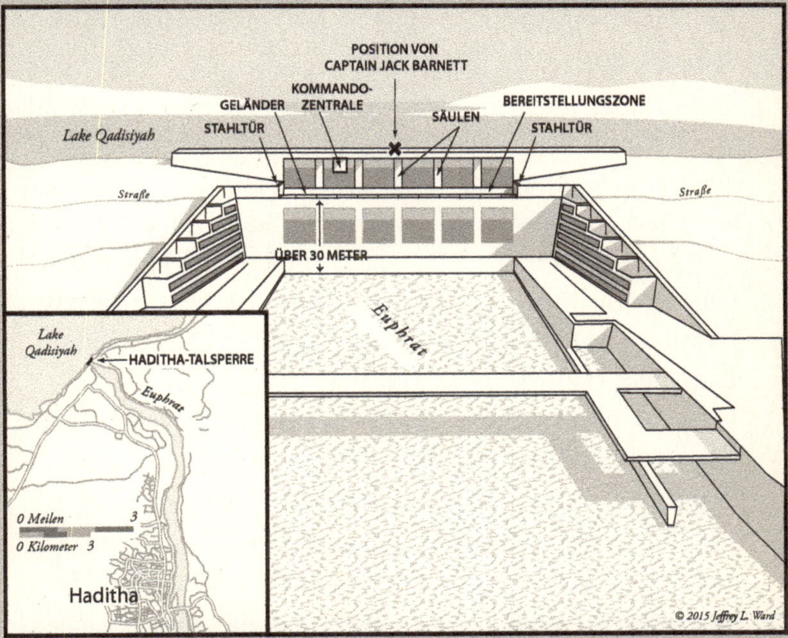

48

Haditha, Irak
2. November 2008

Die Stadt Haditha – mit etwa 100.000 irakischen Sunniten bevölkert – befindet sich etwa 140 Meilen nordwestlich von Bagdad. Sie war Schauplatz einiger Nachwehen der US-Invasion von 2003, sowohl wegen ihrer geografischen Position als auch aufgrund eines strategisch bedeutenden Ziels – der Haditha-Talsperre.

Der Damm lag direkt am Fluss Euphrat und leitete das Wasser durch ein umfangreiches System von Schleusen, Pumpstationen, Bewässerungs- und Entwässerungskanälen. Ein riesiges, mit Erde gefülltes Bauwerk von knapp neun Kilometern Länge und rund 60 Metern Höhe. Im Innern gab es mehr als 16 Ebenen mit Räumen und Kammern, in denen nicht nur die Einrichtungen des Wasserkraftwerks, sondern auch die Marines untergebracht waren, die aktuell für seine Sicherheit garantierten.

Ranger der US-Army hatten im April 2003 die Anlage besetzt, um zu verhindern, dass sie durch irakische Einheiten zerstört wurde. Den Damm zu zerstören hätte zu einer akuten Wasserknappheit in den heißen Sommermonaten, zu einer enormen Überschwemmung durch den riesigen künstlichen See, den der Damm aufgestaut hatte, und zum Verlust der Hauptquelle für Elektrizität in dieser Region geführt.

Die Stadt Haditha selbst, die wenige Meilen entfernt lag, bildete ein Schwerpunkt der Aktivitäten der Aufständischen, nachdem die US-Truppen den Damm übernommen hatten. Viele Operationen waren gegen die Aufständischen durchgeführt worden, welche die Stadt kontrollierten. Schließlich eskalierten die Spannungen zwischen US-Marines und Bevölkerung, was 2005 zum kontrovers diskutierten Tod von 24 irakischen Zivilisten führte.

Die internationale Berichterstattung und ein Aufschrei aus den Reihen der Politik, wobei auch Begriffe wie ›Mord‹ fielen, hatten die brenzlige Situation zusätzlich angeheizt, bis die USA 2006 ihre Strategie änderten und die verbliebenen Aufständischen bis Ende 2007 aus der Stadt vertrieben.

Ein Jahr später hatte sich die Lage weitgehend beruhigt – so sehr, dass Cain Frosts private Security-Mannschaft, die zusätzlich für die Bewachung des Damms sorgte, schon seit fast sechs Monaten nicht mehr angegriffen worden war. Cain hätte es selbst kaum geglaubt, wäre er nicht vor drei Monaten schon mal zu einer Visite vor Ort gewesen. Dabei hatte ihm der Chef seiner Sicherheitstruppe eine private Stadtführung zu Fuß geboten.

So viele Veränderungen innerhalb von so kurzer Zeit. Und ich werde noch für etliche weitere sorgen, überlegte er, während er vom Beifahrersitz eines gepanzerten Cougar HE durch die getönte Scheibe auf die Stauanlage blickte. Sein Konvoi war am späten Morgen in Falludscha aufgebrochen und hatte die Stadt bereits hinter sich gelassen.

Der Umstand, dass gestern der Kontakt zu Juan Black – Marcos Bocanegra – abgebrochen war, beunruhigte ihn. Auch seine Quelle in D. C. war abgetaucht, was darauf hindeutete, dass nicht nur Cain, sondern auch diejenigen, die ihn verfolgten, bei ihren Bemühungen einen Zahn zugelegt hatten. Wenn die US-Strafverfolgungsbehörden ihm schon dicht auf den Fersen waren, erhielt sein Kontakt keine Gelegenheit mehr, ihn noch einmal zu kontaktieren. Egal. Die Ziellinie zeichnete sich bereits am Horizont ab.

Cain wusste, dass Verschwiegenheit und das plötzliche Versiegen von Informationen – besonders bei einer Quelle so tief im Zentrum der Staatsmacht – auf zwei Umstände hindeutete: Der Angriff auf das Versteck war brutal gescheitert oder die USA hatten Marcos gefangen genommen und wussten, was Cain beabsichtigte. Möglicherweise kannten sie sogar sein genaues Ziel. Er hoffte, dass Ersteres der Grund war und ihm genügend Zeit blieb, die Atomwaffe zu bergen und Haditha morgen früh zu verlassen. Sollte der zweite Fall eingetreten sein … nun ja, dann kümmerte er sich zu gegebener Zeit darum. Es hatte keinen Zweck, darüber nachzugrübeln. Für eine Änderung des Ablaufs war es längst zu spät.

Als Vorsichtsmaßnahme hatte er sein Büro in den USA kontaktiert. Weder Beamte der Strafverfolgungsbehörden noch des Verteidigungsministeriums hatten angerufen, aber es war ein Anruf aus dem Büro eines Senators eingetroffen, der sich nach Cains Kontakten in Irak erkundigt hatte.

Scheiß Politiker. Bei diesen korrupten Schweinen geht es doch nur ums Geld. Er hatte nicht vor, jemals zurückzurufen.

Er konzentrierte sich auf das Display des Laptops mit integriertem GPS-Empfänger, während der Konvoi sich den von ihm vorgegebenen Koordinaten näherte. Sie waren fast am Ziel.

»Scott, ruf an«, forderte er seinen Chief of Operations auf, der den Cougar steuerte.

»Roger, Sir.« Scott Carlson griff zum Hörer eines der Einsatzfunkgeräte des Fahrzeugs, das bereits auf die Frequenz der Einsatzzentrale der Talsperre eingestellt war.

»Haditha-Kommandozentrale, hier HRI Actual, etwa anderthalb Meilen südwestlich des Damms. Eines unserer Fahrzeuge ist gerade liegen geblieben. Wir werden alle Fahrzeuge stoppen müssen. Der Boss will nicht, dass wir jemanden allein zurücklassen, auch wenn die Bedrohungslage relativ harmlos ist. Sobald wir herausgefunden haben, wo das Problem liegt, melde ich mich wieder bei Ihnen. Okay?«

»Roger, HRI Actual«, antwortete ein jugendlich klingender Marine. »Funken Sie uns an, falls Sie uns brauchen. Wir können innerhalb von ein paar Minuten vor Ort sein.«

Marines, die hier herumschnüffelten, waren *genau* das, was Cain im Moment nicht gebrauchen konnte, insbesondere in diesem Stadium der Operation.

Scott und Cain wechselten einen kurzen Blick. Scott antwortete: »Danke fürs Angebot, Zentrale, aber ich glaube, wir verfügen über genug Feuerkraft, um es mit einer kleinen Armee aufzunehmen. Schließlich haben wir den Boss dabei.«

Cain schüttelte leicht empört den Kopf, aber der kleine Scherz schien bei dem Marine gut anzukommen. »Alles klar, Sir. Sie sollten mal sehen, was bei uns los ist, wenn wir einen General zum Sightseeing in der Stadt eskortieren. Die Aufständischen reißen sich darum, uns anzugreifen. Wir sind auf jeden Fall da, wenn Sie uns brauchen. Viel Glück. Kommandozentrale out.«

»Roger, Kommandozentrale. Danke. HRI Actual out.«

Cain sagte: »Gut gemacht. Verdammt, beinahe hätte ich es selbst geglaubt.«

Genauso schnell verwandelte sich Frosts Gesicht wieder in die Maske eiserner Entschlossenheit, die nur sein engster Kreis von Vertrauten zu Gesicht bekam. »Dann machen wir uns mal an die Arbeit. Wir haben noch ein Land anzugreifen.«

Alle fünf Fahrzeuge des Konvois kamen gleichzeitig am Rand der asphaltierten Straße zum Stillstand. Die Türen öffneten sich exakt zum gleichen Zeitpunkt und Cain Frosts persönliche Leibgarde, bestehend aus 50 gut ausgebildeten Sicherheitskräften, stieg aus, um das Gebiet zu sichern.

Jeder Einzelne von ihnen war eigens für diese Mission ausgewählt worden und entschlossen, sie erfolgreich abzuschließen. Mehrere von ihnen hatten Freunde bei Angriffen mit improvisierten Sprengsätzen verloren, die mit Iran in Verbindung gebracht wurden. Um sich ihrer Loyalität absolut sicher zu sein, hatte Cain jedem Einzelnen einen Bonus von 400.000 Dollar in Aussicht gestellt – ein Taschengeld im Vergleich zu dem Reichtum, den er auf verschiedenen Nummernkonten in der Karibik in Sicherheit gebracht hatte.

Cain kletterte aus dem Fahrzeug und blickte nach Osten über die Straße hinweg. Nichts als gleichförmiger Wüstensand, der zum etwa 400 Meter entfernt gelegenen Euphrat hin abfiel. Ein einzelner Baum stand am Ufer.

Gut.

Ein weiteres Mal überprüfte er die Koordinaten auf dem Laptop und suchte den Wüstenboden ab. Sein Herzschlag beschleunigte sich, als er die Felsformation in knapp 100 Metern Entfernung entdeckte.

Er konnte es fast nicht glauben, dass nur wenige Meter entfernt eine Atomwaffe vergraben sein sollte. Eine unwirkliche Ruhe breitete sich in ihm aus. Er konzentrierte sich auf das, was er innerhalb der nächsten Minuten zu tun hatte.

Ruhe bewahren. Konzentrier dich, Cain.

Er spähte zu dem Damm hinter sich und zählte bis 60. Keine Reaktion. *Sieht aus, als könnten wir loslegen.*

»Scott, schnapp dir vier Männer und komm mit. Lass uns die Sache zu Ende bringen.«

Cain näherte sich mit einem tragbaren GPS-Empfänger in der Hand den Felsen. Scott Carlson und die kleine Security-Mannschaft folgten ihm, ausgestattet mit einer Auswahl an Schaufeln und Hacken.

Zwei Minuten später blieb Cain stehen und verkündete: »Hier ist es. Wir stehen genau drüber.«

Er vergewisserte sich, dass er genau an der Schnittstelle von fünf gedachten Linien stand, die ausgehend von den großen Felsen die richtige Stelle markierten. Er schielte zur Bestätigung auf sein GPS.

»Fangt an zu graben. Wir müssen in ein paar Minuten hier weg sein.«

Alle vier Männer buddelten, was das Zeug hielt, während Cain und Scott die Fortschritte schweigend verfolgten.

Nach ein paar Minuten bildete sich langsam ein Loch im Wüstenboden. Cain sagte: »Scott, wir stehen kurz davor, eine taktische Nuklearwaffe an uns zu nehmen, gebaut von einem verbrecherischen Regime im Nahen Osten mit Unterstützung der nordkoreanischen Regierung. Wir verstoßen damit gegen Völkerrechte und UN-Sanktionen gleichermaßen.« Er legte eine dramatische Pause ein.

Sein Chief of Operations schwieg.

»Wenn ich es laut ausspreche, klingt es lächerlich. Ich kann nicht glauben, dass dieser Tag endlich gekommen ist.«

»Ich weiß, Sir. Und innerhalb der nächsten 48 Stunden werden Sie Ihre Rache feiern können und der Rest der Welt erfährt, dass Sie aus persönlicher Überzeugung das geschafft haben, woran die internationale Staatengemeinschaft gescheitert ist.«

»Nun, Scott«, meinte Cain nachdenklich, »so kann man das auch sehen, aber leider glaube ich, dass der Rest der Welt es anders einschätzt. Einige wenige werden Ihre Interpretation teilen, aber unser eigenes Land *definitiv nicht.*«

Bevor Scott etwas erwidern konnte, war ein metallisches *Klirr!* zu hören, weil eine der Schaufeln gegen ein Hindernis stieß.

»Sir, das sollten Sie sich ansehen«, sagte der Mann, der die Hacke geschwungen hatte.

Der Rest des Teams entfernte Staub und Dreck. Cain trat näher, um die flache Grube zu inspizieren. Er ließ sich keine Emotionen anmerken, während vor seinem geistigen Auge die letzten sieben Jahre vorbeizogen – die Leben, die er beendet, die Lügen, die er erzählt hatte, um an diesen Punkt zu gelangen. Das war es wert gewesen.

Steven, mein Bruder, es ist fast so weit.

Die flache Seite eines Aluminiumkoffers, der von einer feinen Staub- und Dreckschicht bedeckt wurde, ragte heraus. Cain identifizierte ihn sofort als Zero Halliburton, einen der bekanntesten Koffer der Welt, nicht nur in unzähligen Hollywood-Filmen zu sehen, sondern auch extrem stabil und in einer staubigen Umgebung nahezu luftdicht. *So wie in dieser verfluchten Wüste …*

»Gratulation, Sir«, sagte einer der Männer, der eine Schaufel in der Hand hielt.

»Danke, Jackson. Holen Sie ihn da raus und packen Sie ihn in den Kofferraum.«

Jackson nickte und die vier Männer legten den Rest des Koffers frei. Innerhalb von Sekunden hatten sie ihn aus seinem staubigen Grab befreit. Mit einer unspektakulären Bewegung beugte sich Jackson hinunter und zog das Behältnis mit der Atomwaffe am Griff aus dem irakischen Erdreich, wo es die letzten Jahre auf ihn gewartet hatte.

Keiner der Männer sprach ein Wort, als sie zu den Fahrzeugen zurückkehrten und den Koffer in den Cougar luden, der den Konvoi anführte. Sie verpackten ihn sicher in einem großen dunkelgrünen Container, der mit schwarzem Schaumstoff ausgepolstert war.

Scott gab dem Rest der Security-Truppe ein Zeichen. Alle stiegen in die Fahrzeuge und warteten, bis sich der Cougar an der Spitze in Bewegung setzte.

Cain nickte Scott zu, der erneut zum Hörer des Funkgeräts griff: »Haditha-Kommandozentrale, hier HRI Actual. Over.«

Dieselbe Stimme wie vorhin antwortete: »Hier Haditha-Kommandozentrale. Sprechen Sie, HRI Actual.«

»Kommandozentrale, es hat sich herausgestellt, dass nur ein Kabel am Motor locker war. Ich bin kein Mechaniker, aber unsere Männer werden es euren Jungs von der Wartung zeigen, damit die sich das mal ansehen können. Wir sind in weniger als fünf Minuten da. Over.«

»Roger, HRI Actual. Ich bin sicher, unsere Jungs helfen euch gern. Bis gleich. Ende.«

»Roger, Kommandozentrale. Ende.«

Cain drehte sich zu Scott: »Eins noch, bevor wir weiterfahren …« Er zog ein abhörsicheres Satellitenhandy aus der Tasche, tippte eine kurze Nachricht und sendete sie ab. »Okay, fahren wir.«

So schnell, wie sie angehalten hatten, machten sie sich

wieder auf den Weg. Ihre Mission war erfolgreich verlaufen und Cain ging davon aus, dass sein Plan kurz vor der Vollendung stand.

Jetzt zum schwierigen Teil.

Die Tatsache, dass er ein extrem guter Lügner war, beruhigte ihn. Diese Fertigkeit brauchte er, um den restlichen Tag bis zum nächsten Morgen zu überstehen, wenn seine Security-Mannschaft nach Camp Frost zurückkehrte – ohne ihn oder seinen Chief of Operations.

Keiner der Männer im Konvoi bemerkte das Geräusch des motorgetriebenen Patrouillenbootes auf dem Euphrat, das sich zur selben Zeit langsam dem Damm näherte.

49

Haditha-Talsperre
2. November 2008

Anderthalb Meilen entfernt lagen fünf Angehörige des Marine Corps in Tarnkleidung auf dem Staudamm und beobachteten das Anrücken des Konvois.

Ein sechster Marine saß fünf Meter hinter ihnen auf dem Beton, ein Militärfunkgerät in einem Rucksack zu seinen Füßen. Ein Captain der Marines und ein Beobachter, ein sogenannter Forward Observer - kurz FO - für eine Artillerieeinheit, die man zur Unterstützung des Siebten Regiments der Marines abgestellt hatte. Er war besonders geschickt darin, der Artillerieunterstützung präzise Anweisungen zu geben, und hatte bereits mehr als 50 Call-for-Fire-Missionen in der Schlacht um Falludscha absolviert. Mehr als jeder andere FO im Marine Corps.

Soeben hatte er die neuesten Informationen über den Konvoi an die Gruppe weitergegeben, nachdem die Kommandozentrale ihn darüber unterrichtet hatte.

Colonel Anderson Walker, ein durchtrainierter Texaner Mitte 40, der eine Kappe mit Flecktarnmuster trug, nahm das Militärfernglas von den Augen. »Sieht so aus, als hätten sie gefunden, wonach sie gesucht haben, Gentlemen. Sie kommen jetzt hierher.«

»Gut für uns, Colonel, so verrückt das klingt«, antwortete Mike Benson. »Sobald sie eintreffen, halten wir uns strikt an den Plan. Nachdem Cain und sein Deputy vom Rest der Männer getrennt wurden, nehmen Ihre Marines sie in Gewahrsam und stellen die Nuklearwaffe sicher.«

Logan, John und Mike waren früh an diesem Morgen in Al Asad eingetroffen. Sie hatten innerhalb von knapp zehn Stunden ihr Ziel erreicht, aufgrund günstiger Windverhältnisse über dem Atlantik und nur einem Nachtanken auf halber Strecke über dem Mittelmeer.

Der Verteidigungsminister hatte persönlich Colonel Walker auf einer sicheren Leitung kontaktiert und über die Situation ins Bild gesetzt. Er wurde angewiesen, die Gäste auf jede erdenkliche Weise zu unterstützen.

Was Logan betraf, hatte der Colonel bisher alles getan, was in seiner Macht lag, um ihnen zu helfen, und zwar mit wahrer Begeisterung. Auch ohne den Anruf des Verteidigungsministers wäre ihm der Ernst der Lage nicht entgangen. Colonel Walker befand sich in der dritten Einsatzzeit in Irak. Er hatte 34 Marines verloren, die ihm unterstanden hatten. Er formulierte es so: »Dieses Arschloch will also einen weiteren Krieg auslösen, der noch mehr Marines tötet. Das ist alles, was ich wissen muss. Verdammt, wenn ich die Chance kriege, werd ich ihm persönlich eine Kugel durch den Kopf jagen.«

»Mike«, sagte Logan, »du weißt, der hat ein paar gut ausgebildete Männer dabei. Denk dran, die Situation kann schneller kippen, als wir glauben. Erst recht, wenn denen klar wird, dass es Hochverrat ist, den sie da begehen.«

John fügte hinzu: »Deswegen hat der Colonel seine schnelle Eingreiftruppe in einer Werkstatt platziert, genau neben dem großen Platz, auf dem der Konvoi halten wird. Das ist die ideale Stelle, um sie in Gewahrsam zu nehmen.«

Bei dem Platz handelte es sich um die über 180 Meter

lange Bereitstellungszone direkt oberhalb der großen Stautore, aus denen der Euphrat gespeist wurde, wenn sie geöffnet wurden. Fünf gigantische Betonsäulen unterteilten sie und schufen mehrere Öffnungen zwischen Ladebucht und Brüstung. Hinter der Brüstung ging es knapp 40 Meter senkrecht nach unten bis zur Wasseroberfläche des Euphrats.

Zwei Infanteriekompanien – die bereits versteckt bereitstanden – sollten die beiden Zufahrten blockieren, sobald der Konvoi die Ladebucht erreicht hatte. Für den Gegner gab es kein Entkommen.

»Captain West«, sagte ein ergrauter, zäh wirkender Mann, der Sergeant Major des Regiments – er benutzte Logans ehemalige Rangbezeichnung als Zeichen des Respekts. »Unsere Marines stehen bereit. Sie wurden über die Bedrohung der nationalen Sicherheit, die diese Männer darstellen, in Kenntnis gesetzt – die Details über die Atomwaffe kennen sie natürlich nicht. Was auch geschieht, sie sind zu allem bereit.«

»Sergeant Major, ich bin Ihnen zu Dank verpflichtet. Ich bin mindestens genauso entschlossen wie Ihre Männer, aber ich muss noch mal drauf hinweisen, dass diese Kerle professionell ausgebildete Killer sind, die es darauf anlegen, eine fremde Nation anzugreifen. Cain Frost und Scott Carlson sind mindestens genauso gefährlich wie jeder Soldat, der auf unserer Seite kämpft. Sollten die beiden noch etwas in der Hinterhand haben, dürfte es für viele tödlich enden.«

»Nun, Logan, wir werden abwarten müssen, was dabei herauskommt. Es wird so oder so enden, aber ich setze mein Geld auf unsere Mannschaft.« Colonel Walker war auf der High School in Texas ein Star des Football-Teams gewesen und liebte es, militärische Vorgänge in Sportjargon zu verpacken, so wie viele Offiziere des Marine Corps.

»Gentlemen – und damit sind Sie auch gemeint, Sergeant Major, nichts für ungut«, sagte der Colonel und spielte damit auf die Tatsache an, dass die älteren Unteroffiziere stolz auf ihren Status waren und ›für ihr Geld arbeiteten‹, im Gegensatz zu den ranghöheren Vorgesetzten. »Ich glaube, es wird Zeit, zur Kommandozentrale zu gehen und auf unsere Gäste zu warten. Hier oben können wir nichts mehr tun.«

Der Colonel drehte sich zum FO um: »Jack, Sie bleiben hier, bis alles vorbei ist. Wenn etwas aus dem Ruder läuft, müssen Sie auf alles vorbereitet sein, okay?«

Der Captain wirkte unbeeindruckt. Er hatte genug Kampfhandlungen miterlebt, um von nichts mehr überrascht zu werden, nicht mal von einer Atombombe.

»Sir, falls sie durchzubrechen versuchen, lass ich den Tod auf sie herabregnen und blas sie alle ins Jenseits.«

Colonel Walker lächelte. »Genau das wollte ich hören.«

Er deutete auf eine Öffnung im Dach, die zu einer Leiter führte. »Sollen wir?«

Mike sah zu Logan und sagte: »Ich kann's kaum erwarten, dass diese Scheiße vorbei ist.«

»Kann ich verstehen, Kumpel, aber wir haben noch was zu erledigen, bevor es nach Hause geht.«

»Ohne Scheiß. Lass uns dafür sorgen, dass alles ordentlich über die Bühne geht«, erwiderte John.

Die Männer kletterten hinunter und ließen Captain Jack Barnett allein zurück, damit er über sie alle wachte.

50

Im Inneren der Haditha-Talsperre
2. November 2008

Die fünf Cougars fuhren auf den Damm und blieben an der linken Seite der riesigen Ladebucht stehen. Zwei Stahltore, knapp sieben Meter breit und fünf Meter hoch, näherten sich einander.

Rums!

Die Tore gingen zu und schlossen den Konvoi im Innern der Bereitstellungszone ein. Parallel hinderte sie ein zweites Paar Tore am gegenüberliegenden Ende der Anlage an der Weiterfahrt.

Eine Gruppe Marines in Overalls machte sich an zwei Humvees zu schaffen, die grob in der Mitte der Bereitstellungszone parkten. Ein Marine hantierte im Innern des Fahrzeugs herum, während ein zweiter sich über die Motorhaube beugte. Sie blickten hoch, als die Neuankömmlinge abbremsten, nickten grüßend in Richtung der Söldnertruppe und widmeten sich weiter ihrer Arbeit.

Cain Frost bemerkte Colonel Walker neben einer hohen, geschlossenen Stahltür, die tiefer ins Innere des Damms hineinführte. Er wollte die Besucher offenbar persönlich in Empfang nehmen. Der Sergeant Major wartete an seiner Seite.

Der Colonel winkte Cain und die beiden Marines näherten sich dem Konvoi.

Die Mitglieder der Security-Mannschaft stiegen hinten aus den Cougars und versammelten sich in einem lockeren Kreis um die Fahrzeuge.

Im vorderen Cougar sagte Cain zu Scott Carlson: »Egal was passiert, Jacksons Team bleibt beim Auto, bis wir unsere Ausrüstung ausladen können. Wenn jemand fragt – der Koffer enthält unsere Ausrüstung für die abhörsichere Kommunikation mit dem Hauptquartier in Bagdad. Ruft mich auf dem Handy an oder schreibt eine SMS, wenn was sein sollte. Klar?«

»Roger, Sir.«

»Gut. Dann lasst uns mit der Show beginnen und schön dankbar tun, wenn der gute Colonel uns gleich freundlich willkommen heißt.«

Er visierte Scott durch seine Oakley-Sonnenbrille an. Die Augen dahinter zeigten keinerlei Emotion. »Mit anderen Worten: Lügt.«

Cain öffnete die Beifahrertür und stieg aus. Er sprang vorsichtig mit gebeugten Knien von der großen Metallstufe auf den fast einen Meter tieferen Untergrund.

Im Aufrichten streifte sein Blick zufällig die Marines, die an dem Humvee arbeiteten. Zwei der Marines standen inzwischen auf beiden Seiten des Humvees und schauten mehrmals zu Cain und seiner Sicherheitsmannschaft hinüber.

Was ist denn? Wohl noch nie echte Profis gesehen?

Ihm entging, wie die übrigen vier Marines hinten in jedem der Humvees leise ihre Waffen entsicherten.

Er wendete seine Aufmerksamkeit Colonel Walker zu. Dieser hatte sie fast erreicht und trug ein breites, einladendes Lächeln auf dem Gesicht.

Cain trat um die Motorhaube des Cougar herum und sah nach links, wo Scott sich mit Jackson und dessen Team besprach. All seine Männer waren ausgestiegen und hielten ihre Waffen in der Hand, zwar beiläufig, aber doch mit festem Griff und den Lauf auf den Boden gerichtet. Seine Männer konnten innerhalb von Sekunden kampfbereit sein. Der Gedanke reduzierte die Anspannung, die er empfand.

»Mr. Frost«, hörte er in einem warmen Südstaatenakzent. »Ich bin froh, dass es aufgeklart hat und Sie es zu uns geschafft haben.« Der Colonel stand jetzt direkt vor ihm und streckte ihm freundlich die Hand entgegen.

Cain taxierte sein Gegenüber. Ihm fielen die sportliche Figur auf, der militärisch korrekte Haarschnitt und die selbstsichere Haltung eines ernsthaften Mannes.

Der Colonel lächelte, aber Cain registrierte noch etwas anderes in seinen Augen. Nur für einen Augenblick, dann wurde es vom breiten Lächeln wieder verdrängt.

Verachtung? Kann nicht sein. Das sind nur deine Nerven. Mach dich locker, sonst schöpft er noch Verdacht, obwohl es dafür gar keinen Grund gibt. Du bist zu weit gekommen, um es jetzt noch zu versauen.

»Danke für die Gastfreundschaft, Colonel. Die letzten Tage waren lang und das ist der letzte Stopp auf unserer Tour. Sind meine Männer da? Ich sehe keinen von ihnen.« Cain blickte sich um und bemerkte ein weiteres Mal, dass die Marines seine Männer angestrengt beobachteten.

»Die sind gerade dabei, die Außengrenzen des Geländes zu kontrollieren. Ich vermute, die checken den Zaun gleich doppelt, weil ihr Boss kommt. Und Ihre Bootscrew sollte jeden Moment von einer Patrouille auf dem Fluss zurückkehren. Wie wär's, wenn Sie sich mit ihnen treffen, nachdem wir einen Happen gegessen und ein wenig geplaudert haben? Ich hoffe, Sie halten mich nicht für anmaßend.«

Cain lächelte, aber Zweifel begannen an seinem Selbstvertrauen zu nagen. Seine Nackenhaare richteten sich auf. »Kein Problem.« Er wusste, wo sich die Besatzung seines Boots gerade befand. »Klingt vernünftig.«

»Wenn das so ist, Mr. Frost, lassen Sie uns zur Kommandozentrale gehen und eine Kleinigkeit essen. Anschließend führe ich Sie ein bisschen durch die Einrichtung. Mein Sergeant Major« – er nickte in Richtung des Manns zu seiner Rechten – »wird Ihren Männern die Quartiere zeigen.«

Er wies in Richtung der geschlossenen Tür an der Rückwand der Ladebucht. »Können wir?«

Cain hörte, wie Scott seine Männer anwies, die Ausrüstung abzuladen. Er drehte sich um und nickte ihm ein letztes Mal zu, bevor er zum Colonel aufschloss, der auf die hintere Betonwand zutrat.

Cain checkte die Umgebung, seine hoch trainierten Sinne blieben aufs Äußerste gespannt und verarbeiteten blitzschnell alle Beobachtungen. Ihm fiel nichts Ungewöhnliches auf. Dann warf er, rein aus professioneller Neugier, einen Blick auf die Pistole des Colonels, die in einem Quick-Draw-Holster am rechten Oberschenkel steckte. Sofort fielen ihm zwei Merkwürdigkeiten auf. Die Alarmglocken im Kopf schrillten los.

Wieso trägt er ein Schnellziehholster? Es ist unbequem und nur für Kampfeinsätze gedacht. Scheiße. Seine Waffe ist geladen. Ein Magazin war in den Pistolengriff geschoben. *Es gibt keinen Grund, wieso er hier eine geladene Waffe trägt. Die Bedrohungslage ist minimal, eigentlich nicht existent. Eher besteht die Gefahr, dass sich ein Schuss versehentlich löst, als dass es zu einem Angriff kommt. Außer …*

Bevor er den Gedanken zu Ende führen konnte, vibrierte sein Handy. Er blieb stehen und zog das BlackBerry aus der Gürtelhalterung. »Entschuldigen Sie, Colonel. Nur eine Sekunde. Es ist das Büro in Bagdad.«

›Es ist ein Hinterhalt. Sie wissen Bescheid.‹

Die Kurznachricht brachte sein Gehirn auf Touren. Seine Überlegungen ließen nur eine Option offen, egal wie oft er das Szenario vor seinem inneren Auge abspulte.

Er steckte das Telefon seelenruhig zurück. Colonel Walker blickte ihn fragend an. »Ist alles in Ordnung, Mr. Frost?«

Cains Gesicht blieb ausdruckslos. »Leider nicht, Colonel Walker.«

Ohne ein weiteres Wort zu verlieren, zog Cain seine eigene Heckler & Koch, Kaliber 45, in einer blitzschnellen Bewegung und schoss dem Colonel in die Brust.

Nachdem der Schuss von den Betonwänden und Säulen reflektiert worden und verhallt war, legte sich ein kurzer Moment der Stille, der ewig zu dauern schien, über den Damm. Dann wurde er von Explosionen und Schüssen zerrissen. Die Bereitstellungszone auf der Haditha-Talsperre verwandelte sich damit zum zweiten Mal seit der amerikanischen Irak-Invasion in ein Kriegsgebiet.

Auf dem Euphrat

Tom Denton hatte gerade das Schlauchboot am Betonpier am Fuß des Dammes festgemacht. Der Zufluss vom Damm wurde gezielt verringert, damit die Patrouillenboote von HRI den Damm als Ladezone für ihre Operationen auf dem Fluss nutzen konnten. Für die Marines in der Kommandozentrale musste es so wirken, als hätten Tom und die vier Security-Männer von HRI gerade eine weitere Patrouille auf dem Euphrat beendet.

Tom Denton hatte aber auch noch etwas erledigt, von dem nur er allein wusste – er hatte sich darauf vorbereitet, Mr. Frost zu evakuieren, wenn dieser ihn auf dem Handy kontaktierte. Er hatte präzise Koordinaten erhalten und die Anweisung, das Boot zu beladen und zu warten. Tom hatte seinem Team gesagt, sie sollten den HRI-Konvoi eskortieren, für den Fall, dass auf dem Weg zum Damm etwas passierte. Gegebenenfalls konnten sie mit dem Schlauchboot anlanden und den Konvoi unterstützen. Zum Glück hatte er diesen Befehl nie erhalten, nur eine Kurznachricht, dass mit seinem Boss alles in Ordnung war.

Der Rest des Teams wusste nichts über den wahren Zweck des Besuchs ihres Arbeitgebers; nur Tom war über den wahren Grund von Mr. Frosts Kommen informiert.

Als er die Mitteilung erhielt, alles sei okay, nahm er an, dass die Mission ohne Probleme ablaufen würde. Seine Anweisungen lauteten, sich unauffällig zu verhalten und abends mit Mr. Frost zu treffen. Er hatte vor, diese Verabredung einzuhalten. Immerhin bekam er eine Menge Geld dafür.

Als er einem jungen Marine die Festmachleine des Boots zuwarf, hörte er, wie sich ein anderer Marine mit jemandem auf dem Pier unterhielt.

»Ich weiß nicht, was da oben vor sich geht, aber alles wurde abgeriegelt. Ich konnte nicht mal an meinen Quadcon-Container ran. Ich wollte eigentlich über die Ladezone laufen, aber die haben gesagt, ich soll mir einen Weg außenrum suchen.«

Tom spitzte die Ohren und belauschte das Gespräch der beiden Teammitglieder. Sie gehörten zur Marineeinheit, die eigene Patrouillen auf dem Fluss durchführte. Ihre Boote waren alle weiter unten angedockt.

»Im Ernst?«, fragte der zweite Marine.

»Scheiße, ja. Ich hab sogar ein paar Leute von der schnellen Eingreiftruppe gesehen, wie sie in die Kommandozentrale gegangen sind. Der Gunny hat mir einfach die Tür vor der Nase zugeschlagen. Verrückt, Mann.«

Das verriet Tom alles, was er wissen musste. Er friemelte das Telefon aus der Tasche seiner Cargo-Pants und schickte Mr. Frost eine SMS, um ihn zu warnen. Die Nachricht wurde zugestellt und er wartete ungeduldig ab.

Na los, Sir. Lesen Sie's schon. Er wusste, dass Cain und seine Männer da oben wie die Hühner in der Falle hockten.

In diesem Moment hörte er, wie der Sound von Schüssen wie eine Welle über den Damm rollte.

Er zögerte nicht, sondern riss die Leine vom Dock und startete den Motor.

Das gibt eine riesige Sauerei.

Er hatte keinen Schimmer, wie richtig er damit lag.

51

Haditha-Talsperre, Bereitstellungszone

Der Lärm des Feuergefechts dröhnte über die große Freifläche. Nachdem der erste Schuss verklungen war, strömten Marines mit erhobenen Waffen auf den Damm, die sich vorher hinter den Toren an beiden Enden des Bauwerks versteckt hatten.

Cain Frost schrie »Es ist ein Hinterhalt!« und machte auf dem Absatz kehrt, um zum Cougar zu gelangen und den Koffer mit der Atomwaffe zu erreichen.

Seine Leute reagierten sofort und eröffneten das Feuer auf die Marines, die hinter Kistenstapeln auf Paletten an beiden Enden der Bereitstellungszone in Deckung gingen.

Cain achtete nicht auf seine Umgebung, sondern lauschte dem Geräusch der nach oben gleitenden Tore der Kommandozentrale – seines ursprünglichen Ziels. Schritte waren zu hören und jemand rief: »Helft dem Colonel! Er wurde angeschossen!«

Cain erreichte den Cougar und fand sich plötzlich Scott Carlson gegenüber, der das H&K-G36C-Commando-Maschinengewehr in seine Richtung erhoben hatte und an Cain vorbeizielte.

Cain drehte sich um. Einer der beiden Marines, die sich als Mechaniker ausgegeben hatten, ging zu Boden, als die Kugeln aus Scotts Waffe ihr Ziel fanden.

»Sir, wir müssen hier weg, sonst schlachten sie uns alle ab.« Er sprach laut, schrie jedoch nicht. Scott verfiel nicht so leicht in Panik, auch nicht in Situationen wie dieser. Das war einer der Hauptgründe, weshalb Cain ihn vor Jahren zu seinem Adjutanten ernannt hatte. Er hatte von diesem Chamäleon namens ›James‹ gehört, das für die CIA in der Green Zone gearbeitet hatte. Sein Ruf als meisterhafter Strippenzieher war ihm vorausgeeilt. Eine Fertigkeit, die Cain über alles schätzte.

»Sie haben die Ausgänge an beiden Seiten blockiert.« Er feuerte weiter aus dem G36C. Cain drehte sich nicht mal um, als hinter ihm ein Marine vor Schmerzen aufbrüllte. Scott traf normalerweise alles, worauf er zielte – sehr zum Nachteil des Marines, den er gerade erschossen hatte.

»Sag den Männern, sie sollen die Fahrzeuge beladen und die Kaliber-50-Maschinengewehre einsetzen. Sobald sie uns erst mal Deckung geben, schnapp dir die Panzerfaust aus dem Auto und spreng das Tor am Ende des Damms weg. Wir hauen ab. Um den Rest können wir uns Gedanken machen, wenn wir hier weg sind.«

Scott quittierte die Befehle mit einem kurzen Nicken und bewegte sich zum Ende des Wagens, um in Hörweite des Mannes zu gelangen, der Cougar am nächsten stand. Er erteilte ihm Anweisungen, während die Querschläger zwischen den beiden Fahrzeugen vom Betonboden abprallten.

Jedes Mitglied der HRI-Security-Mannschaft hatte irgendwo Deckung gefunden, entweder hinter den riesigen Reifen der Cougars, mit dem Rücken zum Fluss, oder neben einer der gigantischen Betonsäulen, die zur Unterteilung und als Stützen dienten.

Cain entging nicht, dass einige seiner Männer reglos am

Boden neben ihren Fahrzeugen lagen. Opfer des Angriff der Marines.

Er zog die Beifahrertür auf und sprang auf den Sitz. Im Inneren des Wagens hielt er es im Augenblick für am sichersten. Er ließ die Tür offen, um Scott zusätzliche Deckung zu geben, während dieser Befehle bellte, die bis zum letzten Fahrzeug weitergegeben wurden.

So nah dran ... Egal was passiert, wir müssen es versuchen. Sein einziger Gedanke galt nun seinem Bruder. Nichts anderes war wichtig, nicht mal die Männer beider Kampfparteien, die getötet oder verwundet wurden. *Er ist das Einzige, was zählt!*

Das Feuergefecht erreichte einen fieberhaften Höhepunkt. Automatische und halbautomatische Waffen schufen eine endlos lärmende Geräuschkulisse. Kugeln prallten von der Panzerung des Cougars und der Windschutzscheibe ab.

Die werden schon ein bisschen mehr auffahren müssen, dachte Cain und brachte ein boshaftes Grinsen zustande.

Er hörte das Donnern der fünf Browning-Maschinengewehre, Kaliber 50, die das Feuer eröffneten – das relativ kleinteilige Schlachtfeld sorgte dafür, dass Cain und seine Männer mit den schweren Waffen den Kampf innerhalb von Sekunden zu ihren Gunsten wenden konnten.

Mit ein wenig Glück schaffen wir's!

In der Kommandozentrale

Auf der anderen Seite des gerippten Stahltors reagierten Logan West und John Quick instinktiv, sobald der erste Schuss fiel.

Keiner der Männer dachte großartig darüber nach, wer Cain den Tipp gegeben haben mochte, dass er in einen Hinterhalt geraten war. Völlig irrelevant. Wie alle professionellen Soldaten wussten sie, dass kein Plan den ersten Feindkontakt überlebte. Jetzt zählte nur noch eins: die Sicherstellung der Nuklearwaffe.

»Fahrt das Tor hoch!«, herrschte Logan den Major an, der neben der Schalttafel an der rechten Wand stand. Dieser drückte einen Knopf, und das Tor bewegte sich langsam nach oben und gab die Sicht auf das Chaos dahinter frei.

Logan und John kauerten hinter einem schweren Schreibtisch aus Metall, einem von vielen, die sich im Einsatzraum verteilten. Die Einrichtung wurde im Moment von den Marines als Deckung genutzt. Allesamt zielten sie mit ihren M4 auf die sich stetig vergrößernde Öffnung.

Logan und John waren dem Tor am nächsten und bemerkten als Erste, dass Colonel Walker bewegungslos auf dem Boden lag. Sein Sergeant Major versuchte, ihn ins Innere der Kommandozentrale und in Sicherheit zu ziehen.

»Zielt sauber und trefft keinen von unseren eigenen Leuten!«, schrie Logan über den Lärm hinweg. Er eröffnete das Feuer mit dem M4 auf einen HRI-Söldner, der mit seinem Sturmgewehr auf den Sergeant Major zielte. Zu seinem Pech hatte er in der Eile die Deckung vernachlässigt. Eine gezielte Salve aus Logans Waffe rächte diese Nachlässigkeit. Mit einem Brusteinschuss polterte er auf den Betonboden.

Logan suchte sich das nächste Ziel, als John »Gib mir Deckung!« schrie, über den Schreibtisch sprang und auf den Sergeant Major zusprintete.

Während John rannte, stürmten die Marines der schnellen Eingreiftruppe durch das Tor, die aufgereiht an der Wand gewartet hatten. Sie verteilten sich zu beiden Seiten des Eingangs auf der Suche nach Deckung und Gegnern.

John erreichte den Sergeant Major. Er schnappte sich den linken Arm von Colonel Walker und der Sergeant Major dessen rechten. Beide Männer schleiften den gefallenen Marine über den glatten, kalten Untergrund zur Einsatzzentrale und hinterließen dabei eine dünne Blutspur.

Logan sah einen weiteren Söldner hinter Frosts Cougar stehen. Er zielte durchs Reflexvisier und gab drei schnelle Schüsse ab. Die erste Kugel hätte genügt. Sie traf den Mann in die Stirn, ließ den Kopf nach hinten schnellen und tötete ihn augenblicklich.

Zwei weniger. Das wird 'ne schöne Schweinerei.

Logan blickte nach rechts zu Mike, der aus einer 10-Millimeter-Maschinenpistole, einer MP5, feuerte, seiner bevorzugten Waffe, mit der er beim FBI trainiert hatte.

John und der Sergeant Major brachten den Colonel hinter einem Schreibtisch in Deckung. Logan erkannte mit einem Blick, dass der befehlshabende Offizier nicht mehr lebte. Die offenen Augen waren in den Höhlen nach oben gerollt.

Verdammte Scheiße. Ein weiteres unschuldiges Opfer, das auf Cains Konto geht. Er atmete tief durch, um die Wut zu kontrollieren, die ihn zu überwältigen drohte.

John erkannte den Schmerz im Gesicht des Sergeant Majors. »Es tut mir leid, Sergeant Major, aber er ist tot.«

Logan beobachtete, wie sich die Trauer des Mannes in eine Maske rachsüchtigen Zorns verwandelte. »Ich werde so viele von diesen Schweinen töten, wie ich kann. Die lass ich nicht davonkommen, auf keinen Fall!«

Das Feuergefecht vor der Kommandozentrale gewann an Intensität. Kugeln peitschten durch das Gebäude. Die feindliche Security stellte fest, dass die Marines von drinnen auf sie zielten. Querschläger prallten von den Wänden, der Decke und dem Boden ab.

Logan überlegte, wie sie sich einen taktischen Vorteil verschaffen konnten.

Das wird eine richtige Wildwest-Nummer. Verflucht …

Die HRI-Männer arbeiteten sich langsam zum Heck der beiden Cougars vor, die am dichtesten an der Kommandozentrale parkten. Einige der Männer gaben ihnen Deckung, während der Rest hinten in die beiden Fahrzeuge einstieg.

Was zur Hölle treiben die?, wunderte sich Logan. *Die können doch nirgends hin.*

Die Marines konzentrierten ihr Feuer auf die Fahrzeuge, aber die Kugeln richteten nichts aus. Die schwere Panzerung der Cougars lenkte die gut platzierten Schüsse ab. Höchstens ein direkter Treffer mit einer Panzerfaust hätte sie stoppen können. Gerade wollte er etwas zu John sagen, als der ohrenbetäubende Lärm der Kaliber-50-Maschinengewehre die restlichen Automatikwaffen übertönte.

Logan huschte unter dem Schreibtisch in Deckung, als der Schütze auf dem Fahrzeug, das den Konvoi anführte, die Browning in Richtung der Zentrale drehte und das Feuer eröffnete.

Das wird schmerzhaft.

Bum! Bum! Bum! Bum! Bum!

Der Kommandostand verwandelte sich in einen Wirbelwind aus zersplitterten Möbeln, Computern und Elektronik. Die Kugeln vernichteten alles in Sichtweite. Nur diejenigen, die sich rechtzeitig zu Boden geworfen hatten, überlebten.

Eine Handvoll Unglücklicher wurde sofort getötet, das großkalibrige Maschinengewehr fetzte klaffende Wunden in ihre Körper.

Der Beschuss hielt noch mindestens 15 Sekunden an. Betonstücke wurden aus der Wand gerissen. Funken flogen, als PC-Gehäuse und Funkgeräte explodierten. Ihnen bot sich ein Bild der Zerstörung.

So geht es also zu Ende, dachte Logan.

BUM!

Eine gewaltige Explosion erschütterte die gesamte Anlage. Scott Carlson zielte mit seiner SMAW-Panzerfaust – der mit Abstand lautesten Waffe im Arsenal des Marine Corps – auf das Stahltor am Ende der Ladebucht.

Die 83-Millimeter-Rakete raste ihrem Ziel entgegen, nur wenige Meter über die Köpfe der Marines hinweg, die neben den Humvees standen.

Die Rakete traf das stählerne Schiebetor und eine zweite Explosion brachte den Damm zum Zittern. Das Tor wurde nach außen weggesprengt und durch die klaffende Lücke fiel Sonnenlicht auf den Beton.

Die Marines schüttelten die Köpfe, um die gedämpfte Stille loszuwerden. Das Abfeuern der Panzerfaust und die resultierende Explosion hatten sie vorübergehend taub werden lassen.

Das Feuer aus den Kaliber-50-Maschinengewehren war verstummt.

Wenigstens eine kleine Erleichterung, entschied Logan, der aus der Deckung sprang und sich vorsichtig rechts neben der Tür aufbaute, um sich einen Gesamtüberblick verschaffen zu können.

Trotz des Chaos aus Leichen und Patronenhülsen wurde ihm sofort klar, wie Cains Plan aussah. Das Gewehrfeuer war größtenteils verstummt und Cains Leute waren fast alle in die Fahrzeuge gestiegen.

John erschien an Logans Seite und erkannte ebenfalls, was Cain vorhatte. »Verdammt, er will einfach hier rausfahren. Wir haben nichts mehr, womit wir diese Bestien aufhalten könnten.«

»Doch, haben wir. Gib mir Deckung.« Bevor John etwas erwidern konnte, war Logan bereits aus der Kommandozentrale geschossen und sprintete an der Wand entlang auf das gegenüberliegende Tor zu.

John wurde von der spontanen Aktion seines Freundes überrumpelt, aber nach jahrelanger gemeinsamer Ausbildung und den vielen Schlachten, die sie zusammen durchgestanden hatten, ahnte er sofort, wohin Logan rannte und was er vorhatte.

Oh, mein Gott. Er ist total verrückt. John eröffnete das Feuer, in der Hoffnung, die Aufmerksamkeit der Gegner von Logan West abzulenken.

Während die Marines noch von der Explosion und dem Beschuss durch die Kaliber-50-Maschinengewehre benommen waren, drängte Cain: »Scott, wir müssen los! Wir haben nur Sekunden, bevor die sich wieder erholen! *Los, los, los!*«

Im selben Moment, als Scott den 330-PS-Motor anließ, bemerkte Cain aus dem Augenwinkel eine Bewegung zu seiner Linken. War das Logan West, der da in vollem Tempo die hintere Wand entlangspurtete? *Was zur Hölle treibt dieser Kerl?*

Logan rannte von Deckung zu Deckung, ohne den

Sprint zu verlangsamen, und arbeitete sich schrittweise ans Ende der Bereitstellungszone vor.

Dann erkannte Cain, worauf Logan zurannte. Wie John Quick gerade eben dämmerte nun auch ihm, was als Nächstes geschah. *Oh, nein, lass das bleiben, du verdammtes Dreckschwein!*

»Scott«, sagte Cain ruhig, »wenn du nicht sofort aufs Gas trittst, kommen wir nicht mehr heil raus.« Er erhob die Stimme und schrie »Los!«, als müsse er einem störrischen Esel Beine machen. Der gewünschte Effekt blieb nicht aus. Der Cougar machte einen Satz nach vorn und fraß sich in den Asphalt, wobei er rasch Fahrt aufnahm. Die Reifen quietschten.

Auch wenn er nur zur Fuß unterwegs war, Logan hatte an seiner High School einen Rekord beim 40-Yard-Sprint im Football-Team aufgestellt. Mann gegen Cougar. Kein faires Rennen, doch das hier war auch kein Spiel. Logan konzentrierte sich auf sein Ziel. Er atmete schwer, aber kontrolliert. *Ich werde es schaffen, ich weiß es!*

Er stellte sich bildlich vor, was er zu tun hatte, sobald er das Ende der Ladezone erreichte. Es wurde verdammt knapp.

70 Meter … Einige der Marines beobachteten ihn aus der Deckung, während er an ihnen vorbeistürmte.

»Schießt und versucht die Cougars aufzuhalten! Die fahren in eure Richtung!«, bellte er zwischen keuchenden Atemzügen. Er wartete nicht auf eine Antwort.

50 Meter … Logan hörte, wie sich der Konvoi durch das Chaos auf dem Damm auf ihn zubewegte. Cain hatte das Nachlassen des Gefechts dazu genutzt, die Fahrzeuge in Bewegung zu setzen.

Das Echo von Schüssen füllte erneut den Damm. Die Marines zielten auf den Konvoi, während die Wagen sich einen Weg zwischen den gigantischen Betonsäulen, Marines, Humvees und Trucks hindurchbahnten, die sich in der Ladezone verteilten.

30 Meter … Nur noch ein paar Sekunden bis zum Ziel. Die Cougars befanden sich etwa drei Säulen entfernt – mindestens 100 Meter.

Zehn Meter … *Alles oder nichts!*

Er erreichte das Ziel und sprang. Sein rechter Fuß landete auf dem Trittbrett auf der Beifahrerseite. Logan hechtete in die Kabine eines über drei Meter hohen, sieben Tonnen schweren Trucks. Ein gewaltiges, geländegängiges Monstrum mit Allradantrieb, das vom Marine Corps für alles Mögliche eingesetzt wurde. Vom Transport von Wasser und Lebensmitteln bis hin zum Ziehen von Haubitzen.

Logan schwebte allerdings ein gänzlich anderer Verwendungszweck vor. Mit Schwung setzte er über die Lücke zwischen den Sitzen hinweg und landete keuchend auf dem Fahrersitz.

Ein kurzer Blick durch die fünf Zentimeter dicke, kugelsichere Windschutzscheibe. Der Konvoi beschleunigte, trotz oder wegen des konzentrierten Feuers der Marines. Im Gegensatz zu einem zivilen Fahrzeug gab es bei dem sieben Tonnen schweren Truck keinen Zündschlüssel. Logan drehte den Anlasser und wurde mit einem Piepsen belohnt, das darauf hinwies, dass die Batterie angeschaltet war. *Gott sei Dank …*

Ein Staff Sergeant hatte ihm einmal gesagt, dass die Marines gern die Batterie eingeschaltet ließen. Dadurch konnten sie ein paar Sekunden schneller aus brenzligen Situationen entkommen. Logan hatte sich darauf verlassen. Sobald das Piepsen verstummte, vollendete er die Drehung und erweckte den 425-PS-Motor zum röhrenden Leben.

Jetzt kommt der lustige Teil.

Logan rammte den Gang rein, ließ die Kupplung kommen und trat das Gaspedal durch. Der Truck machte einen Satz nach vorn und nahm rasant Fahrt auf.

Logan war noch etwa 50 Meter von dem Loch entfernt, das die Panzerfaust ins Tor gerissen hatte.

Cains Konvoi beschleunigte weiter.

Logan sah alle fünf Fahrzeuge von rechts näher kommen. Er hielt mit der Kühlerhaube des Trucks frontal auf die Öffnung zu und ließ den Motor aufheulen, während er im Rekordtempo die Gänge hochschaltete. Der Siebentonner machte Boden und Geschwindigkeit gut. Logan wappnete sich dafür, die Cougars auf ihrer Flucht abzufangen.

Das wird knapp.

Der Konvoi befand sich noch etwa 30 Meter entfernt und schoss förmlich heran. Logan blieb keine Zeit, sich sein Manöver noch einmal zu überlegen. Er bereitete sich auf den Aufprall vor.

Der Truck war noch 15 Meter von der Öffnung im Tor entfernt und Logan stellte triumphierend fest, dass er sich nicht verschätzt hatte. Er konnte es schaffen. Ein kurzer Blick durch die Windschutzscheibe zum Cougar, der den Konvoi anführte. Cain Frost und Scott Carlson starrten ihn mit offenem Mund an.

Logan brachte ein Lächeln zustande, das verschwand, sobald sein sieben Tonnen schwerer Truck mit 60 Sachen von links gegen die Front des anderen Fahrzeugs knallte. Der gewaltige Aufprall schleuderte Logan in Richtung Steuer, das nach links ausbrach. Logan blieb auf dem Gaspedal. Während er sich bemühte, das Lenkrad unter Kontrolle zu bringen, trat er es bis zum Boden durch.

Die Wucht des Trucks, verstärkt durch mehrere Lagen Panzerung, drängte den Cougar vom Kurs ab und schob ihn nach rechts, obwohl Scott alles tat, um eine Vollbremsung hinzulegen. Logan interessierte nicht, dass die restlichen vier Fahrzeuge an ihnen vorbei durch die Lücke im Tor rasten. Allein auf Cain kam es an.

Inzwischen hatte er die Kontrolle über das Fahrzeug zurückgewonnen. Logan blinzelte, weil ihm Blut in die Augen gelaufen war. *Ich muss mir wohl den Kopf angestoßen haben …*

Er schaltete und verwendete gezielt die niedrigeren Gänge, um mehr Power zu haben. Der Truck drückte den beschädigten Cougar zur Seite.

Logans Gesicht war höchstens drei Meter von der Windschutzscheibe des anderen Wagens entfernt. Er sah, wie Cain – den er sofort erkannte, immerhin handelte es sich um eine der weltweit führenden Persönlichkeiten auf dem Sektor der privaten Militärindustrie – vom Beifahrersitz aus den Fahrer anbrüllte, der sich abmühte, den Cougar zurück auf Kurs zu bringen. *Viel Glück, Arschloch.*

Logan betrachtete den Fahrer genauer. Bilder aus Falludscha krochen aus dem Unterbewusstsein hervor. *Das kann doch nicht wahr sein!* Aber das war es. Die Erkenntnis traf ihn mit der Wucht einer Axt.

Der Fahrer von Cain Frosts Cougar war kein anderer als James, der verlogene CIA-Agent, der seine Marines in den Tod geschickt hatte. *Dieser Schweinehund muss Scott Carlson sein, die Nummer zwei in Cains Organisation.* Logan wusste nicht, wie James – oder Scott – es zum Mitarbeiter von Cain Frost gebracht hatte. Genau genommen war es ihm egal. Er starrte kurz den Mann an, der ihn in seinen Albträumen verfolgte. Der Mann, von dem er sich geschworen hatte, ihn bei ihrer nächsten Begegnung zu töten. *Bald ist es so weit, du Saftsack!*

Logan wendete den Blick von Scott ab und schaute stattdessen Cain in die Augen. Dann tat er etwas Unerwartetes. Er lächelte Cain an und deutete mit dem Zeigefinger nach vorn.

Cain folgte dem Finger mit verwirrter Miene. Der Siebentonner drängte den Cougar nach wie vor zur Seite ab.

Schlagartig blitzte blankes Entsetzen in Cains Gesicht auf. Er schrie Scott etwas zu, der sich zu Logan umdrehte.

Logan winkte wie zum Abschied mit der rechten Hand und grinste dabei. Er wusste, dass seine Gegner begriffen hatten, was gleich passierte. Er umfasste mit beiden Händen das Lenkrad und hielt es mit aller Kraft fest.

Der Siebentonner drängte den Cougar noch drei, vier Meter weiter ab. Logan hörte ein metallisches *Popp!* Das Geräusch von Stahl, der nachgab.

Logan ließ ein letztes Mal den Motor aufheulen. Der Truck fräste sich weiter nach vorn.

Geschafft!

Die Front des Cougars kippte nach oben, als das Fahrzeug das Geländer am Ende der Ladezone durchbrach.

Logan riss die Fahrertür auf und ließ den Fuß auf dem Gas, solange es ging. Der Cougar kippte über die Kante und Logan schenkte den beiden Insassen einen letzten Blick. Er bildete sich ein, jemanden hysterisch schreien zu hören, aber er war nicht ganz sicher. Egal! Das andere Fahrzeug verschwand aus seinem Blickfeld.

Logan zögerte nicht. Er sprang aus der Fahrerkabine des Trucks, als dieser von der Vorwärtsbewegung durch die Lücke im Geländer getragen wurde und sich anschickte, dem Cougar zu folgen. Sein Körper krachte hart auf den Beton und überschlug sich mehrmals.

Oh nein!, dachte er, als der Schwung der Bewegung ihn ungemütlich nah an die Kante heranbrachte. Er hörte zweimal ein lautes Platschen, als der Cougar und der Siebentonner im Fluss landeten. Er war sicher, dass er ihnen über die Kante folgen würde, doch dann wurde er jäh gestoppt, als sein Rücken gegen einen der verbliebenen Pfosten des Geländers klatschte. Ihm wurde die Luft aus der Lunge gepresst und er kämpfte gegen die Ohnmacht an.

Alle Schüsse auf dem Damm waren verstummt, als er die Augen öffnete. *Himmlische Stille …*

Er lag auf dem Bauch, sein Gesicht ruhte auf dem Beton der Ladebucht und der irakische Sonnenschein ließ ihn die Augen zusammenkneifen. Dann schielte er in den Fluss, wo das Heck des Siebentonners auf den Wellen schaukelte. Den Cougar entdeckte er in einiger Entfernung davon links. Nichts rührte sich im Wasser. Ob die Männer im Laderaum tot oder nur bewusstlos waren, machte keinen Unterschied. Der Wagen versank langsam im dunklen Wasser des Euphrat.

Logan bildete sich ein, er habe jemanden seinen Namen rufen hören. Die Ohren klingelten noch vom Kampflärm.

Er wollte sich gerade zu dem Bereich der Ladezone umdrehen, in dem das Gefecht begonnen hatte, als ihm ein metallisches Glitzern im Wasser unten auffiel. Er hielt die Hände wie einen Schirm über die Augen, um die grelle Sonne auszublenden, und hielt in der schlammigen Brühe des Euphrat nach der Quelle des reflektierten Sonnenlichts Ausschau. Er fand sie knapp 30 Meter von dem sinkenden Cougar und dem Siebentonner entfernt.

Scheiße …

Cain Frost und Scott Carlson hatten den Sturz überlebt und schwammen vom Damm weg. Cain zog mit der linken Hand einen großen Metallkoffer hinter sich her. Zu Logans Überraschung bewegte sich ein Schlauchboot auf die Überlebenden zu.

Die werden sie retten. Jemand muss das Patrouillenboot per Funk kontaktieren. Logan hörte Schritte, die neben ihm zum Stillstand kamen. Er drehte sich um und sah John Quick, der ihn erstaunt musterte.

Bevor der andere etwas sagen konnte, meinte Logan: »Er ist es. Ich habe keine Erklärung dafür, aber er ist es.«

»Wer, Logan?«

»Scott Carlson, Cains Chief of Operations. Er saß am Steuer. Das Arschloch ist in Wahrheit James, unser Freund von der CIA aus Falludscha.«

»Verflucht, nach all den Jahren …«

Logan sah seinem Freund in die Augen, in denen der Schmerz alter Erinnerungen hochgespült wurde. »Ich weiß, es ist verrückt. Darüber können wir uns später Gedanken machen, zuerst brauchen wir jemanden, der das Boot über Funk kontaktiert und dem Mann am Steuer erklärt, dass er gerade im Begriff steht, die Männer zu retten, die wir aufhalten müssen. Sieht so aus, als hätte Cain auch die Bombe dabei.«

Logan stand auf und wäre dabei fast gestürzt. John stützte ihn. Drei Marines kamen auf sie zu. »Hat einer von euch ein Funkgerät?«, fragte er.

Bevor jemand antwortete, meinte John: »Ich glaube, wir müssen uns keine Sorgen um die Sicherheit des Manns am Steuer machen.«

»Wie meinst du das?« Logan drehte sich zum Fluss um und wurde Zeuge, wie der Bootsführer Cain Frost aus dem

Fluss aufs Schlauchboot half. Scott saß bereits im Boot. Alle drei schüttelten sich die Hände und machten einen ziemlich zufriedenen Eindruck.

»Verdammte Scheiße. Er hatte einen Plan B.« Das kleine Patrouillenboot machte kehrt und rauschte den Euphrat hinunter auf Haditha zu, das nur fünf Meilen entfernt lag.

»John«, stellte Logan frustriert fest, »jemand muss uns dringend einen Hubschrauber organisieren. Die Sache ist anscheinend noch nicht ausgestanden.«

52

Auf der Haditha-Talsperre

Captain Barnett hatte den Kontakt zur Kommandozentrale nach Abgabe der ersten Schüsse und dem heftigen Feuergefecht verloren, das unter ihm losgebrochen war. Er ahnte, dass etwas schiefgelaufen sein musste, aber die Befehle von Colonel Walker waren eindeutig gewesen.

»Wenn etwas nicht so läuft wie geplant, dann ist es Ihre Aufgabe, dafür zu sorgen, dass keiner dieser Schweinehunde entkommt. Verstanden, Jack?«

Captain Barnett hatte verstanden. Abgesehen vom Sergeant Major (der eigentlich nicht zählte, da er als rechte Hand des Colonels über mehr Befugnisse verfügte als jeder Captain des Marine Corps) war er der Offizier mit dem niedrigsten Rang, den man über Cain Frost und seinen soziopathischen Plan vollständig unterrichtet hatte. Wenn es irgendwie in seiner Macht lag, würde er Frost auf keinen Fall mit diesem Wahnsinn durchkommen lassen. Er hatte schon genug Tod und Zerstörung miterlebt – verflucht, er zeichnete sogar für einen guten Teil davon selbst verantwortlich. Das reichte nicht nur für ein, sondern gleich für mehrere Leben. Ein weiterer Krieg sorgte da nur für weitere unnötige Opfer.

Die Explosionen erschütterten das Betondach, wo er auf zwei großen olivgrünen Boxen saß. Er widerstand dem Drang, auf den Damm hinunterzuklettern. Sosehr ihn Instinkte und Ausbildung auch dazu drängten, sich in den Kampf zu stürzen – er befand sich hier an der richtigen Stelle, um seinen Job zu erledigen. Also betete er nur stumm für die gefallenen Marines auf dem Damm und wartete, während die Auseinandersetzung weitertobte. Das Feuergefecht nahm an Intensität zu und er hätte schwören können, parallele Schüsse aus mehreren Kaliber-50-Maschinengewehren aufgeschnappt zu haben.

Kein gutes Zeichen für einige der Leute da unten.

Dann stoppte der Beschuss genauso schnell, wie er begonnen hatte, und die Stille wurde von zwei dröhnenden Explosionen durchbrochen.

Er sprach in das Mikrofon des unhandlichen AN/PRC-117-VHF-Funkgeräts zu seinen Füßen. »FSC, hier Black Sky. Habt ihr irgendwas von der Kommandozentrale gehört?«

Das Fire Support Center, quasi die Artillerieunterstützungseinheit, antwortete: »Noch nicht. Sieht so aus, als ginge es dort oben ziemlich rund.«

»Ohne Scheiß, FSC, ich wollte gerade …« war alles, was er herausbrachte, bevor er ein Klatschen im Fluss unter sich hörte. Ein zweites folgte unmittelbar darauf.

»FSC, eine Sekunde mal.« Er ließ das Mikrofon fallen, kletterte von den olivgrünen Boxen, machte einen großen Bogen um die auf dem Dach liegende Waffe und lief zur Kante des Damms.

Heilige Scheiße. Einer der Cougars des HRI-Konvois versank langsam im Wasser. Dann bemerkte er den Truck, der in der Nähe auf der Wasseroberfläche schaukelte. *Ist das ein Siebentonner?*

Captain Barnett erkannte, dass seine Vermutung zutraf.

Er hoffte nur, dass der Verrückte, der am Steuer gesessen hatte, vor dem Sturz über die Brüstung aus dem Fahrzeug gesprungen war. Er registrierte eine Bewegung im Wasser, aber seine Aufmerksamkeit wurde abgelenkt, als er von links das Aufröhren von Motoren vernahm.

Vier Cougars rasten die staubige Straße entlang vom Damm weg und kurvten im Slalom um die Betonbarrieren, die man extra so angeordnet hatte, um die Geschwindigkeiten zu drosseln. Die an den Checkpoints entlang der etwa 800 Meter langen Straße zum Haupttor stationierten Marines eröffneten das Feuer. Weder die Sturmgewehre, die die Männer in Händen hielten, noch die Maschinengewehre vom Kaliber 7,62 richteten bei den Panzerwagen etwas aus, die selbst einer Mine trotzen konnten. Die Kugeln prallten wirkungslos an den kugelsicheren Scheiben und den Abschirmungen ab.

Dieser ehemalige Captain hat so was wohl vorausgeahnt. Der Colonel hatte Barnett gesagt, es sei Logans Idee gewesen, ihn alles von oben überwachen zu lassen.

Für genau so eine Situation, wie sie sich gerade vor seinen Augen abspielte, hatte man ihn ausgebildet. *Diese Arschlöcher wollen abhauen.*

Captain Barnett sprintete zu seiner Stellung zurück, beugte sich nach unten und hob den wuchtigen FGM-148-Javelin-Panzerabwehrraketenwerfer auf, den er eben noch umrundet hatte. Er eilte zur Dachkante, wobei ihn die fast 23 Kilo schwere Waffe ein wenig ausbremste.

Barnett besaß einige Übung im Umgang mit dem Javelin-Raketenwerfer. Normalerweise brauchte man eine Zwei-Mann-Crew für die Bedienung, hauptsächlich um für eine gewisse Stabilität beim Abfeuern zu sorgen. Zum Glück wog er muskulöse 90 Kilo und hatte schon mehrmals im Training allein mit der Waffe geschossen. Jetzt würde sich zeigen, ob sich diese Vorbereitung auszahlte.

Er kniete sich hin, hievte die Steuereinheit auf seine rechte Schulter und balancierte die Röhre, in der sich der Flugkörper befand, vorsichtig aus.

Durch das Visier behielt er die vier Cougars außerhalb des Camps im Auge. Sie waren bereits mehr als 600 Meter entfernt. Dem kleinen Konvoi musste es irgendwie gelungen sein, durch das Tor an der Seite des Damms zu entkommen.

Die Infrarotzielerfassung peilte die Wärmesignatur der fliehenden Fahrzeuge an. Captain Barnett legte einen Schalter um und im Visier wurde ein kleiner Rahmen um das Fadenkreuz gelegt. Sekunden später belohnte ihn ein anhaltender Piepston, als der Zielsucher den Cougar an der Spitze erfasst hatte. *Bingo*. Er zog den Abzug.

WRUUUMM!

Der Gefechtskopf schoss aus der Röhre auf die Cougars zu und die Treibstoffladung zündete. Die Rakete raste steil nach oben, das ausgefeilte Trackingsystem wählte automatisch den optimalen Angriffswinkel.

Captain Barnetts Teil war damit erledigt. Er ließ das schwere Abschusssystem sinken und verfolgte, wie die Rakete den höchsten Punkt ihrer Flugbahn erreichte und kurz in der Luft zu verharren schien, um dann in senkrechter Linie auf den Cougar zuzurasen, der den Konvoi anführte und mittlerweile rund 800 Meter entfernt war. Obwohl er den Javelin schon mehrmals im Einsatz erlebt hatte, erstaunte ihn die ausgefeilte Technologie der Waffe immer wieder aufs Neue. Sie war so entwickelt worden, dass sie es mit einem möglichst steilen Angriffswinkel schaffte, auch schwer gepanzerte Fahrzeuge aufzuhalten – Panzer und Truppentransporter inklusive.

Der Cougar hatte keine Chance.

In einem Sekundenbruchteil durchschlug der hochexplosive Gefechtskopf das Dach des gepanzerten Fahrzeugs. Die erste Sprengladung durchbrach die Panzerung und ermöglichte es der explosiven Einheit, im Inneren ihre tödliche Wirkung zu entfachen.

Das Ergebnis fiel beeindruckend aus – und absolut tödlich für die Insassen.

Durch die Explosion machte das Fahrzeug kurzzeitig den Eindruck, als wollte es sich aufblähen. Als Nächstes rollte das schwerfällige Gefährt auf die Seite und überschlug sich mehrmals, bevor es liegen blieb.

Die weiteren Konvoi-Teilnehmer folgten dichtauf. Der Mann am Steuer des zweiten Cougars trat voll auf die Bremse, aber der Reflex kam zu spät. Der Mannschaftstransporter krachte frontal in das brennende Wrack und wurde in die Luft katapultiert, als er durch die Überreste schoss. Er vollführte eine Drehung in der Luft, stürzte dann fast wie in Zeitlupe ab und schlug auf der rechten Seite auf.

Dem Fahrer des dritten Cougar blieb etwas mehr Zeit, um zu reagieren. Er wich dem Wrack aus und orientierte sich nach links, verlor jedoch aufgrund der hohen Geschwindigkeit die Kontrolle. Der Cougar geriet ins Schleudern und kam von der Straße ab. Er rollte nach links und verschwand kurz darauf aus Captain Barnetts Sichtfeld – nach unten.

Drei auf einen Streich, gar nicht so schlecht. Damit ist noch einer übrig …

Das vierte Fahrzeug navigierte um das Wrack herum

und der Fahrer beschleunigte, anscheinend bemüht, so viel Distanz wie möglich zwischen sich und den Staudamm zu bringen.

Captain Barnett griff nach unten und schnappte sich die zweite Rakete, die er vorher bereitgelegt hatte. Er demontierte die bereits benutzte Abschussröhre, brachte die neue an und hockte sich auf den Boden. Die Zielvorrichtung verriet ihm, dass der letzte Cougar schon fast eine halbe Meile entfernt war.

Eigentlich kannst du auch einfach anhalten, Freundchen. Du kannst dich sowieso nicht verstecken. Er lächelte grimmig.

Sekunden später verwandelte sich das Piepsen in einen anhaltenden Ton und die Zielautomatik hatte das bewegliche Objekt erfasst. Er betätigte erneut den Abzug und eine zweite Rakete erhob sich in die Luft. Sekundenschnell überwand sie die Distanz und raste gierig auf ihre Beute zu.

Er legte die Abschussvorrichtung aufs Dach und stand auf. Ohne Zweifel ein direkter Treffer. Nichts konnte den Gefechtskopf jetzt noch aufhalten.

Sekunden später kollidierte die Rakete mit dem Heck des Cougars, fraß sich eine Bahn durch die Panzerung und schlug in den Treibstofftank ein. Gefechtskopf und Tank detonierten fast gleichzeitig.

BOOOOM!

Das Fahrzeug wurde aufs Dach geschleudert und Flammen loderten hervor, während es die Schotterstraße entlangschlitterte. Als es schließlich zum Stillstand kam, hatte sich das Innere in eine brennende Todesfalle verwandelt.

Barnett nahm von seiner Position aus keinerlei Bewegung wahr, was ihm nur recht sein konnte. Er schickte sich an, die Kommandozentrale noch einmal über Funk zu kontaktieren – da sah er Logan West blutverschmiert und dreckig vor sich stehen.

»Guter Schuss, Captain. Die haben gekriegt, was sie verdient haben.«

Captain Barnett wollte sich gerade erkundigen, was unten auf dem Damm vorgefallen war, erhielt jedoch keine Gelegenheit dazu. Eine durchdringende Vibration ließ den Damm erzittern.

Er spähte an Logan West vorbei und stellte fest, dass dieser von einem FBI-Agenten und dem ehemaligen Gunnery Sergeant begleitet wurde. Alle drehten sich um und starrten in Richtung des Sees auf der Rückseite der Dammanlage.

Das Dröhnen wurde lauter und erfüllte die Luft um sie herum.

»Gehen Sie runter und benachrichtigen Sie den Sergeant Major!«, rief Logan. »Das ist unsere Mitfahrgelegenheit!«

Wie ein dunkler Schatten schwebte plötzlich ein Helikopter vom Typ Bell-UH-1Y über ihnen, an beiden Seiten mit einer 7,62-Millimeter-Gatling-Minigun bestückt. Der sogenannte Super Huey setzte wenige Sekunden später etwa 15 Meter entfernt auf dem Betondach auf.

Captain Barnett beobachtete, wie Logan West, John Quick und Mike Benson auf die geöffnete Luke in der Mitte des Helikopters zuliefen, an Bord sprangen und sich auf den lederbezogenen Bänken zu beiden Seiten niederließen.

Sie setzten sich Kopfhörer mit Mikrofonen auf und der Pilot hob ab. Captain Barnett sagte: »Das lass ich mir gefallen!«, als der Pilot die Nase des Helikopters bereits in Richtung der Vorderseite des Damms austarierte. Der Super Huey schoss davon und ließ Captain Jack Barnett allein auf dem oberen Absatz der Haditha-Talsperre zurück. Ihm fehlte die Fantasie, sich auszumalen, was an diesem Tag noch alles passieren mochte.

53

Über dem Euphrat

Der Pilot des Super Huey konzentrierte sich auf den kleinen Fleck in der Mitte des Flusses, etwa anderthalb Meilen entfernt. Das Boot hatte in der kurzen Zeit einen beachtlichen Vorsprung gewonnen.

Der Pilot sprach ins Helm-Mikro: »Noch 30 Sekunden und wir sind an ihnen dran!«

Eine Stimme bestätigte die Information mit einem »Roger!« und erteilte dem Crew Chief genauere Anweisungen: »Setzen Sie die Miniguns ein, aber treffen Sie nicht – ich wiederhole: treffen Sie nicht – das Boot, zumindest nicht, bis ich den Befehl dazu gebe. Verstanden?«

Der Crew Chief erwiderte: »Roger, Sir. Ich werde ihn nur zu Tode erschrecken – oder wenigstens dazu bringen, dass er ernsthaft übers Anhalten nachdenkt.«

Der Fluss raste unter ihnen vorbei. Aus einer Höhe von 60 Metern empfand man die Geschwindigkeit als deutlich höher. Ab und zu blitzten Gebäude am Ufer auf und der Baumbestand verdichtete sich.

Wir kommen immer näher an die Stadt ran. Das ist nicht gut. Logan machte sich Sorgen, dass es zivile Opfer geben könnte. Diese Stadt hatte seit 2003 genug Blutvergießen ertragen müssen. Er wollte unbedingt vermeiden, dass weitere Tote hinzukamen.

Das Boot war in halsbrecherischem Tempo unterwegs,

aber der Super Huey hatte es fast eingeholt. Noch ein paar Sekunden …

»Macht euch bereit. Ich werde am Boot vorbeiziehen und ihm mit dem Helikopter eine Viertelmeile den Fluss runter den Weg abschneiden.«

Logan fragte sich, wie lange Cain das Unvermeidliche noch hinauszögern wollte. »Leute, ich habe keine Ahnung, was er ausheckt. Wenn er bei seinem Fluchtplan keine weitere Überraschung bereithält, müsste ihm eigentlich klar sein, dass wir ihn gleich erwischen.«

Mike übertönte das Dröhnen der Rotoren: »Ehrlich, Logan, ich weiß es auch nicht, aber es ist mir auch egal. Diese Bombe sollten wir jedenfalls unbedingt in unseren Besitz bringen. Wenn er keinen Ausweg mehr sieht, könnte er sie jederzeit zünden.«

Logan hörte John: »Das glaube ich nicht. Ich glaube eher, dass …« In diesem Moment geriet der Helikopter unter Beschuss, als er links am Patrouillenboot vorbeizog. Einige Kugeln trafen das Innere und ein Funkenregen ging auf die Passagiere nieder.

Der Crew Chief eröffnete das Feuer mit einer der Gatling-Miniguns. Zwei Salven der 7,62-Millimeter-Munition wurden abgefeuert und ließen das Wasser vor dem Patrouillenboot in Form kleiner Geysire hochspritzen.

Der Helikopterpilot beschleunigte und der Super Huey schoss vor das Schlauchboot. Innerhalb von Sekunden hatte er sie außerhalb der Reichweite des Maschinengewehrs gebracht, das auf dem Boot montiert war. Logan hörte, wie der Pilot etwas murmelte, konnte aber nicht verstehen, was er wollte. *Ich geh mal davon aus, dass er genauso an einem schnellen Abschluss der Sache interessiert ist wie ich.*

Er blickte Richtung Süden. Sie befanden sich in der Nähe einer kleinen Insel, die den Fluss in zwei Arme unterteilte. Eine kurze Brücke verband sie mit der Stadt.

Der Pilot riss abrupt die Nase des Hubschraubers nach oben und flog eine steile Kehre nach rechts. Bei diesem Manöver verlangsamte er das Tempo deutlich. Er brachte den Super Huey bis auf eine Höhe von sechs Metern nach unten. Die Flanke des Helikopters war genau in Richtung des herannahenden Schlauchboots gerichtet, höchstens noch 400 Meter entfernt.

Logan stellte fest, dass sie sich während des kurzen Flugs fünf Meilen vom Haditha-Damm entfernt hatten und mitten im Stadtzentrum befanden.

Verflucht. Cain könnte Zehntausende töten, wenn er jetzt die Bombe zündet.

»Gunny«, rief er zum Crew Chief hinüber, »wenn er das Feuer wieder eröffnet, versenken Sie das Boot. Der Koffer ist gepanzert. Selbst für den Fall, dass er was abkriegt, sollte höchstens die Zündladung explodieren. Der atomaren Sprengladung kann nichts passieren – hoffe ich zumindest.« *Oder wir sind alle im Arsch,* ergänzte er in Gedanken.

»Roger.«

Das Boot schoss auf sie zu, jetzt weniger als 100 Meter entfernt ... 90 ... 80 ...

Es wird nicht langsamer. Was zur Hölle hat er vor? Logan erhielt keine Gelegenheit, die Frage laut auszusprechen.

Das Patrouillenboot drehte schlagartig nach rechts ab und stand fast quer zum Kampfhubschrauber.

Logan bemerkte eine Sekunde zu spät, was vor sich ging – Scott Carlson hielt eine Panzerfaust auf den Super Huey gerichtet. Der Fahrer des Patrouillenbootes hatte gewartet, bis der Helikopter nur noch 50 Meter entfernt war, und dann beigedreht, damit Scott eine freie Schusslinie bekam. Dieser drückte den Abzug und das Geschoss flog auf das in der Luft schwebende Ziel zu.

Der Crew Chief des Super Huey reagierte, indem er die Minigun abfeuerte. Die Salve an Kugeln schoss über den Euphrat dem Boot entgegen. Zum Pech der Besatzung des Helikopters hatte Scott Carlson äußerst gut gezielt. Das Ergebnis war katastrophal.

Logan hatte zunächst vermutet, die Rakete werde in die Kabine des Helikopters einschlagen, aber dann hörte er ein lautes *Bang! Krack!*, als der Flugkörper den Rotor über ihnen traf und einen der beiden Flügel in zwei Teile riss.

Cleveres Dreckschwein!, fluchte Logan innerlich und wappnete sich für den Aufprall, während in der Kabine und im Cockpit sämtliche Alarme losschrillten.

Die Kabine wurde heftig erschüttert, als der verbliebene Flügel des Rotors ebenfalls zerbarst. Der Super Huey kippte nach links, fing sich wieder und schwebte für einen kurzen Moment auf der Stelle.

Es sah ganz danach aus, als könnte der Pilot die Kontrolle zurückerlangen. Logan schaute zum Fluss, wo das Patrouillenboot aufs Ufer und auf die große Stadt dahinter zuhielt. *Nicht so hastig, Arschloch.*

»Gunny, Feuer erneut eröffnen, lassen Sie ihn nicht …« Das Geräusch knirschenden Metalls schnitt ihm das Wort ab, weil der Rotor nun endgültig in seine Einzelteile zerfiel. Der Super Huey kippte mit der Nase nach vorn und dann nach rechts.

Diesmal hatte der Pilot keine Chance mehr. Er schrie: »Festhalten!« Während Logan die Wasseroberfläche auf den fallenden Helikopter zurasen sah, dachte er: *Wenn Cain die Stadt erreicht, werden wir ihn nie erwischen.*

Fast gleichzeitig knallte der Super Huey aufs Wasser. Rauch und Gischt stoben hoch in die Luft und Wasser füllte schlagartig die Kabine aus. Logan musste sich jetzt aufs Überleben konzentrieren.

54

Cain hatte einen Plan B. Seine letzte Option. Während der vergangenen Wochen hatte er seine beträchtlichen Ressourcen eingesetzt, um Kontakt zu einem lokalen Kommandeur der Aufständischen in Haditha aufzunehmen. Scott hatte sich darum gekümmert und erst nach mehreren Versuchen willigte der Kommandeur ein, einen seiner Offiziere für ein Treffen mit Scott nach Bagdad reisen zu lassen.

Das Angebot war simpel: »Schafft uns an einem Tag, den wir bestimmen, aus Haditha raus. Das US-Militär darf uns nicht aufspüren. Die werden nach uns suchen. Wenn ihr das schafft, versorgen wir euch im Gegenzug mit allen Waffen und Ausrüstungsgegenständen, die ihr braucht.«

Der Deputy Commander der Aufständischen war so verblüfft von dem Angebot, dass es ihm die Sprache verschlug.

»Das Angebot steht. Stellt keine weiteren Fragen. Aber hier kommt der Haken an der Sache. Wir wollen anschließend nicht nach Bagdad zurück, sondern müssen rüber nach Syrien.« Der Aufständische zog die Augenbrauen hoch.

»Wir helfen also einem Amerikaner, der bereit ist, seine eigenen Leute zu töten, und hinterher nach Syrien geschmuggelt werden will, richtig? *Inschallah!*«

Selbst für Scott klang es absurd, als der Mann es auf diese Weise zusammenfasste, aber er traf damit den Nagel auf den Kopf. Ihre Absichten gingen weit darüber hinaus, nur einen versiegenden Aufstand zu unterstützen. Das Leben der Amerikaner, die aufgrund ihrer Handlungen möglicherweise ums Leben kamen, bedeutete ihnen nichts. Sie wollten Geschichte schreiben.

Am Ende gelangten beide Parteien zu einer Übereinkunft. Nun warteten in einem abgelegenen Gebäude 100 Meter westlich eines alten Fußballstadions, mehr als eine Meile von der aktuellen Position des Patrouillenbootes entfernt, vier Männer, um ihren Teil der Abmachung zu erfüllen.

Nachdem Cain verfolgt hatte, wie der Helikopter im Euphrat unterging, wandte er sich dem Flussufer zu. Der Fahrer des Bootes steuerte eine flache Stelle in etwa 35 Metern Entfernung an.

Innerhalb von Sekunden erreichte das Boot das Ufer. Cain spürte, wie es auf dem Grund aufsetzte.

Er schaute noch ein letztes Mal in Richtung Helikopter und bildete sich ein, Bewegungen in der Nähe der Bauteile wahrzunehmen, die noch über Wasser waren. Ob es stimmte, konnte er auf die Schnelle nicht überprüfen. Sie mussten weiter.

Scott und der Steuermann sprangen aus dem Boot. Ihre Stiefel knirschten auf dem Kies. Scott trug den Koffer mit der Atomwaffe.

»Dann wollen wir mal, Sir. Wir haben noch ein gutes Stück Weg vor uns, ehe wir uns sicher fühlen können.«

»Guter Schuss mit der Panzerfaust, Scott. Ich wusste doch, dass du dein Geld wert bist«, lobte Cain.

»Ehrlich gesagt hätte ich das auch umsonst gemacht. Ich kann diesen selbstgefälligen Bastard West und seine bescheuerten Kumpel nicht ausstehen.« Scott wirkte verbittert.

Cain nickte. Ihm ging es genauso. »Das müsste uns zumindest etwas Zeit verschafft haben. Lasst uns gehen.«

Er schloss zum Fahrer des Patrouillenbootes, Tom Denton, auf, während sie die kleine Böschung zur Straße hochkletterten. »Gute Arbeit, Tom. Auf Sie ist eben Verlass.«

»Sir, ich zieh das mit Ihnen bis zum Ende durch. Ein Cousin von mir ist bei einem Angriff mit einem Sprengsatz in Sadr City gestorben. Ich weiß mit Sicherheit, dass diese Arschlöcher von den Iranern finanziert wurden. Ich tue, was in meiner Macht steht, damit wir es denen mit gleicher Münze heimzahlen können.«

Cain nickte. »Scott, gib ihm den Koffer. Ich glaube, wir verstehen uns.«

Scott reichte Tom die Nuklearwaffe, der nicht davor zurückschreckte, obwohl er überrascht wirkte.

Gut, dachte Cain. *Vielleicht kann ich mich* tatsächlich *auf ihn verlassen.*

Sie waren nur noch zu dritt und das Motto lautete ›Alles oder nichts‹. Für den Fall, dass sie Syrien erreichten, war die restliche Mission bestens vorbereitet. Er hatte einen stolzen Preis für ein iranisches Visum bezahlt und im Gegenzug für eine nicht unbeträchtliche Waffenlieferung nach Damaskus garantierte die syrische Regierung ihm einen privaten Flug nach Teheran. Die Syrer wussten nur, dass er sich mit der iranischen Regierung treffen wollte.

Es hatte mehr als ein Jahr geheimer Treffen und Gespräche mit Kontakten auf der ganzen Welt gekostet, ein zweistündiges Meeting mit einem Vertreter der iranischen Regierung zu arrangieren. Es sollte in zwei Tagen in einem Hotel in der Innenstadt von Teheran stattfinden.

Das Hotel selbst war nichts Besonderes, entscheidend

war die Nähe des Gebäudes zum Sitz des iranischen Parlaments unweit des Baharestan Platzes. In zwei Tagen sollte der oberste Führer der Islamischen Republik Iran vor dem Parlament eine Rede über die Zukunft des iranischen Atomprogramms halten. *Allerdings habe ich da noch ein Wörtchen mitzureden.*

Cain wusste nicht, ob die Amerikaner seine Karte des Hauptquartiers der Al-Quds-Brigade gefunden hatten. Er hoffte es. Sie diente dem Zweck, sie von seiner Spur abzulenken, sobald er erst mal in Irak von der Bildfläche verschwunden war.

Das eigentliche Ziel seines Anschlags waren der Staatschef von Iran und das gesamte iranische Parlament. Er beabsichtigte, sie alle zu töten.

Sobald sein Meeting mit dem Regime vorbei war, wollte er die Nuklearwaffe während der Rede des Politikers detonieren lassen und selbst Richtung Süden aus der Stadt fliehen, um den Folgen der Explosion zu entgehen.

Im südlichen Iran unterhielt er ein Netzwerk von Kontaktleuten, die nicht zu viele Fragen stellten, nicht mal vor dem Hintergrund eines drohenden politischen Zusammenbruchs. Dieses Netzwerk war für das letzte Stück des Puzzles verantwortlich: ihn nach Südamerika einzuschleusen, in ein Land, das keine Auslieferungsabkommen unterhielt. Iran hatte schon seit Jahren einige schmutzige Deals mit verschiedenen südamerikanischen Diktatoren laufen. Ein sicheres Zufluchtsland zu finden stellte sich überraschend als simpelster Teil der ganzen Operation heraus.

»Also gut. Hauen wir ab, bevor noch ein Überlebender des Absturzes hier auftaucht oder Verstärkung anrückt. Wir bleiben in den Gassen und Seitenstraßen.«

Die drei Männer erklommen den Rest der Böschung und machten sich auf den Weg zu ihrem neuen Ziel, das weniger als eine Meile entfernt lag.

55

Logan zog den bewusstlosen Piloten ans Ufer. Er ging davon aus, dass mit jedem Schwimmzug Cain Frost und Scott Carlson tiefer ins Häuserlabyrinth von Haditha eintauchten.

John half dem Co-Piloten, der bei Bewusstsein war, aber zwei gebrochene Beine hatte und nicht ohne fremde Hilfe schwimmen konnte. Er klammerte sich an Johns Rücken, während sie sich in Richtung Ufer kämpften und dabei gegen die Strömung des Euphrat ankommen mussten.

Er hielt es für ein kleines Wunder, dass niemand von ihnen bei dem Absturz umgekommen war. Das galt insbesondere für Mike, den es beim Aufprall wie eine Stoffpuppe gegen die Wand des Super Huey geschleudert hatte. Mike klagte zwar über Schmerzen im rechten Knöchel und am Fuß, schwamm jedoch aus eigener Kraft an Land.

Der Schütze an der Minigun und der Crew Chief waren unverletzt aus dem Wrack aufgetaucht. *Manche Marines haben wirklich neun Leben.*

Die Männer sprachen kein Wort. Sie hatten im Moment nur ein Ziel – trockenen Boden unter die Füße zu bekommen.

Logan hatte schon weniger heftige Crashs erlebt, bei denen weitaus mehr Schaden angerichtet wurde. Vielleicht warf Gott tatsächlich ein besonders Auge auf sie. Ihm blieb keine Zeit, länger darüber nachzudenken. Der Countdown lief und bei null verwandelte sich der Nahe Osten in ein Pulverfass.

Logan schwamm schneller und mobilisierte dabei Kräfte, von denen er nicht wusste, dass er sie noch besaß. Schon hatten sie den Uferschlamm erreicht. Die letzten paar Schritte waren die schwersten, aber dann stieg er endlich aus dem Wasser, durchgeweicht und total verdreckt, aber am Leben.

Er schleifte den Piloten aus dem Fluss auf die nasse Erde, nahm ihm den Helm ab und überprüfte die Lebenszeichen, während der Rest der Gruppe den dreckigen Fluss hinter sich ließ.

Gott sei Dank. Er atmet noch.

»Verflucht«, hörte er John sagen, »ich konnte Helikopter noch nie leiden – nichts für ungut, Captain«, bemerkte er, an den Verletzten gewandt, den er gerade aus dem Wrack gerettet hatte.

»Macht nichts«, fand der junge Co-Pilot, der mit schmerzverzerrter Miene auf dem Boden lag. »Ich hab im Moment größere Probleme als Ihre Angst vorm Fliegen.«

Der Verletzte zog ein tragbares PRC-434G-Funkgerät aus einer Reißverschlusstasche am Overall, drückte zwei Tasten und aktivierte damit den GPS-Sender und das Peilsignal, mit dem sich seine Position ermitteln ließ. Er schaltete auf Sprechfunk-Modus.

»Haditha-Kommandozentrale, hier Raven Six. Wir sind über Haditha abgestürzt. Wiederhole: Wir sind über dem Fluss abgestürzt. Aktuell befinden wir uns am stadtseitigen Ufer. Der Helikopter ist im Fluss untergegangen. Alle Insassen haben überlebt. Brauchen sofortige Unterstützung durch schnelle Eingreiftruppe.«

Logan unterbrach ihn. »Captain, wenn wir auch nur den

Hauch einer Chance haben wollen, Cain Frost und seine Männer zu erwischen, müssen wir sofort aufbrechen.« Er sah Mike an, der auf dem Boden saß und seinen rechten Knöchel abtastete. Er war etwa auf doppelte Größe des linken angeschwollen. Entweder ernsthaft verstaucht oder gebrochen. Mike schüttelte den Kopf und bestätigte Logan damit, was dieser schon vermutet hatte – er war fürs Erste aus dem Rennen.

Damit sind nur noch John und ich übrig.

Logan drehte sich zum Crew Chief und seinem Maschinengewehrschützen um. »Gunny, kann ich Ihr Funkgerät mitnehmen? Die Flüchtenden haben einen Vorsprung, aber falls wir sie einholen, werden wir Unterstützung brauchen. Wir kontaktieren euch, sobald wir können.«

John überprüfte seine M1911-Pistole, eine Kaliber 45, und zog den Schlitten zurück, um das Wasser abfließen zu lassen. Anschließend warf er das Magazin aus und lud sie mit einem neuen. Ebenso ging er bei seinem M4 vor, das den Crash auf den Rücken geschlungen heil überstanden hatte. »Bereit, wenn du es bist, Boss«, sagte er zu Logan.

Dieser nickte. »Gunny, die Menschen in dieser Stadt sind nach allem, was hier passiert ist, nicht sonderlich gut auf Marines zu sprechen. Seien Sie vorsichtig. Funken Sie uns an, wenn es Ärger gibt, aber denken Sie dran – Cain zu finden hat im Moment höchste Priorität.«

»Verstanden. Viel Glück, Sir. Wenn jemand Dummheiten versuchen sollte, kommen Sergeant Cruz und ich schon damit klar. Wir sind nicht zum ersten Mal in Irak. Verdammt, das ist noch nicht mal mein erster Crash«, schob er hinterher und rang sich ein gequältes Lächeln ab.

Mike starrte den Piloten an. »Verdammte Marines – ihr habt doch alle einen an der Waffel. Hör auf, lange rumzulabern, und schnapp dir diesen Schweinehund, Logan. Wir kommen schon klar.«

»Bis bald, Mike.« Ohne ein weiteres Wort nahm Logan den M4 vom Rücken, stieg die Böschung hoch und machte sich auf den Weg in Richtung Stadt.

56

Die drei Männer arbeiteten sich durch das belebte Straßenlabyrinth von Haditha, in dem dichtes Gedränge herrschte. Jeder Iraker, an dem sie vorbeiliefen, blieb stehen und starrte ihnen nach. Dass sie beim Rennen Maschinengewehre und einen großen Metallkoffer trugen, machte sie als Ausländer nicht gerade unauffälliger.

Die Gebäude hatten nicht mehr als ein paar Stockwerke, waren aber hoch genug, um Ortsunkundige den Überblick verlieren zu lassen. Die Straßen kreuzten sich ohne erkennbares Muster in allen möglichen Winkeln. Einige waren gepflastert, andere bestanden nur aus Schutt und Steinen. Alte Autos und Pick-ups rasten durch die Straßen. Einige fuhren kurz langsamer, wenn die Fahrer die Fremden bemerkten, beschleunigten aber sofort, als sie die Waffen sahen. Das nachmittägliche Durcheinander stresste Cain ungemein.

Er entdeckte eine Gasse in ein paar Metern Entfernung: »Ich muss unsere Position checken.« Sie verließen die Hauptstraße und tauchten in die ungepflasterte Einmündung ab.

Cain zog eine laminierte Landkarte und sein Garmin-GPS aus der Tasche. Er glich die Karte mit den Koordinaten ab und sagte: »Okay. Wir sind immer noch etwas mehr als eine halbe Meile entfernt. Wir müssen die breitere Straße hier entlang und nach fünf Kreuzungen in das Viertel dort abbiegen – scheint eine Wohngegend zu sein.

Das Fußballstadion müsste auf der anderen Seite sein. Los geht's.«

Wir sind fast da. Wenn unser Glück anhält, erreichen wir Syrien schon heute Abend.

Logan und John hetzten in einer wilden Verfolgungsjagd durch die Straßen. Logan kannte sich in Haditha nicht aus, da weder er noch John dort bisher Einsätze gehabt hatten. Straßenhändler und Fußgänger wichen den rennenden Amerikanern aus. Angst und Unsicherheit waren ihnen ins Gesicht geschrieben. Eine junge irakische Frau nahm vor ihnen auf dem Gehsteig einen kleinen Jungen schützend in den Arm.

Logan bemühte sich, im Vorbeirennen freundlich zu lächeln, aber die Passanten wichen trotzdem zurück.

Sie bewegten sich durch die Hauptverkehrsader der Stadt, stießen aber auf keine Spur von Cain und seinen Männern. Schließlich stoppten sie vor einer großen Kreuzung mit dichtem Verkehr in allen Richtungen. Jeder der Fahrer schien eigenen Verkehrs- und Verhaltensregeln zu folgen. Überall standen Einheimische und glotzten die Fremden mit einer gewissen Verächtlichkeit an, aber Logan spürte keine Gefahr. *Sie haben einfach genug von Amerikanern in Uniform.*

»Logan, ich will ja kein Spielverderber sein, aber es sieht nicht gut aus. Die haben einen Vorsprung und wissen, wo sie hinwollen. Wir nicht. Das ist reines Stochern im Nebel. Hoffentlich können wir eine Drohne oder Luftunterstützung kriegen, um sie aufzuspüren. Ansonsten sehe ich keine Chance.«

»Gib mir 'ne Sekunde, John.« Logan suchte weiter die

Straße ab. *Komm schon. Da muss doch was sein. Irgendwas.* Er ließ den Blick an der Kreuzung hin und her schweifen. Gerade wollte er aufgeben, als etwas seine Aufmerksamkeit erregte.

»Bingo«, flüsterte er. »Auf der anderen Straßenseite an der Ecke, John. Gehen wir.«

John sah es ebenfalls. Dort stand ein irakischer Teenager, der ihnen zuwinkte und mit der anderen Hand in die Richtung der Straße auf der anderen Seite der Kreuzung wies.

»Ich glaub's nicht ...«

Beide Männer sprinteten die Straße entlang, ihrem Ziel auf den Fersen. *Es ist noch nicht vorbei, Arschloch.*

Cain blieb am Ende der Hauptstraße stehen, die eine Kurve nach Norden beschrieb. Sie betraten etwas, bei dem es sich im Grunde um eine kleine Vorstadt aus dicht gedrängt stehenden Bauten handelte. Die labyrinthartigen Straßen waren nach keinem erkennbaren Muster angelegt. Die Straße, auf der sie liefen, endete verzweigt in knapp 150 Metern nach links und rechts und bildete ein Y.

»Wenn wir dort sind, sollten wir das Fußballstadion sehen können.« Cain drehte sich zu seinen beiden Begleitern um. Für Scott, der sich genau wie sein Boss in körperlich bestechender Form befand, stellte das Ganze kein Problem dar. Tom hingegen rang mit beiden Händen auf den Knien schnaufend um Luft.

Cain und Scott tauschten einen besorgten Blick. »Tom, hältst du durch? Wir können nicht langsamer laufen. Das verstehst du, oder?« Es klang beiläufig, aber die Drohung, die mitschwang, ließ an Deutlichkeit nichts zu wünschen übrig. *Komm in die Gänge, Tom, oder wir müssen dich zurücklassen.*

»Es geht schon, Sir. Musste nur kurz zu Atem kommen. Ich halte durch.«

Tom entgingen die weiteren Blickwechsel nicht, bevor Cain entschied: »Okay. Dann weiter.« Er hatte eine kurze Gnadenfrist erhalten.

Cain und Scott wollten gerade das Wohnviertel betreten, als ein *Krack! Krack! Krack!* die relative Ruhe des Nachmittags aufwühlte.

Cain brachte das Sturmgewehr in Anschlag auf der Suche nach einem Ziel. Tom Denton lag in der Mitte der Straße, Blut strömte aus zwei Löchern im Rücken, der Koffer lag daneben. Dann entdeckte Cain die Schützen.

»Drei Gegner auf ein Uhr! Schnapp dir den Koffer!« Cain erwiderte das Feuer auf eine Gruppe von drei irakischen Männern, die jeweils mit einem AK-47 in ihre Richtung zielten. Der Mann, der Tom erschossen hatte, hielt sein Gewehr in halb kniender Stellung.

Als die anderen beiden Männer hinter ihm im Stehen das Feuer eröffneten, traf eine schnelle Salve aus Cains H&K G36C ›Commando‹ den knienden Mann in der Brust. Er kippte sofort nach vorn, sein Gesicht schlug auf den Asphalt und das AK-47 schlitterte über den Gehweg.

Seine Freunde sahen ihren Kameraden fallen und riefen etwas auf Arabisch. Dann taten sie etwas, womit Cain nicht gerechnet hatte. Sie rannten auf Cain und Scott zu und schossen beim Überqueren der Straße aus allen Rohren.

Cain setzte eine weitere Salve ab. Er verfehlte sein Ziel, verschaffte Scott jedoch genug Zeit, um den Koffer mit der Nuklearwaffe zu nehmen. Er sah, wie noch mehr Iraker aus einer Hauseinfahrt kamen, jeder mit einem Sturmgewehr in der Hand.

Oha! Die sind eindeutig in der Überzahl.

»Scott, wir müssen hier weg! Die kriegen Verstärkung. Mir nach!«

Scott, der den Koffer in der linken Hand hielt, feuerte seine H&K mit der Rechten ab. Er traf keinen der Gegner, aber die Schüsse verfehlten nicht den gewünschten Effekt. Alle fünf Iraker warfen sich zu Boden, um Deckung zu suchen. Damit hatten sie ein paar wertvolle Sekunden gewonnen.

Er eilte hinter seinem Boss in die eben noch so ruhige Vorstadt von Haditha.

Die Gewehrschüsse hallten über die Stadt. Die Bürger von Haditha blieben stehen und lauschten. Jeder versuchte, seine Entfernung zum Kampfgeschehen einzuschätzen. Jene ganz in der Nähe suchten Schutz in ihren Häusern. Die anderen, selbst Passanten auf der Straße, wussten aus Erfahrung, dass der Abstand ausreichte, um relativ sicher zu sein – zumindest für den Moment.

Logan und John reagierten anders. Sie blickten sich an, erhöhten dann das Tempo und sprinteten in die Richtung, aus der das Geräusch der Automatikwaffen kam.

Was zur Hölle geht hier vor? Logan hatte nicht damit gerechnet, ein Feuergefecht zu hören. Er hatte nicht damit gerechnet, überhaupt etwas zu hören. Etwas musste dazwischengekommen sein. *Schlecht für die, gut für uns.*

Sie rannten weiter und bemerkten einige Iraker auf dem Gehsteig, die in Richtung einer für sie nicht einsehbaren Einmündung starrten. Sie liefen zu ihnen hinüber und beobachteten mit den M4-Karabinern im Anschlag die Szene, die sich ihnen bot.

Die Straße, auf der sie standen, endete 150 Meter weiter vor einer Häuserreihe und verzweigte sich dort. Eine Gruppe Männer mit Waffen rannte gerade die rechte der beiden Abzweigungen entlang.

30 Meter vor ihnen lag ein Mann auf dem Boden in einer Blutlache. Zwei weitere knieten neben ihm. Einer von ihnen telefonierte und ließ dabei die Umgebung nicht aus den Augen.

Logan entdeckte noch einen weiteren Körper mitten auf der Fahrbahn. Es musste sich um einen von Cains Männern handeln. Der Koffer war nirgends zu sehen. *Die anderen müssen damit auf der Flucht sein.*

»Ähm, Logan. Die Typen haben uns bemerkt.«

Logan sah zu den beiden Irakern. Der Mann am Handy deutete auf Logan und dann auf sein Telefon. Der andere Mann stand auf, ließ aber das Sturmgewehr auf den Boden gerichtet. *Das ist vermutlich ein gutes Zeichen.*

»Logan, erwartest du einen Anruf?«, fragte John ungläubig. »Sieht ganz so aus, als ob die dich kennen.«

Logan merkte, dass die beiden Iraker keine Bedrohung darstellten. »Wie steht's um dein Arabisch? Meins ist etwas eingerostet.«

»Immer noch besser als meins, das ist nämlich nicht vorhanden.«

»Nun, dann wird das wohl ein kurzes Gespräch.«

Logan und John rannten zu dem Mann mit dem Handy. Sie begrüßten ihn mit einem Nicken und wurden von einem Wortschwall auf Arabisch empfangen.

Rasch ging ihm auf, dass sie ihn nicht verstanden. Er sagte etwas ins Handy und hielt es Logan hin.

»Das könnte interessant werden«, fand John.

Logan hielt sich den Lautsprecher ans Ohr. »Hier ist Logan West.«

»Logan! Hier ist Gunny Branch an der Absturzstelle!« Logan war überrascht, seine Stimme zu hören, und grinste verblüfft, als der Crew Chief ihm erklärte, was los war.

»Es ist kaum zu glauben, aber nachdem ihr verschwunden seid, kam eine Gruppe Iraker, um nachzuschauen, was da am Ufer passiert war. Sie hatten einen Englischlehrer dabei. Also hab ich mit ihm gesprochen und erklärt, was passiert ist. Es stellte sich raus, dass er Offizier in der Republikanischen Garde gewesen ist und nach Ausbruch des Krieges zu seiner Familie in die Stadt zurückkehrte.«

»Gunny, kommen Sie zum Punkt. Uns läuft die Zeit davon.«

»Na ja, in Wirklichkeit habt ihr jetzt mehr Zeit, als ihr glaubt. Ich hatte nämlich eine geniale Idee. Ich hab denen gesagt, dass wir drei sehr gefährliche Männer jagen, die eine Waffe dabeihaben, die sehr viele Menschen in Haditha töten wird, wenn sie davonkommen. Außerdem schilderte ich ihnen, dass Sie und John die Männer zu Fuß verfolgen. Und jetzt wird's verrückt: Er hat uns Hilfe angeboten. Es stellte sich raus, dass sein Bruder und seine Cousins auch beim Militär waren. Die haben hier so eine Art Bürgerwehr, um die Nachbarschaft zu schützen, falls sich doch noch einige Aufständische blicken lassen. Er hat seinen Bruder Ahmed angerufen – den habt ihr gerade vor euch –, und der hat seine Leute zusammengetrommelt, um nach Cain und seinen Leuten zu suchen.

Wie's aussieht, haben sie sie gefunden. Sie wissen angeblich, wo unsere Freunde hinwollen, und wenn ich gleich auflege, wird Ahmed euch dorthin führen. Sein Cousin und ein paar andere Männer lauern Cain außerdem auf der anderen Seite des Viertels auf, um ihn daran zu hindern, es zu verlassen.«

»Gunny, das nenn ich mal 'ne verdammt gute Idee. Wenn die Sache vorbei ist, haben Sie vermutlich entscheidend dazu beigetragen, Tausende Menschenleben zu retten. Wir gehen jetzt, aber bevor Sie auflegen, geben Sie bitte an Ahmed weiter, wie leid es uns tut, dass sein Freund erschossen wurde. Die haben nämlich bereits einen Mann verloren beim Versuch, uns zu helfen. Danke, Gunny.«

»Viel Glück. Und jetzt schnappt euch diese miesen Schweine.«

»Verstanden.« Logan gab Ahmed das Handy zurück.

Ahmed wechselte noch ein paar Worte mit dem Gunny und legte dann auf. Er blickte Logan in die Augen und entdeckte das Mitgefühl angesichts des Verlustes seines Kameraden. Er musterte Logan noch eine Weile und nickte dann. Trotz der Sprachbarriere kam die Botschaft an: *Danke für das Beileid.*

Der Moment verstrich und Ahmed zeigte die Straße entlang.

Logan gestikulierte mit der linken Hand, um ihn aufzufordern, sie anzuführen.

Ahmed nickte erneut, sprach mit dem anderen bewaffneten Mann und machte sich in die Richtung auf den Weg, in der die anderen Männer verschwunden waren.

So langsam wendet sich das Blatt – endlich.

Cain und Scott drangen tiefer in das Labyrinth des Wohnviertels ein. Sie nutzten die schmalen Wege, um eine größere Distanz zwischen sich und ihre Verfolger zu bringen, aber durch das Gewirr aus Straßen und Gassen verlor man leicht die Orientierung. Cain vermutete, dass sie nach Westen liefen, also in die korrekte Richtung, aber er war sich nicht sicher.

Sie schlichen eine Gasse zwischen zwei Häusern entlang, blieben an deren Ende stehen und spähten um die Ecke. Eine verlassene Straße, die sich in zwei Richtungen erstreckte. Eine weitere Reihe Häuser auf der anderen Seite, dahinter eine offene Fläche.

Wir müssen dicht dran sein.

»Scott, wart kurz. Ich muss das GPS checken, um zu prüfen, ob wir wirklich dort sind, wo wir sein sollten. Wenn nicht, werden die uns schnappen, wer immer die auch sind, bevor es uns gelingt, aus diesem verdammten Chaos abzuhauen.«

»Wer waren die Kerle überhaupt? Dass uns hier jemand auflauert, hatten wir nicht auf der Rechnung.«

»Wer weiß? Ist auch egal.« Er konsultierte das Garmin-GPS. Sie waren dichter dran als vorhin – noch etwa 400 Meter entfernt, aber leicht nach Süden abgekommen.

»Wir müssen über die Straße und durch die Gasse dort auf die andere Seite der Häuser. Danach in nördlicher Richtung zum Stadion«, sagte Cain.

Scott folgte Cains Finger. Auf der anderen Straßenseite parkten drei Autos und ein weißer Pick-up. Scott schätzte, dass es bis dahin mindestens 80 Meter waren.

»Das gefällt mir gar nicht. Wir haben keine Deckung, bis wir die Straße überquert haben. Wenn einer von denen um die Ecke kommt, erwischen die uns. Und wer weiß, was am Ende der Gasse auf uns wartet.«

»Uns bleibt keine Wahl. Wir können nicht zurück. Je länger wir hierbleiben, desto größer die Chance, dass wir getötet oder festgehalten werden. Es ist die einzige Möglichkeit.«

Scott wusste, dass Cain recht hatte. »Na dann, worauf warten wir? Von mir aus können wir los.«

Cain nickte, drehte sich um, verließ die Gasse und trat ohne Deckung in das verblassende irakische Tageslicht.

Scott folgte ihm auf den Fersen und scannte nervös die Umgebung ab. In der Ferne bellte ein Hund. Eine Tür schlug irgendwo zu. Hinter ihnen erklang ein metallisches Scheppern. Er fühlte Blicke auf sich lasten. *Wir werden beobachtet. Das schaffen wir nicht.* Aber gerade als seine Zweifel sich in Panik zu verwandeln drohten, hatten sie die andere Seite erreicht und spurteten zwischen dem Pick-up und einem anderen Fahrzeug hindurch. Die Gasse – und die ersehnte Deckung – lag zehn Meter vor ihnen.

Cain kniete sich hinter die Ladefläche des Trucks und inspizierte die etwa 30 Meter lange Gasse. Frustriert stellte er fest, dass die Häuser, zu denen sie mussten, wesentlich weiter entfernt waren als gedacht.

Ein paar Mülleimer aus Blech, einige Flaschen auf dem Boden, sonst gab es in der direkten Umgebung überhaupt nichts. Weiter hinten in der Gasse folgten auf der linken und rechten Seite die ersten Gebäude und Türen. Am hinteren Ende bot sich die Sicht auf freien Himmel. *Es kann nicht mehr weit sein.*

»Gehen wir.«

Sie verließen die Deckung und sprinteten los. Cain verlangsamte die Schritte, sobald sie die Häuser erreicht hatten. Er sah Scott an und legte den Finger an die Lippen.

Aus dem Haus zur Linken plärrte ein Fernseher. Scott meinte eine Bewegung im Fenster gegenüber bemerkt zu haben.

Sie schlichen den engen Pfad entlang, setzten vorsichtig einen Fuß vor den anderen. Am Ende spähte Cain erneut um die Ecke in Richtung Norden. Jedes Haus verfügte über einen Innenhof mit festgetrampelter Erde. Knapp einen Meter hoch zog sich eine angrenzende Mauer an allen Grundstücken entlang. Was er hinter dieser Mauer sah, ließ sein Blut gefrieren.

Cain gab Scott ein Zeichen, in die Gasse zurückzulaufen. Er riskierte einen letzten Blick und holte seinen Begleiter ein.

»Die gute Nachricht: Wir sind fast da. Das Fußballstadion befindet sich genau nördlich von hier, auf der anderen Seite eines kleinen Feldes mit Büschen und Gestrüpp. Die schlechte Nachricht: Sechs Iraker mit Kalaschnikows warten auf der anderen Seite des Felds. Sie sind nur wenige Hundert Meter entfernt. Ich weiß nicht, ob sie in das Viertel kommen oder uns nur auflauern, aber ich habe nicht den Eindruck, dass es sich um Amateure handelt.«

»Scheiße«, fluchte Scott leise. »Was jetzt?«

»Wir gehen zurück und suchen nach einer Möglichkeit, in ihrem Rücken vorbeizuschleichen.«

»Hört sich gut an.«

Scott durchquerte die Gasse in umgekehrter Richtung. Sie hatten erst die halbe Strecke zurückgelegt, als Stimmen und Geschrei von der Straße weiter vorn ertönten.

Das kann doch nicht wahr sein, dachte Cain. *Nicht jetzt. Und nicht so dicht!*

Leider bestätigte sich seine Vermutung. Sie waren zwischen zwei Gruppen von Bewaffneten gefangen und es gab keine Rückzugsmöglichkeit.

Cain überlegte. *Wir müssen sie irgendwie ablenken, sonst kommen wir nie hier raus.*

»Scott, ruf deinen Kontakt bei den Aufständischen an. Sag ihm, dass wir in der Häuserreihe am Ende des Feldes festsitzen. Die müssen diese Männer ablenken, sonst sind wir geliefert. Sag ihnen, wenn das passiert, wird ihr Nachschub an Geld und Waffen versiegen.«

Scott wählte bereits.

Es gab nur eine Möglichkeit, sich zu verstecken. Cain rüttelte an der Tür auf der rechten Seite. Abgeschlossen. Scott sagte etwas auf Arabisch in den Hörer. Er drückte sich an ihm vorbei, um die gegenüberliegende Tür zu prüfen. Hier ließ sich der Knauf drehen. *Bingo.*

Fragend blickte er Scott an, der gerade aufgelegt hatte. »Alles okay. Er wird sich in den nächsten Minuten melden. Ein SUV wartet auf uns. Egal was in dem Feld passiert, wir sollen uns auf die andere Seite zum Fußballstadion durchschlagen. Er will es nämlich nicht riskieren, seine gesamten Männer herzuschicken.«

»Okay. Wir verstecken uns so lang hier drin. Sei auf alles vorbereitet, aber wer immer da drin ist – keine Schüsse. Wir können es nicht riskieren, sie herzulocken.«

»Roger, Boss.«

Scott schlang sich das Maschinengewehr über den Rücken, zog die Glock aus dem Holster und griff nach dem Koffer mit der Atomwaffe.

Die Stimmen der Iraker aus dem Inneren des Hauses klangen jetzt deutlich näher.

Cain drehte den Knauf langsam vollständig herum und schob die Tür nach innen auf. Der Ton aus dem Fernseher wurde lauter. Er trat durch die Öffnung in eine schwach beleuchtete Küche, die nur vom Licht, das durch die hinteren Fenster fiel, erhellt wurde.

Scott folgte ihm. Die Küche war leer. *Wenigstens etwas.*

Die zwei Männer bewegten sich lautlos zum angrenzenden Wohnzimmer. Zwei abgenutzte Sofas standen L-förmig zum Fernseher hin ausgerichtet, in dem eine arabische Soap lief.

Ein kleiner Junge, nicht älter als zehn, starrte die Eindringlinge von einem der Sofas aus an. Er wirkte zu erschrocken, um etwas zu sagen. Eine ältere irakische Frau um die 60 saß ihm gegenüber. Bevor sie reagierte, flüsterte Scott etwas auf Arabisch.

»Wir sind in ein paar Minuten wieder weg. Wir werden von ein paar bösen Menschen gejagt und müssen uns verstecken. Bitte schreien Sie nicht, sonst kommen sie rein und töten uns alle. Wir sind gleich wieder weg.«

Die Geschichte klang für die alte Frau glaubhaft. Sie wusste, dass sich Aufständische in der Stadt aufhielten, und hatte mitbekommen, was diese mit ihren eigenen Landsleuten anstellten. Solche Menschen wollte sie auf keinen Fall unter ihrem Dach haben.

Sie nickte, setzte sich auf die andere Couch zu ihrem Enkel und legte den Arm um ihn, als wollte sie ihn vor den beiden Eindringlingen und den Schrecken jenseits der Haustür schützen.

Scott flüsterte »Danke«, um der Lüge einen glaubwürdigen Anstrich zu verleihen. Und an Cains Adresse: »Was jetzt?«

»Jetzt werden wir warten, Scott. Wir gehen in die Küche, aber wir sollten die beiden im Auge behalten, damit sie keine Dummheiten machen.«

Sie mussten nicht lange warten. Auf dem Feld draußen ging eine ganze Batterie von Automatikwaffen los.

»Gehen wir! Das ist unser Signal«, entschied Cain.

57

Ahmed schleuste sie durch mehrere Gassen und schmale Durchgänge. Sie schlossen zu der Gruppe von Irakern auf, die sie bei der ersten Begegnung mit dem jungen Mann gerade am Ende der Straße hatten verschwinden sehen. Jetzt waren sie zu siebt.

So langsam standen die Chancen für Logans Geschmack ganz gut.

Sie kamen zügig voran. Eine Gruppe Männer, die sich im Gänsemarsch zwischen den Gebäuden durchschlängelte. Logan wusste, dass sie dem Ziel näher kamen, als plötzlich Gewehrfeuer erklang. Er schätzte, dass es nicht mehr als einen oder zwei Blocks entfernt war, dicht am westlichen Rand des Wohngebiets.

Die Bewohner schienen zu merken, dass sich in der Nähe ihrer Häuser etwas Gefährliches abspielte. Kein einziger Zivilist ließ sich im Freien blicken. *Schlaue Leute.*

Das Feuergefecht nahm an Lautstärke und Heftigkeit zu. Man konnte mindestens ein leichtes Maschinengewehr aus dem Waffenkonzert heraushören.

Die Gruppe erreichte eine Gasse, die auf eine verlassene Straße führte. Ahmed blieb ohne Vorwarnung neben einem weißen Pick-up stehen, der dort parkte. Er wies Logan auf die Häuserreihe gegenüber hin. Dabei hob und senkte er die Hand, als pralle sie gegen ein unsichtbares Hindernis.

Logan nickte und nahm das Gebäude genauer unter die Lupe: »John, wir sind am Ziel. Das Feld befindet sich auf der anderen Seite. Überrumpeln wir den Gegner, solange er uns noch nicht entdeckt hat.«

Logan zeigte auf sich selbst, dann auf Ahmed und John und in Richtung einer Gasse, die sich zwei Häuser weiter auf der anderen Seite der Straße befand. Anschließend deutete er auf die übrigen vier Männer und eine Gasse direkt gegenüber, schließlich auf eine weitere, zwei Häuser weiter in Gegenrichtung. Sie hatten verstanden: Zwei Männer sollten die beiden anderen Gassen überwachen, die zum Feld führten, und Ahmed den Amerikanern folgen.

Ahmed erteilte seinen Männern kurze Anweisungen. Innerhalb von Sekunden teilte sich die Gruppe auf und näherte sich ihren jeweiligen Zielen. Logan hoffte, dass er seine neuen irakischen Gefährten damit nicht in Gefahr brachte.

Wir müssen diese Bombe finden, sonst ist das ganze Land *in Gefahr.*

Diesmal ging Logan zuerst in die Gasse und suchte den schmalen Bereich nach möglichen Bedrohungen ab. John blieb dicht hinter ihm, Ahmed kam zuletzt.

Mehr Gewehrfeuer, gefolgt von Schreien. Logan lief schneller. Er erreichte das Ende der Gasse und reckte die rechte Faust nach oben.

Stehen bleiben.

Er beugte langsam den Kopf um die Ecke, damit er das Kampfgeschehen auf dem Feld verfolgen konnte. Nur einen Moment später ging er in Deckung und kauerte sich neben John und Ahmed.

»Eine gute und eine schlechte Nachricht. Die gute zuerst: Cain und unser Freund Scott sind nur vier Häuser entfernt, etwa 50 Meter von uns. Scott hat den Koffer. Sie kauern vor einer niedrigen Mauer, die an der Rückseite der Innenhöfe all dieser Häuser verläuft. Sie schleichen daran entlang und kommen in unsere Richtung. Die schlechte Nachricht ist, dass in 130 Metern Entfernung zwei Pick-ups mit auf dem Dach montierten Maschinengewehren stehen. Vermutlich helfen sie Cain, denn sie schießen auf eine Gruppe Iraker – ich tippe auf Ahmeds Cousin und seine Freunde – in der Mitte des Geländes. Ich konnte nicht erkennen, wie viele Männer in den Trucks sitzen, aber zumindest zwei unserer Freunde wurden bereits getroffen. Der Rest ist hinter ein paar kleineren Felsen in Deckung gegangen. Sie halten ihre Waffen darüber und feuern, ohne den Gegner zu sehen. Sie können nirgends hin. Sobald sie die Deckung verlassen, werden sie in Stücke gerissen.«

Logan sah John an und fuhr fort: »Wir müssen ihnen helfen, aber wenn wir weiterlaufen, besteht die Chance, dass Cain und Scott auf uns aufmerksam werden. Cain will ich unbedingt lebend. Scott kann von mir aus zur Hölle fahren. Es wird langsam Zeit, dass er für das bezahlt, was er uns in Falludscha angetan hat. Wir müssen Scott und die Maschinengewehrschützen gleichzeitig ausschalten. Bist du bereit für eine kleine Zielübung?«, fragte Logan.

»Aber immer doch«, verkündete John mit grimmiger Entschlossenheit.

»Ich nehm mir die linke Seite vor, du dir die rechte. Jeder Schuss sollte ein Treffer sein. Sobald sie die Schüsse hören, werden sie innerhalb von ein paar Sekunden rausfinden, wo sie herkommen.«

Logan zeigte auf Ahmed und gab ihm zu verstehen, dass er hinter John bleiben sollte. »Ich hoffe mal, er versteht mich.«

»Das hoff ich auch«, meinte John. »Ein Schuss in den Rücken fehlt mir gerade noch.«

»Fertig? Auf drei. Wenn wir erst mal loslegen, John, gibt's kein Zurück mehr, bis wir entweder den Koffer haben oder tot sind, klar?«

»Ich bin dabei, Logan.« Er lächelte. »Genug der Vorrede. Lass es uns zu Ende bringen.«

»Okay. Los geht's.«

Logan huschte zurück ans Ende der Gasse und brachte seinen M4 in Position. Auf der anderen Seite taten John und Ahmed das Gleiche, John ebenfalls den M4 und Ahmed das AK-47.

Das Feuergefecht nahm gerade wieder an Intensität zu und dann …

»Eins … zwei … drei!«

Logan stürmte in gebückter Haltung aus der Deckung und blickte dabei durch das Rotpunktvisier des M4. Scott Carlson – der Mann, den er als ›James‹ in Falludscha kennengelernt hatte – befand sich nur drei Hinterhöfe von ihm entfernt. Der rote Punkt geriet leicht ins Schwanken, als Logan sich näher heranschlich.

John verließ hinter Logan die Gasse. Er sah die beiden Pick-up-Trucks, die schräg zueinander abgestellt waren. Die Maschinengewehre feuerten in Richtung der Felsen vor ihnen.

Scheiße! Vier weitere Männer bewegten sich zu Fuß auf die Felsen zu, zwei auf der ihnen abgewandten Seite der Pick-ups und zwei auf dieser Seite. John wusste nicht, wo Ahmed steckte. Ihm fehlte definitiv die Zeit, um es herauszufinden. Die neue Bedrohung erforderte seine ganze Aufmerksamkeit.

Zuerst müssen wir die Schützen ausschalten. John brachte den roten Punkt des Reflexvisiers in Deckung mit der Stirn des Gegners, der ihm am nächsten stand.

Unterdessen atmete Logan aus und bereitete sich darauf vor, den Abzug durchzuziehen. *Das Schwein muss uns aus dem Augenwinkel bemerkt haben.* Scott starrte Logan direkt an und wirkte völlig überrascht. *Zu spät, Arschloch.*

Logan und John drückten genau gleichzeitig ab. Nach jahrelanger Ausbildung und zahlreichen gemeinsamen Kämpfen waren sie perfekt aufeinander eingespielt.

Logans Kugel traf Scott Carlson genau oberhalb der Augen in die Stirn. Der Kopf wurde zurückgeschleudert. Scott fiel zu Boden und blieb auf der Seite liegen, der Koffer wurde dabei zwischen Körper und Wand eingeklemmt. Der Mann, von dem Logan sich geschworen hatte, ihn zur Strecke zu bringen, weil er sie in Irak in einen Hinterhalt geschickt hatte, war endlich tot. *Das ist für all die Witwen und Waisen, die deinetwegen leiden müssen, du Dreckschwein. Ich hoffe, du schmorst in der Hölle.*

Logan sprintete zu Cain, der Anstalten machte, sich an Scotts Leiche vorbei auf den Koffer zu stürzen. Er schien Logan noch nicht bemerkt zu haben.

Johns erster Schuss geriet genauso präzise wie Logans. Die Kugel traf einen der MG-Schützen in die Schläfe. Der Mann stürzte seitlich vom Truck und knallte in den Dreck.

Die beiden Aufständischen in seiner Nähe rannten umher, um nach dem Schützen Ausschau zu halten.

John blieb keine Zeit, sich um sie zu kümmern. *Immer schön der Reihe nach …*

Er zielte auf den zweiten Mann, der eines der beiden leichten MGs bediente. *Hab dich.*

In dem Moment, als Ahmeds AK-47 wenige Meter neben ihm zu feuern begann, zog er ein zweites Mal den Abzug.

Johns zweiter Schuss traf den anderen MG-Schützen

in den Hals, der Lärm des direkt neben ihm abgefeuerten AK-47 hatte ihn kurz aus dem Konzept gebracht und dafür gesorgt, dass er das Ziel knapp verfehlte. Der Mann griff sich an die Kehle und fiel auf die Ladefläche des Pick-ups. Die beiden leichten Maschinengewehre blieben stumm.

John schaute kurz nach rechts. Ahmed feuerte das Sturmgewehr mit einem Knie am Boden ab. Beim Blick zurück auf das Feld stellte er fest, dass die beiden Aufständischen, die auf sie zugekommen waren – und die er selbst ignoriert hatte –, bewegungslos im Staub lagen.

Das wären dann vier. Gut geschossen, Ahmed.

Logan rannte durch die Hinterhöfe zu Cain. Ihre Augen begegneten sich. In Cains Blick lag blanker Hass.

Cain stieß Scotts Leiche von der Wand weg und zielte mit dem G36C-Sturmgewehr, während er den Koffer aufnahm. Er drückte ab.

Logan sprang mit dem Kopf voran nach links, landete hart und rollte sich ab, um auszuweichen, aber es fiel kein Schuss. Cain ließ die Waffe fallen und flüchtete mit dem Koffer über die niedrige Mauer.

Logan musste grinsen. *Ladehemmung … so ein Pech aber auch.*

Blitzschnell nahm er mit etwa 20 Metern Rückstand die Verfolgung auf.

Diesmal entkommst du mir nicht.

John und Ahmed hatten die Entwicklung verfolgt. Ahmed zielte mit dem Sturmgewehr auf den Flüchtenden mit dem Koffer, begierig darauf, den Amerikaner zu erschießen, der so viel Gewalt in diese Stadt gebracht hatte. In letzter Sekunde schlug ihm jemand den Lauf der Waffe nach oben. Die Kugeln schossen ziellos in die Luft.

Ahmed drehte sich wütend um. John schüttelte langsam

den Kopf und wies auf Logan, der Cain dicht auf den Fersen war, das Feld beinahe überquert hatte und sich dem verlassenen Fußballstadion näherte.

John sagte: »Er erwischt ihn. Glaub mir.« Er legte Ahmed die Hand auf die Schulter und zeigte auf die Pick-up-Trucks.

Das Gefecht war fast vorbei. Den zwei letzten Aufständischen wurde klar, dass sie ohne die Deckung durch die beiden Maschinengewehre auf verlorenem Posten kämpften. Sie drehten sich um und rannten zum Stadion. Zu ihrem Pech war es weit entfernt und es gab unterwegs keine Deckung.

John und Ahmed wurden Zeugen, wie die vier Iraker, die ihnen geholfen hatten, hinter den Felsen hervorkamen, ihre Waffen auf die fliehenden Aufständischen richteten und das Feuer eröffneten. Beide kassierten Treffer in den Rücken und brachen zusammen.

Na, dachte John, *so kann man das mit den Aufständischen auch handhaben.*

58

Cain bewegte sich extrem flott, selbst wenn man berücksichtigte, dass es sich bei ihm um den Chef der größten Privatarmee der Welt handelte. Logan überraschten die Geschwindigkeit und Zielsicherheit seiner Bewegungen. Trotzdem schaffte er es, zu ihm aufzuschließen.

Das Fußballstadion ragte über ihnen auf. Die Distanz zwischen den beiden Männern verringerte sich. Logan befand sich nur noch fünf Meter hinter Cain.

Ich muss ihn schnappen, bevor er es zur anderen Seite schafft.

Das Gras unter ihren Füßen war einem asphaltierten Untergrund gewichen. Sie hatten die Ausläufer der Arena erreicht.

Um das gesamte Gelände verlief eine Mauer. Cain hielt auf eine Öffnung zu. Logan erkannte, dass es sich um einen der Eingänge handelte. Die Mauer entpuppte sich als Rückseite riesiger Stufen, die den Tribünenbereich bildeten. Logan fühlte sich an ein amerikanisches High-School-Stadion erinnert – mit dem Unterschied, dass statt Aluminiumgerüsten massiver Beton als Grundlage der Tribüne diente.

Cain sprintete über einen Gehweg, bevor er zum eigentlichen Spielfeld gelangte. Logan steigerte sein Tempo und machte so große Schritte wie möglich. Der Abstand zwischen den beiden Männern schrumpfte sekündlich zusammen.

Das Spielfeld bestand nur noch aus Steinen, vertrocknetem Gras und Abfall. Sicher war es früher mit einem grünen, sorgfältig gepflegten Rasen bedeckt gewesen. Aufständische hatten es zuletzt für die Hinrichtung irakischer Polizisten benutzt. Der Glanz vergangener Tage war längst verblasst.

Ich muss ihn unbedingt stoppen.

Logan holte tief Luft und ging über seine Grenzen hinaus. Er hatte den Gegner fast erreicht. Gerade wollte er zu einem Sprung ansetzen, als Cain auf eine Flasche trat, die im Gras versteckt lag, und das Gleichgewicht verlor. Es zog ihm regelrecht die Füße weg. Er stürzte mit dem Gesicht voran. Der Koffer überschlug sich und blieb in einiger Entfernung liegen.

Logan hielt an und betrachtete den Mann, den er um die halbe Welt gejagt hatte und der nun direkt vor ihm auf dem Boden lag. Sein Puls raste.

Wenigstens hat die Rennerei ein Ende. Jetzt kommt der heftige Teil.

Cain stieß sich vom Boden ab, stand auf und funkelte Logan an. Er klopfte sich Staub und Dreck vom Hemd und wartete, dass der ehemalige Captain der Marine Force Reconnaissance etwas sagte. Logan erwiderte den Blick mit eiserner Entschlossenheit. Der Cut an der Wange, den er sich gleich am ersten Tag zugezogen hatte, hatte sich wieder geöffnet und blutete.

Cain brach schließlich das Schweigen.

»Schon komisch, was, Logan?«

Keine Antwort.

Cain fuhr fort: »Wenn du mich aufhältst, zögerst du das Unvermeidliche nur hinaus. Iran *wird* eine Atombombe bauen. Vielleicht nicht heute oder morgen, aber bald. Das garantiere ich. Und sobald sie über eine Nuklearwaffe verfügen und sie auch einsetzen – so wie sie es angedroht haben –, kommt der Irakkrieg im Vergleich wie ein lächerliches Übungsmanöver daher. Die USA werden in die Sache hineingezogen, so wie immer. Wir entsenden Truppen – wie frühzeitig und entschlossen, hängt ganz davon ab, wer gerade im Weißen Haus sitzt. Und je nachdem, wie die Al-Quds-Brigade und das iranische Militär darauf reagieren, werden die amerikanischen Verluste katastrophal ausfallen, in den Augen des Militärs *und* der Öffentlichkeit.« Er stieß ein hämisches Lachen aus.

»Was ist daran so lustig?«, fragte Logan leise.

»Ich hab gerade an etwas gedacht, das mir der Verteidigungsminister mal gesagt hat. Er sagte: ›Cain, ganz unter uns, wir nennen es den SGLI-Plan.‹ Weißt du, was es damit auf sich hat?«

Logan nickte, deutlich weniger amüsiert über den schwarzen Humor seines Gegenübers. Das Kürzel SGLI stand für *Service-Members' Group Life Insurance*, also die Lebensversicherung aller Männer und Frauen, die in den US-amerikanischen Streitkräften dienten. Wenn die Verluste hoch ausfielen, schüttete diese Versicherung Hunderte Millionen Dollar an die Familien der Gefallenen aus. Und ein Krieg mit Iran führte mit Sicherheit zu enormen Verlusten.

»Das trifft es recht genau, wenn auch auf kranke und verdrehte Art«, gestand Logan ein.

»Du siehst also, Logan. Auf lange Sicht – die Sicht, die mir am sympathischsten ist – müssen wir etwas tun, um dem iranischen Regime zu verdeutlichen, dass es verwundbar ist. Dass sie gestoppt werden können. Dass es nicht toleriert wird, wenn sie die Al-Quds-Brigade einsetzen, um die

US-Streitkräfte in Irak und Afghanistan mit Sprengsätzen zu attackieren. Dass diejenigen zur Rechenschaft gezogen werden, die für den Tod amerikanischer Soldaten und für den bestialischen Mord an meinem Bruder verantwortlich sind. Und dass der Gerechtigkeit Genüge getan wird.«

Er redete immer lauter. Seine Gefühle wurden nicht länger von kühl kalkulierender Logik unterdrückt.

Er verliert die Fassung. Mal schauen, ob ich dabei ein bisschen nachhelfen kann ...

»Dir ist sicher klar, dass nicht alle Amerikaner untätig zusehen werden, während Iran eine Strategie verfolgt, die letztlich noch mehr Opfer fordert, als sie ein Präventivschlag von *uns* zum jetzigen Zeitpunkt fordern würde. Ich habe diese Farce die letzten Jahre ertragen. Das macht mich ganz krank. Ich halt's nicht länger aus.«

»Das stimmt«, pflichtete Logan bei. »Das ist total beschissen.«

Logans Reaktion traf Cain wie ein Schlag ins Gesicht.

Er schüttelte verwirrt den Kopf. »Wenn du so denkst, wieso willst du mich dann *aufhalten?* Ich kann denen einen Schlag versetzen, der genau das bewirkt, wovon ich gerade gesprochen habe – mehr Leben zu retten, als wir im Gegenzug zu verlieren ertragen könnten. Aber trotzdem bist du hier und bereit, für ein Land zu kämpfen, das kaum für sich selbst sorgen kann.« Cains Augen verengten sich zu Schlitzen. »Wieso?« Das letzte Wort flüsterte er fast unhörbar.

»Weil *du* nicht die Regeln aufstellst«, blaffte ihn Logan frei von jeder Förmlichkeit an. »Du stehst nicht über dem Gesetz, egal wie edel deine Motive sein mögen.« Er legte sich die nächsten Worte sorgfältig zurecht.

»Aber hier geht's doch in Wahrheit gar nicht um

Geopolitik, oder, Cain? Ich weiß über deinen Bruder Bescheid. Ich weiß, was ihm die Al-Quds-Brigade angetan hat. Verdammt, ich hab seine Leiche gefunden, falls du dich erinnerst. Davon hab ich nach wie vor Albträume.« Cains Blick wirkte kurz abwesend, als ob er an Steven dachte. »Kein Mann hat das verdient. Aber weißt du was? Und das ist leider die bittere Wahrheit, Cain: Es ist nicht *deine* Entscheidung.«

Logan ließ die Worte wirken. »Und es wird *niemals* deine Entscheidung sein, es sei denn, jemand hat dich zum Präsidenten gewählt. Du sagst, du willst das iranische Regime für all die amerikanischen Menschenleben bluten lassen, die es auf dem Gewissen hat. Das ist ein zweischneidiges Schwert, Cain. Was ist mit dir? Was ist mit all den Leben, die dein persönlicher Rachefeldzug schon gekostet hat? Die Schrecken und die Gewalt, die dein blinder Wunsch nach Vergeltung hervorgebracht hat?« Logan betonte jedes einzelne Wort.

»Du wirst für deine Sünden bezahlen müssen, Cain. Indem du all das ins Rollen gebracht hast, bist du genauso geworden wie sie. Du hast den Kampf schon verloren, bevor er begonnen hat. Du bist *kein Stück* besser als die.«

Cain zitterte vor Wut.

Ich bring ihn dazu, auszuflippen. Vielleicht leistet er sich dann einen Fehler.

»Auch ich finde so manches zum Kotzen, was unsere Regierung anstellt«, fuhr Logan fort. »Wie sie sich vor schweren Entscheidungen drückt oder rein aus politischem Opportunismus einen falschen Kurs beibehält. Ehrlich gesagt ist das einer der Gründe, wieso ich das Marine Corps verlassen habe. Aber ich hab einen Eid geschworen, auch wenn ich keine Uniform mehr trage. Und dieser Eid besagt, dass ich ›alle Feinde von außen *und* von innen‹ bekämpfen werde. Auch dich, Cain. Du hältst dich für einen echten Patrioten, aber du bist keiner.«

Logan beobachtete, wie die Venen in Cains Hals vor Wut stärker pulsierten. Cains Herzschlag schien sich ebenfalls zu beschleunigen.

»Du hast mich nach dem Grund gefragt. Nun, ich werde ihn dir nennen. Weil du für deine Taten zur Verantwortung gezogen werden musst und ich zufällig einer der wenigen Männer auf diesem Planeten bin, die dazu in der Lage sind. Der Gerechtigkeit muss Genüge getan werden und dafür werde ich sorgen. Deswegen werde ich dich in die USA zurückbringen und der Welt zeigen, was du bist – ein Verräter und ein Mörder.«

Logan bereitete sich auf das vor, was unweigerlich kommen musste. Der Moment der Entscheidung nahte.

Cain zischte ihm entgegen: »Dann haben wir wohl nichts weiter zu besprechen.«

»Sieht ganz so aus.«

»Bringen wir es hinter uns.« Cain schielte zum Koffer, der zum Greifen nahe war. »Ich hab noch was vor.«

Sofort nahm er eine leicht gebückte, kampfbereite Stellung ein, den linken Fuß nach vorn und die linke Hand offen auf Kinnhöhe, die rechte zur Faust geballt. Er bewegte sich im Zickzack auf Logan zu. Die Bewegungen gerieten geschmeidig und scheinbar mühelos. Der Zorn auf Cains Gesicht war etwas anderem gewichen. Logan erkannte es als grimmige Entschlossenheit.

Das wird nicht leicht.

Logan machte einen Schritt zurück und wechselte in seine bevorzugte Kampfhaltung. Geballte Fäuste. *Noch ein paar Meter.*

Cain nahm den rechten Fuß nach vorn und brachte sich damit in Logans Reichweite.

Dieser führte einen schnellen, tiefen Halbkreistritt aus, der Cain aus dem Gleichgewicht bringen sollte.

Aber Cain hob das rechte Bein und ließ Logans Tritt ins Leere gehen.

Krack! Krack! Cain landete zwei kraftvolle Konterschläge mit der linken Faust und traf Logan erst seitlich an der Nase und dann an der rechten Wange.

Logans Augen füllten sich mit Tränen durch die Schläge. Der Schmerz schoss ihm durch den Schädel.

Verdammt! Ist der schnell!

Anders als die meisten konnte Logan den ersten Schock der Schläge ins Gesicht abschütteln und ließ sich vom Schwung an seinem Gegner vorbeitragen. Aus der Drehung heraus probierte er, Cain mit dem Handrücken zu schlagen. Dieser wich ihm spielend aus.

Logan gewann das Gleichgewicht zurück und stand Cain erneut gegenüber. Der trug einen sadistischen und selbstsicheren Gesichtsausdruck zur Schau, weil er sich dem Gegner klar überlegen fühlte.

»Was hast du gedacht, Logan? Dass das hier einfach für dich wird? Dass ich einfach umfalle und um Gnade bettle?« Cain schüttelte den Kopf. »Regel Nummer eins, Logan. Wenn man beabsichtigt, ein fundamentalistisch-islamistisches Land anzugreifen, sollte man besser wissen, wie man sich verteidigt. Du bist nicht der Erste, der sich mir in den Weg stellt, und wie es aussieht, wirst du auch nicht der Letzte sein.«

Logan wusste, dass der andere recht hatte. Zum ersten Mal kamen ihm ernstliche Zweifel. Es war keine Panik. Logan war darauf *trainiert*, nicht in Panik zu geraten. Er wusste, dass er sich das nicht erlauben durfte, egal wie ernst die Situation war. Trotzdem spürte er instinktiv, dass er womöglich nicht als Sieger aus dieser Konfrontation hervorging. Cain war zweifellos ein begnadeter Kämpfer. Logan hatte seine Attacken nicht mal kommen sehen.

Ich muss meine Taktik ändern. Er muss doch eine Schwäche haben.

Weiter kam er nicht mit seinen Überlegungen, da Cain zu einem neuerlichen Angriff ansetzte. Mehrere Hiebe prasselten in kurzer Folge auf seine Rippen und mit wahnwitziger Schnelligkeit auf den Kopf ein. Logan unternahm einen halbherzigen Versuch, sich zu verteidigen. Er deckte seine Seiten mit den Armen, wodurch das Gesicht ungeschützt war.

Cain landete einen Hammerschlag auf Logans linker Schläfe. Der Hieb ließ Logan nach hinten taumeln. Er schüttelte den Kopf, um das Dröhnen zu vertreiben.

Der Angriff hätte jeden anderen außer Gefecht gesetzt, aber Logans Training und seine körperliche Fitness retteten ihn. Er war zwar angeschlagen, aber er stand noch aufrecht.

Cain trat einen Schritt zurück und begutachtete das Ergebnis seiner Bemühungen. Er wirkte frisch und bereit für die nächste Offensive.

Logan wurde schlagartig klar, dass seine einzige Chance, zu gewinnen, eine andere Taktik nötig machte. *Solange er auf den Beinen ist, besiege ich ihn nie.*

Ohne weitere Sekunden zu vergeuden, senkte er den Kopf und stürzte auf Cain zu. Er rammte die Brust in Cains Unterleib und packte ihn an den Beinen. Cain wurde von den Füßen geholt und schlug hart auf den Boden. Logan hörte, wie Cain schwer ausatmete, als ihm die Luft aus der Lunge gepresst wurde.

So schnell Cain auch war, das Manöver hatte ihn kalt erwischt. Er kämpfte, um Logan von sich herunterzubekommen. Logan reagierte und stieß sich von Cain ab, was ihm genug Platz gab, um Cain links und rechts ein paar Schläge gegen die Rippen zu verpassen.

Cain, dem klar wurde, dass er diesen Körpertreffern nicht lange standhalten konnte, brachte das rechte Bein zwischen ihre beiden Körper, schlang es um Logans rechte Seite und nutzte den Hebel, um Logan abzuschütteln und neben sich in den Staub zu werfen.

Logan rollte sich zur Seite, um weiteren Konterschlägen auszuweichen. Als er sich gerade aufrichtete, sah er, wie Cain die Beine in die Luft schleuderte, durch den Schwung lässig auf den Füßen landete und ihn anfunkelte.

Dieses Arschloch hält sich wohl für Bruce Lee.

Die beiden Männer starrten sich an, beide vom Kampf gezeichnet. Cain atmete schwer. Ein warmer Windstoß hüllte beide Männer in feinen Staub.

Logan blieb bewegungslos stehen. Cain huschte auf ihn zu wie ein Raubtier, das seine Beute angreift. Das Grinsen war verschwunden, übrig blieb eine Maske aus purem Hass. Logan machte sich auf eine weitere Salve von Schlägen gefasst.

Stattdessen drehte sich Cain auf dem linken Fuß und brachte einen Backkick knapp unterhalb von Logans Brustbein an. Der Tritt raubte ihm die Luft und er wurde nach hinten umgeworfen. Er wusste, dass er mehr Abstand zu seinem Gegner herstellen musste, doch das schaffte er nicht schnell genug.

Cain nahm in einer flüssigen Bewegung wieder die gewohnte Kampfhaltung ein. Er erwischte Logan mit einem weiteren Halbkreistritt auf der linken Seite des

Gesichts. Logan ging zu Boden wie ein Boxer, der kurz vor dem K. o. steht.

Logan kämpfte um seine Balance, aber der Gleichgewichtssinn war durch den Treffer völlig durcheinandergeraten. Es gelang ihm mit Mühe, sich auf Hände und Knie zu erheben. *Muss weg von ihm. Das halte ich nicht länger aus.* Er zwang sich zu einer Reaktion, aber es war sinnlos.

Cain landete einen heftigen Tritt, der Logan links zwei Rippen brach und ihn auf den Rücken warf, wo er schwer angeschlagen und fast ohnmächtig vor Schmerzen liegen blieb. Er hustete und schmeckte den kupfernen Geschmack von Blut. *Die Lunge könnte punktiert sein. Na toll!*

Cain starrte ihn aus nächster Entfernung siegessicher an. Er stand direkt über Logan.

»Ich hab dich ja gewarnt, aber du wolltest nicht hören – du kannst mich nicht besiegen. Es ist an der Zeit, dieses alberne Tänzchen ein für alle Mal zu beenden. Ich bin beinahe geneigt, dich am Leben zu lassen, weil ich davon ausgehe, dass du dich einfach weiter ins Koma säufst. Allerdings glaube ich, du lässt in meinem Fall nicht locker, und ich kann's nicht gebrauchen, dass du oder irgendjemand anderes hinter mir her ist. Also heißt es: Lichter aus.« Eine effekthascherische Pause, dann: »Bye-bye, Captain West.«

Na, mach schon. Bringen wir's hinter uns. Logan wartete auf den letzten Schlag, im Wissen, dass dieser schnell und tödlich erfolgte. Er behielt mit beidem recht.

Cain hob das rechte Bein und ließ es kraftvoll in Richtung von Logans Kehle nach unten schnellen, um ihm die Luftröhre zu zerquetschen.

Obwohl er wegen der gebrochenen Rippen starke Schmerzen hatte, konnte Logan genug Kraft für einen letzten Versuch aufbringen, sich zu verteidigen. Er hob die

Hände und erwischte Cains Stiefel, der nur Zentimeter vor seinem Gesicht schwebte. Dann drehte er mit aller Kraft die Hände um 180 Grad nach rechts.

Er spürte, wie etwas in Cains Knöchel nachgab, und hörte ihn vor Schmerzen aufschreien, als er den Fuß noch ein Stück weiter verdrehte.

Cain verlor die Balance und kippte nach vorn auf Logan. Dabei kam er in einem ungünstigen Winkel auf dem bereits lädierten Knöchel auf. Es folgte ein lauter Knacks, als mindestens ein Knochen brach. Diesmal war es Cain, der vor Schmerzen kreischte.

Jetzt bin ich an der Reihe! Logan war außer sich vor Wut.

Er rollte auf Cain zu, der sich wegen des gebrochenen Knochens auf dem Boden wand. Trotzdem merkte er, wie Logan näher kam, und mühte sich, ihn mit einem Handrückenschlag der linken Faust zu erwischen. Logan fing den Schlag mit beiden Händen ab. *Du hast gerade dein Schicksal besiegelt. Danke.*

Logan manövrierte seinen Körper so in Position, dass er Cains Arm – jetzt vollkommen ausgestreckt – mit den Beinen in die Zange nahm. Sein rechtes Bein lag über Cains Brustkorb und presste ihn zu Boden; das linke über dem Bauch des Gegners. Cain konnte nirgends hin.

Wart noch 'ne Sekunde, Arschloch. Jetzt tut's erst richtig weh.

Logan lehnte sich nach hinten und zerrte mit aller Kraft an Cains Arm. Der Ellbogen des größenwahnsinnigen Verbrechers war nun über das normale Maß hinaus durchgestreckt. Cain schrie lauter, Logan zog stärker. Blanker Zorn dominierte sein Wesen. Cain keuchte vor Schmerzen. Logan lehnte sich noch einmal zurück. Das reichte.

Kracks! Cains Oberarmknochen brach wie ein morscher Ast. Die Sehnen im Ellbogen rissen und der Knorpel löste sich vom Knochen. Cains linker Arm war nicht länger zu gebrauchen und mochte aller Voraussicht nach nie mehr voll einsatzfähig sein.

Ich hoffe, das tut höllisch weh. Du hast es verdient.

Logan ließ den Arm los und kam näher an den Gegner heran, während dieser erstickt aufstöhnte. Cains Welt war reinem Schmerz gewichen. Er konnte keinen klaren Gedanken mehr fassen und stammelte etwas Unverständliches. Logan war das egal. Er war noch nicht mit ihm fertig.

Er brachte sich hinter dem Widersacher in Position und schlang ihm den rechten Arm um den Hals. Die linke Hand umfasste Cains Hinterkopf und seine rechte legte er in den linken Ellbogen. Cain konnte keinen Widerstand mehr leisten. Logan drückte zu.

Als seine Arme Cains Blutzufuhr zum Gehirn abschnürten, dachte Logan: *Das ist noch viel gnädiger, als du es eigentlich verdient hast.*

Der Würgegriff durchbrach die Qualen in Cains Kopf, aber er bemerkte zu spät, was geschah. Er versuchte sich zu wehren und mit seinem Arm – demjenigen, der noch zu gebrauchen war – nach Logan auszuholen.

Dieser erhöhte den Druck. Cains Widerstand erlahmte. *Gleich haben wir's!*

Er fühlte, wie Cains Körper erschlaffte, als er ohnmächtig wurde. Er wollte den Arm von Cains Kehle lösen, aber dazu kam er nicht.

Am anderen Ende des Fußballfeldes erschienen zwei Iraker aus einem der dunklen Eingänge, richteten ihre Kalaschnikows auf ihn und spurteten in seine Richtung. Logan hatte sie vorher noch nicht gesehen, weder bei Ahmed noch seinen Freunden, also kamen sie vermutlich, um Cain zu unterstützen.

Ihr wollt mich wohl verarschen, dachte Logan. *Und das nach diesem Kampf …*

Sobald sie ihn erreicht hatten, würden sie ihm in den Kopf schießen und Cain und die Bombe mitnehmen, begriff Logan. Er legte sich fieberhaft einen Plan zurecht, aber es schien, als sei er mit seinen Möglichkeiten langsam am Ende.

Die beiden Männer kamen immer näher, die Waffen erhoben. Sie brüllten etwas auf Arabisch.

Logan tat das Einzige, was ihm einfiel – er hielt Cain wie ein Schild vor seinen Körper, um das Unvermeidliche so lange wie möglich hinauszuzögern. Er wusste, dass sie nicht auf ihn schießen würden. Cain war zu wichtig für sie.

Das Schreien wurde lauter. Beide Männer befanden sich noch etwa 20 Meter entfernt und schienen Logans Plan zu durchschauen. Einer der beiden fluchte auf Arabisch. Logan verstand kein Wort. Die beiden teilten sich auf und bewegten sich voneinander weg, um von der Seite eine freie Schusslinie auf Logan zu bekommen.

Schön. Zumindest werde ich nicht von Trotteln getötet.

Logan konzentrierte sich darauf, Cain weiterhin zwischen sich und den Gegnern zu halten. Das konnte aber nicht mehr lange funktionieren. Der Mann auf Logans rechter Seite war nur noch knapp zehn Meter entfernt; so dicht, dass Logan nicht mehr viel Deckung blieb.

Er begriff, dass es vorbei war. Die Endgültigkeit dieser Überlegung traf ihn so heftig wie einer von Cains Schlägen. Er konnte nichts mehr tun. Was er getan hatte, verschaffte den USA hoffentlich genug Zeit, um diese Männer zu jagen und zu fangen, sobald er tot war. Er hatte sein Bestes gegeben, aber jetzt hielt er keine Trümpfe mehr in der Hand.

Seine Gedanken kreisten um Sarah. *Es tut mir so leid, mein Schatz. Ich liebe dich.*

Der Mann hob sein Gewehr und zielte auf Logans Kopf. Aus dieser Distanz konnte er sein Ziel kaum verfehlen. Er sagte etwas zu Logan, aber das war unwichtig.

Logan öffnete die Augen, schaute den Mann an, der sein Mörder sein würde, und raunte: »Leck mich.« Er schloss die Augen und wartete auf das Ende.

Krack! Krack! Krack!

Drei Schüsse hallten durch das Fußballstadion.

Logan stellte fest, dass ihn keiner davon getötet hatte. Er schlug die Augen auf. Der Mann, der das AK-47 auf seinen Kopf gerichtet hatte, fiel zu Boden, die Waffe in der erschlafften rechten Hand.

Logan richtete seine ganze Aufmerksamkeit auf den zweiten Angreifer, der an Logan vorbeischielte und sein Sturmgewehr in Schussposition bringen wollte. Er reagierte zu langsam.

Krack! Krack!

Zwei Kugeln frästen sich mitten in die Brust des zweiten Schützen. Logan bekam mit, wie der Mann runter auf seine Brust blickte, dann zurück zu Logan, einen verwirrten Ausdruck auf dem Gesicht. Seine Augen rollten nach oben, sodass man nur noch das Weiße sehen konnte. Er war bereits tot, bevor er auf dem Boden aufschlug.

Logan ließ sich auf die trockene irakische Erde sinken. *Gott sei Dank. Ich hatte wirklich nicht vor, hier und heute zu sterben.*

Erschöpft blickte er nach oben. Das Tageslicht verblasste langsam und der Himmel hatte ein dunkleres Blau angenommen. Er hörte weitere Geräusche. Männer schrien und Autos kamen schlitternd zum Stehen. Er hörte eilige

Schritte, dann wurde der Himmel über ihm von der Gestalt John Quicks verdeckt. Logan brachte kein Wort heraus.

John analysierte rasch die Lage. Er konnte sich in etwa ausmalen, was auf diesem Fußballschlachtfeld vorgefallen war.

Langsam kam Logan wieder richtig zu sich. »Noch knapper ging's wohl nicht, John? Noch ein paar Sekunden und du hättest meine Grabrede halten können ... verflucht ...«

Er hörte noch mehr Männer, die sich näherten, scherte sich jedoch nicht darum, wer sie waren. Er hatte es geschafft. Das war alles, was zählte.

John lächelte ihn an. »Besser spät als nie. Verdammt, Logan, du siehst richtig scheiße aus.«

»Danke, John, ich fühl mich auch so«, sagte er und versuchte zu lächeln, was ihm aber nicht wirklich gelang, da er sich verschluckte, als der Schmerz der gebrochenen Rippen durch seinen Körper fuhr. »Ich glaube aber, unseren Freund Cain hier hat's noch ein bisschen schlimmer erwischt.«

»Gut. Nur so unter uns – sieht aus, als seist du recht gnädig zu ihm gewesen. Der hat es nicht verdient, noch am Leben zu sein.«

Logan nickte. »Stimmt, ich hab auch kurz drüber nachgedacht. Doch dann sagte ich mir, dass er für das bezahlen muss, was er getan hat. Ihn zu töten kam mir zu einfach vor.«

Logan schob den bewusstlosen Cain Frost von sich weg. John reichte ihm die Hand und half ihm auf.

»Jetzt wird die ganze Welt erfahren, was er getan hat. Er ist ein Verräter, John, und ich will, dass das jeder erfährt.«

John nickte. Der Wüstenwind trug das anschwellende

Geräusch von Rotorblättern heran. Eine leichte Vibration erschütterte den Boden unter ihren Füßen.

»Du hast Helikopter angefordert?«, fragte Logan.

John grinste immer noch. »Natürlich. Nur das Beste ist gut genug für dich.«

Logan wollte lachen, aber es tat zu weh.

»Sorry, keine Witze mehr«, versprach John.

»Daran werd ich dich erinnern. Wird wahrscheinlich ganze zwei Minuten halten«, stänkerte Logan.

Vorsichtig ging er zu dem Koffer und hob ihn auf.

So viele Tote wegen so einem kleinen Mistding.

Er blinzelte ungläubig und das ganze Ausmaß dessen, was er da in Händen hielt, wurde ihm bewusst.

»Wenigstens ist es endlich vorbei, Logan«, sagte John und gab ihm einen vorsichtigen Klaps auf den Rücken. Das Geräusch der Helikopter kam näher und Logan sah zwei CH-53E am Horizont auftauchen. »Ab nach Hause.«

»Amen, Bruder. Ich hab genug von Irak für den Rest meines Lebens.« Er schüttelte noch mal den Kopf und wiederholte: »Amen, Bruder.«

Epilog

Logan fuhr in westlicher Richtung auf der Route 40. Das Treffen bei den Anonymen Alkoholikern hatte länger als erwartet gedauert. Er hatte sein ›90 in 90‹ erfolgreich hinter sich gebracht. Das bezog sich auf die AA-Empfehlung, am Anfang innerhalb von 90 Tagen an 90 Meetings teilzunehmen. Diejenigen, die schon länger dabei waren, behaupteten, das sei eine gute Grundlage, um länger trocken zu bleiben. Logan verließ sich darauf, dass sie recht hatten. Er hoffte nur, dass seine guten Vorsätze sich diesmal nicht wieder in Luft auflösten.

Er schielte auf die Uhr am Armaturenbrett. Kurz nach fünf. Er kam zu spät zu seiner Verabredung. *Sorry, Liebling.*

Er befand sich noch etwa 20 Minuten von Sarahs Haus entfernt. Seit er aus dem Irak zurückgekehrt war, hatte er aufgehört, es ›sein Haus‹ zu nennen, und akzeptierte die Tatsache, dass sie nicht einfach weitermachen konnten wie früher.

Sein Rückfall, die Ereignisse der jüngsten Zeit, der Tod von Daly – das alles hatte sie gezwungen, ihr gemeinsames Leben aus einer neuen Perspektive zu betrachten. Ihre Liebe war stark, aber nicht unerschütterlich. Sie brauchte Zeit, um wieder zu wachsen.

Und das ist meine Schuld!

Er schüttelte den Kopf. Sich selbst anzuklagen half nicht weiter. Es verstärkte nur die Schuldgefühle, mit denen er ohnehin Tag für Tag zu kämpfen hatte. Das Einzige, was zählte, war, dass sie noch eine Chance hatten. Sarah und er wollten einen Neuanfang wagen.

Logan griff nach dem Headset und steckte es an sein rechtes Ohr. Noch bevor er Sarahs Nummer wählen konnte, klingelte sein Handy. Er hatte keinen Anruf erwartet.

Der Name von Mike Benson blinkte auf dem Display. *Was will der denn?*

Seit zwei Wochen hatte er nicht mehr mit Mike gesprochen. Sie standen sich so nah wie Brüder, aber es war nicht ungewöhnlich, dass sie manchmal monatelang nicht miteinander sprachen. Cains Gerichtsverhandlung sollte erst in 60 Tagen beginnen. Also musste es um etwas anderes gehen.

Logan ging ran: »Mike, was gibt's? Ich fahr gerade zu Sarah. Wir wollten uns bei ihr zum Dinner treffen. Ich komm eben von einem Treffen in Laurel zurück.«

»Du sitzt im Auto, Logan?« Seine Frage klang dringlich.

Das hört sich nicht gut an. »Ja, Mike. Ich sitz im Auto. Wie gesagt, ich wollte gerade zu Sarah. Was ist los? Ich hör doch, dass was nicht stimmt.«

»Du hast doch Satellitenradio im Land Cruiser, oder? Schalt mal CNN oder Fox News ein. Es läuft auf allen Kanälen.«

»Was genau läuft, Mike?«

»Vor dem Bezirksgericht in Washington hat es vor weniger als einer halben Stunden eine Explosion gegeben. Offenbar eine Autobombe. Mehrere Tote.« Mikes Stimme klang wütend und traurig. »Ziemlich üble Sache, Logan.«

»Oh Gott …«

»Aber das Schlimme daran – mach dich auf was gefasst –, es sieht so aus, als sei das Ziel des Anschlags

Cain Frost gewesen. Er ist tot, Logan. Wir haben gerade die Bestätigung erhalten.«

Logan fühlte sich, als habe er einen Moment die Orientierung verloren. Er merkte, dass sein Herz raste. »Wart mal 'ne Sekunde, Mike«, bat er und hielt mit dem SUV am Straßenrand.

Nur einen Augenblick später hatte er die Handbremse angezogen. »Wir haben die ganze Zeit vermutet, dass er Hilfe von außen hatte, aber wir konnten es nicht beweisen. Wir wissen, dass er es geschafft hat, Juan Black zu warnen, bevor wir das Gelände erreicht haben.«

»Ich weiß, Logan. Das FBI und der Secret Service haben alles untersucht und nichts gefunden. Nur der Berater für nationale Sicherheit des Präsidenten und eine Handvoll Leute wussten überhaupt davon. Aber das ist jetzt unwichtig. Ich werd dir sagen, was wichtig ist.«

Das hört sich nicht gut an.

»Der Präsident hat eine Task Force gebildet, die in Erfahrung bringen soll, wer hinter dem Anschlag auf einen der berüchtigtsten Verräter unseres Landes steckt. Er ist sehr aufgebracht. Genau wie du, Logan, wollte der Präsident, dass Cain öffentlich dafür bezahlt, beinahe einen Krieg ausgelöst zu haben.«

»Gut, aber was hat das mit mir zu tun?« *Ich fürchte, die Antwort darauf kenne ich schon. Shit!*

»Na, du weißt ja, dass mein Onkel Jake inzwischen Deputy Director beim FBI ist. Ich hab seinen alten Job als Assistant Director für Terrorabwehr übernommen. Deswegen werde ich die Task Force leiten.« Mike war vor knapp einem Monat zum leitenden Angestellten befördert worden.

»Und ich darf mir aussuchen, wen ich dabeihaben will.«

»Mike, ich hab dir doch gesagt …«

Sein Freund fiel ihm ins Wort. »Ich weiß, was du gesagt hast, als wir zurückgekommen sind. Du würdest vor Gericht aussagen und wolltest dann nichts mehr damit zu tun haben. Aber überleg doch mal. Jemand hat beschlossen, sich um Cain zu kümmern, bevor das Gericht es konnte – du weißt, was das bedeutet, oder?«

Logan wusste es. »Es heißt, dass das Ganze noch nicht vorbei ist und noch mehr Leute darin verwickelt sind als Cain und seine Privatarmee.« HRI war als Unternehmen ein paar Wochen nach Cains Festnahme aufgelöst und das Firmenvermögen von der US-Regierung bis zum Abschluss des Gerichtsverfahrens vorübergehend beschlagnahmt worden.

Die Worte hingen in der Luft. Endlich sagte Mike: »Genau, und es gibt noch was, das ich dir sagen muss.«

»Ich kann's kaum erwarten. Schieß los.«

»Ich hab zuerst John gefragt. Ich dachte mir, du lässt dich eher drauf ein, wenn er mit an Bord ist.«

»Cleverer Hund. Was hat er gesagt?«

»Was ich erwartet habe. Er ist dabei, wenn du mitmachst, was wohl bedeutet, dass du dabei bist, wenn er auch mitmacht. Scheint mir eine Zwickmühle zu sein. Du kannst also gar nicht ablehnen.«

»Du bist so ein Arsch.«

»Ich weiß, aber du magst mich trotzdem. Im Ernst, Logan, ich brauch euch beide.« Mike drängte auf eine Entscheidung: »Also, was sagst du? Bist du dabei?«

Logan beobachtete die Autos, die auf der Route 40 an ihm vorbeifuhren. Für einen Moment war er neidisch auf die Fahrer, die ein ganz normales Leben führten. Wie schnell bestimmte Ereignisse den Verlauf eines Lebens doch komplett umkrempeln konnten – nie kam es so, wie man es erwartete.

Wie bin ich da nur reingeraten?

Aber das war jetzt auch egal. Was zählte, war, dass es einen Anschlag auf amerikanischem Boden gegeben hatte, dass es Tote gab und dass einer seiner besten Freunde ihn um Hilfe bat.

»Was glaubst du denn, Mike?«, sagte Logan schließlich.

»Gut. Dann ruf Sarah an und verschieb das Dinner. Sag ihr, dass es mir leidtut, und komm rüber zum FBI-Hauptquartier. Die erwarten dich dort.«

»Hört sich gut an. Dann bis bald.«

Bevor Logan auflegen konnte, meinte Mike: »Logan, eins noch … und das mein ich auch so: *Danke*. Ich weiß, wie schwer es für dich sein muss nach allem, was passiert ist.«

Logan spürte, dass Mikes anerkennende Worte ehrlich gemeint waren und sie beide als Freunde noch fester zusammenschweißen würden.

»Jederzeit wieder. Dafür sind Brüder doch da. Wir sehen uns.« Und damit war eigentlich alles gesagt.

Danksagungen

Diesen Roman zu schreiben war anders als alles, was ich bisher in meinem Leben gemacht habe. Es handelt sich um das Ergebnis einer Reihe gemeinsamer Anstrengungen. Ich schulde unzähligen Menschen Dank und Anerkennung. Zuerst einmal danke ich Ihnen, den Lesern. Als ich diese Geschichte schrieb, habe ich an Sie gedacht. Als Fan dieses Genres habe ich versucht, mich in Sie hineinzuversetzen. *Was würde ich gern lesen wollen? Was würde mich nicht zu Tode langweilen?* Ich hoffe, es ist mir gelungen, überzeugende Antworten auf diese Fragen zu finden, aber das müssen letztlich Sie beurteilen.

Als Nächstes möchte ich Mark Cronin, meinem Testleser und Mentor, danken, der den ersten Entwurf las, mir sagte, dass ich da eine großartige Story hätte, und mich trotz vieler Absagen von den Verlagen weiter ermutigte und beteuerte: »Das ist nur eine Frage der Zeit.« Danke. Drittens will ich all meinen übrigen Testlesern danken – unter anderem der Schriftstellerin Betsy Harrigan –, die Verbesserungen und Vorschläge unterbreitet und Kommentare abgegeben haben. Vielen Dank. Euer Feedback war sehr wichtig.

Viertens danke ich meinem Agenten, Chris Frank, ohne dessen Entschlossenheit und Ausdauer dieser Roman nicht verwirklicht worden wäre. Schließlich noch meiner Lektorin, Meg Reid, deren Verbesserungen dafür sorgten, dass man das Buch nicht mehr aus der Hand legen will. Und dem ganzen Team bei Emily Bestler Books: danke schön.

Und zuletzt – und am wichtigsten: Amy, meiner Ehefrau, Partnerin und Mutter unserer zwei wunderbaren Kinder. Dir ein besonders riesiges *Dankeschön!* Ohne deine

Liebe, Unterstützung und Ermutigung sowie die Zeit, die du für mich geopfert hast, damit ich mich trotz unseres geschäftigen Lebens auf dieses Abenteuer begeben konnte, wäre all das nicht möglich gewesen. Und die Reise hat erst angefangen.

matthewbetley.com

Matthew Betley hat einen Bachelor in Psychologie der Miami University in Oxford, Ohio, mit den Nebenfächern Politik und Soziologie. Er diente zehn Jahre als Offizier der Marines und war u. a. nach 9/11 in Dschibuti stationiert und auch in Irak.

In dem actiongeladenen Debüt *Overwatch* (2016) stellt er uns den unbeugsamen Marine Logan West vor, der seine Widersacher um die ganze Welt jagt. Es gibt viele talentierte Thriller-Autoren, aber es ist selten, dass ein Newcomer so bejubelt wird wie Matthew Betley. Er wurde sofort verglichen mit Größen wie Vince Flynn und Brad Thor und hat schon Verträge für weitere Romane mit Logan West unterschrieben.

Infos & Leseprobe: www.Festa-Verlag.de
eBook: www.Festa-eBooks.de

Zuletzt erschienen in der Reihe FESTA CRIME:

Bracken MacLeod: *Mountain Home*
Ben Coes: *Coup d'État – Der Staatsstreich*
Stephen Hunter: *Nachtsicht*
Michael Slade: *Der Gnadenlose*
Richard Jay Parker: *STOP ME!*
William R. Forstchen: *Tag des Zorns*
Dalton Fury: *Black Site – Das Geheimlager*
Ben Coes: *The Last Refuge – Welt am Abgrund*
Marc Cameron: *National Security – Eindringlinge*
Mark Greaney: *The Gray Man – Unter Killern*
Richard Jay Parker: *SCARE ME!*
Brad Taylor: *Mann in Wut*
Scott McEwen mit Thomas Koloniar: *Sniper Elite – Ein One Way Trip*
Stephen Hunter: *Einsame Jäger*
Graham Masterton: *Bleiche Knochen*
James P. Sumner: *True Conviction – Der Auftragskiller*
Robert Bidinotto: *Hunter – Ich bin das Recht*
Vince Flynn: *American Assassin – Wie alles begann*
Brad Taylor: *All Necessary Force – Todeszone USA*
Brad Thor: *Die Löwen von Luzern*
Tom Young: *Der Sturm des Mullahs*
Dalton Fury: *Orden für die Toten*
Vince Flynn: *Kill Shot – In die Enge getrieben*
Simon Gervais: *The Thin Black Line – Wir werden töten*
Scott McEwen mit Thomas Koloniar: *Sniper Elite – Vernichtet Amerika*
Matthew FitzSimmons: *The Short Drop – Ein bitterer Tod*
Brad Taylor: *Von Feinden umzingelt*
Tom Young: *Stummer Feind*
Stephen Hunter: *Der 47. Samurai*
Dalton Fury: *Auf zum Angriff*
Matthew Betley: *Overwatch – Jagd auf Logan West*

Festa: If you don't mind sex and violence and lots of action

Niemand veröffentlicht härtere Thriller als Festa. Werke, die keine Chance haben, in großen Verlagen veröffentlicht zu werden, weil sie zu gewagt sind, zu neuartig, zu extrem.

Statt der üblichen Matt- oder Glanzfolie haben die Bücher von Festa eine raue, lederartige Kaschierung. Sie symbolisiert die Härte und sexuelle Gewagtheit unseres Programms. Diese »Bücher im Ledermantel« sind auch sehr widerstandsfähig – die Bücher wirken nach dem Lesen noch wie neu.

Unsere erfolgreichsten Buchreihen:

HORROR & THRILLER – Moderne Meister des Genres

FESTA CRIME – Die besten Action-Thriller aus Amerika

FESTA EXTREM – Wenn Lesen zur Mutprobe wird …

Wegen der brutalen und pornografischen Inhalte erscheinen die Titel als Privatdrucke ohne ISBN und werden nur ab 18 Jahre verkauft. Sie können nur direkt beim Verlag bestellt werden.

Festa steht beim Thema harte Spannung für viele Jahre bewährte Qualität. Darauf geben wir sogar eine Zufriedenheitsgarantie. Dieser Service ist für einen Buchverlag einzigartig.

Warum tun wir das?

Frank Festa: »Wir wollen, dass die Leser unsere Bücher lieben. Das geht nur mit Qualität. Und als Spezialist für Horror und Thriller aus Amerika können wir in dem Bereich diese Qualität garantieren – so einfach ist das.«